中華民國新聞史

（1912～1949）

倪延年　主編

第 2 冊

|第一卷|

民國創建前後及袁世凱時期的新聞業
（1912～1916）（下冊）

倪 延 年 等著

花木蘭文化事業有限公司

國家圖書館出版品預行編目資料

民國創建前後及袁世凱時期的新聞業（1912～1916）・第一卷／倪延年 等著 — 初版 — 新北市:花木蘭文化事業有限公司，2020〔民 109〕

目 4+232 面；19×26 公分

（中華民國新聞史（1912～1949）；第 2 冊）

ISBN 978-986-518-132-1（下冊：精裝）

1. 新聞業 2. 民國史

890.9208   109010351

ISBN-978-986-518-132-1

9 789865 181321

中華民國新聞史（1912～1949）

第 二 冊　第 一 卷   ISBN：978-986-518-132-1

民國創建前後及袁世凱時期的新聞業
（1912～1916）（下冊）

作　　者　倪延年等著

叢書主編　倪延年

出　　版　花木蘭文化事業有限公司

發 行 人　高小娟

總 編 輯　杜潔祥

副總編輯　楊嘉樂

編　　輯　許郁翎、張雅淋　美術編輯　陳逸婷

聯絡地址　235 新北市中和區中安街七二號十三樓

　　　　　電話：02-2923-1455／傳眞：02-2923-1452

網　　址　http://www.huamulan.tw 信箱 hml810518@gmail.com

印　　刷　普羅文化出版廣告事業

初　　版　2020 年 9 月

全書字數　397540 字

定　　價　共 10 冊（精裝）新台幣 30,000 元

中華民國新聞史（1912～1949）

第一卷・民國創建前後及袁世凱時期的新聞業

（1912～1916）（下冊）

倪延年　等著

目

次

第四章 民國袁世凱時期的新聞報刊業

　　湖北武昌辛亥首義成功並宣布成立「中華民國鄂軍政府」後，全國紛紛響應。不足兩個月，內地 18 個行省中就有 14 個宣布獨立光復。[1]1912 年元旦，孫中山在南京宣誓就任中華民國第一任臨時大總統。2 月 12 日，清廷發布「退位詔書」並授權「由袁世凱以全權組織臨時共和政府。」[2]2 月 15 日，南京臨時參議院根據孫中山提議，選舉袁世凱為臨時大總統並通過《咨行孫總統選定臨時大總統袁世凱君未受職以前仍請執行政務文》，明確「新總統未受任前，民國政務仍由大總統繼續執行。」[3]2 月 29 日夜，北京發生曹錕第三鎮士兵嘩變，袁世凱稱「際此時艱」「萬難」即日致行。3 月 10 日，袁世凱在北京宣誓就任中華民國臨時大總統。孫中山根據參議院《咨行孫總統選定臨時大總統袁世凱君未受職以前仍請執行政務文》授權在南京繼續執行「民國政務」。4 月 1 日，南京臨時參議院「多數」同意「奉袁（世凱）總統電令由唐紹儀代理交通總長」的「咨告」，完成了統一政府國務總理及全部十個部門「總長」的任命程序。袁世凱當天即在北京發布「臨時大總統令」任命各部總長。同日，孫中山在南京參議院舉行的臨時大總統解職儀式上向全國發布了《臨時大總統解職令》，稱「今國務總理唐（紹儀）君南來，國務員已各任定，統一政府業已完全成立，於四月初一在南京交代，本總統即於是日解職，是用

1　張憲文等：《中華民國史》（第 1 卷），南京大學出版社，2005 年版，第 86 頁。

2　《臨時政府公報》第 15 號《附錄電報》，1912 年 2 月 14 日出版。

3　《參議院議決案彙編》甲部二冊「文電」（複印本），北京大學出版社，1989 年版，第 2 頁。

宣布周知。此後國中一切政務，悉取決於統一政府。」[1]袁世凱任大總統的民國北京臨時政府雖由北洋軍閥主導，但革命黨人及立憲派還握有一些行政權和立法權，並力圖利用內閣和參議院對袁世凱加以制約，因而還不能說北京臨時政府就是北洋軍閥政府。由於它還保留著資產階級民主政府的一般形式，所以它實質上是一個以北洋派占主導的聯合政府。[2]

第一節　民國袁世凱時期的官辦新聞報刊

　　儘管民國南京臨時政府各部局於 1912 年 4 月 6 日正式「停止辦公」（參議院 4 月 2 日通過《臨時政府遷至北京案》，4 月 5 日通告「自本月初八日始休會十五日」北遷）。但實際上應到 4 月 29 日參議院在北京舉行第一次開會儀式時，中華民國「統一政府」才正式完成程序並運行。

一、民國北京臨時政府籌備時期的《臨時公報》

　　袁世凱一介武夫出身，沒有辦報經歷。在被民國南京參議院選為第二任臨時大總統，後又當上民國第一任「立憲總統」，再悖逆民意登上「洪憲皇帝」寶座的四年多時間裏，袁世凱都沒有自己出面或者公開指派親信創辦報紙，從這點看似乎是個與新聞無緣的政客。但實際上他很懂利用新聞話語權去擴大影響、引導輿論、塑造形象、鞏固地位。在清帝發布「退位詔書」並任命袁世凱「以全權組織臨時共和政府」、南京參議院還沒有選舉第二任「臨時大總統」的 1912 年 2 月 13 日，袁世凱就以出乎人們意料的速度創辦並出版了《臨時公報》。

（一）《臨時公報》創刊的複雜社會背景

　　1912 年元旦，中華民國臨時政府首任大總統孫中山在南京宣誓就職。元月 3 日，各省都督府代表聯合會通過孫中山所提各部總次長名單，孫中山頒行《中華民國臨時政府中央行政各部及其權限》五條[3]，標誌著中華民國臨時

1　孫中山：《臨時大總統解職令》，載《孫中山全集》（第二卷），中華書局，1982 年版，第 303 頁。

2　李新、李宗一主編：《中華民國史》第二卷（1912～1916）上，中華書局，2011 年版，第 27～28 頁。

3　韓信夫、姜克夫主編：《中華民國大事記》（第 1 冊），中國文史出版社，1997 年版，第 174 頁。

政府在南京組建完成，正式開始行使政府職權，著手進行一系列行政、外交和軍事活動。如發表《中華民國大總統宣言書》（1月1日）和《對外宣言書》（1月5日）；孫中山以「大總統」名義照會各國政府要求各國承認中華民國政府（1月11日）；教育部1月19日頒行《普通教育暫行辦法》、內務部1月28日頒行《保護財產令》等法令。1月28日，南京臨時參議院正式成立[1]，次日選林森爲議長。臨時參議院成立次日（1月29日），臨時政府總統府爲及時向社會各界「宣布（臨時政府制頒的各種）法令、發表中央及各地政事」，所屬公報局創辦發行了內容包括「令示」、「電報」、「法制」、「紀事」、「抄譯外報」及「雜報」等六方面內容的南京臨時政府機關報《臨時政府公報》，除在南京設分售處外，還在上海、廣州、天津、舊金山及檀香山等地設經售處，爲國內各種政治勢力及世界各國瞭解民國南京臨時政府的內外方針發揮了重要作用，南京臨時政府通過《臨時政府公報》向社會展示一個嶄新的民主共和政府形象。

　　孫中山宣誓就任中華民國臨時政府臨時大總統激怒了袁世凱。元月2日袁世凱致電南方和談代表伍廷芳，否認唐紹儀此前所定各條，並告已准唐紹儀辭議和代表之職，此後「應商事件直接（與袁世凱）電商」。同日，北洋軍姜桂題、馮國璋、張勳、曹錕、張作霖等15名將領致電清朝內閣，聲稱誓以死戰反對共和，並請旨飭親貴大臣將銀行所存現銀三四千萬兩提充軍費[2]，擺出一副與南方革命軍拼命的架勢，意欲加重袁世凱在議和談判中的籌碼。但各省「獨立」潮流不可阻擋，就在元月2日，河南諮議局致電袁世凱表示「河南人民誓與朝廷斷絕關係」；元月3日直隸新軍起義成立北方革命軍政府，陝西民軍攻佔河南靈寶、新疆烏里雅蘇臺札薩克汗宣布獨立；1月4日灤州起義軍乘火車撲天津，次晨與清軍戰於雷莊；1月7日伊犁新軍起義，殺將軍志銳，焚將軍都統署；1月15日，大連民軍抵登州清吏迎降。北方勢力（清政府）統治區域越來越小，袁世凱眼看就要失去討價還價的全部本錢。與此同時，北方地區的同盟會成員積極進行反對清朝統治的浴血鬥爭。1月15日，北方革命協會通州革命黨人密謀舉事。事泄，蔡德辰、王丕承等七人被捕遇害；1

1　據《中華民國大事記》（第一冊）第174頁載：1912年1月2日「各省都督府代表聯合會決議，臨時參議院成立前，由該會代行職權，並舉趙士北、馬君武爲臨時正副議長」。

2　韓信夫、姜克夫主編：《中華民國大事記》（第1冊），中國文史出版社，1997年版，第174頁。

月 16 日，京津同盟會會員張先培、楊禹昌、黃之萌等謀炸袁世凱不中，被捕身死；1 月 26 日，京津同盟會會員彭家珍在北京紅羅廠宗社黨首領、清軍咨使良弼私宅投擲炸彈，彭當場以身殉，良弼重傷，越二日死。清王公貴族聞風喪膽，紛紛出京，潛赴青島、天津、大連等地[1]。同盟會員的浴血鬥爭使袁世凱感到巨大的壓力。加上西方列強也從原來主要由自己出馬轉向在中國政壇尋找代理人以確保在華利益而表示贊成中國實行「共和」，更加大了袁世凱的外交壓力。

批准唐紹儀辭去和談代表後，袁世凱直接走到與南方革命黨人談判的前臺。1 月 4 日，袁世凱致電伍廷芳質問各省代表「選舉總統是何意？」、「設國會議決為君主立憲，該政府及總統是否立即取消？」[2]，說明他還是心繫「君主立憲」。為爭取西方列強和俄日等國對南京臨時政府的承認和支持，孫中山 1 月 5 日發表《對外宣言書》宣布「凡革命前清廷與各國所訂條約、所借外債、所認賠款及讓與各國或個人之種種權利，民國均予以承認、保護」，同時籌組鄂湘、寧皖、淮陽、煙臺、秦皇島和關外、山陝等六軍，積極準備北伐。1 月 8 日發行《中華民國軍需公債》籌措經費。1 月 13 日，美國務卿諾克斯電示駐漢口美總領事顧臨「可與當地民軍領袖保持非正式關係」，「但不得認為美已經承認民軍政府」[3]。孫中山於 1 月 14 日在覆直豫兩省諮議局電報中提出「清廷以退讓而釋干戈，皇室報酬，應示優異」。15 日又在致伍廷芳電報中重申「如清帝實行退位，宣布共和，則臨時政府決不食言，文即可正式宣布解職，以功以能，首推袁氏」，爾後又多次重申「袁世凱如實行共和政體，則余亦退讓之」。2 月 4 日又表示「一俟袁世凱宣布贊成共和即辭臨時總統職，並建議臨時參議院舉袁繼任」[4]。南京臨時政府參議院 2 月 5 日召開特別會議討論孫中山咨轉袁世凱交來「清帝退位條件」後通過該條件修正案。伍廷芳次日就將該修正案電告袁世凱。由此袁世凱判定他可以通過和南京臨時政府談判獲得「民國大總統」職位，因而加快了與南京臨時政府代表談判的節奏。

1 韓信夫、姜克夫主編：《中華民國大事記》（第 1 冊），中國文史出版社，1997 年版，第 174～185 頁。
2 韓信夫、姜克夫主編：《中華民國大事記》（第 1 冊），中國文史出版社，1997 年版，第 175 頁。
3 韓信夫、姜克夫主編：《中華民國大事記》（第 1 冊），中國文史出版社，1997 年版，第 177 頁。
4 韓信夫、姜克夫主編：《中華民國大事記》（第 1 冊），中國文史出版社，1997 年版，第 182 頁。

經南北雙方代表反覆討價還價提出的「清帝退位優待條件」終於得到清廷認可。裕隆太后 2 月 12 日頒下《清帝退位授袁世凱全權組織臨時共和政府諭》稱「今全國人民心理，多傾向共和。南中各省既倡議於前，北方諸將亦主張於後。人心所向天命可知」，「是用外觀大勢，內審輿情，特率皇帝，將統治權公諸全國，定爲共和立憲國體」，「袁世凱前經資政院選舉爲總理大臣，當茲新舊代謝之際，宜有南北統一之方。即由袁世凱以全權組織臨時共和政府與民軍協商統一辦法。總期人民安堵，海宇又安，仍合滿漢蒙回藏五族完全領土，爲一大中華民國。」[1]該詔由胡漢民命張謇起草，經唐紹儀轉交袁世凱。在發表時袁世凱自己添加了「即由袁世凱以全權組織臨時共和政府與民軍協商統一辦法」一句[2]。袁世凱通過玩弄軟硬兼施和哄騙嚇詐手腕，既從革命黨人那裡獲得了「清帝退位，舉袁繼任大總統」的承諾，又從清廷退位詔書中獲得了「由袁世凱以全權組織臨時共和政府與民軍協商統一辦法」授權，實現了「既成爲共和功臣，又沒當清朝叛臣」，通過「全權組織臨時共和政府」佔有辛亥革命成果的政治目標。

（二）《臨時公報》創刊的時機和內容

清朝裕隆太后頒下《清帝退位授袁世凱全權組織臨時共和政府諭》次日即 1912 年 2 月 13 日，在袁世凱指使下創辦的《臨時公報》就急乎乎出版了。創刊號（第一號）出版時間爲「辛亥年十二月二十六日，星期二」，即中國農曆十二月（民間稱爲「臘月」）二十六日。漢族傳統習俗從農曆臘月初八日開始「過年」，臘月二十六日離農曆除夕僅有四天，民間已在「過年」之中。但就在這個全國上下準備「過年」的喜慶悠閒時刻，《臨時公報》迫不及待地創刊了。《臨時公報》在農曆臘月二十六日創刊說明了兩個問題，一是袁世凱早就做好了出版《臨時公報》的準備，只待清朝承認他擁有「全權組織臨時共和政府」資格後隨時可以出版，以樹立他的權威；二是他時刻等待獲得「獨掌大權」機會，此前的「謙讓」和「表白」純粹是一種政治表演。「獨掌大權」後就立即借《臨時公報》樹立自己的權威，爲以後壓迫、擠兌南方革命黨人營造社會輿論氛圍，迫切創辦《臨時公報》成爲其喉舌。正是基於這兩個原因，所以《臨時公報》能夠在清廷裕隆太后發布「授權袁世凱全權組織臨時

1　《清帝退位授權袁世凱全權組織臨時共和政府諭》（1912 年 2 月 12 日）。轉引自《中華民國史檔案資料彙編》第一、二輯，鳳凰出版社，1991 年版，第 217 頁。
2　楊天石：《帝制的終結》，嶽麓書社，2013 年版，第 359 頁。

共和政府」諭旨次日就出版發行，其效率之快令人咋舌。

1912年2月13日出版的第一本《臨時公報》[1]刊載了三件公文：一件是由「內閣總理大臣袁世凱署名」的清廷隆裕皇太后於「大清皇帝宣統三年十二月十六日」頒下的關於「著授袁世凱以全權研究一切辦法，先行迅速與民軍商酌條件奏明請旨」的懿旨；第二件是由內閣總理大臣袁世凱及當時清廷外務大臣、民政大臣、度支大臣、學務大臣、陸軍大臣、海軍大臣、司法大臣、農工商大臣、郵傳大臣和理藩大臣等共同署名的清廷隆裕皇太后於「大清皇帝宣統三年十二月二十五日」頒下的接受南北方代表商定的清帝退位優待條件，宣布「將統治權公諸全國，定為共和立憲國體」（即清帝退位）和「由袁世凱以全權組織臨時共和政府與民軍協商統一辦法」的懿旨。第三件是由清廷隆裕皇太后批准、袁世凱率當時清廷外務大臣、民政大臣、度支大臣、學務大臣、陸軍大臣、海軍大臣、司法大臣、農工商大臣、郵傳大臣和理藩大臣等共同署名的《大清皇帝辭位之後優待之條件》。從所載的三份文檔分析，我們不難發現袁世凱急乎乎為自己執掌大權造勢專權的真實用心。第一份文檔是清廷隆裕皇太后「授袁世凱以全權研究一切辦法先行迅速與民軍商酌條件」，是標明他與民軍關於清帝退位條件談判是直接執行朝廷隆裕皇太后的懿旨，為他和南方革命黨人談判提供了朝廷的政治保護，堵住了清朝皇室貴族和遺老遺少們反對、攻擊或詆毀他與民軍談判而迫使清帝退位者的嘴巴；第二份文檔即清隆裕皇太后頒下的「清帝退位懿旨」一是把滅亡清朝的責任全部推給了隆裕皇太后：是她降旨宣布「將統治權公諸全國，定為共和立憲國體」，二是為他攫取辛亥革命成果提供合法理由，即是隆裕皇太后授權「由袁世凱以全權組織臨時共和政府」，藉此把南方革命黨人壓下一「頭」，在氣勢上凌駕於革命黨人之上，堂而皇之地登上「全權」高位。

《臨時公報》1912年2月13日創刊，1912年4月30日出完第78號後自行停刊。[2]有學者稱「《臨時公報》出版至4月底，目前所見最晚一期為1912

---

1 《臨時公報》從創刊到停刊都沒有如「第一期」或「總第一期」等卷期編號。所以稱之為「本」。

2 蔡鴻源、孫必有收集整理：《臨時公報》（第一、二輯，兩函，共8冊），江蘇人民出版社，1981年。中國第二歷史檔案館在「中國社會科學院近代史研究所資料室、中國第一歷史檔案館、中國科學院南京古生物研究所、南京市太平天國歷史博物館和尚明軒同志的大力支持下」，收全了從第一冊到最後一冊的《臨時公報》，1982年2月由江蘇人民出版社出版了《臨時公報》（第一、二輯）。

年4月6日」[1]。但筆者發現目前存世的《臨時公報》從「辛亥年十二月二十六日」（1912年2月13日）出版的第一冊到「大中華民國元年四月三十日」（1912年4月30日）停刊前出版的《臨時公報》共78冊。

　　《臨時公報》第一冊的封面分為三欄，右邊欄是出版時間欄，記載為「辛亥年十二月二十六日　星期二」，中間一欄為刊名欄，不知採用了誰手寫的楷書「臨時公報」四個字自上而下排成一行；左邊一欄是發行所欄，豎排的「發行所」三個字占整欄，在「發行所」三字下面是分兩行排的發行所地址，其中左邊一排是「北京東長安牌樓王府井大街」，右邊一排是「電話東局二百零一號」。大概由於出版匆忙，第一冊沒有目錄頁，也沒有分欄目。從第二本起《臨時公報》就開始出現包括「通告」和「照會」等兩個欄目的「目錄」。隨著時間推移和所載內容變化，欄目也有一些變化。

　　《臨時公報》每日出版。第一冊記錄的出版時間是「辛亥年十二月二十六日，星期二」，表明《臨時公報》主事者在清朝皇帝已宣布退位的情況下，仍沒有採用中華民國紀年，直到1912年2月20日出版的第八冊上才增加「中華民國」紀年，出版時間記錄為「大中華民國元年二月二十日即壬子年正月初三，星期日」，其主事者的政治傾向可見一斑。

　　《臨時公報》的內容，主要是對外發布袁世凱在「全權組織臨時共和政府」期間的政治、外交、內政（行政）活動的有關信息。從所設欄目中可知包括：通告、照會、電報、來函、報告、傳單、公呈、公函、命令、規約、廣告、布告、附錄、誓詞、示諭、約法、咨箚、批呈、呈文、徵（求意見）書、通行文件（新刑律）、更正、公啓（新聞電報）、證書、規則（謁見規則）、儀式、議事日程、宣言書等。其中有些是比較固定的欄目，經常有內容刊載，如電報、公呈、報告、公函、批呈、附錄、命令等，記載了袁世凱「全權組織臨時共和政府」過程中的一些經常性活動，另外一些欄目是臨時性設置甚至是一次性設置的，如誓詞、約法、示諭、儀式、議事日程等，其中的「儀式」就是關於4月30日北京參議院舉行的「四月二十九日上午十時參議院開幕儀式」。

　　和民國南京臨時政府所辦的《臨時政府公報》不同的一點是《臨時公報》刊載廣告，且其中也有一些變化。1912年2月22日出版的第十本上出現「廣

1　王潤澤：《北洋政府時期的新聞業及其現代化（1916～1928）》，中國人民大學出版社，2010年版，第44頁。

告」欄，刊出「度支部經理愛國公債處廣告」；又在 2 月 24 日出版的該冊《臨時公報》刊出稱爲「廣告」的《報告：度支部金銀庫收到愛國公債數目單》。（在 1912 年 4 月 18 日出版的《臨時公報》上還刊載過《鐵路局廣告》，意在宣傳鼓勵國人乘坐火車，以利中國鐵路事業發展）。1912 年 2 月 25 日出版的《臨時公報》上則以「廣告」形式刊載《度支部公啓》，公告「現在改用陽曆，所有各處薪水公費養廉公食等項目自陽曆三月初一起即陰曆正月十三日起改照陽曆按月給發至陽曆三月初一日，以前應支各項即按日計付，以清界限」[1]。

為表明袁世凱被南京臨時政府參議院選舉爲「臨時大總統」得到全國擁護，《臨時公報》自 1912 年 2 月 25 日起增加「附錄」一欄，專門刊載《直晉豫三省諮議局致袁大總統電》、《天津商務總會等慶賀袁大總統電》、《黑龍江共和進行會致袁大總統電》、《香港各商會致袁大總統電》等 12 封慶賀袁世凱被選爲「中華民國第二任臨時大總統」的致敬、效忠電。1912 年 3 月 11 日出版的《臨時公報》上刊載了袁世凱就任「臨時大總統」致南京臨時參議院的「誓詞」。另外《臨時公報》還刊載過諸如《通行文件（附呈單：新刑律）》、《證書（中墨兩國關於華僑受損賠償議定書）》及《公約（海牙禁煙公會訂立鴉片公約）》等一些具有史料價值的文件。

（三）《臨時公報》性質的分析和判斷

關於《臨時公報》的性質有多種不同的表述。有人敘述爲「南京臨時政府成立後，袁世凱政府於次日出版了由原《內閣官報》改頭換面而成的《臨時公報》，南北統一後，又改名爲《政府公報》」[2]。有人稱是「袁世凱令將原清政府之《政治官報》更名爲《臨時公報》繼續發行」[3]。史實是《政治官報》是由清廷中央考察政治館於 1907 年 11 月 5 日創辦，共出 1370 期，至 1911 年 8 月停刊，1911 年 8 月 24 日（宣統三年七月初一）起改出《內閣

---

1 北京《臨時公報》（大中華民國元年二月二十五日），《臨時公報》第一輯，第 60 頁。
2 郭傳芹：《袁世凱與中國近代新聞事業》，中國臺灣新北市：花木蘭文化出版社，2013 年版，第 42 頁。該書稱上述文字引自方漢奇主編：《中國新聞事業通史》（第 1 卷）。經核對發現所引文字在「南京臨時政府成立後」一句後遺漏了「於 1912 年 1 月 29 日出版了《臨時政府公報》，成爲中國歷史上第一個資產階級共和國的國家機關報。1912 年 2 月 12 日清帝退位後」等文字，致使成爲「南京臨時政府成立後，袁世凱政府於次日出版了由原《內閣官報》改頭換面而成的《臨時公報》」與所引原文及史實不符，實爲筆誤。
3 韓信夫、姜克夫主編：《中華民國大事記》（第 1 冊），中國文史出版社，1997 年版，第 186 頁。

官報》[1]，成爲清廷內閣的正式機關報[2]，《臨時公報》顯然不可能在 1912 年 2 月 13 日跳過《內閣官報》在《政治官報》基礎上更名「繼續發行」。有人認爲是「袁世凱就任中華民國臨時大總統時期的政府機關刊物」[3]。也有學者把《臨時公報》稱爲「中央政府公報」。[4]我們認爲這些結論似乎不很全面，也不完全符合實際。

　　首先是袁世凱被舉爲「臨時大總統」時間與《臨時公報》創刊時間不吻合。清廷接受南京臨時政府提出的優待條件，於 2 月 12 日頒發了「清帝退位詔書」，袁世凱 2 月 13 日致電南京臨時政府宣布承認「共和爲最良國體」，並表示「從此努力進行，務令達到圓滿地位，永不使君主政體再行於中國」[5]，在此前提下，孫中山於同日（1912 年 2 月 13 日）向南京臨時參議院提交《孫文爲辭職引退致參議院咨》，重申「專制政府既倒，國內無變亂，民國卓立於世界爲列邦公認，本總統即行解職」的政治承諾。南京臨時政府參議院 2 月 15 日舉行臨時大總統選舉會，一致選舉袁世凱爲臨時大總統。即使以袁世凱被選舉爲「臨時大總統」爲標誌，也應是在 1912 年 2 月 15 日後（最多是同一天）才能算「袁世凱就任中華民國臨時大總統時期」。《臨時公報》出版第一冊的時間是 1912 年 2 月 13 日，是清廷隆裕皇太后在「清帝退位懿旨」中授權「由袁世凱以全權組織臨時共和政府」次日，此時的袁世凱還沒被南京臨時參議院選舉爲「臨時大總統」，當然不能說是在「袁世凱就任中華民國臨時大總統時期」。

　　其次是袁世凱就任「臨時大總統」時間與《臨時公報》創刊時間不吻合。清廷 1912 年 2 月 12 日頒布「清帝退位詔書」並「授權袁世凱全權組織臨時共和政府」，袁世凱 2 月 13 日致電南京臨時政府宣布承認「共和爲最良國體」，同日孫中山向南京臨時政府參議院提交了《孫文爲辭職引退致參議院

1　史和等編：《中國近代報刊名錄》，福建人民出版社，1991 年版，第 247 頁。

2　方漢奇主編：《中國新聞事業通史》（第 1 卷），中國人民大學出版社，1996 年版，第 947 頁。

3　中國第二歷史檔案館：《〈關於出版北京〈臨時公報〉的〉說明》，《臨時公報》第一輯，江蘇人民出版社出版，揚州古籍書店發行，江蘇廣陵書籍刻印社影印，1982 年 2 月。

4　王潤澤：《北洋政府時期的新聞業及其現代化（1916～1928）》，中國人民大學出版社，2010 年版，第 43 頁。

5　李新主編：《中華民國史》第 1 卷（1894～1912）下，中華書局，2011 年版，第 835 頁。

咨》。但孫中山在「致參議院咨」中提出辭（解）職「辦法三條」，其第二條是「辭職後，俟參議院舉定新總統到南京受任之時，大總統及國務員乃行辭（解）職」。就是說袁世凱被選爲臨時大總統時孫中山只是提出「辭職」而不是實際「解職」；只有在袁世凱到南京受任「臨時大總統」時他才實際「解職」，那時袁世凱才成爲實際「大總統」。在袁世凱到南京受任臨時大總統前，孫中山不啓動並完成辭（解）職法律程序，仍然履行臨時大總統的實際權力即「執政民國」。南京臨時政府參議院選舉袁世凱爲第二任臨時大總統後，孫中山迅即向袁世凱發電報表示「於是己申命所司，繕治館舍，謹陳章綬，靜待軒車」[1]，催促袁世凱早日來南京就任，並派出迎袁專使團專程赴京迎接。但袁世凱既不願離開「北洋派勢力的中心」北京，又捨不得他夢寐以求的「臨時大總統」位置，於是表面向孫中山提出「統俟南京專使到京商擬辦法」[2]、「俟專使到京，再行面商一切。」[3]同時暗中指使所屬北洋軍在南京臨時政府迎袁專使團抵達北京的第三天（2月29日）製造「北京兵變」，目的在於製造緊張空氣，藉以證明他不能離開北京[4]。這場兵變使帝國主義國家感到其在華利益可能受到威脅，所以支持袁世凱留在北京；在袁世凱授意下，北方地區各類團體或上書支持袁世凱滯留北京，或致電指責因南京臨時政府「爭執都會地點」「釀此大變」；北洋將領段祺瑞等更是叫囂「臨時政府必應設於北京，大總統受任暫難離京一步，統一政府必須旦夕組定」[5]。兵變的結果是袁世凱達到了在北京就任臨時大總統的目的。南京臨時參議院1912年3月6日開會議決准許袁世凱以電報向參議院宣誓而在北京就職臨時大總統。1912年3月10日，袁世凱在北京石大人胡同原清廷外務部公署舉行「臨時大總統」就職儀式。而此時的《臨時公報》已經出版近一個月了。

　　再則是袁世凱卸任「臨時大總統」時間與《臨時公報》停刊時間不吻合。南京臨時參議院1912年3月8日「全案通過」《中華民國臨時約法》，孫中山

1　孫中山：《孫文爲促袁南下致袁世凱函》，載《臨時政府公報》第25號，1912年2月15日出版。
2　袁世凱：《袁世凱請南京專使到北京商擬辦法致參議院電》，北京《臨時公報》，壬子年正月初一日出版。
3　袁世凱：《袁世凱之孫文電》（1912年2月16日），載《臨時公報》，壬子年正月初一日出版。
4　參見劉成禺：《世載堂雜憶》，中華書局，1960年版，第171～172頁。見《中華民國史》第二卷上，第4頁。
5　上海《申報》館：《北京三軍統之危言》，載上海《申報》，1912男3月10日。

3 月 11 日以「大總統令」的形式正式向社會公布[1]，並在《臨時政府公報》第 35 號上予以全文刊載[2]。《臨時約法》規定「本約法施行後，限十個月內由臨時大總統召集國會」，「參議院以國會成立之日解散，其職權由國會行之。」[3]1913 年 4 月 8 日，中華民國第一屆正式國會開會，到會議員 682 人，其中參議員 179 人，眾議員 505 人。按照《臨時約法》第二十八條規定，臨時參議院同日宣告解散。[4]中華民國國會 1913 年 10 月 6 日召開總統選舉會，第一、第二輪投票袁世凱都沒有達到當選票數，直到第三輪只剩袁世凱和黎元洪二人決選時，袁世凱才以五百零七票當選。[5]在「當選」中華民國「大總統」的 1913 年 10 月 6 日前，袁世凱仍然只是「臨時大總統」。《臨時公報》早在 1912 年 4 月 30 日出版第 78 冊後就自動停刊了。這與袁世凱當選「大總統」（不再是「臨時大總統」）的時間不吻合。

　　最後是認定《臨時公報》由原來《內閣官報》改辦而來的依據也不充分。文獻學界認定一種報刊是另一種報刊「繼續出版」的標誌主要有三個：一是在前種報刊的停刊文字說明中說明本刊停刊後由新創辦的報刊繼承；二是後一種報刊在有關文字中說明本刊與前刊的繼承關係（如《臨時公報》之後的《政府公報》就在所刊《政府公報廣告》中表明「本局前奉政府命令，臨時公報改爲政府公報」）；三是後一種報刊在「卷期」記載上「延續使用」前一種報刊的卷期記錄。捨此三點就很難把後一種報刊認定爲是前一種報刊的「繼續出版」。就《臨時公報》和《內閣官報》而言，首先是兩種報刊的題名不同，這是兩者的根本區別（如在政府登記應是兩個法人，或是一個法人創辦的兩種報刊）；其次是在《臨時公報》與《內閣官報》上沒有發現任何表明兩種報刊具有「承繼」關係的文字；最後是兩種報刊的卷期記載系統也完全不同，《內閣官報》每日出版且以「期」記數；而《臨時公報》儘管也是每日出版但不

1　孫中山：《大總統公布〈臨時約法〉令》，載《臨時政府公報》第 35 號，1912 年 3 月 11 日出版。
2　邱遠猷、張希坡：《中華民國開國法制史研究》，首都師範大學出版社，1997 年版，第 359 頁。
3　《中華民國臨時約法》（中華民國元年三月十一日公布），轉引自王培英編《中國憲法文獻通編》（修訂版），中國民主法制出版社，2007 年版，第 299～303 頁。
4　韓信夫、姜克夫主編：《中華民國大事記》（第 1 冊），中國文史出版社，1997 年版，第 250 頁。
5　李新、李宗一主編：《中華民國史》第二卷（1912～1916），中華書局，2011 年版，第 433 頁。

以「期」記數，因此看不出兩種報刊的「繼承」關係。最後是僅僅從《內閣官報》和《臨時公報》的館址相同（北京東長安牌樓王府井大街電話東局二百零一號），不能確定《臨時公報》是《內閣公報》的繼續。因為沒有發現當時的政府規定同一個門牌的館舍不能創辦兩種報刊。

根據上述分析，我們對《臨時公報》的性質形成以下三個基本判斷：

一、《臨時公報》不是袁世凱擔任「中華民國臨時大總統時期的政府機關刊物」。因為它的出版發行時間基本上與袁世凱擔任「中華民國臨時大總統」沒有直接關係。《臨時公報》1912 年 2 月 13 日創刊時，「中華民國臨時政府」在南京辦公，由孫中山擔任臨時大總統，當時北京還沒有什麼「臨時政府」。1912 年 3 月 10 日袁世凱在北京舉行就職儀式也是根據南京臨時參議院「議決」進行的。《臨時公報》創刊的前一天，袁世凱才受清朝隆裕皇太后為代表的清政府授權「全權組織臨時共和政府」。「臨時共和政府」才開始「組織」，還遠遠沒有「組成」，因而尚不具備出版「政府公報」的基本條件。

二、《臨時公報》是袁世凱獲得「全權組織臨時共和政府」權力後創辦的宣傳刊物，是為袁世凱攫取辛亥革命勝利成果——具體就是「中華民國大總統」職位及其代表的「執政權」——塑造形象、引導輿論、擴大權勢的宣傳工具。《臨時公報》在清廷頒下《清帝宣布退位旨》次日即匆匆出版。其內容是兩份公文：一為《大清皇帝宣統三年十二月十六日旨一道》，內容是「著授袁世凱以全權研究一切辦法，先行迅速與民軍商酌（退位）條件，奏明請旨」；二為《大清皇帝宣統三年十二月二十五日旨三道並條件》，三道聖旨中的第一條為宣布「特率皇帝將統治權公諸全國，定為共和立憲國體」和「由袁世凱以全權組織臨時共和政府，與民軍協商統一辦法」；第二條為公布由南北雙方代表商定清廷接受的《優待皇室條件》（包括關於大清皇帝辭位以後優待之條件共八款、關於清皇族待遇之條件計四條和關於滿、蒙、回、藏各族待遇之條件共七條）；第三條是責成「民政部、步軍統領姜桂題、馮國璋等嚴密防範」，「京外大小各官，均宜慨念時艱，慎供職守。」[1]第一本《臨時公報》之所以急急刊載這三份公文，說白了就是袁世凱在藉重前清朝廷（隆裕皇太后及宣統皇帝）在民間及傳統文人中的習慣力量，為自己攫取辛亥革命成果營造輿論氛圍，增加權勢威力。

---

1 中國第二歷史檔案館：《中華民國史檔案資料彙編》第一、二輯，鳳凰出版社，1991 年版，第 71～76 頁。

三、《臨時公報》是袁世凱「全權」籌組北京臨時政府過程中的官方出版物。它創辦於袁世凱受清廷隆裕皇太后之命「全權組織臨時共和政府」之始（辛亥年十二月二十六日，星期二，公曆 1912 年 2 月 13 日），終刊於民國南京臨時參議院北遷後在北京正式復會的 1912 年 4 月 30 日（第 78 冊出版於大中華民國元年四月三十日，壬子年三月十四日，星期二），整個出版時間正好與袁世凱籌組「中華民國（北京）臨時政府」所經歷的時間一致，其中對袁世凱的稱謂經歷了從「全權組織臨時共和政府袁」（「袁全權」）到「臨時大總統袁」的變化，正是袁世凱籌組中華民國北京臨時政府過程中政治身份演進的歷史記載，所以我們認爲《臨時公報》是袁世凱以「全權」籌組北京臨時政府過程中的官方出版物。

1912 年 3 月 10 日，袁世凱在北京宣誓就任中華民國第二任臨時大總統並表示「俟召集國會，選定第一期大總統，世凱即行解職。」[1]同年 4 月 29 日，北遷的原南京臨時參議院在北京行開院禮（即時成爲北京參議院），袁世凱偕國務員蒞會並發表宣言，[2] 標誌著袁世凱主導由南方革命黨人參加的民國北京臨時政府（時稱「統一政府」）組建完成。也就在此時，袁世凱爲籌組北京臨時政府創辦的《臨時公報》也完成歷史使命停刊了。

二、北京臨時政府組成後的中央《政府公報》

以民國臨時參議院在北京「行開院禮」爲標誌，民國北京「統一政府」正式組成並運行。1912 年 5 月 1 日，「民國時期北洋政府的機關刊物」《政府公報》在原來《臨時公報》基礎上正式創刊。《政府公報》先後出版了 16 年之久，一共發行了 5663 期。1915 年底出版到 1310 號，1916 年元月 1 日重新編號發行，出版至 4353 號停刊[3]，時在 1928 年 6 月。《政府公報》十六年的出版歷程可簡單分爲兩個階段，即袁世凱主政的民國北京政府時期（1912.4.30～1916.6.6，包括由南北雙方人員參加的統一政府和第一次國會選舉後成立的立憲政府）和袁世凱病逝後由北洋軍首領先後掌權的民國北京政府時期

1　韓信夫、姜克夫主編：《中華民國大事記》（第 1 冊），中國文史出版社，1997 年版，第 193 頁。
2　韓信夫、姜克夫主編：《中華民國大事記》（第 1 冊），中國文史出版社，1997 年版，第 193～201 頁。
3　中國第二歷史檔案館：《影印〈政府公報〉的說明》，載《政府公報》（合訂本），上海書店，1988。

（1916.6～1928.6）。此處主要介紹袁世凱主政民國北京政府時期（簡稱民國袁世凱時期）的《政府公報》。

（一）《政府公報》的創刊和性質

《政府公報》是因原負責編印《臨時公報》的「本局前奉政府命令，臨時公報改為政府公報」[1]，明確表示現在創刊的《政府公報》是由原來的《臨時公報》改辦而來，隱含的意思就是《政府公報》的創刊宗旨和功能基本和《臨時公報》相同。大概由於這個原因，《政府公報》封面格局與原來《臨時公報》相同。以 1912 年 5 月出版的第一號為例。封面仍是豎分為三欄。右邊欄是「出版時間」即「中華民國元年五月初一日　星期三」和出版期號「第一號」；中間欄是刊名欄，豎排著「政府公報」四字；左邊欄是「發行所地址」欄即「北京東長安牌樓王府井大街電話東局二百零一號」。和《臨時公報》相比，封面內容中省略了中國傳統農曆紀年的年月日如「辛亥年十二月二十六日」、「壬子年正月初三日」等，但增加了「出版期號」如「第一號」，從連續出版物的角度認識，增加了「出版期號」這項信息，對於刊物本身和使用者都是很重要的——根據「出版期號」可以很方便地查檢刊載在某一特定期號刊物上的特定內容，從這點來說，《政府公報》相比於《臨時公報》而言是一個進步。這一時期的《政府公報》由南北統一政府總統府所屬的印鑄局具體負責編輯印刷發行。「印鑄局直隸於國務總理，掌印刷官文書用紙、製造勳章、徽章、印信、關防圖記及其他物品，並刊行公報。」為使其足以履行上述功能，規定印鑄局設局長、秘書、僉事、技正、技士等崗位，各崗位所設員額人數不等，其中「僉事四人，承局長之命掌理編輯事宜並文書會計及庶務。」[2]由此可見，《政府公報》由印鑄局「僉事」根據各官署專門人員送交編輯部——送交前即已經過各官署主管官員檢校、審核並蓋章簽名以示負責——擬在官報登載的官方文書負責編輯後付之印刷發行——除「專條別定施行期限外」，該公報刊載的法令在京師以「刊布之日」、各省以「遞到該省最高行政官署之日」即生「一體遵守之效力」；各省城「應交之報費，均交該省行政長官會齊，會解印鑄局」[3]，具有十足的「官味」。

1　《政府公報廣告》，載《政府公報》第十七號，中華民國元年五月十九日（1912 年
　　5 月 19 日）出版。
2　《印鑄局官制》，載《法令全書》（第 2 冊：第五類），1912 年印行。
3　《〈政府公報〉條例》，轉引自戈公振：《中國報學史》，中國新聞出版社，1985 年

（二）《政府公報》的主要內容

作爲南北統一政府的「公布法律命令之機關」,《政府公報》的內容以政府運行過程中產生並公開發布的官方文件爲主,但所設欄目隨著時間的推移和「公報」內容增加不斷有所變化。以 1912 年 5 月出版的前 5 號《政府公報》爲例。第 1 號的欄目是命令、通告、致辭、電報、呈文和公啓等,第 2 號的欄目是命令、通告、呈批、呈文和公啓等;第 3 號的欄目是命令、呈文和咨箚等;第 4 號的欄目是命令、呈批、電報、通告和公函等;第 5 號的欄目是咨文、呈文、部令、廣告和聲明等,可見一直在變化之中。大概是有什麼文件就設什麼欄目。自第十一號起除「命令」外在欄目名稱下列出所載文件題名,如「咨文」欄列舉了「農林部咨國務院總長就職日期等文」等 5 篇咨文的標題,「呈文」欄列舉了「教育部呈報開用印信日期文」等 4 篇呈文的標題;「電報」欄列舉了「教育部請分飭各省籌辦教育等事宜詳查報部電」等 5 封電報的標題;「附錄」欄列舉了「參議院第二次會議速記錄」;「通告」欄列舉了「教育部飭各書局出版各種教科書送部審查通告」等 3 件通告的標題;「廣告」欄列舉了「京師法律學堂筆記(一名法律叢書)出版廣告」的標題。這一情況很快有了改變。1912 年 5 月 17 日出版的第十七號上第一次刊出了《政府公報廣告》,聲稱「本局前奉政府命令臨時公報改爲政府公報,業於五月一號開辦,現在重訂辦法力求改良。所有各部院應行公布文件,彼此特派專員商訂交付事宜以期迅速。從前體例,未免簡單,現已酌量加增漸臻完備。茲將新定體例列後:一法律,二命令,三呈批,四公文,五公電,六判詞,七通告,八附錄,九外報,十廣告」。[1]此時的《政府公報》體例應基本定型。這個「新定體例」有以下幾點引起我們關注:一是把「法律」的位置擺到了「(大總統)命令」之前,在形式上體現了尊重法律的思想;二是增加「外報」一欄,其本意可能是從國外報紙上摘報一些與中國政治經濟軍事等相關的新聞消息——如是這樣,《政府公報》就具有了報導社會新聞的功能,但不知何因一直沒有看到「外報」欄的具體內容出現。也或許是辦報人的設想遭遇了管報人的遏制也未必可知。

（三）《政府公報》與袁世凱政府之關係

《政府官報》的發行如戈公振所言由總統府「印鑄局仿照《內閣官報》,

版,第 50～52 頁。

1　《政府公報廣告》,載《政府公報》第十七號,中華民國元年五月十九日(1912 年 5 月 19 日)。

擬定《政府公報》條例及發行章程。」[1]可知《政府公報》發行基本上沿襲了清末新政時期《內閣官報》的管理體制和運作機制。南北統一政府國務院報請國務會議於 1912 年 7 月 1 日通過[2]後以國務院令發布的《政府公報條例》規定，「凡是政府的法令及應行公布之文電，統由《政府公報》刊布」，這是賦予《政府官報》特殊的宣布法令生效的權威。即昭告社會，政府的「法令」必須經過《政府公報》對外發布才具有正式的法律效力——「凡未經《政府公報》刊布之章程文電，有在其他報紙及印刷品登載者不得援據」（但政府運作中產生的「文電」則是「應行公布」的才予以公布）。中央政府下屬「官署」所發布的「通行官外文書」（即對全社會發布的非系統內部運行的公文）凡是已經在《政府官報》上「刊布」者，各官署就不再以文書的方式向社會刊布；其各官署單行之件，並非通行及未便公布者，仍自用文書傳達。為了維護《政府公報》所刊布文件的權威性，《政府公報條例》對擬刊載的內容規定了嚴格的把關程序。其中包括「中央各官署均需派定專員，將應通行之文件逐件檢校蓋章簽字，送交印鑄局刊登公報」，明確規定：一是官署必須指定專人，二是規定專人的職責，包括對必須刊登公報的「文電」負責「逐件檢校」，經部門「蓋章」，再由負責官員「簽字」，然後「送交」印鑄局（對那些可以刊布的「非通行文件」也可以送印鑄局「酌量刊布」）。還規定各署專員對送交印鑄局的「文電」必須與印鑄局辦理公報人員互相「商訂」交付文件「事宜」（辦法），以保證每一個工作環節環環相扣，不出差錯，確保《政府報告》內容的準確性和權威性。為了維護其權威性，在發行方面又特別規定「京外各官署均有購閱《政府公報》之義務」；「代銷《政府公報》者」「概照印鑄局定價發售，不得私自加價」[3]。

三、中央政府創辦的部門公報

除了袁世凱籌組民國北京臨時政府時期創辦出版的《臨時公報》和南北統一政府組建完成後在《臨時公報》基礎上「奉命改」辦的《政府公報》外，民國袁世凱時期的政府新聞發布媒介還有中央政府創辦的「部門公報」，如《司法公報》、《教育公報》和《農商公報》等。

1　戈公振：《中國報學史》，中國新聞出版社，1985 年版，第 50 頁。
2　王潤澤：《北洋政府時期的新聞業及其現代化（1916～1928）》，中國人民大學出版社，2010 年版，第 45 頁。
3　《〈政府公報〉發行章程》，載《法令全書》（第 2 冊：第 4 類），1912 年印行。

（一）司法部創辦的《司法公報》

《司法公報》，1912 年 10 月 15 日創刊於北京，月刊。由民國北京臨時政府司法部按期會纂發行。[1]創刊時由司法部公報處編輯，發行所設在司法部收發室（後改爲司法公報處及公愼書局），印刷所爲法輪印字局（後改爲北京監獄、京師第一監獄等）。期間大部分是月刊，也偶有稿件積壓而改爲月出兩冊者。創刊時以諸如「第一年第一期」稱之。自 1913 年「一月十五日」出版時改稱爲「第四號」；在封面上加印了「中華民國郵政特准掛號認爲新聞紙類」，刊名字體也有了變化。[2]司法部公報處設經理、編輯、譯述、校勘、繕寫、會計、庶務和收發等崗位，「由總長就本部人員指令兼任不另支薪」。爲便於對外，司法部公報處另設機關稱之爲「司法公報處」[3]。該刊聲稱「以公布司法過去之事實藉促進司法前途之進行爲宗旨」，設有圖畫、命令（大總統令、司法部令、其他官署之命令）、法規、公牘（呈文、咨文、令文、批答、公電、公函）、判詞、報告（統計報告、調查報告、研究報告）、譯件、選論和雜錄等欄目。根據司法部改定頒布的《司法公報條例》，公報內容自 1914 年第 1 號起包括圖畫、任免事項、總務、民事、刑事、監獄、法令、判決、報告、統計以及附職員表等 11 個方面。到 1915 年因司法公報處被裁撤，公報改由司法部參事廳兼辦，公報體例風格爲之大變，內容分爲「例規」和「僉載」兩個板塊，其中「例規」板塊具體包含約法、官制、官規、審判、民事、刑事、監獄、外交、公式、服制、禮儀、公報、統計報告、會計、戒嚴、行政訴訟、雜錄等內容；而「僉載」板塊則包含事件、考鏡、別錄等內容。袁世凱去世後繼續出版，一直出版到 1928 年 5 月停刊。共發行二百五十期，其中有臨時增刊三十九期[4]。

（二）教育部創辦的《教育公報》

《教育公報》月刊，1914 年 6 月創刊於北京。由民國袁世凱時期教育部創辦，由教育部教育公報經理處發行[5]。是既公布官方法規、也報導一般信息

1　《〈司法公報〉簡章》，載《司法公報》第一年第一期，1912 年 10 月 15 日出版。
2　《司法公報》第四號，司法部公報處編輯，法輪印字局印刷，1913 年 1 月 15 日出版。
3　《〈司法公報〉簡章》，載《司法公報》第一年第一期，1912 年 10 月 15 日出版。
4　趙曉耕：《〈司法公報〉前言》，載《民國文獻資料叢編：司法公報》（1），國家圖書館出版社，2011 年版，第 3～11 頁。
5　王潤澤：《北洋政府時期的新聞業及其現代化（1916～1928）》，中國人民大學出版社，2010 年版，第 50 頁。

的綜合性官報。其內容「分命令、法規、公牘、報告、記載、譯述、附件及專件、演講各門」，「既仿公報之體兼備雜誌之長，爲公布文告機關，發展教育道線」[1]。袁世凱死後繼續出版。有著作記載說出版至 1926 年停刊。[2]書目文獻出版社《1833～1949 全國中文期刊聯合目錄》（增訂本）載「教育公報（雙月刊），北京教育部，1～12：3，1914.6～1926.？；新 1～3，1927.2～4（本刊原爲月刊），1927 年改爲雙月刊，期數另計。」由此可知，在全國第一中心圖書館委員會全國圖書聯合目錄編輯組於 1957 年底開始徵集資料，至 1961 年編成該「聯合目錄」時[3]，全國至少尚有該刊第一卷第 1 期～第 12 卷第 3 期實物收藏，這 12 卷刊物出版於 1914 年 6 月到 1926 年某一時間。自 1927 年 2 月恢復出版，由原來月刊改爲雙月刊，刊物編號改稱「新 1 期」，一共出版了 3 期。有人在 1926 年 11 月 31 日出版的《司法公報》上看到過該報做的廣告，並沒有停刊的跡象。也就是說到 1926 年 12 月該刊還在繼續出版。那麼按照《聯合目錄》上記載的 1927 年 2～4 月出過雙月刊，就基本可以確定其在 1926 年並沒有停刊，只是在 1927 年改爲雙月刊。[4]《1833～1949 全國中文期刊聯合目錄》（增訂本）記載《教育公報》「11：8～11，1924」；「11：11～12，1924～1925」；「11：12，1925」；「12：1～3，1925」；「12：1～2，1925」；「新 1～3，1927」[5]。表明 11 卷 11 期出版於 1924 年；11 卷 12 期和 12 卷 1～3 期出版於 1925 年；新 1～3 期則是出版於 1927 年 2～4 月。若是月刊，出版 12 卷第 3 期應在 1925 年 4 月，1925 年 5 月到 1927 年 1 月間停刊，1927 年 2 月再復刊出版雙月新 1 期。我們認爲民國北京政府時期的《教育公報》月刊，創辦於 1914 年 6 月，1925 年 4 月出版 12 卷第 3 期後停刊──既不是如《中國新聞事業編年史》所言「1926 年停刊」，也不是如《北洋政府時期的新聞業及其現代化（1916～1928）》所言「沒有停刊只是改爲雙月刊」──到 1927 年 2 月再復刊出版雙月「新 1 期」。

1　《教育公報廣告》，載《司法公報》，1926-11-31。轉引自王潤澤《北洋政府時期的新聞業及其現代化（1916～1928）》，第 49～50 頁。

2　方漢奇主編：《中國新聞事業編年史》（上），福建人民出版社，2000 年版，第 749 頁。

3　《1833～1949 全國中文期刊聯合目錄》（增訂本）前言，書目文獻出版社，1981 年版，第 Q1 頁。

4　王潤澤：《北洋政府時期的新聞業及其現代化（1916～1928）》，中國人民大學出版社，2010 年版，第 49 頁。

5　《1833～1949 全國中文期刊聯合目錄》（增訂本），書目文獻出版社，1981 年版，第 1020 頁（中欄）。

（三）農商部創辦的《農商公報》

《農商公報》月刊，1914 年 8 月 5 日創刊於北京。由民國袁世凱時期農商部主辦，北京農商部公報編輯處編輯。刊登農、工、商、礦業經濟等方面的命令、條例、法規和調查資料等[1]。袁世凱去世後繼續出版，一直出版到 1926年 2 月停刊，共出版刊物 12 卷（第 12 卷只出版了第 11 期）[2]。

四、地方政府創辦的政府官報

在民國袁世凱時期，除了中央政府創辦的《臨時公報》和《政府公報》及政府部門公報外，地方政府創辦的地方官報也在繼續發展。主要的如：

（一）安徽省政府機關報《安徽公報》

《安徽公報》，五日刊，民國元年八月二十三日（1912 年 8 月 23 日）創刊於安徽省會安慶，創刊時由安徽都督府編印，1913 年 4 月 3 日改由安徽行署編印，1914 年 10 月 1 日又改由安徽行政巡按使公署編印。1915 年 1 月停印。袁世凱死後的 1916 年 7 月 19 日復刊，改由安徽省長公署編印。安徽印刷總局發行。設有總統示令、院部示令、司法示令、本省示令、法制、公牘、電報和附錄等欄目，第 55 期起闢有廣告欄。主要功能是傳達中央一級政府和地方政府的政令，因而具有「政府機關報的特性」[3]。該報所載「啓事」中明確規定「本省各級官署及法定機關均有購閱本報之義務」[4]，可以從旁證明該報屬於政府官報性質。

（二）廣東都督府機關報《廣東公報》

《廣東公報》，1912 年 8 月 1 日創刊於廣東省會廣州。廣東都督府印行。設有法律、命令、公文、公電、附錄、廣告等欄目。內容主要是公布廣東都督府的法律、命令等公文。因爲是政府公報，廣東都督府曾爲該報的發行專門發布《廣東大都督令》稱「既開辦《廣東公報》以爲宣布各項法令之用，先經通過各級官廳知照在案。查《公報發行簡章》第七條（規定）各官廳有購閱該報之義務。爲此，令仰俟該報發行後，照章購閱，預將應納全年報費

1　王潤澤：《北洋政府時期的新聞業及其現代化（1916～1928）》，中國人民大學出版社，2010 年版，第 52 頁。

2　《1833～1949 全國中文期刊聯合目錄》（增訂本），書目文獻出版社，1981 年版，第 474 頁。

3　王傳壽主編：《安徽新聞傳播史》，合肥工業大學出版社，2014 年版，第 58 頁。

4　《安徽公報啓事》載《安徽公報》，1912 年 8 月 24 日第 1 版。

送交該印刷處收納，准在公費用作正當開銷，並仰轉飭所屬，一體遵照辦理，毋得延忽。此令。」[1]

（三）《廣東司法五日報》和《廣東教育公報》

《廣東司法五日報》，1912 年 4 月 7 日創刊於廣東省會廣州。廣東高等裁判所編印。內容包括法令、公牘、批詞、司法紀聞、雜錄、學說、選論、函件、告白等欄目。其宗旨在於維持司法界前途，公布裁判事件，使民皆曉然裁判內容。這一階段廣東還創辦有《廣東教育公報》，1912 年 10 月創刊於廣州。廣東省教育司印行，爲廣東公布教育行政法令之機關，兼附有學術研究等內容。[2]

（四）浙江省長公署機關報刊《浙江公報》

《浙江公報》日刊，1912 年 5 月由創刊於 1912 年 1 月的原《浙江軍政府公報》改名後創刊於浙江杭州。經理馬敍倫，總纂杭辛齋，編輯邵飄萍。浙江省長公署公報處編印發行。至 1924 年出了 4526 期[3]。主要刊布中央政府公開下發的文件、本省文件和各省來往文電。一般屬機密文件或不便公開發表的文件不刊布。凡經《公報》刊布的文電分發到各縣之日即發生效力。[4]

（五）四川省政府機關報《四川政報》

《四川政報》日刊，1912 年 8 月 29 日後不久由原《四川都督府政報》[5]改名創刊於四川成都。總發行所設在成都東玉龍街都督府印刷局。時任四川民政長（相當於後來的省長）[6]的張培爵爲該報創辦於 1912 年 8 月 28 日發布「民政長令」稱：「所有公布文件即不得再照從前專以都督府名義出之，致滋混亂。

1　《廣東大都督令》，轉引自鄧毅、李祖勃編著《嶺南近代報刊史》，廣東人民出版社，1998 年版，第 377 頁。

2　鄧毅、李祖勃編著《嶺南近代報刊史》，廣東人民出版社，1998 年版，第 377 頁。

3　張夢新等：《杭州新聞史》，中國社會科學出版社，2011 年版，第 65 頁。

4　徐美華：《〈浙江公報〉是研究浙江近代史的重要史料》，載《浙江檔案工作》，1983 年 6～7（Z1）期。

5　《四川都督府政報》係在 1911 年 11 月 7 日創刊的《四川軍政府官報》（王綠萍認爲約在 1912 年 3 月 2 日停刊）基礎上於 1912 年 3 月（若依《四川軍政府官報》停刊時間推算，《四川都督府政報》創刊時間應是 3 月 2 日左右）在四川成都創刊。

6　1912 年 1 月川南軍政府併入蜀軍軍政府。2 月 2 日，重慶蜀軍軍政府與成都大漢軍政府合併成四川軍政府，7 月 2 日設民政長爲地方行政長官，1914 年 5 月改稱民政長爲巡按使，1916 年 7 月改稱巡按使爲省長。見傅林祥、鄭寶恒著《中國行政區劃通史·中華民國卷》，復旦大學出版社，2007 年版，第 220 頁。

川省政報現仍須賡續發行，惟應將都督府政報名義改為四川政報，以符名實」。時任四川護都督胡景伊和民政長張培爵 29 日聯署發出《四川護都督胡 民政長張令》稱「因政報極當改良，特飭令先將該報名義改為《四川政報》在案。惟查軍民雖已分治，政令仍當統一，此後凡關於本省軍政、民政公文，均應有該報分別登載。」[1]該報樣式與《四川都督府政報》相同，每日一張，逢一停報。內容包括命令、呈文咨文、批詞以及通告示牌來電等四類。該報自 1912 年 11 月 2 日起每日出版一冊（仍然逢一停報），期數另計。至 1912 年 12 月出版至第 53 期後，於 1913 年 1 月以新 1 期編號繼續出版，出至 1913 年 10 月第 258 期後，於 1913 年 11 月以新 1 卷第 1 期繼續出版（因此時民政長改稱為「巡按使」，所以改稱由四川省巡按使公署政報編輯處編輯，成都總府街昌福公司印刷，四川省巡按公署政報處發行。內容包括命令、法制、公牘、公電、餘錄等五類。規定中央和本省的法令，除特別規定施行日期外，均以此報到達之日生效；本省公文除用文書特別宣布外一律由該報刊行），出至 1915 年 2 月 20 出版至第 3 卷第 4 期後停刊[2]。1924 年 8 月又以新 1 卷第 1 期復刊，出版至 1924 年 11 月第 4 卷第 2 期後停刊。[3]

（六）軍政分立後的四川省政府機關報《四川公報》

《四川公報》，自稱日刊，逢一停報，實際刊期不定。1915 年 1 月創刊於四川成都。發行所設在成都東玉龍街將軍署印刷局。據該報所載《本報條例》稱「《四川公報》為本省法令公布之機關。凡中央電令、本省法制文稿，統由《四川公報》公布；凡本省法令實行日期，均以《四川公報》到達日為施行日，其有特別規定及先期接有官發印電者，不在此限。《四川公報》到達各縣日期由將軍、巡按兩署，按路程遠近規定；凡本省法制文告，未經《四川公報》刊布，其在它項報章刊登者，不得援據。本省軍政、行政、司法各機關，及各局所在學校，均須購閱」[4]。由此可知該報是四川建立將軍署和巡按署（所

1　王綠萍：《四川報刊五十年集成（1897～1949）》，四川大學出版社，2011 年版，第 34 頁。

2　王綠萍著《四川報刊五十年集成（1897～1949）》（第 40 頁）載「現看到最晚的一期是 1915 年 2 月 20 日出版的第三年第四期。存四川省圖書館、重慶市圖書館、四川大學圖書館」，此處依王綠萍說。

3　上海圖書館編：《上海圖書館館藏近現代中文期刊總目》，上海科學技術文獻出版社，2004 年版，第 325 頁。

4　《四川公報》館：《本報條例》，載《四川公報》1915 年 1 月。

謂軍政分立）後創刊的以公布中央政府下發至四川省的「中央電令」和四川本省「法制文告」爲主要功能的機關報；《公報》抵達的日期即爲所公布法令的施行日期；明確規定「未經《四川公報》公布而在其他報章上刊登者，不得援據」，即賦予《四川公報》爲發布法令並生效的唯一權威機關。爲此報館要求「本省軍政、行政、司法各機關，及各局所在學校，均須購閱」即通過行政渠道發行。一直出版至 1915 年第 47 期，出版時間爲 1915 年 11 月 1 日。[1]

（七）上海市政機關報《上海市政公報》

《上海市政公報》，具體情況不詳。1912 年 9 月，上海市參議會議員陳琴軒等人向上海市議會提交了《編製市政公報意見書》，提議由市政府編印《上海市政公報》，以便及時向社會各界和民眾及時「發布法令，發表市政實事」。該提議得到與會議員的一致贊同，「希望不久見諸實行，爲全國自治公佈之嚆矢，亦開上海市政廳之一特色。」[2]並擬定了《市政公報簡章》八條，公布報端。但目前尚未見到實物，無法證實是否正式出版。[3]

（八）民國袁世凱時期官報的主要特點

這一階段的袁世凱經歷了由「臨時大總統」向正式「大總統」（即立憲總統）、由正式「大總統」成爲「中華洪憲皇帝」，再因被迫宣布「著將上年十二月十二日承認帝制之案即行撤銷」，「所有籌備事宜立即停止」[4]後回到「大總統」位上，並不久去世的從上升到鼎盛、從鼎盛跌入谷底的急劇變化階段。

1、《臨時公報》服務於袁世凱從上升到鼎盛的階段

《臨時公報》服務的就是袁世凱從上升到鼎盛這一階段。此時的中國，儘管辛亥革命已迫使清朝皇帝退位，共和國體合法性問題已經解決，但建設任務非常繁重，一方面是國家政權的穩定性，另一方面嚴重的經濟問題制約著整個社會的發展。[5]在國際環境方面，各帝國主義列強伺機而動，外國在華

---

1 王綠萍編：《四川報刊五十年集成（1897～1949）》，四川大學出版社，2011 年版，第 58 頁。

2 陳琴軒等：《編製市政公報意見書》，載《申報》1912 年 9 月 22 日。轉引自馬光仁主編：《上海新聞史（1850～1949）》，第 401 頁。

3 馬光仁主編：《上海新聞史（1850～1949）》，復旦大學出版社，1996 年版，第 401 頁。

4 《撤銷承認帝制申令》，載《政府公報》1916 年 3 月 23 日。

5 郭傳芹：《袁世凱與近代新聞事業》，中國臺灣新北市：花木蘭文化出版社，2013 年版，第 34 頁。

勢力對中國政治生態的實際影響力和隱形控制力是當時中國社會權勢結構的一個重要特徵。[1]「臨時大總統」袁世凱既在國際上迫切需要得到西方列強及俄日的支持（一是企求列強「承認」民國北京政府，二是企求列強貸款給民國北京政府度過經濟困境），國內政治方面則在國會及總統選舉又需要至少表面上得到國內各派政治力量認可，所以樹立其正統、權威、高效的政府形象具有生死攸關的意義。這一時期政府官報的創辦出版並及時公布政府施政舉措等信息，為袁世凱及民國北京政府樹立權威形象、展現治國能力、爭取各方認可發揮了重要作用。同時也為後人研究袁世凱如何從「全權」過渡到「臨時大總統」這一歷史過程保留了大量第一手文獻史料，具有極高的歷史文獻價值。

2、《政府公報》經歷了袁世凱從鼎盛到跌入谷底的急劇變化

從本質上來說，袁世凱當政的民國北京政府前期仍然是一個過渡時期，即從形式的資產階級共和政制和實際的資產階級革命黨人主導的民國南京臨時政府，向形式的資產階級共和但實質的封建軍閥專制統治民國北京（臨時）政府過渡的時期。在這個階段，不光孫中山等革命黨人高舉「民主共和」旗幟，而且袁世凱等前清遺老也緊抓「民主共和」這個招牌，作為其執政的合法性基礎。這一階段的地方政府公報也就具有這兩個方面的特性：一是政府（執政的都督府、巡按署、將軍府以及議政的參議院等）都是在名義的「民主共和」框架下議事，以「民主共和」的名義制定頒行法令，規範社會行為和民眾，而實際維護和鞏固的卻是由前清「內閣總理大臣」蛻變而來的「民國臨時大總統」袁世凱執掌權柄的民國北京政府。二是地方政府在「民主共和」的社會輿論氛圍中也制定頒行了一些較之前清封建專制法令法制具有時代進步性的法令法規，這無疑是歷史和時代的進步，《政府公報》在刊載中央政府和地方政府法令文告時實際地發揮了上情下達的信息傳播功能，使得「中央政府」和地方政府的法令制度在當地得到傳播，客觀上起了維護正常社會生活秩序和鞏固國家政治統一的功能，也從一個側面記載了袁世凱是如何從鼎盛的「正式大總統」逆時代社會潮流妄想成為「中華洪憲皇帝」，最後落得個「眾叛親離、分崩離析的局面，精神和身體迅速崩潰」[2]於 1916 年 6 月 6

1　羅志田：《亂世潛流：民族主義與民國政治》，上海古籍出版社，2001 年版，第 2 頁。

2　張憲文等：《中華民國史》，南京大學出版社，2005 年版，第 181 頁。

日「在四面楚歌聲中絕望地死去」[1]下場的演變過程。

3、民國初年的地方政府機關報十分複雜

儘管袁世凱在 1912 年 3 月 10 日在北京宣誓就任「中華民國（第二任）臨時大總統」，但一方面當時在南京還有領導創立「中華民國」的「臨時大總統」孫中山在「繼續執行民國事務」，另一方面全國省區地方軍政府大多是在革命黨人團結立憲派人士及開明地主的力量格局下組成的，袁世凱儘管宣誓「竭其能力，發揚共和之精神，滌蕩專制之瑕穢」，但在革命黨人心中終歸是個變節的前清遺臣，革命黨人治下的地區並不接受北京袁世凱的管轄。所以在「統一政府」組成並運行前，1912 年 3 月 10 日在北京宣誓就任第二任「臨時大總統」的袁世凱實際上也沒有成為全國政府的實際掌權者。孫中山 1912 年 4 月 1 日「蒞臨時參議院行解職禮」宣布「正式解卸臨時大總統職」後，袁世凱依法「名正言順」成為由革命黨人、立憲派和袁世凱代表的北洋軍將領組成的南北「統一政府」總統，大多數地方政府也就迅速接受了北京「統一政府」，在其所辦的地方政府官報上刊載民國北京政府的有關法律法令及政令和結合全國法令制頒的當地政府法令文告，在一定程度上為當地當時社會生活秩序正常運行提供了保障；並因此保存了大量的原始文獻，為後人研究這一階段的中國社會政治、經濟、文化、教育乃至外交、軍事等提供了十分寶貴的史料支撐。

第二節　民國袁世凱時期的政黨新聞報刊業

辛亥革命勝利，前清黨禁廢止，中國同盟會成為公開政黨，武昌方面則有黎元洪的民社，上海由章炳麟以光復會為班底組織中華民國聯合會（不久和預備立憲公會合併為統一黨），憲友會則改組為共和建設討論會。此外自由黨、社會黨、共和統一黨、國民公黨，與其他種種政團相繼產生。綜其數目，殆達三百有餘，是為民國初期的政黨林立時代。[2]為了在政爭中掌握話語權，爭取更多的議會議席，這些政黨團體經過整合、分化、重組，逐漸在中國政壇上形成了以堅持資產階級「民主共和」理念的孫中山、黃興、宋教仁等人領導的中國同盟會（後又先後改組稱國民黨及中華革命黨）和以擁護支持袁

1　朱漢國、楊群主編：《中華民國史》（第一冊·論），四川人民出版社，2006 年版，第 63 頁。

2　謝彬：《民國政黨史》（與戴天仇等撰《政黨與民初政治》合刊），中華書局，2007 年版，第 8 頁。

世凱的共和黨這兩大派及這兩派之外的其他黨團等三股政黨力量。這些政黨為宣傳各自政治主張紛紛創辦機關報刊，成為當時新聞界的明顯特點之一。

一、中國同盟會（國民黨、中華革命黨）及其機關報刊

1912 年 4 月 1 日，民國南京臨時參議院舉行孫大總統解職儀式，孫中山同日向全國發布《臨時大總統解職令》，宣布「此後國中一切政務，悉取決於統一政府」[1]。「臨時大總統」一職由先任前清「內閣總理大臣」後由皇太后在公布清帝退位詔書懿旨中賦以「全權組織臨時共和政府」的袁世凱接任。中國同盟會從民國南京臨時政府中的主導力量成為北京臨時政府的參與力量。儘管中國同盟會在政府中的話語權和實際地位發生了質的變化，但在社會上仍然具有巨大的號召力和影響力。

（一）中國同盟會的時代變遷

1912 年 4 月 24 日，同盟會在上海成立總機關部。次日同盟會本部遷往北京。5 月 4 日，駐上海的同盟會總機關部更名為中國同盟會本部駐滬機關部。7 月 16 日和 21 日中國同盟會本部兩次召開會議討論組織改名和改組問題均未獲通過，但宋教仁在 7 月 21 日會上當選為總務幹事，成為中國同盟會駐滬機關部日常事務的實際負責人。在他積極運作下，同盟會決定與統一共和黨、國民公黨會商合併為國民黨。8 月 13 日，同盟會與統一共和黨、國民公黨、國民共進會、共和實進會聯合發表《國民黨宣言》正式宣布合併為國民黨。同日中國同盟會本部開會選舉孫中山、黃興和宋教仁等 16 人為籌辦國民黨事務所籌備員。次日孫中山和黃興聯名通電同盟會海內外各支部宣布贊成中國同盟會改組為國民黨及所定之綱領，請各支部務求同意。8 月 25 日，國民黨在北京召開成立大會選舉孫中山、黃興、宋教仁等 7 人為理事。9 月 2 日，國民黨理事七人互選孫中山為理事長。孫中山旋即委託宋教仁代理[2]（負責日常工作）。宋教仁是一個傑出的政治活動家且堅信能通過議會政治改變當時中國的政治生態，遂全力投入組織國民黨參加第一次國會兩院選舉。此時袁世凱似乎還處在懵懂狀態，沒有想到在選舉中被宋教仁代理理事長的國民黨打了

1　孫中山：《臨時大總統解職令》，載《孫中山全集》（第 2 卷），中華書局，1982 年版，第 303 頁。
2　韓信夫、姜克夫主編：《中華民國大事記》（第 1 冊），中國文史出版社，1997 年版，第 200～217 頁。

個措手不及，國民黨在第一次國會兩院選舉中獲得 392 席的絕對多數。袁世凱為遏制宋教仁領銜組閣後出任政府總理，情急之下製造「刺宋案」，進而引發國民黨人主導的「二次革命」。因為組織鬆散、處置欠當和實力懸殊，「二次革命」很快失敗。亡命日本的國民黨人於 1914 年 7 月 8 日在日本東京召開中華革命黨成立大會，選舉孫中山為總理，「黨章」規定「以實行民權民生兩主義為宗旨」，以掃除專制政治、建設完全民國為目的」。堅持反對袁世凱專制統治的鬥爭。1916 年袁世凱死後，總部遷回上海。

（二）民國北京政府時期同盟會新創辦的報刊

民國北京政府時期的中國同盟會（國民黨、中華革命黨）是國內政壇上的重要力量。這一階段的同盟會報紙（包括光復前創辦者），除西藏、新疆、青海、寧夏等少數偏遠地區外，幾乎遍布北京、南京、天津、上海、武漢、長沙、河南、安徽、四川、雲南、廣東、廣西、福建等全國各主要大城市和省級區域。這一階段由同盟會（國民黨）成員創辦且有較大影響的新聞報紙分布大致如下：

北京：《亞東新報》日報，1912 年 5 月上旬創刊於北京。報館設在北京宣武門外橫街附近的粉房琉璃街。社長仇鼇，總編輯易象，編輯記者有趙繚等人。該報由同盟會主要領導人宋教仁利用接收清廷農工商部的印刷機器和鉛字設備創辦，他經常以「桃源漁夫」筆名發表鼓吹政黨政治的長篇評論，在促進同盟會聯合幾個小黨組成國民黨方面起了相當的作用[1]。同時期在北京創辦的同盟會（國民黨）報紙還有仇亮主辦的《民主報》、張樹榮主辦的《中央新聞》、張季鸞和曹成甫主辦的《民立報》等同盟會系統的報紙。1912 年 8 月國民黨成立後，北京地區同盟會報紙在黨本部領導下組成「國民黨新聞團」，先為議會政治鼓吹，後積極鼓吹反對袁世凱「二次革命」，二次革命失敗後大多被袁世凱查禁。

上海：《太平洋報》日報，是同盟會方面於民國創立後在上海創辦的第一家大型日報。是由時任滬軍都督的同盟會重要成員陳其美提供日常經費，利用光復前同盟會在上海租界所辦秘密印刷所的機器設備創辦起來的。社長姚雨平，經理朱少屏，總編輯葉楚傖。參加工作的大部分是南社成員如柳亞子、蘇曼殊、李叔同（弘一法師）等人。其中柳亞子和李叔同主編的副刊是南社

---

1 方漢奇：《中國近代報刊史》，山西教育出版社，1981（1991 年第 4 次印刷），第 690頁。

成員發表文字的重要園地。《中華民報》日報，1912 年 7 月創刊。聲稱以「擁護共和進行，防止專制復活」爲宗旨。創辦人鄧家彥（字孟碩）曾任南京臨時參議院議員。該報堅決反對袁世凱的專制獨裁，是同盟會系統各報中反袁最堅決的一份報紙[1]。設有要聞、地方新聞、本埠新聞、外文翻譯以及副刊等。1913 年 9 月 17 日因受公共租界迫害停刊。《民國新聞》日報，1912 年 7 月 25 日創刊。發起人爲同盟會成員呂志伊、姚勇忱、陳陶怡、張恭、吳敬恒等人。實際主持人爲邵元沖（邵力子）。以「保障共和政體」爲宗旨，宣稱要以「精確新聞」「造正大之輿論」，再「以正大輿論」去「扶初步之共和」。由於言論激烈，和《中華民報》（及自由黨《民權報》）一起被時人譽爲上海報界「橫三民」之一。《民國西報》（英文），週六報（週日無報）。創刊於 1912 年夏。社址在上海英租界博物院路 50 號。是孫中山直接領導創辦的同盟會向上海外僑和國際友好人士進行宣傳的重要機關。主要用英文發稿，1913 年起兼用法文發稿。總編輯馬素，副總編輯韋玉。該報對揭露軍閥破壞共和的陰謀和反對列強不平等條約的宣傳，在當時國際上引起過一定的影響。[2]《中華新報》，1915 年 10 月 10 日創刊於上海，社址設在法租界之洋涇橋東。是國民黨人爲反對袁世凱復辟帝制創辦的重要報紙。創辦人爲谷鍾秀、楊永泰，吳稚輝、張季鸞先後任總編輯。歐陽振聲、鈕永建先後任經理。該報堅決而明確地反對袁世凱稱帝，同時集中報導各地的反袁擁國鬥爭消息。袁世凱死後繼續出版。《民國日報》，1916 年 1 月 22 日創刊。是中華革命黨在上海的唯一言論機關，以討伐袁世凱竊國變制，維護共和爲主要任務。[3]社址設在法租界天主堂街。總編輯葉楚傖，經理邵力子。設有要聞、本埠新聞、地方新聞和副刊《民國閒話》等。

　　武漢：《震旦民報》日報，1912 年 4 月 15 日。社址在漢口歆生路興業里 13 號。由時任湖北軍政府軍務部長的共進會員張振武出資創辦。經理是由《中華民國公報》辭職出來的張芸天（樾），協理是由《民心報》辭職出來的方覺慧。該報剛出版時帶有民社的色彩，也有些擁黎的言論。張振武和孫武發生矛盾後

1　方漢奇：《中國近代報刊史》，山西教育出版社，1981（1991 年第 4 次印刷），第 692 頁。
2　方漢奇：《中國近代報刊史》，山西教育出版社，1981（1991 年第 4 次印刷），第 693 頁。
3　馬光仁主編：《上海新聞史（1850～1949）》，復旦大學出版社，1996 年版，第 424 頁。

轉向抨擊黎元洪怙勢攬權摧殘革命。張振武被殺後，成爲反黎最激烈的言論機關。同盟會接辦後，加派鄧狂言、劉天讒、蔡寄鷗等到該報分任編輯、撰述等職，逐日報上的言論都是聲討黎元洪和袁世凱的文章[1]，成爲同盟會在武昌地區的言論機關。《民國日報》，1912 年冬由湖南都督譚延闓撥款籌辦，1913 年元旦創刊於漢口舊法租界偉英里街面。主辦人爲黃九言、曾毅、楊端六，擔任筆政的爲趙光弼、蔡寄鷗、張諧英等人。爲「國民黨最有力的機關報」。創刊時黃興曾贈七律詩一首表示祝賀。出版不及半年，被黎元洪照會漢口法領署稱該報社內儲有槍炮子彈，黃言九、楊端六、曾毅等被捕，報紙被查封。[2]

湖南：《湖南民報》，1912 年 7 月創刊於湖南長沙。社長唐支廈，總編輯彭名時，編輯有陳天倪等，爲湖南同盟會的機關報。《軍國日報》，1913 年初由《軍事報》改名後創刊於湖南長沙，社長唐蟒，總編輯爲蕭汝霖，也是同盟會的機關報。《國民日報》，1913 年初由原來的《湖南民報》和《軍國日報》合併創刊於湖南長沙。係新改組的國民黨湖南支部的機關報。總經理羅介夫，總編輯胡諤城，編輯撰述有李隆建、易象、周鰲山、黃菊人等。

四川：《天民報》日報，（逢陽曆 2、6 日停報）。1912 年 4 月創刊於成都，社址在成都總府街 64 號。是國民黨四川支部的報紙。創辦人爲林山腴（思進）、康萬里、周子華（學華），主筆余孝初。設有社說、要電、時評、要聞、本省紀事等欄目。《寰一報》，1913 年 5 月 15 日創刊於成都。每日出報石印二張。鍾鶴初、黃廷銳任編輯。屬國民黨四川支部的報紙，吳虞曾爲該報撰寫時評。《重慶中華報》，1912 年底或 1913 年初創刊於四川重慶。爲國民黨所辦，主持人鄭雨笠。1916 年 9 月停刊。[3]

除比較集中的京滬漢湘川等省市外，南京有《民生報》日報，1912 年 7 月 1 日創刊於南京盧妃巷橫街，「由中國同盟會同人組織，爲完全同盟會之機關報」。內容除社論、新聞、時評、插圖和副刊文藝作品外，還專門闢有「同盟會紀事」專欄[4]。安徽有《安徽船》（日報）和《青年軍報》；雲南有國民黨雲南支部創辦的《天南新報》；廣東有民國成立後由黃晦聞、夏重民、潘達微

1 蔡寄鷗：《鄂州血史》（近代史專刊），知識產權出版社，2013 年版，第 233 頁。
2 蔡寄鷗：《鄂州血史》（近代史專刊），知識產權出版社，2013 年版，第 234 頁。
3 王綠萍編：《四川報刊五十年集成（1897～1949）》，四川大學出版社，2011 年版，第 44～63 頁。
4 方漢奇：《中國近代報刊史》，山西教育出版社，1981（1991 年第 4 次印刷），第 689 頁。

等主持復刊的《天民日報》，陳德芸、陳仲偉主持的《民生報》和從香港遷回廣州由盧信主持、李民瞻任總編輯的《中國日報》；廣西有國民黨廣西支部長蒙經和盧汝翼在南寧創辦的《民報》和國民黨桂林地區負責人李天佐、蔣道援、楊伯調等創辦的《民報》；福建有國民黨支部機關報《福建民報》和《群報》[1]等。日本東京有《民國》雜誌。1914 年 5 月 10 日創刊於日本東京。中華革命黨成立後即轉爲該黨正式機關報。居正任發行人，胡漢民任總編輯。[2]參加編撰的有朱執信、戴季陶、廖仲愷、邵元沖、鄒魯、田桐、蘇曼殊等人。所載文章全部用筆名，如居正署「東闢」、胡漢民署「去非」、朱執信署「前進」等。其中心內容是堅決主張維護辛亥革命的成果，反對袁世凱專制統治和媚外賣國。

二、共和黨及其機關報刊

共和黨（進步黨）是由前清舊官僚、清末立憲派及從同盟會分化出來的一些民族主義知識分子組成、以擁護袁世凱爲主要政治傾向的政黨。

（一）共和黨的由來

1912 年 5 月 9 日，共和黨在上海宣布成立。推舉黎元洪爲理事長，張謇、章太炎、伍廷芳等 5 人爲理事，總部設北京。共和黨是由中華民國聯合會與預備立憲公會合併成立的統一黨（民國南京臨時政府中統一黨地位僅次於同盟會，如程德全任內務總長、張謇任實業總長，湯壽潛任交通總長等）、民社（1912 年 1 月 16 日成立於武昌，設本部於上海。以湖北人爲中心，中多兩湖軍政界人士，以「反孫倒黃、捧黎擁袁」的態度與同盟會競，藉以保持武昌首義集團的地位[3]）、國民協進會（脫胎於憲友會，與梁啓超有密切關係。由京津紳士嚴修、藉忠寅等倡組，1912 年 3 月 18 日成立於北京。從幹部人物看，國民協進會是袁世凱的外圍組織）[4]、國民共進會（由徐謙、陳錦濤、伍廷芳、王寵惠等在上海組織。原與同盟會接近，惟以當時跨黨風盛，部分成員此時兼入共和黨。部分成員則於日後加入由同盟會改組的國民黨）、國民公會（1912

1　方漢奇：《中國近代報刊史》，山西教育出版社，1981（1991 年第 4 次印刷），第 697 頁。

2　方漢奇：《中國近代報刊史》，山西教育出版社，1981（1991 年第 4 次印刷），第 713 頁。

3　張玉法：《民國初年的政黨》，嶽麓書社，2004 年版，第 89 頁。

4　張玉法：《民國初年的政黨》，嶽麓書社，2004 年版，第 93 頁。

年4月在上海成立。由陳敬第（浙江籍資政院議員）、黃群、邵章、諸翔九等發起，於上海、杭州略有勢力）和國民黨（1912年2月27日成立於上海。主之者由潘鴻鼎、朱壽朋、陸鴻儀、沈彭年等。伍廷芳、溫宗堯等贊助之[1]）聯合組成。

1913年5月29日，進步黨在北京召開大會宣布成立。由以黎元洪爲理事長、張謇、章太炎等任理事的共和黨和民主黨（係共和建設討論會之首領湯化龍、林長民，目睹共和黨、國民黨相繼合併諸政團，組成大黨，對抗於臨時參議院，亦謀組織第三大黨，鼎峙於朝野，以期操縱國民、共和兩黨而收漁人之利。適其內幕首領梁啓超以元年十月返國，與袁世凱接洽妥協，將大活動於政界，遂與孫洪伊等之共和統一黨，及其他以北方爲中心之共和俱進會、共和促進會、國民新政社四個政團併合而成[2]）的政黨。選舉黎元洪爲理事長，梁啓超、張謇、伍廷芳、孫武、那彥圖、湯化龍、王揖唐、蒲殿俊、王印川等九人爲理事。[3]

（二）共和黨人創辦的報刊

共和黨（進步黨）的政治目標是和中國同盟會爭奪人心民意，達到在國會與中國同盟會（國民黨）分庭對抗的目的。進步黨中不少人（如梁啓超）本來就是靠辦報起家，所以創辦報紙進行政治宣傳是拿手好戲，加上有袁世凱幕前幕後支持，創辦報刊也遍布於國內。主要報紙分布況如下：

北京：《天民報》創辦於1912年，具體日期不詳，由畢惠康主辦。該報經費主要來自於袁世凱政府，社址原在虎坊橋觀音寺，後移至永光寺西街，和湯化龍的關係密切，湯經常在該報上發表化名文章。[4]1915年，《天民報》因反對帝制，湯用彬趁此機會密告大典籌備處，被湯用彬奪去自辦。原在該報工作的人員華作民等均被驅逐，《天民報》成爲宣傳君憲的機關報之一，湯用彬隨之官位高升。後來袁世凱帝制垮臺，湯化龍回京就與湯用彬絕交。[5]《北京時報》創辦於1912年，具體日期不詳，黃大暹主辦，是共和黨的言論機關，

---

1 張玉法：《民國初年的政黨》，嶽麓書社，2004年版，第94頁。
2 謝彬：《民國政黨史》，中華書局，2007年版，第51頁。
3 謝彬：《民國政黨史》，中華書局，2007年版，第54頁。
4 方漢奇：《中國近代報刊史》（下冊）山西教育出版社，2012年版，第698頁。
5 華覺明：《解放前北京的著名新聞記者》，載《文史資料存稿選編·23·文化》（黨德信總主編：李樹人，方兆麟主編），中國人民政治協商會議全國委員會文史資料委員會編，2002年版，第233頁。

擁護袁世凱政府。曾發表《討〈國風日報〉》一文[1]，對同盟會及《國風日報》進行討伐，認爲袁世凱在北京就任中華民國臨時大總統是時勢使然，而「同盟會之讓地點讓總統，蓋明知該會中人必不能獲天下人之公論，假謙讓之名以掩其孱弱之醜」，支持袁世凱，反對同盟會內閣成員集體辭呈脅迫政府。1917年張勳復辟後，孔教會的陳煥章接管《北京時報》，並將其改爲《經世報》，並成爲其機關報。[2]《新紀元報》，1912年4月22日在原《北京日日新聞》基礎上創刊。該報《發刊詞》爲章太炎所寫。章在文中贊該報「視他報猶頗質信」。《黃鐘日報》，王印川主辦，編輯劉少少。社址設在宣武門大街，文言文報紙，日出大報一張半。《國華報》，社長烏澤生，編輯穆都哩（辰公，別字儒丐）、萬繩世（杕）（公禹）[3]、王藻軒，日出兩小張。

　　上海：《民聲日報》創刊於1912年2月20日，黎元洪主辦，黃侃主編，協助黃侃擔任編輯工作的有劉仲蕖、汪旭初等。報館設在上海望平街，日出兩大張，主筆有寧調元、汪瘦岑等，是以黎元洪爲後臺的民社的機關報，後轉爲共和黨的言論機關[4]。標榜「進步主義」，極力鼓吹湖北集團的利益，宣傳擁護袁世凱，反對孫中山和黃興領導的南京臨時政府，處處與同盟會作對。[5]設有社論、新聞、專電、譯電、世界事情、小說、輿論一斑、漫畫等欄目，以新聞報導和評論爲主，其中「輿論一斑」欄目主要節選發表當時各報社對於時局問題的評論，較有特色。與同盟會報紙展開論戰，與同盟會政見不同，針對同盟會參議員集體辭呈，曾發表社論《喪心病狂之同盟會參議員》，[6]痛罵同盟會故意破壞陸徵祥超然內閣。曾於1912年7月1日進行擴版，「改良體例，擴張篇幅爲三大張」[7]，同時招聘訪員，在全國各地增設代派處，常登共和黨消息。《東大陸報》，詹大悲主辦，1912年7月10日創刊於上海，其曾連

1　《民聲日報》1912年7月10日，第11頁。

2　石門、馮洋、田曉菲主編：《中國近代史常識辭典》，遠方出版社，2005年版，第232頁。

3　方漢奇：《中國近代報刊史》（第689頁）中載「萬繩杕主辦的《國華報》」應是同一種報紙。

4　方漢奇主編：《中國新聞事業通史》（第1卷），中國人民大學出版社，1996年版，第1028頁。

5　馬學新、曹均偉主編：《上海文化源流辭典》，上海社會科學院出版社，1992年版，第236頁。

6　《民聲日報》1912年7月21日，第2頁。

7　《民聲日報》1912年7月7日，頭版廣告《看本報之進步》。

續多日在《民聲日報》刊登宣言[1]，闡明創辦緣由和宗旨：「清命既訖，政體共和，言論自由載在國憲，報紙簇生如雨後筍，黨言宏議朝夕有觸，凡我同業似亦知無不言，言無不盡矣。顧自南北統一以來，數月於茲上無確定之方針，下無健全之輿論，內閣弗輯，外侮頻仍，二三豪俊固已自致青雲，億兆斯民依然困於塗炭，大局危險亦岌岌不可以終日矣。推原其故，蓋自政黨興而國本搖，私議昌而民心惑，以倚人為前提擲國家於孤注，自私自利者實尸其咎，而吾儕有提撕維持之責者，亦無辭以謝天下也。試問今之新聞中有無以感情用事者否，有無偏於一黨肆意攻擊他黨者否，有無捏造事實誣衊他人者否，有無昧於大勢主張失當者否，有無希圖破壞以謀利私者否。藉曰有之則新聞直誤民亡國之一利器而已。同人懼之爰創斯報，本所列數旨以自策勵並望與我同業者共勉之也：一矯正浮議、不阿俗好，二探討真理、不為誇言，三主持公道、不徇黨私，四記載實事、不採臆說。」該報的創刊人兼總編輯康寶忠為章太炎的弟子。雖是以康寶忠個人名義所辦，但實際上「為共和黨所掌握」。在章太炎支持下，康寶忠1913年12月創辦《雅言》雜誌，章太炎曾在《雅言》上發表過多篇文章。《不忍》，1913年2月創刊於上海。康有為主撰，潘其璿、陳遜宜、麥鼎華、康恩貫等先後任編輯。[2]康有為在《不忍雜誌序》中提出諸如「人心之墮落」、「政治之窳敗」等十「不能忍」，[3]公開宣稱「共和政體不能行於中國」、「中國今日之時，萬無立民主之理」[4]，康有為雖沒有加入進步黨，但在政治上和進步黨接近。由於康有為在社會上的影響力，《不忍》雜誌在當時也具有相當的影響力。

湖北：《中華民國公報》，革命黨人在武昌起義後所創辦。但該報的革命影響主要在武昌首義期間，後來熱衷於革命派內部的派系鬥爭，站在湖北軍政府軍務部部長孫武一邊，和蔣翊武的《民心報》、張振武的《震旦民報》進行論戰，並先後成為民社和共和黨的報紙。1913年「二次革命」爆發後停刊。[5]《國民新報》，1912年4月20日創刊於漢口，日報，對開8版。李華堂主辦，

1 目前可見《民聲日報》1912年7月7日至11日，連續在第一版刊登「上海東大陸報出版宣言」，而《東大陸報》的實體文獻已很少見，此處僅以該報出版宣言進行簡要介紹。
2 上海圖書館編：《上海圖書館館藏近現代中文期刊總目》，上海科學技術文獻出版社，2004年版，第144頁。
3 康有為：《〈不忍〉雜誌序》，載《不忍》雜誌（第1期），1913年2月出版。
4 康有為：《救亡論》，載《不忍》雜誌（第7期），1913年8月出版。
5 有關《中華民國公報》的創辦背景和發展情況主要參見蘇凡《珍貴報刊資料〈中華民國公報〉》一文，該文載於《新聞大學》1982年第2期。

陳宦資助，許止競、朱鳳岩等編撰。聲稱「注重民生，維持社會」，「下達輿情，上匡政府，造福和平，共保安寧」。擁護袁世凱、黎元洪，是華中地區的主要宣傳陣地，1926 年 10 月後被北伐軍以逆產之名沒收，資產由《漢口民國日報》社接收。[1]《共和民報》，1912 年 4 月 1 日創刊於漢口。館址設在漢口英租界。創辦人張國榕為原湖北諮議局副局長。該報是共和黨的言論機關[2]。

四川：《四川日報》，1912 年 9 月創刊於四川成都，編輯所設在成都北暑襪街 7 號，發行所在總府街 108 號。該報是 1912 年 8 月四川地區的統一黨、演進黨等七個團體聯合組成共和黨四川支部時，在原統一黨機關報《公論日報》和演進黨機關報《演進報》基礎上合併創辦的。主辦人為黃美涵（墨涵）[3]。《醒群報》，1912 年初創刊於四川成都，共和黨的報紙。編輯楊南皋，主筆張天賦（號醒華），編輯有吳君毅、曾闓君等。擁袁立場明顯，時人謂之「一錢不值」。1914 年 1 月 11 日出版終刊號[4]。《西蜀新聞》，1912 年 10 月 28 日創刊於四川成都，編輯部設在大壩巷 2 號，發行所在華興街 54 號。社長印煥門、編輯文鳳池、謝春帆、楊德軒，經理來如玉、張子玉、李家彬，發行人來如玉。設有公電、要電、時評、政界紀聞、軍界紀聞、學界紀聞、實業界紀聞、社會紀聞、社說、文苑等欄目。創刊初期擁護袁世凱，1915 年後言論轉向反對袁世凱與日本人簽訂「二十一條」[5]，除此以外四川還出版有《共和日報》、《公論日報》、《日日新聞》、《四川正報》、《天聲報》等在政治傾向上擁袁或偏袁的報紙。

廣東：《華國報》，1913 年創刊於廣東廣州。創辦人馬名隆、唐恩溥、林燦予，先後任編輯的有張鏡黎、胡伯孝，撰述有譚汝儉、馮智慧、陳柱亭等。設時論、大總統命令、本報專電、特電、本省要聞、本國要聞、時評、談屑等欄目，副刊有墨餘談、諧著、小說、筆記、班本、粵謳等。原為共和黨機關報，

1　張憲文、方慶秋等主編：《中華民國史大辭典》，江蘇古籍出版社，2001 年版，第 1187 頁。

2　方漢奇主編：《中國新聞事業通史》（第 1 卷），中國人民大學出版社，1996 年版，第 1030 頁。

3　王綠萍編：《四川報刊五十年集成（1897～1949）》，四川大學出版社，2011 年版，第 45 頁。

4　王綠萍編：《四川報刊五十年集成（1897～1949）》，四川大學出版社，2011 年版，第 38 頁。

5　王綠萍編：《四川報刊五十年集成（1897～1949）》，四川大學出版社，2011 年版，第 45 頁。

後隸屬進步黨，是進步黨在廣東較有影響的機關喉舌。[1]《天職報》，1912 年創刊於廣東廣州。社長盧以芝，主編何傑之、梁焯丹、趙秀石、何名漢等均是原立憲派人物。當時廣州的大部分上層軍官加入該報股份，故該報頗有軍人特色。出版不久因銷路不大停刊。[2]除此以外還有《國報》，具體情況不詳。[3]

山東：《大東日報》，1912 年 8 月創刊於濟南，其前身是沈景忱、孫念僧辦的《濟南日報》，民國成立後改組爲《大東日報》。初爲共和黨山東組織機關報，由共和黨山東負責人王丕熙任社長。這一時期的《大東日報》是共和黨與國民党進行議會鬥爭的主要工具。如在山東省第一屆選舉中，國民黨的《新齊魯公報》攻擊共和黨對袁世凱一味溜鬚拍馬，「一犬吠形，百犬吠聲」；《大東日報》隨即抨擊國民黨搞亂如「瘋狗」。後來共和黨改組爲進步黨，黨內派系鬥爭加劇，其中一部分人成立了「誠社」，該報隨即成爲誠社的機關報。該報爲日刊，對開 8 版，日發行 1000 到 2000 份，1928 年「五三」日本佔領濟南時停刊。[4]

湖南：《湖南公報》，該報於 1912 年 4 月創刊於長沙，爲日刊，對開 8 版。任戇沈、黎劭西創辦，貝元徵、李葆霖、袁家元、黎錦熙等先後擔任經理和編輯工作，曾星笠、陳天倪、尤兼公、李靖臣、熊止齋、黎劭西等先後編撰。[5]初接受共和黨津貼，但工作人員並不全是共和黨員。二次革命後該報被湖南政府查封，湯薌銘督湘後復刊，由對開擴充爲三張，1913 年進步黨成立後轉爲進步黨的機關報，[6]要求全體成員一律入黨。貝元徵、張平子等人退出，留下擔任經理和總編輯的有劉腴深、黎錦熙等人，經常和國民黨針鋒相對展開論戰。起初該報支持湯薌銘屠殺國民黨，後來對湯的做法表示反對，兩次被罰停刊。[7]1915 年 4 月，《湖南公報》因反對袁世凱接受「二十一條」，鼓吹排斥日貨。日本領事要求長沙當局予以封閉，該報被湯薌銘強迫改組。[8]1916 年

1　鄧毅、李祖勃等編：《嶺南近代報刊史》，廣東人民出版社，1998 年版，第 373 頁。
2　鄧毅、李祖勃等編：《嶺南近代報刊史》，廣東人民出版社，1998 年版，第 374 頁。
3　方漢奇：《中國近代報刊史》（下冊）山西教育出版社，2012 年版，第 623 頁。
4　車吉心等主編：《齊魯文化大辭典》，山東教育出版社，1989 年版，第 342 頁。
5　張憲文等主編：《中華民國史大辭典》，江蘇古籍出版社，2001 年版，第 1770～1771 頁。
6　方漢奇：《中國近代報刊史》，山西教育出版社，1981 年版，第 701 頁。
7　朱漢民總主編，王興國主編：《湖湘文化通史》（第四冊：近代卷）上，嶽麓書社，2015 年版，第 512 頁。
8　朱自強、高占祥等主編：《中國文化大百科全書·歷史卷（下冊）》，長春出版社，第 895 頁。

6 月湯薌銘被逐，該報停刊。

　　廣西：《指南報》，1912 年下半年創刊於廣西南寧。館址設在南寧下石牌坊街左營家廟（今共和路市人民法院）。《公言報》（桂林，主筆王豫、謝宗偉）和《良知報》（梧州）等等。

三、民主黨及其機關報

　　在民國初年經過選舉成立的由各政黨代表爲主要成員組成「中華民國」國會（眾參兩院）中，以原立憲黨人爲主的民主黨也是其中主要政黨之一。

（一）民主黨的由來及變遷

　　民主黨成立於 1912 年 10 月 27 日，是由主要來自立憲黨人、舊官僚以及從同盟會跳槽人員組成的六個小黨合併組成、以擁護袁世凱爲基本政治傾向的政黨。因在政治上擁護袁世凱，所以得到得到袁世凱的扶助和支持。它們分別是：

　　國民協會。1912 年 1 月成立於上海。唐文治爲名譽會長，溫宗堯爲總幹事長，張嘉璈爲總務部長，負實際責任。聲稱「以謀中華民國之統一，促進共和政體之完成爲宗旨」，成員多爲原支持立憲派的舊官僚、地方紳士，以穩健著稱。後唐紹儀出任名譽總理，楊士琦、袁樹勳爲協理。袁世凱任臨時大總統後，以同盟會反對者自居。

　　共和建設討論會。1912 年 4 月 13 日在上海成立。由林長民、孫洪伊、湯化龍等原憲友會成員發起並得到梁啓超支持成立的政團。其政見爲建設「鞏固、統一、強盛的世界國家」。而爲達此目標須建立一「強固有力的中央政府」，施行「保育政策」，「借國家政治之力，將國民打成一片」，主張「政黨內閣」，採「先聯袁世凱，後企取而代之」的方針。曾企圖與國民公黨、統一共和黨、共和黨聯合併黨以在國會與同盟會對抗。

　　民國新政社。1912 年 1 月 23 日在上海成立。浙江的一個地方團體。原浙江諮議局議長陳介石爲社長，呂文起爲副社長。政治上支持袁世凱，反對同盟會。辦有《東甌日報》。

　　共和促進會。1912 年 1 月底在北京成立。由主張立憲的名人楊度在袁世凱支持下發起組織。成員主要是北京的新聞記者、資政院議員。該會成立時因南北和議已達成妥協，故在宣言書中主張「速由內閣請旨，宣布共和，更不得再謀於敗壞國事之各王公大臣」。該會成立不久，楊度即赴青島。

　　共和統一會又稱共和統一黨。1912 年初由清末資政院中部分憲友會成員在北京發起成立。「頭牌人物」爲原直隸諮議局議員孫洪伊。主張在政治上採取穩步漸進。因人少勢弱，實際影響並不大。

　　共和俱進會。1912 年 4 月在東北奉天（今瀋陽）成立。成員以原來的立憲派人士爲主。首腦人物爲孫百斛、王樹翰。政治上擁護袁世凱，反對同盟會。

　　就是這樣 6 個各自人數不多、頭面人物社會影響不大，但又想擠進民國初年政壇並爭得些許話語權，獲得主政者袁世凱扶持和資助的小黨，聯合組成了在人數和陣勢上似乎「人多氣壯」的民主黨。然爲時不長，不到一年後的 1913 年 5 月 29 日，民主黨就和共和黨、統一黨在北京合併成立了進步黨，推舉黎元洪爲理事長，湯化龍、梁啓超、張謇、孫武等 9 人爲理事。進步黨和民主黨一樣在國會內與國民黨對立，支持袁世凱鎮壓二次革命和出任正式大總統並解散國民黨。他們沒有料到的是，國民黨議員資格撤銷後，因議員人數不足國會停止活動，進步黨也就停止了活動。

（二）民主黨人創辦的報刊

　　由於民主黨（包括其前身或者前身的前身黨團）的立黨宗旨就是支持袁世凱進而在國會獲得話語權，因而十分注重通過新聞媒介進行政治宣傳。由民主黨人創辦或與民主黨直接或間接有關係的報刊主要有：

　　北京《國民公報》1910 年 7 月創刊於北京，日出對開八版，名譽社長孫伯蘭，社長文實權，社址在宣武門外大街。創辦之初，以「促成實施憲政、提前召開國會」爲宗旨，經常發表新潮思想文章。此報一面利用排滿革命之暗潮，攻擊清政府而鼓吹立憲；一面以報社作爲各省議員及請願國會運動的大本營。梁啓超對《國民公報》的籌備創刊極爲關注，該報出版之後，又「每三四日平均寄一篇，暢論國民應急謀政治革命的理由，言論精透，勝於《新民叢報》」。[1]1911 年 5 月由徐佛蘇主持，執筆人除了徐佛蘇、藍公武外，還有梁啓超和黃遠生，是民主黨在北京地區的重要言論機關。徐佛蘇之後，藍公武、孫洪伊等人均先後做過主筆，藍公武與《國民公報》的關係最深。該報言論立場與進步黨的態度基本一致。袁世凱未稱帝之前，《國民公報》是擁袁的，但該報也最早發現袁氏陰謀。民國九年以後一度轉趨激進，刊載過克魯

1　董方奎：《梁啓超家族百年縱橫》，崇文書局，2012 年版，第 99 頁。

泡特金的自敘傳及各種社會主義評論。[1]1912 年 7 月 6 日《國民公報》曾在時評中以「南京所設假政府以迄今日」諷刺南京臨時政府激怒了同盟會，同盟會系統的《國光新聞》、《國風日報》、《亞東新聞》、《民意報》等二十餘人，搗毀了《國民公報》，並毆辱該報經理徐佛蘇及主筆藍公武，並將徐扭送警廳。[2]此舉引起了北京報界及社會各界人士的公憤。

天津《庸言》半月刊，創刊於 1912 年 12 月 1 日，社址位於天津日租界旭街 17 號，終刊於 1914 年 6 月，共出兩卷 30 期。《庸言》第 1 卷包括第 1 號至 24 號，時間起於 1912 年 12 月 1 日，連續出版到 1913 年 11 月 16 日，每月 1 日、16 日出版。第 1 卷封面採用橫排版式，印有「新會梁啓超主幹」字樣，封底內頁標明：編輯人是吳貫因，發行人是梁德猷。該刊的撰述人很多，主要有丁世嶧、林長民、夏曾佑、徐佛蘇、張謇、嚴復、魏易、藍公武等人。《庸言》是一份以政論為主的綜合性刊物，內容宏富，共分四門（建言、譯述、藝林、僉載）十八類（「建言」門包括通論、專論和雜論。「譯述」門包括名著、外論和雜譯。「藝林」門包括 史料、隨筆、談藝、文錄和說部。「僉載」門包括國聞、外紀、日記、法令、摭言和附錄）。該刊物為何取名「庸言」？梁啓超解釋說「庸之義有三。一訓常，言其無奇也。一訓恒，言其不易也。一訓用，言其適應也。振奇之論，未嘗不可以驟聳天下之觀聽，而為道每不可久，且按諸實而多網焉。天下事物，皆有原理原則，其原理之體常不易，其用之演為原則也。則常以適應於外界為職志，不入乎其軌者，或以為深嘖隱曲，而實則布帛寂粟。夫婦之愚可與知能者也，言其龐雜至今極矣，而其去治理若愈遠。毋亦於茲三義者，有所未愜焉，則庸言報之所為作也。」由此可見，「庸」有「平常」、「永恆」與「適應」三義。封面中文「庸言」兩字下面印有「The Justice」字樣，是對梁啓超「獨立不倚」辦報精神更為明確的表述。創刊之初梁自稱「對於國內各團體尚無深切關係」，並聲明他在該刊是「獨立發表意見」，擺出了一副不偏不倚的超黨派姿態，言論中既批評袁世凱政府，也批評國民黨，還表示擁護共和。但他在刊物出版前不久寫給楊度的密函中卻「確信共和政體萬不可行於中國，始終抱定君主共憲宗旨」，表示要與袁世凱相配合，借自己的在野之身「以言論轉移國民心理」，表現出濃重的

1　張朋園：《梁啓超與民國政治》，生活‧讀書‧新知三聯書店，2013 年版，第 241 頁。

2　《申報》1912 年 7 月 13 日，第二版，國民公報風潮始末記。

投機色彩。

梁啓超也是《庸言》的重要撰稿人。從第 1 卷第 1 號至 18 號，梁啓超爲「通論」、「專論」、「雜論」、「講演」、「附錄」各欄目撰寫文章共 37 篇，其中第 1 卷第 2 號就有梁啓超的 5 篇文章。通過這些文章，梁啓超指陳時政。袁世凱爲了控制國會選舉，反對國民黨人干預他的專制政治，於 1913 年 3 月派人刺殺了宋教仁。梁啓超在《庸言》載文對袁世凱的刺殺之舉力加撻伐。1913 年 4 月，袁世凱向英、法、德、俄、日五國銀行團進行「善後」大借款，梁啓超在《庸言》刊發文章揭示「善後」大借款的後果是「率四萬萬人以鬻身爲奴不止也」，痛斥道「此次借款合同，爲有史以來所未嘗睹聞之奇恥大辱。」由於梁啓超的聲望，該刊一創刊銷量就達 1 萬份，後又增至 1.5 萬份，在輿論界有很大影響。[1] 梁啓超在 1912 年 12 月 18 日給女兒梁令嫻的信中說「庸言報第 1 號，印一萬份，頃已罄，而續定者尙數千，大約明年二三月間，可望至 2 萬份。」1913 年 10 月，庸言報館發行《庸言報彙編》，「僅匯訂《庸言》半月刊中「建言」、「譯述」兩門，而「藝林，僉載兩門概行刪去，惟附錄間亦摘入」。《庸言報彙編》第一編共八冊，從第《庸言》第 1 號通論編到第 12 號附錄爲止。[2]

《庸言》從第 2 卷開始，改爲月刊，所有的編輯事務改爲「中國民初三大名記者」之一的黃遠生負責。《庸言》月刊，共出了 6 期，從《庸言》第 25 號出至 30 號，時間從 1914 年 1 月至 6 月，每月 5 日發行。《庸言》月刊的「言論獨立」精神更加鮮明，在 1914 年 4 月 4 日《本報特別啓事》中聲稱「本報極力保持言論獨立之精神，與一切個人關係及黨派無涉。」《庸言》月刊還採用了「兼容並包」原則。黃遠生以極大的熱情投入《庸言》月刊的編輯活動中，以期實現「除舊布新」、改造社會之理想。在《本報之新生命》一文中，黃遠生系統闡發了客觀、眞實、全面的新聞報導思想。黃遠生在新聞實踐中亦對自己的新聞理想身體力行、堅持貫徹，以大量客觀的、眞實的報導爲後人留下了珍貴的史料，也爲新聞業的發展確立了典範，促進近代新聞業的發展。[3]

武昌《群報》創刊於 1912 年 2 月 18 日，社址在武昌曇華林，汪書城、

---

1 方漢奇主編：《中國新聞事業通史》（第 1 卷），中國人民大學出版社，1996 年版，第 1029 頁。

2 馬藝等《天津新聞史》，天津人民出版社，2015 年版，第 74～77 頁。

3 馬藝等：《天津新聞史》，天津人民出版社，2015 年版，第 77～79 頁。

馬效田、貢少芹等創辦，馬效田任社長，受到黎元洪資助，一開始是共和促進會的機關報，後轉爲民主黨的言論機關。進步黨成立後又成爲進步黨的機關報。該報曾經發表過一些爲黎元洪飾美的作品，並和《震旦民報》展開過筆戰[1]。

漢口《共和民報》，1912 年 4 月 1 日創刊於漢口，社址在漢口英租界，日報，對開 8 版。原湖北諮議局副局長張國榕主辦，胡瑛、周道腴、柳聘農、彭義民等集資創辦，是民主黨的言論機關。自稱「以鼓吹共和政治之完成，扶翊國民能力之發展爲宗旨」。擁護袁世凱、黎元洪，後追隨民主黨並成爲該黨言論機關。同年 11 月增爲 12 版。[2]1913 年 1 月，《共和民報》和《群報》因揭露湖北司法司總務科長徇私賣官而遭到報復。[3]1913 年 5 月，因民主黨併入進步黨而停刊。

四、其他政黨及其機關報

在國會「選舉」袁世凱任「中華民國大總統」直至其病死前的四年多時間，中國政治舞臺上除了以擁護孫中山資產階級革命綱領與主張實現民主共和政制的中國同盟會（國民黨及中華革命黨）和以擁護袁世凱執掌政權爲標誌的進步黨（含合併前的統一黨、共和黨等）外，還有一些雖然成員不如前兩者眾多、影響不如前兩者大，但因持有與中國同盟會或進步黨（統一黨、共和黨）不盡相同的建國、治國方針和目標的政黨團體（俗稱第三方勢力）如民主黨、中國社會黨、自由黨、晦鳴學社等。這些政黨中的一部分也創辦了自己的機關報刊。儘管這些規模較小的政黨在當時社會政治生活中不占主導地位，也不能左右政局走向，但代表社會政治取向的多元化，因而成爲這一階段新聞界的一景，這種情況在民國南京政府時期就遠遠遜色——即使諸如青年黨之類的在野黨實際也成了政治陪襯品。在民國北京政府時期，中國同盟會（國民黨、中華革命黨）和進步黨（統一黨、共和黨）之外的其他政黨團體（即第三勢力）中創辦機關報的政黨及所創辦的機關報刊主要如下：

---

1 方漢奇：《中國近代報刊史》（下冊）山西教育出版社，2012 年版，第 624 頁。
2 張憲文、方慶秋等主編：《中華民國史大辭典》，江蘇古籍出版社，2001 年版，第 644 頁。
3 唐惠虎、朱英主編：《武漢近代新聞史》上卷，武漢出版社，2012 年版，第 315 頁。

（一）中國社會黨及其機關報刊

中國社會黨的前身是 1911 年（宣統三年）6 月 15 日在上海張園成立的社會主義同志會。辛亥革命爆發後，江亢虎於 11 月 5 日以社會主義研究會發起人名義召集特別會提議「改組社會黨」，並宣布黨綱八條，成立中國社會黨本部。[1] 推同盟會優秀分子張繼爲首領，戴孫文爲黨外領袖，主要骨幹張繼、江亢虎、李懷霜、段仁、陳翼龍、沙淦、葉夏聲等[2]。1913 年 8 月被袁世凱下令解散。該黨在上海辦有「本黨言論之總機關」《社會日報》，1912 年 2 月 1 日創刊，日出四開一小張報紙；還創辦了《新世界》半月刊，煮塵主編，1912 年 5 月 14 日創刊，中國社會黨紹興支部的機關報。社址設在上海法大馬路自來火行西街五百三十七號[3]。另有《國是報》，創刊於 1912 年 3 月 22 日。中國社會黨四川支部和四川哥老會組織「漢流唯一社」的機關報。經費爲「漢流」各公口捐資。報館館長夏鴻儒、編輯周秉權（國衡）。館址在重慶長安寺半邊街。[4]

（二）自由黨及其機關報刊

自由黨 1912 年 2 月 3 日成立於上海。「爲激烈急進者之集團，屬同盟會之派別。其中心人物爲上海《天鐸報》社長李懷霜、《民權報》主筆戴天仇、周浩諸人。其主張多表同情社會主義」[5]。聲稱以「維持社會自由，驅除共和之障害」[6]爲宗旨。在上海辦有「係自由黨全體同人組織而成」[7]的《民權報》，1912 年 3 月 1 日創刊，戴季陶、何海鳴等主編，周浩發行。該報與同盟會（國民黨）報紙的觀點相近且好用激烈言論抨擊袁世凱政府，在當時產生較大影響。與當時的《中華民報》、《民國新聞》一起並稱爲「橫三民」。自由黨還在武漢辦有機關報《自由日報》，在當地也有一些影響。

---

1 李新、李宗一主編：《中華民國史》第二卷（1912～1916），中華書局，2011 年版，第 60 頁。
2 謝彬：《民國政黨史》，中華書局，2007 年版，第 44～45 頁。
3 方漢奇：《中國近代報刊史》，山西教育出版社，1981（1991 年第 4 次印刷），第 707 頁。
4 王綠萍編：《四川報刊五十年集成（1897～1949）》，四川大學出版社，2011 年版，第 39 頁。
5 謝彬：《民國政黨史》，中華書局，2007 年版，第 46 頁。
6 張憲文等主編：《中華民國史大辭典》，江蘇古籍出版社，2002 年版，第 719 頁。
7 《〈自由日報〉廣告》，載《中華民國公報》，1912 年 2 月 16 日。

（三）晦鳴學社及其機關報刊

晦鳴學社爲廣東香山人劉師復 1912 年在廣州西關存善東街成立。骨幹人物有莫紀彭、鄭彼岸、鄭培剛、林直勉等。該組織以無政府共產主義爲標榜，推崇無政府主義鼻祖克魯泡特金學說。1913 年 8 月 20 日創辦「中國最早宣傳無政府主義團體晦鳴學社的機關刊物」《晦鳴錄》（又名《平民之聲》），週刊，劉師復主編，採用中文和世界語對照的形式出版。在廣州出版兩期後，爲躲避軍閥龍濟光的迫害，第三期遷往澳門出版並改名爲《民聲》，又因葡澳當局干涉，1914 年（第四期）遷往上海出版。1916 年冬，出至 29 期後停刊。

（四）其他政黨的機關報刊

在民國袁世凱時期，除了中國社會黨、自由黨及晦鳴學社等影響稍大一些的政黨創辦有機關報外，還有一些更小的政黨也先後創辦了機關報，主要的[1]：如國家學會分別在上海和北京的機關報《國權報》。《國權報》（上海版）創刊於 1912 年 5 月 15 日；《國權報》（北京版）創刊於 1912 年 6 月 15 日。中華民國工黨在上海的機關報《覺民報》，創刊於 1912 年 5 月 10 日，（徐企文等主編）。此外還有國家協會的上海《民報》、福州《民心日報》；中國共和研究會的《共和報》、社會黨在上海的《國民臨時報》1911 年 12 月 7 日創刊、中華共和憲政會在上海的《共和憲政雜誌》（陳福民主編）、中華平民黨的《中華民生報》、大同民黨（一說大同公濟總會）的《大同民報》、工商勇進黨的《工商日報》、東社的《齊民日報》、神州女界共和協濟社所辦《女子共和日報》、國民聯合會的天津《中華日報》、社會公益促進會的寧波《促進報》等。

這些小黨所辦的機關報，儘管大多出版時間不長，社會影響也不大，但分別從一個或多個方面記載當時整個社會團體或某一特定地區的社會政治生態，是後人瞭解、研究和認識這段新聞歷史和社會生活的重要史料，是不應被遺忘的。

第三節　民國袁世凱時期的民營新聞報刊業

在民國袁世凱時期的官方新聞報業（袁世凱籌組臨時政府期間的《臨時公報》和北京統一政府的《政府公報》及部門公報）在當時社會政治生

活中的影響力度迅速增加和眾多政黨團體成立促使政黨新聞業迅猛發展的同時，既非官方又非政黨的民營新聞業也得到迅速發展——除諸如上海《申報》、天津《大公報》等商業大報經過風吹雨打仍繼續出版發行外，各大中小城市又創辦了一批新的新聞報紙，成為當時中國新聞報界和社會輿論界不可小覷的力量。

一、政局轉變中的津滬民營新聞大報

中國的民營商業性新聞報紙經過政治局勢的風吹浪打、報人的進來出去、報社資本的分化組合及政治勢力的跌宕起伏，到民國創立時基本形成了「南看上海、北看京津」的大報分布和報業影響力格局。從孫中山領導創建的民國南京臨時政府因抗不住袁世凱軟硬兼施無奈北遷，到袁世凱不滿足「中華民國大總統」逆時代潮流登上「中華洪憲大皇帝」遭致眾叛親離，最後一命嗚呼的 4 年多時間裏，中國的民營商業性新聞報紙為求得生存和發展，在政治態度方面經歷了明顯的轉變。其中尤以當時國際化商業大都市上海和緊鄰民國北京政府所在地的天津地區民營商業大報轉變更為典型。

（一）天津《大公報》從「質疑失望」到「無奈改版」再到「曲筆敢言」

《大公報》自武昌首義爆發到南京臨時政府成立期間，經歷了主張「君主立憲」到「同情支持」革命黨人的轉變，又從對革命黨人的「同情支持」轉向「懷疑指責」並公開鼓吹「固吾今日政體，無論為滿為漢，總當以君主立憲為前提」[1]的階段。進入民國以後，由於國內政局的急劇動盪，英斂之及其主持的《大公報》處於自己完全不能控制的政治浪潮漩渦中，越發顯出其無力和無奈，隨著政治態勢的變化，在英斂之影響下的《大公報》繼續身不由己地進行著轉變。

1、《大公報》的「質疑失望」

因其執著的君主立憲立場和對民軍的質疑，民國南京臨時政府的成立和孫中山履任大總統仍沒能改變《大公報》的基本態度。對孫中山當選臨時大總統這樣的大事，《大公報》只是發了一條短訊。[2]不久又以時評形式質疑中華民國大總統孫中山的才能和宗旨，說什麼「今南京組織共和政府，第一任總

---

1 《聞評一》，載《大公報》1911 年 12 月 28 日。
2 《大公報》：《南京又開選舉大總統會》，載《大公報》，1911 年 12 月 30 日。

統，首舉孫文。夫孫固以洪秀全第二自命者，頻年漂泊海外，屢起屢躓，其才尚不足言破壞，何論建設！觀其受任之始，首以排滿爲惟一目的，以改曆爲偉大之政策，仍不脫易姓改元之舊知識，謂其無帝王思想，吾不信也」[1]。在這篇社評的文字中，領導革命黨人進行不懈反清革命並親自主持制定《建國方略》等歷史性文獻的孫中山，在英斂之和《大公報》看來僅僅是一個「仍不脫易姓改元之舊知識」的有「帝王思想」的「臨時大總統」。儘管有人認爲這些「質疑」有「很多是因爲新政府的所作所爲並沒有如同他們此前所期望的樣子，他們似乎是懷著一種希望破滅後的失落來認識和批評新政權的。」[2]但我們還是覺得該文的語言似乎刻薄了一點。

當時的中國政局還在一直壞下去。1912 年 2 月 12 日清帝溥儀退位。由於得到了裕隆太后「退位詔」中「由袁世凱以全權組織臨時共和政府，與民軍協商統一辦法」[3]的這柄「尚方寶劍」，袁世凱當天命令將原清朝內閣各部大臣改稱各部首領，各駐外公使改稱臨時代表[4]，儼然擺出一副「政府首領」架勢。2 月 13 日孫中山向南京臨時參議院提出辭職咨文，2 月 14 日孫中山至南京臨時參議院辭臨時大總統職並推薦袁世凱繼任；2 月 15 日南京臨時參議院「舉袁世凱爲第二任臨時大總統」；2 月 16 日袁世凱分別致電孫中山及南京臨時參議院，表示願受臨時總統職；2 月 17 日，袁世凱以「新舉臨時大總統」名義發布通告申明「自陰曆壬子年正月初一日起，所有內外文武官行用公文一律改用陽曆，署大中華民國元年二月十八日即壬子年正月初一日字樣。」[5]由於英斂之對袁世凱的經歷和秉性「瞭如指掌」，深知他的上臺絕不會「比孫中山更好，但又無可奈何」[6]，這不僅使他對中國民主政治道路徹底失望，更使他「辦報興趣索然」，於是決定從辦報第一線「告退」[7]。

1　《大公報》：《論大總統應兼具破壞建設之能力》，載《大公報》1912 年 1 月 18 日。
2　馬藝等：《天津新聞史》，天津人民出版社，2015 年版，第 61 頁。
3　《清帝宣布退位旨》（宣統三年十二月二十五日，1912 年 2 月 12 日），載《臨時公報》辛亥年十二月二十六日，1912 年 2 月 13 日出版。
4　韓信夫、姜克夫主編：《中華民國大事記》（第 1 冊），中國文史出版社，1997 年版，第 185 頁。
5　韓信夫、姜克夫主編：《中華民國大事記》（第 1 冊），中國文史出版社，1997 年版，第 187 頁。
6　方漢奇等：《大公報百年史》，中國人民大學出版社，2004 年版，第 75 頁。
7　王芝琛、劉自立編：《1949 年以前的大公報：大公報史略》，山東畫報出版社，2002 年版，第 9 頁。

2、《大公報》的「無奈改版」

1912 年 2 月 23 日（農曆正月初六），《大公報》登載了「大公報館」署名的《告白》，稱「本館總理英斂之外出，凡賜信者俟歸時再行答覆」。[1]這則告白在《大公報》上連續登載了十二天。英斂之通過刊登《告白》昭告社會各界，自即日起報館日常運行已與他無關。此時的他實際上只是仍然掛個「經理」名號而不再具體運作報館業務，退隱北京香山靜宜園，一改當年領頭創設「天津報館俱樂部」主動活躍的態度和做法，遠離喧囂的社會政治生活圈，幾乎全身心地致力於慈善、宗教等事。在英斂之通過刊載「大公報館」《告白》形式宣布「外出」不再具體掌管報館日常業務的 1912 年 2 月 23 日起，報館筆政由樊子鎔、唐夢幻等具體主持[2]。也就從這一天起《大公報》進行大幅度改版。報館雖然沒有對這次「改版」作任何文字說明，但報紙版面安排卻發生了根本變化：第一版報頭右邊遵照袁世凱 2 月 17 日以「新舉臨時大總統」名義發布的通告採用了「大中華民國紀年」；第二版或第三版原是刊載清廷「邸鈔」、「諭旨」等「朝政新聞」版，現改為「首刊」新舉臨時大總統發布的布告、命令等，即以袁世凱掌控的北京臨時政府的「民國政府新聞」代替了原來的「清廷朝政新聞」；「要聞」欄的內容也隨之主要報導「袁大總統」和南北臨時政府、各黨派的活動。《大公報》的改版表明在清朝皇帝為了獲得民軍「優待條件」宣布退位成為現實後，該報主人因為政治的「絕望」逃遁香山，作為繼續出版發行而原本對袁世凱一直沒啥好感的《大公報》只得無奈地接受了袁世凱主導中國政局的現實。

《大公報》「改版」是一種無奈的選擇。由於英斂之滿族後人身份的氏族情感及他家人和清朝王室的特殊關係，所以《大公報》曾用大版面恭賀新皇帝登基，為慈禧太后及恭親王唱讚歌，發表大量鼓吹君主立憲的新聞和時評，屢屢舉行有獎徵文活動，甚至在辛亥首義成功後還為朝廷出謀建言，力促朝廷進行立憲政治改良而延續清朝皇室統治。即使在辛亥首義爆發後的 10 月 14 日，京津一帶都已經知道武昌起義成功消息時，《大公報》還在發表言論說「就現勢而論，革黨將虞不敵……政府苟幡然醒悟，實力改革，與國民相見以誠，俾知朝廷奮發有為，凡立憲國民應享之權利，不難安坐而獲，則奪取革黨之

---

1 《大公報》館：《（大公報館）告白》，載《大公報》1912 年 2 月 23 日。
2 王芝琛、劉自立編：《1949 年以前的大公報》，山東畫報出版社，2002 年版，第 9 頁。

標幟，而彌天大禍或可挽回」。文中對革命黨人「將虞不敵」的蔑視和對清廷「實力改革，與國民相見以誠」的建言及報人暗念「彌天大禍或可挽回」的期待，十分清楚地表明了英斂之以及《大公報》對革命黨人和清廷的兩種態度。直到 10 月下旬，英斂之主持下的《大公報》才在一些文字中開始用「革命軍」一詞代替「革匪」等蔑稱。[1]讓英斂之遺憾的是「清朝大勢已去」並最終被迫宣布「退位」，這意味著英斂之及《大公報》眷眷期待並全力推進的君主立憲已失去了存在的根本即「君主」，資產階級共和的「立憲」也與延續清朝江山毫無關係，尤其是革命黨人孫中山在袁世凱「承認共和」並迫使清朝皇帝退位後踐諾於 2 月 14 日至南京臨時參議院辭臨時大總統職。儘管臨時參議院議決「在新總統未蒞任前孫中山暫不解職」，但袁世凱接任大總統已成定局。冷冰冰且無法改變的現實使英斂之「惹不起就躲」地無奈選擇了「退隱」之路，既以避免自己直接和袁世凱政府打交道，同時也默認自己仍然掛名「報館總經理」的《大公報》順從袁政府意志的改版，以使自己辛辛苦苦創辦了 10 年的《大公報》在袁世凱統治的環境下能繼續出版發行。

　　英斂之的退隱既有個人的原因，更有社會環境變化的動因——清末預備立憲隨著清帝退位而終結，孫中山及革命黨人的作為不能令他完全滿意；辛亥革命成果很快落入袁世凱之手使他預感到軍閥強權政治即將降臨，加之身體不適等眾多原因綜合促成了英斂之從辦報第一線萌生退意，這是英斂之在特定社會環境中的「無奈」；但英斂之畢竟是一個有良心和有秉性的中國人，畢竟是一個正直純粹的天主教徒，畢竟是一個曾經叱吒過風雲的報壇名人，所以在中國社會政局發展嚴重偏離民心民意時，還是忍不住要「發聲」，只不過言論風格上明顯從原先「直抒胸臆」轉向「諷刺挪揄」和「借古諷今，嬉笑怒罵」。但這些絲毫未能改變北洋政府時期「他剛唱罷我登臺」的「亂紛紛」社會政治局勢和「我手執鋼鞭把你打」的「惡凶凶」軍閥專制統治。最後還是失望地把《大公報》轉手給了天津富商王郅隆，徹底結束了自己的「新聞生命」。

　　3、《大公報》的「曲筆敢言」

　　英斂之高調宣布「外出」後一直沒有宣布「歸時」，意味著英斂之最多只能「遙領」《大公報》事務，而不能像前十年那樣對報紙筆政和經營「事必

1　方漢奇等：《大公報百年史》，中國人民大學出版社，2004 年版，第 73 頁。

親躬」。儘管不再親自主持報紙筆政，但英斂之仍是「報館總經理」，所以《大公報》還基本上延續了此前「敢言」的品質。只是爲避免和政府硬碰硬使報紙遭災惹禍，《大公報》由原來「天不怕地不怕」的「直言」風格轉變爲諷刺挪揄的「曲言」風格。如在袁世凱被南京臨時參議院選舉爲臨時大總統後，《大公報》在社評中先以讚揚口吻說「項城者，才足以濟變，識足以通時」，「其知人不在曾湘鄉（國藩）之下，而得人尤在李合肥（鴻章）之上。至其不避謗，不恤人言，雖以政學貫淹、負海內重望之張南皮（之洞）亦不能及」，「孫中山則謂其熟有政法經驗」，「黎宋卿（元洪）則謂其化干戈而講揖讓」，「黃克強（興）則謂苦心孤詣，致有今日」，而孫、黎、黃「皆爲革命之元勳、民國中之功首，其欽服項城且如此，則項城眞能操縱天下之人，而天下之人有無不爲其操縱。」先把已選爲「民國大總統」的袁世凱和晚清重臣曾國藩、李鴻章、張之洞相比較，後又列舉孫中山、黎元洪和黃興對袁世凱的讚美之詞，似乎誇袁世凱是「二十世紀中東亞第一等人物」，其眞用意在於指出袁世凱不僅騙過了「前清重臣」，而且騙過了「民國首功」，從而得出「項城眞能操縱天下之人，而天下之人又無不爲其操縱」的結論，並進一步提醒國人「或以項城爲魏武（曹操）、新莽（王莽）」，或以項城爲華盛頓、拿破崙，爲公爲私，須聽自擇」，[1]對袁世凱諷刺挪揄及高度警覺的立場躍然紙上。

英斂之「遙領」的《大公報》繼續堅持前一時期的「敢言」風格，堅決對北洋軍閥首領袁世凱政府及其專制統治予以辛辣的諷刺或調侃，有時甚至仍然是金剛怒目式的斥責和抨擊。在袁世凱宣誓就任「民國大總統」的第三天，《大公報》發表社評抨擊袁世凱說「今何如乎？利國福民者其口，徇私專制者其心。凡諸設施。好人所惡。惡人所好，無一不以亡清之覆轍，爲前事之師，不過稍變名目而已」[2]。對袁世凱掌控下的內閣，《大公報》說「合全閣人物而觀，泰半皆前在北洋時，鑽營容悅於大總統，而爲大總統之牛溲馬勃，以備不時之需」，「內閣既成爲大總統之內閣，參議院亦不過大總統之參議院焉耳。」[3]1913 年 9 月 12 日黔軍佔領重慶，標誌著以討袁戰爭爲主要內容的「二次革命」失敗。隨之袁世凱加快當正式「總統」乃至「皇帝」的步伐：

1　《大公報》：《論袁項城被選總統》，載《大公報》1912 年 3 月 1 日。
2　《大公報》：《時事痛言》，載《大公報》，1912 年 3 月 12 日。
3　《大公報》：《其斯以爲人才內閣乎》，載《大公報》，1912 年 9 月 25 日。

國會在袁世凱授意「公民團」的強迫下選舉袁世凱爲「大總統」，11 月 4 日下令「解散國民黨」，取消國民黨議員資格，使國會不足法定開會人數只得停會[1]。爲此《大公報》在「閒評」中諷刺挪揄說「資遣議員案，已奉大總統命令施行矣」，「增修約法案，亦奉大總統命令施行矣」，「國會長已矣，約法斷根也！」[2]在袁世凱炮製出《中華民國約法》並通過《修正大總統選舉法案》確立其終身大總統地位後，《大公報》又用諷刺挪揄道「今大總統既能上契天心、下乎眾望，不妨一連任再連任，十連百連，乃至無疆連。連至不高興更連時，但由現總統指定一人以繼其任。蓋三之數雖少，尚不免有得失之爭。定之於一，何等簡捷，何等光明。若總統肯效法祁奚，內舉不避親，尤可杜絕野心家覬覦，而免運動競爭之怪劇！」[3]1915 年 5 月，當得知袁世凱決定接受日本人「二十一條」時，《大公報》辛辣諷刺說「中日交涉，已完全和平解決，種東亞之幸福，遺萬世之安寧。吾外交當局忠於謀國如是，已出吾民意料之外，又復親勞玉趾，將承認書雙雙恭賚至日使館。似此鞠躬盡瘁之忠良，求諸古今中外，初五代馮氏、漢末譙氏、三韓李氏外，有幾人哉？」[4]。在袁世凱準備粉墨登場的 1915 年底，眾所周知的《大公報》創辦人英斂之致函天主教某教士，稱天津《益世報》某些人對於袁世凱稱帝「今者更窮促無歸，勢迫利使，遽變宗旨，醜態百出，犯社會之公怒，南北各報排斥之來者，已不一見矣」，「公左右之人，非貪功之儔，及謀利之輩，終日慫恿覬覦，非陞官即發財，而口中所託者，則廣場聖教靈魂」[5]等予以「嚴厲譴責」[6]。

4、《大公報》與天主教之關係

在言論從「大膽直言」到「曲筆敢言」轉變同時，《大公報》的天主教色彩迅速濃厚起來。要說明的是，《大公報》自創刊後就一直表現出較爲明顯的對天主教的偏愛。這主要是由於《大公報》發起創辦人柴天寵及創辦時的股東之一樊國梁具有明顯的天主教背景，天津地區屬於法國天主教會屬下的教

---

1 李新、李宗一主編：《中華民國史》（第 1 卷）下，中華書局，1987 年版，第 491 頁。

2 《大公報》：《閒評一》，載《大公報》1914 年 1 月 13 日。

3 《大公報》：《閒評一》，載《大公報》1914 年 12 月 29 日。

4 《大公報》：《閒評一》，載《大公報》1915 年 5 月 11 日。

5 陳桓：《天主教徒英斂之的愛國思想》，載《大公報》（上海版）1951 年 4 月 12 日。

6 方漢奇主編：《中國新聞事業編年史》（上），福建人民出版社，2000 年版，第 789 頁。

區之一。「報館總經理」英斂之自其青年時代開始就信奉天主教，後來更是個虔誠的天主教徒。因此《大公報》一直具有較為明顯的「天主教」色彩，如每年「復活節」和「聖誕節」，《大公報》都要休刊放假以從教俗，同時以更多的篇幅報導天主教的活動而較少報導其他宗教的活動，在報紙上發表大量文章闡釋天主教的教義，以報館的名義多次舉辦天主教方面的活動等，使得《大公報》的天主教色彩十分明顯。

　　1912 年 10 月 7 日，由康有為幕後操縱[1]，康門弟子陳煥章、麥孟華在前臺張羅的孔教會在上海成立。1913 年 2 月在上海創辦《孔教會雜誌》（匆匆從日本歸國的康有為則於同月創辦與之呼應的《不忍》月刊），舉行祭孔儀式；召開宣揚尊孔讀經的講習會，要求定孔教為國教，反對小學廢除祭孔讀經；攻擊北京教育會要求將文廟田產充作小學教育經費的主張[2]，興起了一股鼓吹「尊孔教為國教」思潮。這股思潮正好為袁世凱復辟帝製造輿論，所以得到袁世凱的贊成和支持。1913 年 6 月袁世凱以大總統名義下令恢復學校的祀孔典禮，1915年 2 月又頒布《特定教育綱要》，在當時的社會生活中形成一股反對民主共和、維護封建專制舊秩序的逆時代潮流方向的反動思潮，理應得到堅持社會進步和民主政治人們的堅決反對和抨擊。從這一點認識，《大公報》對「尊孔教為國教」運動的反對和譴責具有積極的進步意義。從宗教角度認識，假如袁世凱政府真的「孔教定為國教」，勢必會直接減弱天主教等其他宗教在中國社會生活中的地位和影響力。為此《大公報》一方面堅持主張有一個全民普遍信仰之宗教，另一方面又明確反對「定孔教為國教」，實際上是擔心「尊孔說」對天主教的排他性。為了與「定孔教為國教」思潮抗衡，《大公報》不光連絡天主教公民向參眾兩院所上「請願書」[3]，而且還刊載道教等宗教派別反對立孔教為國教的請願書，又刊載從法律、國體角度論證不該立孔教為國教的言論[4]。從 1915 年下半年到1916 年，《大公報》用大量版面先後刊載了《主制群徵》、《辨學遺牘》、《萬松野人言善錄》和《大西利先生竇瑪傳》等天主教書籍，以宣傳普及天主教教義。

1　《孔教會雜誌》第一卷十號上刊載康有為致孔教會電稱「去歲夏……乃草序寄門人麥孟華、陳煥章，令開會滬上」，可見一是《孔教會雜誌序例》出於康有為之手，又是他「令開會滬上」所以說該會是在康有為幕後操縱下成立的。

2　劉巨才：《孔教會雜誌（介紹）》，載丁守和主編：《辛亥革命時期期刊介紹》（第 4集），第 400 頁。

3　《大公報》：《擬天主教全體公民請願信教自由，不定國教上參眾兩院書》，載《大公報》1913 年 9 月 24 日。

4　《大公報》：《論美（國）憲法中之宗教》，載《大公報》1913 年 10 月 18 日。

除英斂之《萬松野人言善錄》在「著作」欄登載外，其他幾種都是以書冊式印刷，以便讀者匯訂成冊、長期保存。後來這些天主教書籍又由《大公報》社專門出了單行本，眞可謂不遺餘力[1]——儘管英斂之從《大公報》第一線「退隱」了，但毫無疑問他仍對《大公報》有直接的影響力，加之退隱後不再具體掌管《大公報》日常報館事務，所以有更多時間和精力用於天主教宣傳普及及教事上（在慈善事業方面也費時甚多）。我們認爲，《大公報》全力進行反對「尊孔教爲國教」抗爭蘊含比較複雜的因素，其動因之一應是爲了維護天主教在中國社會政治生活中的地位和影響力，擔心天主教的地盤被「孔教」勢力佔據，但其積極意義還是比較明顯的。

（二）上海《申報》從「熱情親孫」到「被動擁袁」到「曲筆反袁」

　　民國南京臨時政府時期的上海新聞報界曾表現出動員輿論的巨大能量。最典型的事例就是「《暫行報律》風波」。民國臨時政府內務部鑒於「滿清行用之報律，軍興以來，未經民國政府明白宣示，自無繼續之效力，而民國報律又未遽行編定頒發」[2]，於 1912 年 3 月 4 日制定頒行「暫行報律三章」。上海中國報界俱進會成員《申報》、《新聞報》、《時報》、《民立報》、《時事新報》、《神州日報》《天鐸報》及《民聲報》在章炳麟（太炎）等創辦的《大共和日報》挑頭下，先是開會表抗議，後是通電孫中山稱「統一政府未立，民選國會未開，內務部擅定報律，侵奪立法之權」，「今殺人行劫之律尚未定而先定報律，是欲襲滿清專制之故智，鉗制輿論，報界全體萬難承認」[3]，進而以各報轉載章太炎《卻還內務部所定報律議》一文作爲共同社評，以「民主國本無報律」[4]之理由抨擊內務部制頒暫行報律爲「無知妄作之罪」，眾口一聲抵制《暫行報律》，迫使孫中山以《暫行報律》「未經參議院議決，自無法律之效力」且「雖出補偏救弊之苦心，實昧先後緩急之要序」爲由明令內務部即行撤銷，「不得以『暫行』二字，謂可從權辦理」[5]，方才平息了這場風波。臨時

1　方漢奇等：《大公報百年史》，中國人民大學出版社，2004 年版，第 93 頁。

2　《內務部頒布暫行報律電文》，載《臨時政府公報》第 30 號，1912 年 3 月 6 日出版。

3　《上海報界俱進會關於拒絕〈民國暫行報律〉的通電》，載《申報》1912 年 3 月 6日。

4　章炳麟：《卻還內務部所定報律議》，載上海《申報》，1912 年 3 月 7 日。

5　孫中山：《令內務部取消暫行報律文》，轉引自《孫中山全集》，中華書局，1982 年版，第 198～199 頁。

政府北遷後，隨著政治力量的分化組合和升降起落，以《申報》、《新聞報》和《時報》等爲代表的一大批民營商業報紙在多變的政治生態下，也表現出具有民營商業報紙鮮明特點的轉變。尤其是《申報》從民國南京臨時政府創立到袁世凱「憂懼交加而死」前這四年多時間裏的言論轉變，更具其代表性。這一過程經歷了幾個相連又不同的時期。

1、《申報》的「熱情親孫」階段

民國南京臨時政府第一任臨時大總統孫中山宣誓就職的 1912 年元旦，《申報》爲慶祝孫中山就任大總統採用八版套紅的喜慶版式。並把「民國」的「國」改寫爲「囻」，以表示「四境之內改王爲民」。「論前廣告」欄專門刊登了申報館及其附屬機構華商集成公司等拜賀的廣告和「中華民國萬歲」、「孫大總統萬歲」的標語口號，「論文」欄刊出《共和民國大總統履任祝詞》稱「共和之幸福永遠爲吾中華民國紀念之一日也。今何幸以夙持三民主義之孫中山膺中華民國第一任大總統之選。著今日大總統履任之典，以爲他年我四萬萬同胞出水火而登衽席之左券」[1]。孫中山歸國途徑上海赴南京就任臨時大總統時，《申報》、《新聞報》、《時報》等以上海日報公會名義舉行歡迎孫中山就任大會，並於 1 月 4 日詳細報導上海報界舉行「歡迎孫大總統就任大會」的有關情況[2]。爲支持新生的民主共和政權，《申報》還受上海軍政府委託發起募捐軍餉活動，在《代募軍餉廣告》中宣傳「革除專制政體，組織共和民國，我同胞赴湯蹈火，不怕犧牲其寶貴生命，無非爲公眾謀幸福」。[3] 1 月 8 日又刊出新任民國南京臨時政府教育總長蔡元培（子民）的光輝歷史，爲孫中山任大總統的南京臨時政府做宣傳，造聲勢，聚民心，可見《申報》對以孫中山爲首的革命黨人推翻清政府，建立中華民國，結束二千多年的封建專制是抱歡迎態度的。[4] 同時《申報》在新聞和時評中仍堅持幾年中一直認爲的「袁世凱是一個野心家」的觀點，主張對袁世凱必須保持警惕，[5] 對袁世凱破壞民主共和的陰謀持明顯批評的態度。在得知孫中山在南京宣誓就任「臨時大總統」後，袁世凱氣急敗壞宣布批准其和談代表唐紹儀「辭職」，同時指使 1 月 2 日清軍姜

---

1 《共和民國大總統履任祝詞》，載《申報》1912 年元月 1 日。
2 《申報》（報導）：《（上海報界舉行）歡迎孫大總統就任大會》，載《申報》1912 年 1 月 4 日。
3 《代募軍餉廣告》，載《申報》1912 年 1 月 2 日。
4 馬光仁主編：《上海新聞史（1850～1949）》，復旦大學出版社，1996 年版，第 417 頁。
5 宋軍：《申報的興衰》，上海社會科學院出版社，1996 年版，第 81 頁。

桂題、馮國璋等 15 位將領致電清廷內閣表示「誓以死戰反對共和」，1 月 4 日袁世凱又親自出面致電南方和談代表伍廷芳聲稱「孫文首任總統之日宣示驅逐滿清政府，是顯與前議國會解決問題相背。」[1] 幾天後，《申報》刊出社評警告袁世凱應「幡然反正」，「若必待兵臨城下，求五分鐘之最後解決，其結果不過是清廷多延數日之殘喘，軍民多傷數萬之性命，而無補於危亡萬一也。」[2] 次日則刊載社評向南京臨時政府提出措置北伐事宜、草定憲法大綱、釐定任官法制和明定教育方針等四項建國方略[3]。在所載長文《中國光復史》中指出「近日袁世凱之心理最難測摸，惟外間聞有謂袁之入京以傚忠滿族為名，而實有帝制自為之意」，[4]《申報》由此成為最早揭露袁世凱妄圖「帝制自為」野心的國內新聞報紙。該報還在社評中尖銳指出袁世凱「一方面貌託維持清帝之尊榮，以為得位乘時之計，一方面則借恫嚇清廷之微功，以為要挾民軍之代價。觀大勢之所及，定一身之趨向，沉機應變亦有年矣」[5]，把陰謀家袁世凱的嘴臉揭露的一覽無餘。甚至在《申報》刊載了孫中山表示「一俟袁世凱宣布共和，即將辭任，且將呈南京政府參議院選舉袁（世凱）為總統」的消息受到民眾詰問後，還向讀者解釋「孫總統之所以宣言讓位，無非是渴望共和之成立，南北之聯合耳」[6]。——這是《申報》在政治上贊成並全力支持孫中山和民國南京臨時政府階段。這一階段大致延續到清帝宣布退位、南京臨時政府參議院選舉袁世凱為臨時大總統前為止。此時《申報》館主人是自 1897 年 12 月接替病故胞兄席裕祺（子眉）出任《申報》買辦的席裕福（子佩）。

2、《申報》的「被動擁袁」

　　儘管孫中山在 1 月 5 日發表的《對外宣言書》中已經聲明「凡革命前清廷與各國所訂條約、所借外債、所認賠款及讓與各國或個人之種種權利，民國均予以承認、保護。」並於 1 月 11 日親自照會各國政府駐華使領館，聲明已建立臨時政府、選舉臨時總統、組織內閣，要求世界各國（主要是東西方

1　韓信夫、姜克夫主編：《中華民國大事記》（第 1 冊），中國文史出版社，1997 年版，第 174～175 頁。
2　《申報》（社評）：《忠告袁世凱》，載《申報》1912 年 1 月 9 日。
3　《申報》（社評）：《對於新政府之希望》，載《申報》1912 年 1 月 10 日。
4　《中國光復史：袁世凱之心事如見》，載《申報》1912 年 1 月 14 日。
5　《申報》（時評）：《北方軍隊將領聯名電請清帝退位感言》，載《申報》1912 年 1 月 31 日。
6　《答讀者詰問》，載《申報》1912 年 2 月 8 日。

列強）承認中華民國（臨時）政府，但西方列強及日俄等國均一直未明確表示承認。臨時政府外交總長王寵惠於 1 月 17 日和 19 日兩次專門要求美國政府承認中華民國，但均未得到答覆。2 月 10 日，孫中山再次會見美國政府代表鄧尼，當面請求美國政府承認事，但仍遭拒絕[1]。西方列強一直不承認南京臨時政府形成的巨大外交壓力，國內各方勢力（尤其是章炳麟等人「反戈一擊」）的政治壓力及民眾渴望結束戰爭的輿論壓力，使孫中山在幾乎無奈之下作出「清帝遜位書發表後參議院始舉袁世凱爲大總統」決定。1912 年 2 月 12 日清廷裕隆太后發布清帝退位詔書。次日孫中山向臨時參議院提出附有「條件三項」（即「臨時政府地點設於南京不能更改」、「新總統親到南京受任之時大總統及國務員乃行解職」以及「新總統必須遵守臨時參議院頒布之一切法制章程」[2]）的辭職咨文，14 日孫中山至南京臨時參議院辭臨時大總統職並薦任袁世凱繼任，參議院議決接受孫中山的請辭，並決定於次日開選舉會，選舉臨時大總統並議決新總統未蒞任前孫中山暫不解職。[3]15 日南京臨時參議院開會選舉袁世凱爲第二任臨時大總統。儘管南京臨時參議院在 14 日議決「新總統未蒞任前孫中山暫不解職」，但因爲清廷隆裕皇后在 2 月 12 日發布的「清帝詔書」中宣布「由袁世凱以全權組織臨時共和政府，與民軍協商統一辦法」，孫中山爲履行此前承諾又於 2 月 13 日向臨時參議院「推薦袁世凱繼任」臨時大總統，使得一些人意識到袁世凱即將成爲中國政治權力的「主宰」從而迅速改變原來「親孫」態度轉爲「擁袁」。如 2 月 14 日，一直清楚孫中山「民國建都南京」立場的南京臨時參議院竟然議決臨時政府首都設在北京。儘管這一議決經 15 日孫中山以大總統名義咨請參議院重新表決後重新確定臨時政府仍設南京，但實際上已經反映了臨時政府內部對建都地點選擇兩種立場和力量對比的傾斜。北京既是前清勢力和北洋軍勢力集中之地，也是袁世凱發跡和「坐大」之地，臨時政府設在北京實際上既是革命黨人把總統之權交給了袁世凱，又使革命黨人對身居北京老巢的袁世凱難有任何制約，從某種意義上講就是革命黨人打下的江山完全地被袁世凱「竊取」，這是孫中山和革命

---

1 韓信夫、姜克夫主編：《中華民國大事記》（第 1 冊），中國文史出版社，1997 年版，第 175～184 頁。

2 孫中山：《咨參議院辭臨時大總統職文》，《孫中山全集》（第 2 卷），中華書局，1982 年版，第 84 頁。

3 韓信夫、姜克夫主編：《中華民國大事記》（第 1 冊），中國文史出版社，1997 年版，第 186 頁。

黨人不願看到的。所以臨時政府是建都南京還是北京就不僅僅是地點問題，而是誰掌握國內政治話語主動權的問題。但此時國內的政治局勢已經日趨明朗，孫中山辭去了臨時大總統而將由袁世凱繼任，而袁世凱又絕不會離開其北京老巢來南京就職，因此袁世凱當大總統的臨時政府必然在北京建都。就是在這種情況下，《申報》對孫中山的態度開始發生明顯的轉變，這實際是《申報》及其主人對當時國內政治局勢走向做出判斷後的決策——此時《申報》館主人仍是原《申報》買辦席裕福（子佩）。

南京臨時參議院決議建都南京的消息傳出後，上海商業性新聞報紙迅速改變了原來熱情擁護孫中山和全力支持南京臨時政府的做法，上海的部分社團及多數重要報紙 2 月 15 日聯名急電指責南京參議院「為政府所牽制，捨北取南」，《申報》參加了聯名「急電」，並在此日後經常刊載主張建都北京的南北通電「幾無日無之」，意在長「都北派」聲勢；在實行總統負責制還是內閣負責制的爭論爆發後，《申報》意識到袁世凱絕對不會容忍國民黨主導的內閣制約自己，肯定會通過各種手腕達到總統獨攬大權。因之《申報》選擇了支持總統負責制一方的觀點（和《申報》此前全力揭露袁世凱陰謀家面目的做法大相徑庭），某種程度起了為虎作倀的輿論引導作用。在國內政治大局趨向已十分明朗的情況下，商業報紙首要考慮的是在袁世凱統治下能否繼續生存和發展賺錢的問題。從這個角度認識，《申報》對孫中山態度的轉變是必然的，既是商人「利益至上」的本性所決定，也是商業報紙的屬性所決定，同時也應看到實際上也是商業報紙在當時社會環境下的無奈選擇。

隨著政黨紛起並爭權奪利，中國政治長期混亂未上軌道的情況下，《申報》難以分辨是非，只求營業發展，在言論方面長期處於朝秦暮楚、無所適從的境地。報紙對中國問題漸漸採取不評論或少評論的方針，即使遇到重大問題也採取模棱兩可的態度。如「二次革命」時，該報就發表時評分析「中國之所以紛爭不停」的原因是「政府仍以嚴屬之手段防黨人，而黨人仍以破壞手段對政府」，呼籲「政府專心從事根本之建設，開載布公以待南方之人民」，「黨人應本其正大光明之宗旨」，「養成有價值之政黨」[1]。有人說這「顯然是對袁世凱政府和革命黨人採取各打五十大板」[2]，意即取調和主義以求自保。由於席裕福經營《申報》一蹶不振，乃將《申報》作價十二萬元（銀元）售於史

---

1 《申報》（時評）：《消除禍亂之真義》，載《申報》1913 年 8 月 18 日。
2 馬光仁主編：《上海新聞史（1850～1949）》，復旦大學出版社，1996 年版，第 419 頁。

量才等五人，1912 年 9 月 23 日定立合約，10 月 20 日辦理移交，由史量才[1]接手自任總經理，陳冷（景韓）爲總主筆。

史量才主持下的《申報》經歷了產權轉移及其後續的財產訴訟官司，當時首要任務是站穩腳跟並求得事業發展。在袁世凱已經穩掌「總統」大權且有強大的北洋軍作爲執政支撐的環境下，《申報》一改在民國南京臨時政府時期那種鮮明支持「民主共和」和擁護「孫大總統」的熱情做法，在政治議題方面相對疏遠，對一些必須報導的新聞熱點政治問題則採取模棱兩可的「兩邊不得罪」態度，以免因文字之爭牽涉到報館的生意。我們認爲這時期《申報》對袁世凱執政所表示的「擁護」含有明顯「被動」的因素，即出於報紙生存和發展的考慮不得不採取某種與現實妥協的態度。因爲對於一份由個人籌資購得的商業性新聞報紙，在特殊社會環境下採取模糊政治態度以求自保的方式是可以理解的。如果民營商業報紙像政黨報紙那樣堅持「寧願報紙被封也不改政治立場」的做法，那倒不是民營商業報紙了。《申報》對孫中山等革命黨人和袁世凱態度的變化，應當與史量才剛接手《申報》致力業務發展、爲報紙生存而少惹政治是非的指導思想有關，因爲報紙畢竟是他下了血本擔了風險才獲得資產處置權和報館經營權，任何人處於他當時的境況應該都不會希望花大錢購得的《申報》因政治言論惹惱權貴被查封。這一階段大致到「宋案」發生後爲止。

3、《申報》的「曲筆反袁」

1912 年底舉行的第一次國會選舉中國民黨大勝，使國民黨代理理事長宋教仁擁有了組織「責任內閣」的基本條件和可能。他公開表示「國務院宜以完全政黨組織之，混合、超然諸內閣之弊，現已發露，勿庸贅述。憲法問題，當然屬於國會自訂，毋庸紛擾。」[2]國民黨在大選中的勝利和宋教仁的公開言論引起了袁世凱與北洋軍閥集團的極大不滿和恐懼。袁世凱親信、國務總理趙秉鈞及其秘書洪述祖指令上海的幫會頭目應桂馨密謀實施刺殺並「立即照辦」、「事速照行」[3]。1913 年 3 月 20 日晚，在上海火車站準備乘車離滬的宋教仁被兇犯應桂馨連開三槍皆中要害，3 月 22 日晨去世。[4]「宋案」的發生徹底暴露了袁世凱不可能讓中國走政黨政治、民主政治道路的底牌，警醒了一

---

1 史量才（1880～1934），名家修，江蘇南京人，因經辦《申報》聞名於中國新聞界。
2 宋教仁：《宋教仁集》（下冊），中華書局，1981 年版，第 467 頁。
3 《民立報》：《宋案證據之披露》，載上海《民立報》，1913 年 4 月 26 日。
4 張憲文等：《中華民國史》（第一卷），南京大學出版社，2005 年版，第 138 頁。

些原先對袁世凱抱有幻想的人們，國內迅速湧動起一股反袁政治輿論浪潮。但《申報》是民營商業報紙，既從內心反對袁世凱的封建專制，又需顧及袁世凱政府的壓制迫害對其生存的威脅，故只能採取「曲筆」方式表達其反袁意向。它採取的方式[1]主要是：一是用較含蓄的言論「批判袁世凱的復辟帝制」。如在時評中說現今政府不僅未能「去舊謀新」，反而「恢復其固有之原狀為最終之目的，是政府之大誤也」。[2]在 1915 年 7 月間發表的《暗潮》、《憲法起草》、《國體》等時評中也對袁世凱變共和國體為君主國體的企圖予以「較含蓄」的指責。二是用轉載他人文章的方式表達自己反對袁世凱稱帝的政治傾向。最典型的是轉載梁啓超 1915 年 8 月 20 日在《大中華》雜誌第 1 卷第 8 期上發表的激烈批判帝制的長文《異哉，所謂國體問題者》。《申報》為擴大該文影響，先在 9 月 9 日報紙上以大字標題和大塊版面刊登介紹這期《大中華》雜誌的廣告，點明「國體問題發生，全國人應研究，本報梁任公主凡三篇，洋洋萬言，切中今日情勢，為關心時局者不可不讀」，還附載《異哉，所謂國體問題者》、《國體問題與外交》和《憲法起草問題答客難》三篇論文題目。《申報》在做足鋪墊後於 9 月 10、11 日分兩天轉載《異哉，所謂國體問題者》，在文前「編者按」中還特別指出「全篇洋洋萬言，籌安會中人聞之曾特至天津阻其發表」。既表明了《申報》對袁世凱稱帝的否定態度，又擴大了梁啓超重磅反袁文章的輿論影響，還不讓袁政府抓到迫害自己的話柄，謀劃之周全歎為觀止。三是以全面中有側重、客觀中有傾向的方式報導反袁鬥爭形勢。如在報導籌安會出臺後京城的政治形勢時說籌安會「發起者都係官吏」，「贊成派以官僚中人為多」，而反對者則多是「熱心國事及失志之人」以及「各政黨之重要人物」，民眾「連日來上書（反對）者不下數千百起」，還全文發表了一封堅決反對帝制的民眾來信。[3]這些方式雖然沒有《中華民報》、《民國新聞》尤其是《民權報》等國民黨報刊那樣痛快淋漓，但作為民營商業報紙沒有為了自己生存和經濟利益委身於軍閥勢力，已是難能可貴。受袁世凱之命 1915 年 8 月到上海收買報紙的北京《亞細亞報》總經理薛大可曾當面對史量才表示，只要《申報》歸附袁世凱，要多少錢就給多少錢，要做什麼官就做什麼

1　馬光仁主編：《上海新聞史（1850～1949）》，復旦大學出版社，1996 年版，第 419～422 頁。
2　《申報》：《根本錯誤》，載《申報》1914 年 5 月 30 日。
3　《申報》：《籌安會發起後之京城各面觀》，載《申報》，1915 年 8 月 23 日。

官，一切都可以照辦。被史量才嚴詞拒絕。《申報》爲此公開發表《啓事》聲明「除營業盈餘外，辦事人員及主筆等除薪水、分紅外，從未受過他種機關或個人分文津貼、分文運動」，並明確表示「此次來人，爲必終守此志。」[1]更是難能可貴。在袁世凱「登帝」後對「洪憲元年」的處理上，也表現出《申報》一如既往的既表明立場態度、又不和當權者硬碰硬以求生存發展的「曲筆反袁」策略[2]。這一階段大致到袁世凱死後爲止。

二、新創辦的民營新聞報刊

民國袁世凱時期的非政黨新聞報業雖然遭受袁世凱軍閥統治的壓制、統制、管制和摧殘，但由於社會進步和民眾需求不斷增長仍不斷發展。除了此前已經創辦的民營新聞報刊在躲過袁世凱政府的「癸丑報災」後繼續出版發行外，在這一階段還新創刊了一些民營商業性新聞報刊，主要有[3]：

（一）京津豫地區新創辦的民營新聞報刊

京津冀豫晉地處中華腹地，直接受到當時國內政治力量此消彼長態勢的影響，且因地處京畿要地，對東西方列強而言是決定勢力範圍和影響力的必爭之地，因之新創辦報刊的背景也非常複雜。這一階段在這些地區新創辦的民營商業性新聞報紙主要有：

北京：《新支那》（日文），1912 年 3 月創刊於北京，主編爲藤原鎌見，社址設在北京前門外香爐營。《大自由報》，1912 年 6 月 11 日創刊於北京。編輯兼發行人大公。《民主報》，1912 年 6 月 12 日創刊於北京，社址在北京順治門外椿樹二條胡同。《蒙文大同報》，半月報。1912 年 11 月 1 日創刊於北京，社址在北京前門外北火扇胡同。發起人爲內蒙古喀喇沁旗的巴達爾胡，主編爲特克斯加布提。《日日新聞》，1913 年 5 月 10 日創刊於北京。《益世報》（北京版），1916 年 2 月 8 日創刊於北京，社址在北京和平門外南新華街。杜竹軒主持，雷鳴遠任董事長。《注音字母報》，1916 年 5 月 1 日創刊於北京，社址在

---

1 《申報》：《啓事》，載《申報》1915 年 9 月 2 日。
2 宋軍著《申報的興衰》（第 89 頁）載：袁世凱明令全國各大報館「改民國五年爲洪憲元年」，《申報》按上海日報公會所定對策，報頭下仍印公曆紀年，在公曆紀年下用活體字排「洪憲元年」並把這四字刻得特別小，有時還故意漏刻或印得模糊不清。袁世凱宣布撤銷帝制次日《申報》即恢復民國紀年。
3 此處內容主要採自方漢奇主編：《中國新聞事業編年史》（上）、王綠萍編著《四川報刊五十年集成》等。

北京宣武門外大街徽州會館。注音字母傳習所主辦，王韻山主編。

　　天津：《民約報》日報，1912 年 4 月 15 日創刊於天津。《白話晚報》，1912年 6 月 3 日創刊於天津。社址在天津廣興大街。社長為劉仲賡，經理白幼卿。《華北日報》（英文），1915 年 1 月創刊於天津。《益世報》日報，1915 年 10月 1 日創刊於天津。原比利時籍天主教神父雷鳴遠為創辦人兼監督，社長劉濬卿，總編輯唐夢幻，總經理杜竹軒。

　　河南：《河南白話報》三日報，1912 年 8 月創刊於河南開封。主編祝鴻元。《河南日報》，1912 年 10 月 14 日創刊於河南開封。《實業日報》，1913 年 2月創刊於河南開封，當地商會主辦，主編劉海樓。《豫南愛國報》，1915 年創刊於河南信陽。

（二）蘇滬浙贛魯皖地區新創辦的民營新聞報紙

　　蘇滬浙贛魯皖地處中華沿海地區，文化一直比較發達，經濟的對外開放度較高，出國留學和與海外通商也在國內各省前列，其中上海是當時中國屈指可數的國際化商業城市，尤其是遠離袁世凱政府統治中心北京，加之外國租界的治外法權，使得官府似有鞭長莫及或有力使不上之感。客觀上為民營商業性新聞報紙的生存、發展提供了較為寬鬆的社會條件。這一階段新創刊的民營商業性新聞報紙主要有：

　　江蘇：《通報》1912 年 3 月創刊於江蘇南通。《新中華報》日報，1913 年5 月 10 日創刊於江蘇南京，主持人於振寰。《新無錫日報》，1913 年 8 月創刊於江蘇無錫。主持人楊楚孫。《揚州日報》，石印報紙，1915 年 3 月創刊於江蘇揚州。《震鐸日報》，1915 年 7 月 10 日創刊於江蘇鎮江，創辦人童仁甫、楊聲遠、吳壽亭等。

　　山東：《東亞日報》，1912 年 4 月 15 日創刊於山東煙臺。發行人兼總編輯詹大悲，總經理張岩南。《群化日報》，1912 年 5 月 5 日創刊於山東濟南。《青島新報》（日文），1915 年 1 月 5 日創刊於山東青島，創刊人小谷節夫。《大青島報》（日文）日報，1915 年 1 月創刊於山東青島。創刊人鬼頭玉汝。《齊魯時報》（日文）雙日報，1915 年 8 月創刊於山東濟南，主編岡伊太郎。《山東新聞》（日文）日報，1916 年 6 月 7 日創刊於山東濟南，主編為日本人川村倫道。

　　浙江：《明興日報》，1912 年 4 月 20 日創刊於浙江紹興。宋紫佩、馬可興等創辦兼主編。《南強報》，1912 年 8 月 15 日在浙江杭州創刊。係由原自由黨機關報《自由報》脫離自由黨後改組而成。經理李雲卿。《民鐸報》日報，1912

年 8 月 20 日創刊於浙江杭州。《大公日報》，1912 年 9 月 2 日創刊於浙江杭州，創辦人兼主編蘇景由。《天覺報》日報，1912 年 11 月 1 日創刊於浙江紹興。宋紫佩、馬可興等創辦。《慧星報》日報，1912 年 12 月 6 日創刊於浙江杭州。社址在杭州上華光巷。發行人兼主編爲馬敘倫。《東甌日報》，1912 年創刊於浙江溫州，創辦人陳懷、孫治域。民國成立後溫州出版的第一種報紙。《之江日報》，1913 年 4 月 1 日創刊於浙江杭州。社址在杭州青年路青年里。發行人張樹屏、主筆徐文蔚、經理李開福。《浙江民報》，1913 年 4 月 15 日創刊於浙江杭州。發行人李開福，主筆許菩孫。社址在杭州保祐坊大街。《笑報》，1914 年 1 月創刊於浙江紹興。社址在紹興城內下大路。創辦人楊一放，主持人周鹿梧，撰稿人有周作人、平智峰等人。《新浙江報》，1916 年 3 月創刊於浙江杭州，社址在杭州羊頭壩。創辦人王文莊，主筆羅騷，編輯孫綸襄等。

上海：《晚鐘報》，1912 年 4 月在上海創刊。《時事新報》，1912 年 5 月 18 日由《輿論時事報》改名創刊於上海。《東大陸報》，1912 年 7 月 10 日創刊於上海。主辦人爲詹大悲。《飛艇》日報，1912 年 8 月創刊於上海。創辦人李鐵公、陳寶寶、詹禹門等。以報導戲劇界新聞消息爲主。《圖畫劇報》日報，1912 年 11 月 9 日創刊於上海。主編鄭正秋，內容分爲遊戲畫、新聞畫、戲畫三類。《上海週報》（日文），1913 年 2 月 11 日創刊於上海，主編佐原篤介。專載中國政治經濟時事。《懼報》日報，1913 年 5 月 1 日創刊於上海，創辦（編輯）者是劉民畏[1]。《生活日報》，1913 年 10 月 20 日創刊於上海，創辦人徐朗西，主筆葉楚傖、邵力子、朱宗良、謝良牧等。《新上海報》，1913 年 10 月 23 日創刊於上海，主編朱恨孟。《國民新報》日報，1914 年 1 月 5 日創刊於上海。《商務報》，1914 年 5 月 1 日創刊於上海。以報導商業金融方面的新聞爲主。《上海日日新聞》（日文），1914 年 10 月 1 日創刊於上海。社址在上海乍浦路 121 號。主編宮地貫道。《華報》日報，1915 年 12 月 10 日創刊於上海。《民信日報》，1915 年 12 月 25 日創刊於上海。同年 12 月 30 日被民國北京政府內務部以「進行反袁宣傳」爲名禁止郵寄。《新世界》日報，1916 年 2 月創刊於上海，創刊時主編是孫玉聲，同年 6 月 16 日停刊。《小說日報》，1916 年 6 月 6 日創刊於上海，創辦兼主編人徐枕亞，發行人黃玉汝。

江西：《江西新報》日報，1915 年 1 月創刊於江西南昌。

安徽：《工商日報》，1915 年 10 月 20 日創刊於安徽蕪湖。經理張九皋。

---

1 李楠：《晚清民國時期的上海小報》，人民文學出版社，2006 年版，第 385 頁。

（三）湘鄂川滇貴地區新創刊的民營新聞報刊

湘鄂滇貴川地區地跨內地和西南，其中湖北武昌是反清辛亥首義並取得成功之地，第一份以「中華民國」爲新聞報紙名稱的《中華民國公報》就是誕生於湖北武昌；湖南是第一個響應辛亥首義表示脫離清朝獨立的省份。四川的保路風潮聲勢浩大，迫使清政府從湖北調動軍隊去鎮壓保路運動，使得湖北武昌的清軍兵力大爲減弱，爲成功舉行辛亥首義贏得了良機。這一階段新創辦的民營商業性新聞報紙主要有：

湖北：《荊江日報》，1912 年 5～6 月間創刊於湖北沙市。發行人兼總經理爲胡石庵。是民國初年在湖北縣城出版的第一種報紙。《風人報》日報，1912年 10 月 29 日創刊於湖北漢口。社址設在漢口苗家碼頭北巷第 107 號。《中西晚報》日報，1913 年 5 月 15 日創刊於湖北漢口。社址在漢口英租界張美芝巷1 號維新印書館內。王華軒主辦，主編爲留日歸國學生楊幻庵。《新聞報》，1913年 5 月 28 日創刊於漢口，社址在漢口英租界，經理張雲淵。因上海《新聞報》以「假借名義」爲由向漢口法庭提起訴訟，後改名爲《漢口新聞報》。《漢口新聞報》1914 年 5 月 28 日創刊於漢口。社址在漢口英租界一碼頭致祥里。經理張雲淵、主編鳳竹蓀，編輯曾梓廬，王芷衡等。《正誼報》日報，1916 年 3月年創刊於湖北武昌，主持人（經理）李德生（定一），主筆劉泥青、秦縱先等。《漢聲報》，1916 年 5 月 1 日創刊於湖北武漢。《漢口民報》，1916 年 5 月8 日創刊於湖北武漢，社址在漢口日租界北四路懷安里 5 號。主辦人黎宗岳，經理江友白、王元震。《天聲報》日報，1916 年 5 月 10 日創刊於湖北武漢。社址在漢口日租界槐蔭里 30 號。發行人丁愚庵，主編胡石庵。

四川：《天民報》，1912 年 4 月初創刊於四川成都。發行所在成都總府街 64號。《國民公報》，1912 年 4 月 22 日由汪象蓀的《中華國民報》和樊孔周的《四川公報》合併後創刊於四川成都。《女界報》，三日報。1912 年 6 月 13 日創刊於四川成都。是四川境內第一份婦女報紙。創辦人孫少荊、方琢章、饒伯康等，主筆曾蘭（吳虞夫人）。社址設在成都童子街 3 號。《漢群》週報，1912 年 6 月24 日在四川成都創刊。社址在成都總府街 37 號。《新四川》日報，1912 年 9月 16 日創刊於四川成都，每日出版一大張。逢二停報。發行所設在成都鼓樓北二街 78 號，事務所在成都北門草市街 77 號。《重慶日報》，1912 年 11 月創刊於四川重慶。主辦人爲陳禪生。《成都國是報》，1913 年 5 月創刊於四川成都，社長李幡書，編輯人李光烈，經理人吳其煥，發行人徐先之、李榮久。發行處

在成都娘娘廟街。《蜀粹日報》，1913 年 8 月 26 日創刊於四川成都。社址在成都珠寶街 14 號。由同人集資創辦。發行人張培傑，編輯張逸樵。《開智白話週報》，1914 年 3 月創刊於四川成都。社址在成都中南大街 26 號。社長羅子培，編輯孫敬昭、雷幼芬、胡敍卿，經理王樵西。《宜俗趣報》，1914 年春創刊於四川成都，社址在成都老關廟街，主辦人戴傳勳。《普通白話報》，晚報，1914 年 4 月 20 日創刊於四川重慶。社址在重慶文華街文昌宮內。經理楊南坡，主編汪述平。《商務報》，1914 年 4 月 25 日創刊於四川重慶，重慶總商會機關報。首任社長兼總編輯周文欽。報館設在重慶商業場。「以消息靈通為第一義；注重報德，一切記載惟尚簡要；凡有傷風化、無關勸懲者，概屏不載；對於國群問題，非重大者，不著筆，不發言；商事雖特注重，然不苟抑揚，時寓利導整齊之意，總期達富國善群為目標。」[1]1915 年為抵制袁世凱復辟帝制以「年終放假」為由停刊。1916 年 6 月袁世凱死後，由田書府、周繼能接辦，並更名為《重慶商務日報》繼續出版。《四川群報》日報，1915 年 10 月 6 日由原《四川公報》改辦創刊於成都。社址在成都總府街商務會內。創辦人樊孔周，首任主筆李劫人。《警華報》，1915 年 11 月創刊於四川成都。主筆葉樹生，記者辛丹書等。《天府新聞》日報，1915 年 11 月 16 日後創刊於四川成都。社址在成都少城支磯街。編輯人李述堯，發行人柴光第。《益州新報》日報，1915 年 10 月 22 日後創刊於四川成都。社址在成都會府東街 32 號。發行人毛汝驥，編輯人毛傑民、董天緯。《尊孔報》月報，1915 年 12 月 20 日創刊於四川成都，社址在四川成都南關外國學學校內。發行人杜燾，編輯人廖平、黃鎔、季邦俊，印刷人杜之樂。

湖南有：《沅湘日報》，1913 年春創刊於湖南常德，創辦人熊希齡、夏國瑞、張伯良。《大公報》日報，1915 年 9 月 1 日創刊於湖南長沙。創辦人劉人熙，總經理貝元徵，經理朱讓楠、李晉康，總編輯李抱一、張秋塵，編輯龍兼公、張平子等。

雲南：《義聲報》日報，1915 年創刊於雲南昆明，主持人李鉅載。是唐繼堯私人的言論機關。

（四）粵桂閩臺港地區新創辦的民營新聞報刊

《廣東日日新報》，1912 年 4 月初創刊於廣東廣州。社址設在廣州西關十八甫 55 號。《岡州日報》，1913 年秋創刊於廣東江門，社址在江門新市廟，陶元愷

---

1 方漢奇主編：《中國新聞史編年史》，福建人民出版社，2000 年版，第 745 頁。

主編。《通俗報》1912 年 10 月 14 日創刊於福建福州，是福建第一家白話報紙。《漳州日報》，1913 年 2 月 2 日創刊於福建漳州，向連如、陳愼、陳家瑞等主持。《求是報》日報，1913 年 2 月創刊於福建福州。社址設在福州橋仔頭龍潭書院，創刊時的社長爲王文耀。《新報》，1914 年 3 月 6 日創刊於廣州。社址在廣州第七甫 30 號。發行人兼總編輯李遠公。《臺灣公會報》，1915 年 11 月創刊於福建廈門。創辦人曾原坤，主筆爲日本人岡本要八郎。《台山輿論報》日報，1915 年 12 月在廣東台山創刊。社長李克明。《仁言日報》，1915 年創刊於廣東香山縣。總編輯黃亦姚。《嶺南日報》，1916 年 3 月創刊於廣州，主編李嵩常。

（五）陝甘寧新藏地區新創刊的民營商業性新聞報刊

陝甘寧新藏地區在地理上一般稱爲中國的西北地區。由於遠離當時國家的政治經濟中心地帶，同時也因爲特定的地理文化條件因素，這些省份的近代新聞業起步較遲，發展也不是很快。但在進入民國時期以後，這種情況較快地得到改變，出現了一批民營商業性新聞報紙。如《國民新聞》日刊，辛亥年十二月初十日（1912 年 1 月 28 日）創刊於陝西西安。報館設在西安梁府街國民紅十字總會院內。由黨晴梵、蕭西成和康毅如等編印。設有「社論」、「代論」、「緊要新聞」、「特別紀事」、「本省新聞」和「各省新聞」等欄目。1913 年該報改爲兩張 8 版大型日報，每日發行 2000 份。僅數月後，因登載軍隊搶劫事件報館被砸毀，報紙隨之停刊。[1]

（六）黑吉遼蒙地區新創刊的民營新聞報刊

黑吉遼蒙地區傳統上被稱之爲東北地區，是清朝皇帝的祖傳之地，地域廣闊，土地肥沃，森林茂密，人民淳樸。因與日本隔海相望和與沙俄遠東地區有陸路可通，所以對外交往方面並不封閉。民國創立後，民主共和自由平等資產階級革命思想迅速得到傳播，民營商業性新聞報刊也得到發展。主要的如：《新東陲報》，1912 年 7 月 1 日創刊於黑龍江哈爾濱。發行人尹連元，總編輯王德滋。《龍江民報》週六報，1912 年 8 月 1 日創刊於黑龍江齊齊哈爾。經理陳謨。《奉天日日新聞》（日文）日報，1912 年 9 月 1 日由《南滿日報》（日文）改名創辦。《砭俗報》日報，1912 年 2 月 7 日創刊於黑龍江齊齊哈爾。主辦人舒毓才，主編金振鐸。《民生報》，1913 年 8 月 1 日創刊於黑龍江齊齊哈爾，社址在齊齊哈爾官銀號胡同。社長牛德仁、主筆舒毓才。《北滿洲》（日

文)週報,1914年7月創刊於黑龍江哈爾濱,主持人水野清一郎。《通俗教育報》週六報,1914年12月8日創刊於黑龍江齊齊哈爾。主編郭毓奇。《長春商業時報》(日文),1915年創刊於吉林長春。

以上只是記載了從民國南京臨時政府北遷運行到袁世凱因病去世這一階段中,創刊的信息記載相對比較完整的民辦商業報紙,肯定還有遺漏,但大致應能反映這一階段民營新聞報紙創辦的基本情況。

這一階段民營新聞報紙的創刊主要有如下特點:一是民營報紙在上海、廣州、北京、天津等大城市儘管經歷了政治的動盪,尤其是袁世凱一心稱帝而對反對「稱帝」的報紙(反對派政黨報紙和仗義執言的民營報紙)採取極端專制的「封報捉人」手段,使不少新聞報紙因被封禁而停刊,所以大城市的新聞報紙數量迅速減少。北京的報紙從原先的一百家驟降為二十家[1],上海的報紙從三十家驟降至五家[2],以致被新聞史上稱作「癸丑報災」;二是日本在華辦報活動呈現異常活躍的態勢。所創辦的新聞報紙分布於中國的首都北京,東北吉林之瀋陽、遼寧之長春、黑龍江之哈爾濱和齊齊哈爾、福建之廈門、東南沿海大都市上海及山東之濟南和青島(僅山東一省就有4種之多),真是既有全面推進,又有重點突破,報紙增長速度遠超西方列強諸國,創辦報紙數量遠遠超出西方列強和沙皇俄國在中國創辦報紙的總和,表現出氣勢洶洶的全面進攻態勢。第三是在政黨報紙受到主政者勢力打壓的社會環境下,一些弱勢黨派的政治人物轉向以非政黨報人面貌創辦新聞報紙,因而在這一階段出現了一大批以「個人名義」創辦的新聞報紙,或以非政治團體創辦的以「學術面目」出現的新聞報紙,其目的主要是規避政治風險和語政治宣傳於新聞報導之中。這既是當時社會環境所迫,也是政治鬥爭複雜化的具體表現。

第四節　民國袁世凱時期新聞報刊的輿論熱點

民國袁世凱時期新聞報刊界的輿論博弈主要是以孫中山為政治領袖的中國同盟會(國民黨、中華革命黨)和以擁護袁世凱為政治目標的進步黨(包括此前的統一黨、共和黨)這兩大政治派別所屬報刊圍繞當時中國社會政治

1　戈公振:《中國報學史》,上海書店出版社,2013年版,第159~161頁。
2　戈公振:《中國報學史》稱北京報紙100家但列出報名者50家;列出報名的上海報紙為15家,故推為30家。

生活中的重大議題發表各自的政見，並力圖證明對方觀點的謬誤和己方觀點、方案、思路的正確，從而在政治生活領域獲得更大的話語權，形成了不同階段的輿論熱點。

一、民國袁世凱時期的主要新聞輿論熱點

　　由於輿論博弈涉及到的不同黨派（政見）的報紙眾多，且圍繞某一議題在報紙上發表的言論篇目及內容眾多，不同作者在不同時間就不同議題發表不同言論（一些政客報人立場不定）。在此僅宏觀列舉這一階段新聞報刊輿論博弈的主要議題並簡略敘述。

（一）關於實行中央集權制還是地方分權制的輿論風潮

　　同盟會（國民黨）系統的報刊從著眼限制已攫取臨時總統（後又當選總統）袁世凱的權力出發，反對中央集權，主張仿照美國聯邦制實行地方分權，使那些擔任地方大員的同盟會成員（如任江西都督的李烈鈞、廣東都督的胡漢民、安徽都督的柏文蔚以及南京留守的黃興等）更加具有獨立性，以便和袁世凱的專制統一相抗衡。而共和黨（進步黨）的報紙則則持相反立場，鼓譟權力集中於總統，政令集中於國務院，以便袁世凱獨攬大權，實行封建軍閥專制統治。

（二）關於總統與內閣關係的輿論博弈

　　由於國民黨在 1913 年初的國會選舉中獲得了可喜的成功——國民黨在眾議員 596 個席位中得 269 席，在參議院 274 個席位中得 123 席。即在參眾兩院 870 個議席中國民黨獨得 329 席，占壓倒性優勢，成為國會中的第一大黨。[1]按照資產階級民主政體慣例，在國會議席占壓倒性多數的政黨領袖可獨立組閣，以便能制約甚至架空總統。因而同盟會（國民黨）的報紙竭力宣傳「責任內閣」的政治主張，堅決反對在強勢總統掌控下的「超然內閣」或徒有虛名而無實權的「人才內閣」。也正是擔心這一點，所以共和黨（進步黨）報紙大肆鼓吹「超然內閣」和「人才內閣」，以便袁世凱繼續控制國會選舉後產生的政府內閣，使之完全成為「總統」的具體辦事機構。

（三）關於「宋案」的輿論風潮

　　1912 年 9 月 2 日，由中國同盟會和統一共和黨等合併成的國民黨舉行理

1　朱漢國、楊群主編：《中華民國史》（第一冊），四川人民出版社。

事會，理事七人互選孫中山爲理事長。孫中山旋即委託宋教仁代理。[1]在宋教仁傾力組織鼓動下，國民黨在中華民國的第一次大選中取得壓倒性勝利。引起袁世凱及北洋軍閥集團的擔憂和極端不滿。早在大選中，時任北京臨時政府國務總理的袁世凱親信趙秉鈞及其秘書洪述祖就與上海幫會頭目應桂馨密謀刺殺宋教仁。1913 年 3 月趙、洪迭電應桂馨「立即照辦」，「事速照行」並允諾「毀宋酬勳，相度機宜，妥籌辦理」。[2]3 月 20 日晚，宋教仁在上海火車站被應桂馨（夔丞）收買的兇手武士英（吳福銘）行刺，因搶救無效於 3 月 22 日晨去世。由此成爲影響波及全國的「宋案」。爲此圍繞製造「宋案」兇手背後的主謀和最高指使者（元兇）的輿論博弈就拉開了序幕。3 月 22 日，黃興以迭接都中諸友來電垂詢宋案眞相致電北京《民主報》主持人仇蘊存說明宋教仁被刺身死經過「乞登報章，以爲哀感」。應夔丞和吳士英到案後，梁啓超 4 月 1 日發表《暗殺之罪惡》一文，除對宋被刺身亡表示「愛憤」外，並說「匪直爲宋君哀，實爲國家前途哀也」[3]4 月 9 日，上海《中華民報》發表時評抨擊袁政府「日以殺人爲事，其行爲無殊於強盜」[4]，廣東汕頭國民黨機關報《大風日報》4 月 16 日發表時論列數袁世凱政府結黨營私、喪權辱國、排除異己、殺戮黨人之種種罪惡，抨擊袁世凱「共和之政府甚於黑暗野蠻之專制。」[5]4 月 17 日再發社論列舉袁世凱 10 大逆跡呼籲「誅奸討逆」，「勿任彼賊斷送共和。」[6]刺殺宋教仁的兇犯武士英 4 月 24 日在上海暴死獄中。江蘇都督程德全等 4 月 25 日將「宋案」主要證據 44 件公諸社會，更是輿論大嘩。但儘管此類抨擊、揭露袁世凱殺人罪行的文章、時評不斷見諸報章，但袁世凱始終以「抵賴」不正面應對，同時加緊新聞檢查和查禁報刊，「宋案」主犯洪述祖逃進青島德國租界「享清閒」，趙秉鈞一次再次獲「令准病假 15 日」。直到 6 月 26 日宋教仁在上海下葬後，「宋案」輿論風潮遂逐漸平息。

（四）關於國務員是向國會負責還是向總統負責的輿論博弈

由孫中山簽署公布的《中華民國臨時約法》規定「中華民國以參議院、

---

1 韓信夫、姜克夫主編：《中華民國大事記》（第 1 冊），中國文史出版社，1997 年版，第 217 頁。

2 《宋案證據之披露》，載上海《民立報》，1913 年 4 月 26 日。

3 梁啓超：《暗殺之罪惡》，載《庸言》半月刊第 1 卷第 9 號，1913 年 4 月 1 日出版。

4 （社評）：《強盜政府》，載《中華民報》1913 年 4 月 9 日。

5 （時論）：《萬惡政府》，載汕頭《大風日報》1913 年 4 月 16 日。

6 （社論）：《討逆》，載上海《中華民報》，1913 年 4 月 17 日。

臨時大總統、國務員、法院，行使其統治權」，規定「國務員輔佐臨時大總統
負其責任」，規定「參議院得提出質問書與國務員，並要求其出席答覆」。[1]即
賦予國務員和參議院、總統按照其職能共同「行使統治權」，規定國務員是「輔
佐總統負其責任」而不是服從和執行總統指令。同時規定國務員須對國會（眾
參兩院）負責（「參議院得提出質問書與國務員，並要求其出席答覆」）。因國
民黨奪得組閣權後可委任國民黨人士出任各部總長，為制約時任總統的袁世
凱，國民黨報紙竭力主張國務員必須對「國會（參眾兩院）」負責，反對只對
「總統」負責。與此相對的進步黨（共和黨）報紙則竭力鼓吹國務員應對總
統負責，以便袁世凱居「總統」之位對國務員發號施令並使國務員脫離國會
的監督，使國務員完全成為「總統」的辦事員。

（五）關於向外國銀行借款問題的輿論博弈

1913 年 4 月 26 日，袁世凱政府代表未經議院議決通過就和英法德俄日五
國銀行團簽訂《善後大借款合同》，遭致國內各界各省的一致反對，由此出現
反對「善後大借款」的輿論熱點。民國初年的社會經濟面臨嚴重的困難。「在
歲入方面，鑒於南方各省游離於中央政府的狀態，各省不願或無力向北京中
央政府解款」[2]。「民國元、二年，北京政府幾乎沒有收入，彼時維持之道全恃
外債。」[3]袁世凱為擴充實力就必須維持政府運行，為維持政府運行就必須向
外國銀行（財團）借債，要借到錢又必須接受外國銀行為本國獲得經濟利益
乃至政治、軍事利益附加各種各樣條件，這些附加條件或多或少地危及國家
的主權和安全等重大問題，有人甚至把「籌款問題」列為當時中國亟待解決
的三大問題之一[4]，形成了全國影響的「五國大借款」輿論風潮。

（六）關於「二十一條」的新聞輿論風潮

1914 年 7 月第一次世界大戰爆發。日本於同年 8 月 15 日向德國提出最後
通牒，要求德國撤出在遠東海上的一切軍艦，並於 9 月 15 日前將德國在膠州

1　《中華民國臨時約法》（中華民國元年三月十一日公布）。轉引自王培英編《中國憲
　　法文獻通編》（修訂版），中國民主法制出版社，2007 年版，第 299 頁。
2　郭傳芹：《袁世凱與近代新聞事業》，花木蘭文化出版社，2013 年版，第 35 頁。
3　張神根：《袁世凱統治時期北京政府的財政變革》（南京大學博士學位論文 1993）。
　　轉引自郭傳芹《袁世凱與近代新聞事業》，第 35～36 頁。
4　沙曾詒：《論中國今日急待解決之三大問題》，載《東方雜誌》第 9 卷第 3 號。轉引
　　自郭傳芹《袁世凱與近代新聞事業》，第 36 頁。

灣租借地全部交讓於日本，以便日本將來交還中國。[1]8 月 2 日，日本對德宣戰並擅自派軍隊越過交戰區域先後佔據濰坊車站和濟南火車站。11 月 7 日德國投降，日本攫取了德國在山東的全部權益。[2] 日德兩國戰爭結束了，本應從交戰區撤軍的日本在 1915 年 1 月 18 日派駐華公使日置益向袁世凱遞交了對中國政府「二十一條」要求，希望「中國政府絕對的同意」，威脅「中國政府萬一遷延遲疑，恐將發生不虞的事態」，並要求袁世凱「絕對保密，盡速答覆。」[3]日本東京《朝日新聞》1 月 22 日印發號外刊載日本對華提出「二十一條」，日本當局出動大批警察予以沒收銷毀。北京《亞細亞日報》22 日刊載「日本又向外交部提出新要求」新聞後於 31 日譯刊日本《朝日新聞》號外全文。2 月 2 日，袁世凱政府政事堂在各報刊登通告稱「嚴禁外交人員及各部院錄事人等向報紙洩露中日交涉消息，違者依法懲治。」[4]袁世凱雖然派員二十四次「交涉」，但仍未能讓日本人發善心。遂於 5 月 9 日派外交總長陸徵祥和次長曹汝霖親往日本大使館遞交覆文，對日本最後通牒要求各節「概予承認」。同一天，國民對日同志會等四團體在上海法租界舉行有四五萬人參加的國民大會並致電袁世凱表示「誓死反對接受日本滅亡中國的「二十一條」，全國教育聯合會規定全國學校以每年 5 月 9 日爲「國恥紀念日」，全國出現抵制日貨高潮。

二、新聞輿論熱點形成和結束的原因

如果只看各政黨（團體）公開宣布的政治綱領和報紙創刊詞中宣稱的「辦報宗旨」，似乎看不出中國同盟會（國民黨）和共和黨（進步黨）勢如水火的政黨在社會、國家和民眾立場上有本質的區別，都是「一心」爲國家和民眾謀幸福，求社會政治之民主發展。但這些政黨以及所辦機關報實際上大都出於一黨利益考量，以本黨利益立場解讀社會事件並藉此造輿論壯聲勢，獲取民眾眼球。對社會事件態度以「是否對己方有利」爲評判標準——由此成爲「凡對己方有利者統統贊成，凡對己方不利者一概反對」的奇異現象。當時

1　王芸生：《六十年來中國與日本》（第 6 卷），三聯書店，1982 年版，第 50 頁。

2　張顯文等：《中華民國史》（第 1 卷），南京大學出版社，2005 年版，第 264 頁。

3　李毓澍：《中日二十一條交涉》，臺灣《中央研究院近代史研究所專刊》（18），1982 年版，第 217～218 頁。

4　韓信夫、姜克夫主編：《中華民國大事記》（第 1 冊），中國文史出版社，1997 年版，第 356 頁。

名記者黃遠生在時評中指出「推其原因所由來，不外所爭在兩派勢力之消長，絕無與於國事之張弛而已。」並且用鄙視的口吻譏笑說「大略豎盡古今，橫盡萬國，所謂政治家者，未由如吾國今日之政客之無節操之無主張」[1]張季鸞則說「同一事件，甲乙記載，必迴然相反。故閱報，即知其屬於某黨。至記載之孰眞孰偽，社會不辨也。」[2]可謂一語中的，一針見血。但言論歸言論，爭論歸爭論，在民國初年社會環境下，最後說話算數的還是有槍的掌權者，「二次革命」失敗、「癸丑報災」降臨，袁世凱決定「概予承認」喪權辱國「二十一條」後仍能穩坐「總統」大位就是明證之一。

1 黃遠生：《一年來政局之眞相》。載《遠生遺著》卷一，商務印書館，1984 年版，第 84 頁。
2 張季鸞：《追憶飄萍先生》。轉引自方漢奇《中國近代報刊史》，山西教育出版社，1984 年版，第 703 頁。

第五章　民國創建前後的新聞通訊業和圖像新聞業

　　本卷自這一章起專題敘述民國創建前後的專門新聞業，意圖通過再現這一階段中國新聞業的不同側面，管窺本階段中國新聞業的「基本模樣」。本章主要敘述民國創建前後的新聞通訊業和圖像新聞業的基本情況。

第一節　民國創建前後的新聞通訊業

　　中國近代報刊的興起與初步發展，為成立以向報紙提供新聞信息服務為主要業務的新聞通訊社，提供了必要的生存條件和基礎。新聞通訊社是在西方誕生與興起的，也是從西方傳入中國的。19 世紀中後期，隨著英國、法國、德國殖民擴張的不斷推進，歐洲三大通訊社路透社、哈瓦斯社、沃爾夫社規模和影響日益擴大，各自都竭力擴大採集和發布新聞的範圍，進而瓜分世界新聞市場。根據 1870 年三大通訊社與美聯社共同簽訂的「連環同盟」協定，遠東被劃入路透社的勢力範圍。1872 年，路透社開始在中國創建分社，開展新聞通訊業務。後來，路透社曾獨佔中國新聞通訊市場達幾十年之久。1904年，中國的廣州首先開始出現了國人自辦的通訊社，由此開啓了國人自辦通訊社的歷史。民國初年，由於政府採取相對寬鬆的新聞政策，中國新聞界曾出現短暫的繁榮，並出現了國人自辦通訊社的第一個高潮。1913 年，袁世凱妄圖復辟帝制，遭到新聞界輿論的強烈反對，於是袁世凱出臺了不少限制新聞自由的規定，採用武力手段對反對自己的新聞機構和人員進行殘酷壓制，發生了中國新聞史上著名的「癸丑報災」。這一事件後，我國新聞通訊業的發展也受到極大影響，基本陷入沈寂狀態。

一、民國南京臨時政府創立前的新聞通訊業

晚清時期，在中國土地上具有一定規模和影響的通訊社主要是英國路透社遠東分社一家。隨著世界通訊社事業的發展，特別是路透社在華擴張勢力及影響不斷深入，國人對通訊社的職能和作用已有一定瞭解和認識，希望建立自己的強有力的通訊社，突破外國通訊社對新聞的壟斷。通過一些有識之士的努力，國人自辦通訊社的願望終於在 20 世紀初得以實現。

（一）中國新聞通訊業的肇端

英國的路透社 1851 年在倫敦成立，它與法國哈瓦斯社、德國沃爾夫社緊緊抓住了電報通信技術迅速發展帶來的機遇，成為具有相當規模的世界性通訊社。在三大通訊社對外擴張勢力、瓜分世界新聞市場的過程中，路透社成功將遠東納入自己的勢力範圍。準備大力開拓遠東市場的路透社，將目光投向了當時中國對外貿易的中心——上海。這裡不僅商業相對發達，而且也是中國重要的文化中心和新聞出版基地，再加上租界在當地的特殊地位，為通訊社的發展提供了良好的環境和基礎。

1871 年，路透社派遣亨利・科林斯（Henry W. Collins）到新加坡、上海推廣業務，並在日本橫濱、長崎建立分社。由於上海在發展新聞通訊業方面擁有的特殊優勢，特別是當時丹麥大北電報公司已成功突破清政府的禁令將電報線路擴展至上海，由此開始了中國與世界的電信聯繫，從上海往北、往南都能通過電報與英國本土發生聯繫。1872 年，路透社在上海成立遠東分部，開始在中國從事新聞傳播活動，成為第一家在我國開展新聞通訊業務的外國通訊社。最盛時期，遠東分部轄區除中國外還包括俄國的西伯利亞、朝鮮半島、日本、中南半島、婆羅洲（今馬來西亞）等地區。[1]

路透社遠東分社址位於上海英租界愛多亞路（今延安東路）120 號，初期的重點任務是為總社收集遠東主要是中國的情況，並向英文報紙《字林西報》等發稿。憑藉路透社豐富、全面的新聞報導，《字林西報》成為當時上海最受歡迎、銷量最大的英文報紙。

當時上海另外三家英文報紙《益新西報》、《捷報》和《文匯西報》，在與《字林西報》的競爭中始終處於弱勢，不得不採取非常手段以獲得路透社消

---

1 來豐、張永貴：《路透社遠東分社的創辦及對中國新聞通訊事業的影響》，載《新聞界》2002 年第 3 期。

息的供應。《文匯西報》曾公開將《字林西報》上刊登的路透社稿件加以轉登，《字林西報》即以侵犯版權起訴，《文匯西報》敗訴。當時，《文匯西報》總董克拉克正在倫敦，他當面同路透社總社進行交涉，路透社總社同意擴大供稿。從 1900 年起，上海 4 家英文報紙都可以採用路透社電訊稿。

　　路透社來華初期，僅向一些英文報刊供稿，內容以國際新聞為主。《字林西報》曾將路透社電訊翻譯成中文，在附屬的中文報紙《字林滬報》上刊登，與英文《字林西報》同一天見報，希望藉此打開中文讀者市場。這使它一度成為當時上海與《申報》競爭最劇烈的一家商業報紙。

　　除發布國際新聞外，路透社也採集中國新聞。當時，英文報紙大量採用路透社新聞電訊稿，不僅擴大了新聞來源，豐富了報紙內容，而且時效性強，使得它們在報業競爭中處於非常有利的位置。在這樣的形勢之下，中文報紙也逐漸認識到通訊社新聞稿的重要性，於是部分中文報紙開始與路透社遠東分社洽談建立供稿關係。最早採用路透社電訊的是維新運動時期的《國聞報》。戊戌政變前後，該報開闢《路透電報》專欄登載路透社電訊，從 1898 年 9 月 23 日到 11 月 13 日，該報就有 19 天採用路透社電訊，不過採用的都是路透社的國際新聞報導。[1]

　　曾為著名報人的汪康年較早留意到路透社在中國的活動及其在世界範圍的影響力。他指出：「路透電報今風行各國，自都城及大城鎮無不達到，其訪員亦遍全球。」[2]當時路透社電報在北京每日僅銷 9 份，其中 8 份為外國人所購，中國只有清政府外務部購買一份，當汪康年得知外務部擬於 1909 年 5 月停止購買路透社電訊的消息，頗感憂慮，覺得堂堂中國都城竟連路透社新聞都看不到，他呼籲國人多訂購路透社電報，以免路透社中止向北京提供電報，但卻沒人響應，因而不禁感慨：「吾國人不願討究外事，一至於此，可歎也。」[3]

　　從遠東分社成立後，路透社獨佔中國新聞通訊市場達幾十年之久，在中國新聞通訊業史上佔據了非常獨特的地位和深遠的影響。一方面，它將先進的新聞通訊業務帶到中國，開闊了人們的視野，促進了新聞業的競爭，並由此揭開了中國新聞通訊業發展的序幕；另一方面，它通過對中國新聞通訊市

1　來豐：《中國通訊社發展史》，復旦大學博士學位論文，2002 年 5 月。
2　汪康年：《汪穰卿筆記》，中華書局，2007 年版，第 45 頁。
3　汪康年：《汪穰卿筆記》，中華書局，2007 年版，第 45 頁。

場的壟斷，在報導中維護英國利益、表達英國立場，控制輿論、混淆視聽，也引起國人警醒。

（二）國人創建新聞通訊業的初步探索

儘管晚清時期中國社會經濟文化的發展仍非常落後，但新聞通訊社這一新興業務傳入中國後，卻也使一些有識之士逐漸認識到，通訊社的設立不僅僅在於可以為報紙提供更多豐富、客觀、真實的新聞，而且從某種意義而言事關國家前途和民族命運。

歐洲通訊社事業的發展引起時任清政府駐比利時使館隨員王慕陶的關注，他認為通訊社對於各國的內政外交具有不可忽視的重大影響和作用。王慕陶與著名報人汪康年關係密切，受汪康年所託，1907 年王慕陶赴歐後兼任汪主編的上海《中外日報》歐洲新聞採編，積極為汪的報刊提供消息。他在給汪康年的信中談到對通訊社的認識：「歐美日本於報館外有所謂通信社者，率皆政黨中人所組織，故能與政府及政治家密切，消息亦最靈通，而確實各報皆恃通信社為新聞之機關，政黨亦即持此以操縱各報」，「縱橫捭合為外交惟一方案，然達之亦有術焉，在古代則舌辯之士、間諜之使，今重複之以報館及通信社，其用益廣，非有此種機關，則以上二者將無所施其技，征諸各國，大致然也。」[1] 王慕陶後來在海外創建了遠東通信社，成為最早在海外開辦通訊社的中國人。

作為清廷要員的熊希齡，在擔任東三省清理財政正監理官期間，也熱心於通訊社事業。他指出，通訊社的影響要大於報館，「報館者，發抒其言論於自辦之報者也，通信社者，發抒其言論並操縱人之言論於人已辦成之報也。兩者辦法雖異，而其宗旨相同。惟辦報之事，驟言之實非易易，蓋以各國報紙之發達，每國皆不下數十百種。彼對於其社會價值信用，決非一朝所能得。吾儕東方人，驟辦一報於其間，必難與之相抗，銷路不廣，勢力即微，且所費甚巨，或非吾國今日財政所能堪，又萬難同時遍設於各國。偏重一方，即使得力，亦不足為全局之影響。而通信社者，倘使辦成，則既可收無窮之益，復可免驟進之弊。故以兩者利害比較而言，與其辦報，又勿寧辦通信社之為得也」。[2] 熊希齡曾擬在上海創辦「環球通報社」，作為與國外通信聯絡的總機關，但最終並未實現。

1　周元：《清末遠東通信社述略》，《近代史研究》1997 年第 1 期。
2　周秋光：《熊希齡與近代新聞事業》，吉首大學學報（社會科學）1990 年第 3 期。

通訊社的發展也得到了新興的資產階級民主革命派的關注。1909 年 8 月至 10 月，孫中山在流亡倫敦期間，曾經和一些朋友商量過在歐洲籌辦通訊社一事。他在《致子匡[1]函》中提到，留學英國的楊篤生[2]曾找他「談通訊社一事」，「弟甚贊同其意。此事關於吾黨之利便者確多，將來或可藉爲大用，亦未可定。……蓋吾人若不理之，必致落於他人之手，則此物又可爲吾人之害也，幸爲留意圖之。」[3]1911 年廣州黃花崗起義失敗後，楊篤生憂憤不已而在利物浦投海自殺，籌辦通訊社一事也暫時作罷，但由此可知孫中山等人已經意識到通訊社之重要作用。

與此同時，國內諸多報業同仁也深感在中國建立通訊社之必要。1909 年 11 月 3 日，上海《民吁日報》曾發表《今日創設通信部之不可緩》的社論，主張立即創辦「通信部」即通訊社，配合革命報刊，爲民主革命派宣傳。[4]1910 年由上海《時報》、《神州日報》等發起，聯合全國 43 家報館，在南京召開「全國報業俱進會」成立大會。有人在大會上提出《請成立通訊社案》，指出：「報館記事，貴乎詳、確、捷。今日吾國訪員程度之卑劣，無可爲諱。報館以採訪之責付諸數輩，往往一事發生，報館反爲訪員所利用，顛倒是非，無所不至。試問各報新聞，能否適合乎詳、確、捷三字？吾恐同業諸君，亦不自以爲滿意，而虛耗訪薪，猶其餘事。同人等以爲俱進會者，全國公共團體，急宜乘此時機，附設一通信機關，互相通信，先試行於南北繁盛都會及商埠，俟辦有成效，逐漸推行，俾各報館得以少數之代價，得至確之新聞，以資補助而促進步。是否有當，應請公決。」[5]會議討論通過了「設立各地通信社案」，準備先從北京、上海、東三省、蒙古、新疆及歐美入手以次推及內地，但後來由於種種原因並未實現。

（三）國人自辦通訊社的開端

中國人自辦通訊社始於 20 世紀初，是從譯報、剪報、通信工作發展起來的，報業相對比較發達的廣州成爲中國人自辦通訊社的最早的發祥地。

中國人自辦的第一個通訊社，是 1904 年初在廣州創辦的「中興通訊社」。

1　即王子匡，湖北人，同盟會會員，當時在布魯塞爾。
2　即楊守仁，湖南人，同盟會會員，曾任上海《神州日報》主筆。
3　《中國人自辦通訊社之始》，《新聞大學》1982 年第 5 期。
4　方漢奇主編：《中國新聞事業通史》第 1 卷，中國人民大學出版社，2000 年版，第 1021 頁。
5　戈公振：《中國報學史》，中國文史出版社，2015 年版，第 242～243 頁。

中興通訊社屬於民營通訊社性質，社址位於廣州市中華中路回龍里 32 號，駱俠挺是發行人兼編輯。1 月 19 日，中興社發出了第一篇稿件，它的主要發稿對象是廣州和香港地區的報紙。中興通訊社雖然存在時間較短，影響有限，但卻踏出了國人自辦通訊社的第一步。其後，楊實公也於 1911 年 2 月在廣州創辦了展民通訊社。晚清時期，中國境內最早的這兩家通訊社都誕生在廣州。

與此同時，廣州、上海、武漢等地也出現一些類似通訊社的機構和相關業務活動。1908 年，廣州報界公會成立後，廣州各家報紙一般都採用報界公會的新聞稿件和公電。廣州報界公會起了通訊社的作用。報界公會發給各報的各地新聞，多數是由政府機關與各界送來的。[1]1909 年上海報刊上出現署名「生生社」的稿件，所發稿件有《勸銅錫業》、《勸四鄉菜園業》、《勸木器業》等，就稿件內容來看所發的乃是一組帶有提倡實業意味的文章，並不是報導新聞的消息或通訊。但從發稿方式來考察，已是通訊社式的活動。[2]1909 年 6 月間，上海還曾成立過一所中國時事通訊會社，但它是新聞信息諮詢機構，並不發稿。1911 年武昌起義前夕，共進會會員胡祖舜以他在武昌胭脂巷 11 號的寓所為基點，聯繫一些志同道合的人創辦了一家「靠採訪新聞維持生活」的機構，撰寫揭發清廷黑幕的稿件分送各報，實際上已具有通訊社的性質。

中國人自辦通訊社的出現，是我國新聞事業發展到一定階段的必然產物，也標誌著我國新聞事業發展到了一個嶄新的高度。

（四）中國人在海外最早創辦的通訊社

中國人在海外最早創辦的新聞通訊社，是 1909 年在比利時首都布魯塞爾創設的遠東通信社。該社主要創辦者為王慕陶，時任清政府駐比利時使館隨員。

王慕陶曾任駐日使館三等參贊，與國內新式知識分子群體交往較多。到歐洲後，他一面積極為汪康年的報刊提供消息，一面以中國各報全歐通信員的名義，與英、法、德、俄、奧、意、荷、比、西班牙、瑞士等國的報社往來，數年間「已遍識各國政黨及報館重要人物」，對各國情況多有瞭解。在歐期間，他耳聞目睹通訊社對於各國的內政外交具有不可忽視的重大影響作用，遂產生創辦通信社之意。1909 年 3、4 月間，王慕陶以私人名義出面，在布魯塞爾創辦遠東通信社，隨後在比利時首都、俄國首都電局以英文掛號登記為 EX──ORIENT。

1　《廣東省志・新聞志》，廣東人民出版社，2000 年版，第 86 頁。
2　馬光仁主編：《上海新聞史》，復旦大學出版社，2014 年版，第 367 頁。

　　遠東通信社的創設得到了駐比利時公使李盛鐸的資助和支持。雖然遠東通信社是以王慕陶私人名義創辦的，但實際上有相當程度的官方背景。李盛鐸曾將通信社成立的事情密奏外務部存案，並設法取得外務部、郵傳部的經費支持。時任東三省清理財政正監理官的熊希齡也為籌款及疏通人事關係等提供了幫助。1909 年 10 月李盛鐸卸任回國後仍繼續支持和幫助遠東通信社。參與創辦遠東通信社的另一個主要人物是汪康年。汪康年是近代中國著名報刊活動家。王慕陶與汪康年關係密切，遠東通信社成立後，汪康年是國內的主要內容提供者和推廣人。

　　遠東通信社的人事組織與機構設置：王慕陶任總理（社長），在比利時，總書記竇米茫（比利時人），中國書記吳徵，英文書記華池及法、德、俄等各種文字的書記；在國內，上海通信由雷奮、陳景韓擔任，北京通信由汪康年、黃遠庸擔任，李盛鐸綜理國內事務。[1] 遠東通信社在國內的東京、西京、南京、湖北、天津等處設立了機關。國外的分支機構推及倫敦、巴黎、聖彼得堡、維也納、海牙等地，與之往來的報紙有九百多家。[2]

　　遠東通信社的發稿模式主要是向外國報刊提供有關中國的通信和電報，並向國內傳播外電外刊內容。作為北京負責人和廣有人脈的報人，汪康年是遠東通信社國內消息的主要來源，由他選擇並將具有新聞價值或反駁外報的國內政治、外交事務寫成稿件，寄給王慕陶譯成法文轉達各國報社。王慕陶則選擇並編譯外稿發回國內，其重點為兩類，一是關於中國的熱點問題和歐洲輿論對於中國時局的看法，二是歐美重要國家之間的大事和外交事務。[3]

　　遠東通信社活動最直接的目的在於協助外交，對此王慕陶、汪康年都曾有所表述。遠東通信社成立後，在澳門劃界交涉、哈爾濱交涉、南滿鐵路交涉、西藏問題、粵漢借款、錦瑗借款、東三省日俄問題、湖南饑民問題等與中國外交相關的事件中，都起到了一定的輿論協助作用。遠東通信社還向各級「大吏」提供各省交涉事件的信息，實際上充當著官方駐外情報機構的角色，為外交策略的制定發揮作用。1910 年 7 月 24 日，世界新聞記者公會在比

1　周元：《清末遠東通信社述略》，《近代史研究》1997 年第 1 期。
2　許瑩、吳廷俊：《中國第一家海外通信社「遠東通信社」的理念與實踐》，《國際新聞界》2009 年第 8 期。
3　李禮：《近代知識精英影響國際輿論的嘗試——遠東通信社成立與解散的幕後》，《新文學史料》2015 年第 1 期。

利時首都布魯塞爾召開「萬國記者大會」。王慕陶參加了會議並應邀出任常年會員。這是中國記者參加國際新聞會議和有關組織的一次較早記錄。後來，王慕陶又介紹曾任《時務報》總理的汪康年、《北京日報》主筆朱淇、著名記者黃遠庸（遠生）、上海《申報》主筆陳景韓等人參加世界新聞記者公會。

當遠東通信社業務順利發展的同時，也遇到一些困擾。特別是 1910 年熊希齡欲在上海設立環球通報社，以上海為總社，將遠東通信社納入其中，變成其在歐洲的分社，這一計劃引起汪康年、王慕陶的不滿和反對。當時熊希齡在政界有強大的影響力，遠東通信社之前的籌款多仰仗於他。由於熊希齡的退出，遠東通信社出現了財務上的困難。1910 年底，王慕陶在比利時出版法文刊物《黃報》，印數達一萬份，雖然引起相當關注，但也增加了經費支出。1911 年，遠東通信社的核心骨幹人物汪康年去世，使其業務大受影響。辛亥革命後，清政府退出歷史舞臺，王慕陶雖一度仍署理比利時使館二等秘書，但民國政府政局跌宕，國內支持的經費更難以為繼。1913年，發生新聞史上著名的「癸丑報災」，中國報業出現大蕭條，通信社的空間大為縮減。以上這些原因最終導致遠東通信社的徹底停辦。關於遠東通信社的具體終止時間尚無據可查，王慕陶編纂的《遠東通信社叢錄》最後一冊即第四冊收錄了民國二年正月至十月的歐洲通信，可見至少在 1913年，通信社還在發稿。[1]

遠東通信社在中國新聞對外交流史上具有重要意義。它是中國第一家總部設在海外和首家向海外發稿的通訊社，對於幫助國人瞭解真實的歐美世界和讓國際社會客觀認識中國、為國際輿論增加中國聲音發揮了一定作用。此外，遠東通信社也為國人開展對外新聞交流積累了初步經驗。

二、民國創建初期的新聞通訊業

辛亥革命勝利後，孫中山領導創建的民國南京臨時政府採取言論自由政策，加速了中國社會的新陳代謝，促進了中國新聞事業的發展。其時，民主、自由氣氛空前高漲，政黨政治觀念迅速在社會生活中傳播普及，各派政治力量之間的鬥爭複雜而又激烈，我國新聞界出現短暫的繁榮，報刊數量大量增多。在空前的辦報熱潮中，出現了國人自辦通訊社的第一次高潮。

---

1 許瑩、吳廷俊：《中國第一家海外通信社「遠東通信社」的理念與實踐》，《國際新聞界》2009 年第 8 期。

（一）空前的報刊出版高潮為新聞通訊業的起步提供了市場

1912 年中華民國成立後，南京臨時政府立即通過立法手段建立起與西方先進國家接軌的新聞自由體制，頒布促進新聞事業發展的新法令。1912 年 3 月 11 日，南京臨時政府頒布《中華民國臨時約法》，其中規定：「人們有言論、著作、刊行及集會、結社之自由。」言論出版自由第一次得到法律認可。中國的新聞事業也第一次獲得國家大法的尊重與保障。

言論自由政策為報業發展提供了良好機遇，中國新聞事業從而迎來了一個飛速發展時期。據不完全統計，1912 年全國報紙由十年前的一百多種，陡增近五百種，總銷數達 4200 萬份，突破歷史最高紀錄，成為「報界的黃金時代」，特別是政黨報刊掀起出版熱潮。空前的報刊出版高潮，需要通訊社提供新聞來源或者直接供應稿件，給通訊社提供了廣闊市場。[1]

在空前的辦報熱潮中，對新聞時效、真實、準確以及數量的要求越來越高，而新聞採訪力量的不足、記者整體素質的低下成為報刊發展的瓶頸，發展通訊社事業也被提上議程。中國報界俱進會 1912 年 6 月在上海召開特別大會時，創辦全國性的通訊社是主要議題之一。提案稱：報館記事，貴乎詳、確、捷。試問我國今日所登之新聞若何？吾恐同業諸君亦不自以為滿意。同人等以為吾國報界急宜設法組織一通訊機關，互相通信，俾各報館得以低廉之價，得至確之新聞，以供「讀者用」。經公決：由俱進會設通信社，仍推朱少屏草擬章程[2]。可見當時國內新聞界對於組建通訊社確有宏圖之志，但可能由於政局的多變和報界的黨爭，這一決議終未能付諸實現。但這一事件本身，表明了民初新聞界對通訊社的迫切需求。

（二）國人自辦通訊社的第一次高潮

辛亥革命後寬鬆的社會環境促進了新聞事業的發展，各地報紙大量出現，重大事件接連不斷，為爭取受眾，報紙必須加強新聞報導，無力自行採集新聞的報紙需要有通訊社的配合。新聞界一些嗅覺靈敏的記者覺察到其中機會，如《湖南公報》李抱一、張平子 1913 年在創辦湖南通信社的簡章中聲稱：「詳探本省緊要新聞，務求消息敏捷，報告確實，據實直書，毫無偏見。

---

1 方漢奇主編：《中國新聞事業通史》（第 1 卷），中國人民大學出版社，1996 年版，第 1014～1015 頁。
2 方漢奇主編：《中國新聞事業編年史》（上），中國人民大學出版社，2000 年版，第 639 頁。

通訊中外各報館，以供採用。」[1]有人自行採訪新聞供報紙採用，如早在辛亥革命前的廣州就有記者何克昌以個人名義外出採訪，所得新聞分送廣州各報，每月得稿費若干；辛亥革命後的湖南，省督軍府的譯電員孫斌每日將可以公開發表的電訊分送各報。更多的則組織起來向報館供應新聞，各地頓時湧現出一批通訊社。在 1912 年和 1913 年短短的兩年內，國內一下子出現了一批新聞通訊社，主要有：

名　稱	具體情況
公民通信社	1912 年 1 月 1 日，廣州，楊公民創辦
民國第一通信社	1912 年 9 月，上海，李卓民等創辦
上海通信社	1912 年，上海，李卓民創辦
民國新聞社	1912 年，廣州，陶望潮創辦
湖北通信社	1912 年 5 月，武漢，冉劍虹創辦
湖南通信社	1913 年，長沙，李抱一、張平子創辦
湖南新聞社	1913 年，長沙，王道南創辦
北京通信社	1913 年，北京，張珍創辦
民國通訊社	1912 年 10 月 19 日前，杭州，陶鑄、王芍莊創辦
東亞通訊社	1913 年 9 月，哈爾濱
成都通訊社	1913 年 9 月前，成都
實紀通訊社	1913 年，開封
環球通訊社	1913 年，開封
關隴通訊社	1913 年，西安

這些通訊社由於人力、財力的限制，大多規模極小。其中值得一提的是民國第一通訊社，該社由李卓民聯合友人在上海創辦，成立於 1912 年 8 月 31 日，9 月 1 日正式開始對外發稿，是由中國人自辦、登記在冊的上海第一家通訊社。該社創辦宗旨曾在 8 月 31 日《申報》刊出的成立廣告中予以說明：「凡報館林立之地，尤必有通訊社一機關爲所依據，爲之補助，故路透一社實與西報等相爲表裏。我國報界之發達，自客歲以來。可謂盛矣，惟此一機關獨

1　《湖南新聞志》，湖南出版社，1993 年版，第 399 頁。

付闕如，仰賴他人操縱，一聽諸人，其消息又未必盡確。同人等有鑒於此，不憚綿薄，組織一交換智識、介紹材料之完全通信機關於上海，藉與各報社聯絡進行。」從中可以看出民國第一通訊社已經認識到報紙與通訊社「相為表裏」的關係，是適應當時客觀形勢和實際需要創辦起來的；自稱「各埠分駐訪員，所有真實新聞發往上海，在滬埠總匯編輯發行或每日一次或每日二、三次，如有要聞立刻印行，期於至確至速，以餉海內。」為擴大發行，它宣布定閱者「每月取資洋 10 元，並先贈送半月」。[1]

　　這些陸續出現的通訊社，影響力仍舊十分有限。他們一般只有一兩個工作人員，新聞來源大多為剪報或翻譯外文報紙，自採的消息很少，印刷設備簡單，大多用複寫或油印方式向各報分送、寄發稿件。因為質量不高，發行數量很少，除了李抱一、張平子創辦的湖南通信社有幾十戶訂戶外，其餘只有幾份到幾十份不等。[2]有的通訊社創辦不久就面臨關鍵工作人員變動，如 1912 年 10 月陶鑄在杭州成立的民國通訊社，陶鑄赴日留學後社務就交由王芍莊代理，自己已置身事外。[3]儘管如此，這些通訊社在民國元二年的成批出現，畢竟是新聞事業蓬勃發展的一個反映。

三、民國袁世凱時期的民營通訊社漸入沈寂

　　由於創辦新聞通訊社有一個籌集資金、聚集人員及相關準備工作，所以民國南京臨時政府時期公民享有「言論、著作、刊行及集會、結社之自由」[4]即新聞和言論政策，對中國新聞業包括新聞通訊業的積極促進作用（以新聞通訊社創辦的形式表現）出來，有一個時間上的延緩。因此，民國創建後通訊社的大量出現的「短暫繁榮」是在民國南京臨時政府「北遷」到北京以後才出現的。然而，這一民國初年新聞通訊事業的短暫繁榮很快就受到挫折。

（一）袁世凱上臺與政府新聞政策轉向

　　1913 年，袁世凱指使兇手在上海火車站刺殺了國民黨主要領導人宋教仁，隨後，又採取強力手段鎮壓了孫中山領導的「二次革命」，強迫國會「選

1　《上海新聞志》，上海社會科學院出版社，2000 年版，第 377 頁。
2　方漢奇主編：《中國新聞事業通史》（第 1 卷），中國人民大學出版社，1996 年版，第 1021 頁。
3　來豐：《中國通訊社發展史》，復旦大學博士學位論文，2002 年 5 月。
4　《中華民國臨時約法》（中華民國元年三月十一日公布），轉引自王培英編《中國憲法文獻通編》（修訂版），北京：中國民主法制出版社，2007 年版，第 300 頁。

舉」他當大總統，取消了國會並廢除孫中山簽署實施的《中華民國臨時約法》，直到最後撕下面具恢復帝制，登上了「中華洪憲皇帝」寶座。各地反袁鬥爭風起雲湧。袁世凱竊權後對新聞事業嚴加控制，查封異己報紙，借法令禁錮新聞，全國大大小小軍閥也乘機興風作浪，民營通訊社的發展亦受到壓制，很快在軍閥與封建勢力的摧殘下陷入沈寂。

（二）「癸丑報災」後的民營通訊社

辛亥革命之後，民主共和思想和言論出版自由理念深入人心，袁世凱妄圖復辟帝制，必然遭到新聞界輿論的強烈反對。於是，袁世凱在鎮壓革命的同時，對自由新聞體制進行了大肆扭曲，出臺不少限制言論自由的規定，通過武力對那些反對自己的報刊、報館、報人進行嚴酷壓制，扶持自己的御用報刊，企圖控制新聞界，從輿論上支持自己的稱帝企圖。其中「二次革命」失敗後，袁世凱政府對國民黨系統的報刊以及其他異己報刊進行大肆摧殘，對所謂「違禁」報紙、印刷品包括通訊社稿件停寄、檢扣、查辦，對報人輕者警告訓斥、傳訊罰款，重者喪失人身自由甚而予以人身消滅。1913 年底，全國繼續出版的報紙只剩 139 家，較之民國初年的近 500 家銳減三分之一，報人大批被捕被害，發生了中國新聞史上有名的「癸丑報災」。袁世凱政府還先後出臺《報紙條例》、《出版法》等，對包括通訊社稿件在內的印刷品進行管制。

報紙遭災，作為向報紙提供新聞內容的通訊社自然逃不了厄運。當時，報紙、通訊社「苟觸其忌諱，即有禁止出版之憂，甚至操筆政者遭人暗殺，或幽之囹圄，此乃近來內地報界所常見之事也。」[1]如在「二次革命」時湖南通訊社因曾發布致北方各報函件而被誣與北方勾結被迫停辦，哈爾濱東陲通訊社人員因發售反帝制報紙而被警察廳逮捕，通訊社記者何克昌因多次揭露廣東督軍龍濟光的惡行而被殺害等等。民營新聞通訊事業的發展受到了極大地限制，新開辦的通訊社更是寥寥。民營新聞通訊事業基本陷入沈寂狀態，直到袁世凱垮臺後，才重有起色。

四、中國留學生在海外創辦的通訊社

民國初期，國內新聞報刊活動勃興，但當時中國的報館大都無力向國外派駐專任記者，報紙的國際新聞主要依靠外國通訊社供稿。一些報館為開闢

---

1 戈公振：《中國新聞事業之將來》，《東方雜誌》20 卷第 15 號。

稿源，便在海外留學生中選聘通訊員。在這種情況下，出現了由留學生自辦向國內發稿的新聞通訊社。其中較有影響的有著名報人、記者邵飄萍等創辦的東京通信社。

（一）邵飄萍等人創辦東京通訊社

1914 年，邵飄萍為躲避袁世凱的輯捕而流亡日本，入東京法政學校讀書。在日本，他結識了一批國內的革命黨人，還有一些和他有共同志向的青年報人。1915 年 7 月，他與同窗潘公弼、同鄉馬文車共同創辦了東京通信社。三人以半工半讀的方式用中文向國內各報，特別是北京和上海著名的報紙發稿，內容主要是國際和外交新聞。當時他們開展的新聞採訪和編輯等業務活動，可以說是進一步擴大了他們的視野，特別對邵飄萍來說，是鍛鍊、造就了他後來作為一個全國性時事政治的著名記者的能力。[1]

（二）東京通訊社的活動與結束

東京通信社發回國內的新聞通訊，經常反映東京的華僑、留日學生開展愛國運動的情況，日本政局和對華外交等，這些報導很快受到國內報界和輿論的注意與好評。東京通信社最有影響的新聞報導是對中日秘密交涉中的「二十一條」的曝光。1915 年，袁世凱為了實現皇帝夢，不惜出賣國家主權，就日本提出的「二十一條」與日密談。邵飄萍從外國報紙上得到消息後，立即向國內發回了報導，在國內引起了強烈的反響，有力推動了國內反日倒袁愛國運動的開展。東京通信社對「二十一條」的報導也引起了日本當局的注意，邵飄萍後來回憶，東京通信社成立後，「為京津滬著名報紙司東京通訊。適當日本提出二十一條之際，以議論激越，惹日本警察官吏注意。」[2]1916 年春，邵飄萍回國投入倒袁愛國運動，為《申報》、《時報》、《時事新報》撰文發表討袁政論，引起全國輿論界的重視。東京通信社也隨著邵飄萍、潘公弼等人相繼回國而告解散。

五、外國通訊社在華拓展業務

1870 年 1 月 17 日，路透通訊社、哈瓦斯通訊社和沃爾夫通訊社簽訂「三社協定」即「連環同盟」（Ring Combination）協定，明確各社採訪和發布新聞

1　郭汾陽：《鐵肩辣手——邵飄萍傳》，浙江人民出版社，2006 年版，第 45 頁。
2　邵飄萍：《愚與我國新聞界之關係》，《實際應用新聞學》，京報館，1923 年版，第 161 頁。

的範圍，規定各社互換新聞；中國在內的遠東地區屬於路透社的業務範圍。民國初年，路透社繼續享有在中國的領先地位，其業務繼續拓展和深化，其經營規模、影響力在各通訊社中依然首屈一指。1915 年，美國聯合通訊社（Associated Press of America）在上海成立分社，根據路透社的協定，美聯社上海分社只負責收集新聞發回本部，自己不得向上海報紙發送新聞稿。

（一）英國路透社在華業務的拓展

1872 年，路透社派遣亨利·科林茲（Henry W.Collins）在上海創辦路透社遠東分社，自此長期壟斷向世界各國報紙發布中國新聞的權力。路透社遠東分社和字林洋行合作，只向《字林西報》提供國際新聞稿件，《字林西報》刊載路透社電訊時，都加上「專供字林西報」字樣，直到 1900 年，路透社才同意擴大供稿範圍，《益新西報》《捷報》《文匯報》三家英文報紙也獲得供稿權。[1]為了打破《字林西報》的壟斷，《文匯報》在未經授權情況下將《字林西報》上的路透社稿件刊登在報紙上，《字林西報》將其起訴。雖然《文匯報》輸了這場官司，但《文匯報》董事長 J.D.Clark 通過此事向倫敦路透總社經理交涉，促使路透總社取消了《字林西報》的獨家供稿權。但同時給《字林西報》保留了一項特權，即路透社把英國及其殖民地消息中「於英僑特別感興味者」專門供給《字林西報》。每當出現這種稿件，《字林西報》總會在其標題下印上 Special to the N.C.D.N.的字樣。[2]

1911 年 10 月武昌起義爆發後，路透社加強了在中國的新聞報導活動。總社派遣已有五年在印度工作經驗的科克斯（M. J. Cox）來到上海擔任分社總主筆。為了適應中國政治形勢的急劇變化，科克斯改組了國外新聞的收發方式，開始向本地華文報紙發行譯稿。為了爭奪獨家新聞，科克斯還在北京等地指派了多名通訊員。從 1912 年起，路透社開始向《申報》《太平洋報》等 18 家中文報紙供稿。當年 6 月 3 日的《申報》第一版增闢「特約路透電」專欄。初期採用的數量不多，且以政治性內容為主，後來日漸增多，內容也十分廣泛。特別是第一次世界大戰爆發後，關於歐洲戰事的消息絕大多數來自路透社電訊。[3]路透社還在中國各地指派了通訊員，以便爭奪獨家新聞。如 1913

---

1 萬京華：《中國近代新聞業的歷史起源》，《現代傳播》，2018（13）：41～45。
2 胡道靜：《新聞史上的新時代》，世界書局，1946 年版，第 50～51 頁。
3 褚曉琦：《民國時期塔斯社上海分社在華宣傳活動》，載《史林》2015 年第 3 期，第 146 頁。

年 3 月 20 日，宋教仁在上海火車站遇刺，後不治身亡。路透社通過其駐北京通訊員、澳大利亞人懷恩（A. E. Wearne），迅速播發了這一消息。[1]除了新聞通訊之外，路透社也發展起其他業務，主要是收集和發布商業金融消息，爲公司企業提供「商業電訊稿」（Commercial Telegraph-Comtel）。這是路透社獨家經營的，也成爲其最大的優勢，別的通訊社都無法與之競爭。[2]通過佔據壟斷地位的商業金融信息，路透社在中國獲得了豐厚的利潤。

（二）後起的日本東方通訊社急劇膨脹

民國成立後，西方列強在中國展開了更爲激烈的利益角逐。路透社在華的新聞壟斷隨著一戰爆發逐漸被打破，其他通訊社在這段時間內逐步進入中國。1914 年 10 月，日本人宗方小太郎來到上海並成立東方通訊社並自任社長。宗方小太郎 1884 年作爲《紫溟新報》的通訊員來到中國，後又參加荒尾精組織的情報活動，在甲午戰爭時期爲日軍提供情報。1896 年在漢口創辦《漢報》，1897 年參與創辦《閩報》，1907 年參與《時報》事務，1911 年在上海創辦「支那探究所」，曾調查過上海報業的發展狀況，各報紙及相關人員的歷史、政治背景、對日本的態度，最後形成報告送給上海總領事有吉。

東方通訊社雖然打著民營的幌子，實際上是日本駐上海總領事有吉發起，它的經營和發展完全受上海總領事館和日本外務省的領導，最初的經費來源於上海總領事館的「機密費」，後由外務省承擔。日本駐滬總領事有吉明 1915 年 10 月給外務大臣石井菊次郎關於對華新聞政策的電函中說明「東方通訊社由有吉總領事發起，宗方小太郎經營。」有吉之所以「發起」成立東方通訊社，是他認爲當時有關日本的新聞都是由路透社提供給中國的報紙，「有鑒於此，我方也應從事此種通訊事業，盡可能介紹我眞實情況，或者傳遞對我有益的報導。」[3]

東方通訊社成立之初規模很小。在日本政府的支持下，東方通信社發展迅速。它在日本東京設有通信員，負責向上海發送電訊；在中國的北京、奉天、漢口設有分社，在南京、濟南派有通信員。上海的總社將他們發來的電訊翻譯成漢語和英語，以中、英、日三種語言提供給當地及外埠的中、英、

1　張功臣：《中國早期的外報記者》，載《國際新聞界》1995 年第 1 期，第 96 頁。
2　儲玉坤：《伍特公與路透上海分社》，載《新聞大學》1996 年第 2 期，第 48 頁。
3　許金生：《近代日本在華宣傳與諜報機構東方通信社研究》，《史林》，2014（15）：03～110。

日文報紙。東方通信社成立後，爲開拓新聞市場採取了一系列措施：一是通過發布一些具有轟動效應的獨家電訊引發社會關注。二是通過結交中國政界和報界名人以爭取客戶。三是通過減免電訊費用，以價格優勢在與路透社的競爭中取勝。這些措施的實行，使東方通信社逐漸打開了中國市場，影響日益擴大。爲擴大稿件來源，東方通訊社與上海兩家日文報紙《上海日報》《上海日日新聞》交換電訊，將其作爲通訊社的電訊供給中國報紙，1916 年又和奉天的《盛京時報》以及北京的《順天時報》互動電訊，並在漢口成立分社，向南京派駐通訊員。這些舉動大大擴展了稿件來源。在上海，1915 年底有《申報》《新聞報》《時報》《時事新報》、《神州日報》《亞細亞日報》《愛國報》《商務報》《中華新報》九家中文報紙採用其電訊，日本人經營《泰晤士報》、《文匯報》更是大量使用。到 1916 年，數量增加至 15 家，其中中文報紙 11 家。1917 年底，已有 14 家報紙採用其電訊，分別是：上海 9 家中文報紙，2 家日文報紙，3 家英文報紙（《泰晤士報》《文匯報》《大陸報》），且《大陸報》是未經允許轉載。漢口分社方面，《漢口新聞報》《國民新報》《漢口中西報》《天聲報》《民報》這 5 家中文報紙採用分社的電訊。北京方面，到 1917 年底，共有 14 家中外報紙採用東方通訊社的電訊，其中中文報紙有《北京日報》《中華新報》《公言報》《大中報》《晨鐘報》《國民公報》。

　　1915 年，「二十一條」被曝光後，中國「排日」呼聲日益高漲，日本外務省召集在華的日本新聞機構開會，決定東方通訊社擴大在華規模，增加東京發送的電訊，由東方社向北京、廣東、漢口、濟南等地提供電稿，這些地方也向東方提供當地的新聞，業務擴展後的東方通訊社一年的運營費用達到兩萬多日元，全部由外務省提供。東方通訊社也予以充分回報，它和很多日本在華報刊一樣，充當日本在華的宣傳機構，盡其所能美化日本的形象。所以說，東方通訊社並不是純粹的民營的新聞機構，實際上是在民營幌子下爲日本政府服務的宣傳機構，又是甚至還承擔收集中國有關情報責任的秘密機構。

第二節　民國創建前後的圖像新聞業

　　圖像新聞業是指借助新聞圖畫、新聞照片和新聞影像爲載體，傳播或再現社會新聞或對新聞事件予以評論，以求影響公眾輿論或引導讀者情緒的專門新聞業，主要以新聞圖畫、新聞照片和新聞電影等形式存在於社會新聞業體系中。

一、民國創建前的新聞畫報業[1]

西風漸浸，新知識新文化在社會上盛行，在沿海沿江大城市由於人們渴望新知的要求強烈，圖像出版業發達起來，各種畫報如雨後春筍般出現，目前可見名錄的有 200 多種。

（一）十九世紀末的中國新聞畫報

就史料所見，19 世紀末出版的中國畫報主要有：

《點石齋畫報》，上海《申報》館出版並隨報附送，創刊於 1884 年，1898 年停刊。

《新聞報館畫報》。上海新聞報館出版，上海圖書館存有第一期一冊，1894 年（光緒二十年）創刊。

《飛雲閣畫報》。1896 年（光緒二十二年）之後在上海出版，內容、形式與《飛影閣畫報》相似。

《滬江書畫報》。1897 年（光緒二十三年）8 月 31 日（丁酉八月初四）創刊，在上海出版。僅見於《近代中國新聞事業史編年》一文（《新聞研究資料》總第 11 輯）。

《書畫報》。1897 年（光緒二十三年）9 月至 12 月刊行。1900 年在北京被毀。

《海上日報畫報》。1899 年（光緒二十五年）創刊，上海出版，隨《海上日報》附送。英商出資經營，1905 年停刊。北京圖書館存有殘本。（北京圖書館存 1890 年 8 月至 1894 年 10 月的 1 至 125 期）。

這一階段畫報對新聞事件的記載和報導主要用手繪新聞畫加文字說明。如 1894 年 9 月 17 日在中日黃海海戰中，我國北洋艦隊中軍中營副將兼致遠艦管帶鄧世昌指揮軍艦與日本海軍激戰，在彈盡艦傷的情況下，下令猛撞敵方旗艦吉野號，在衝向敵艦途中不幸被日軍魚雷擊中，與艦上官兵一起壯烈犧牲。後被朝廷賜諡號「壯節」並追授「太子少保」銜。1895 年出版的《點石齋畫報》刊載題為《僕犬同殉》的新聞畫並配了說明文字。說明文字包括兩部分，第一部分是對畫面內容說明和介紹，稱「管帶北洋致遠輪鄧壯節公，粵海人。去歲中日大東溝之戰，督率該船首先陷敵，轟沉日人巨艦一艘，並

1　本節研究資料獲得彭永祥、季芬授權，同意使用《中國畫報畫刊（1872～1949）》（中國攝影出版社，2015 年版）的部分內容。

擊沉魚雷船兩艘。嗣以他船不肯冒死從事，日兵船又環集而攻公遂連發數炮，赴海而死……當公之殉難也，有義僕劉相忠隨之赴水，攜浮水木梃授公，欲令之起。公拒勿納，罵敵而死。同時有所豢義犬尾隨水內，旋亦沉斃」。第二部分是畫作者的「有感而發」，稱「一人忠義，同類感孚，雖奴僕之賤，犬馬之頑，亦知殉節。是則世之受國厚恩而臨敵不願效死者，誠此僕此犬不若矣」[1]強烈抨擊那些曾經世世代代受國家恩惠本應在國家需要時誓死報效國家，但卻「不肯冒死從事」而臨陣脫逃之人，認為這些人連那些常人認為「低賤」的僕人和「不懂人間世事」的「狗類」都不如，作者對那些貪生怕死者的輕蔑盡在言中。

由於新聞事件的傳播和作者構思作畫需一個過程，所以手繪新聞畫的時間性效果一般不很理想，往往在新聞事件發生數日數周乃至數月後才在報刊上出現。

（二）民國創建前的新聞畫報

進入 20 世紀後，以上海為代表的大城市商業人口迅速增加，政治（政黨）鬥爭異常激烈，以休閒和消遣為主兼具社會及政治新聞報導功能的各式畫報迅速興起。主要的如：

1、《啟蒙畫報》

1902 年（光緒二十八年）6 月 23 日創刊，先後經歷日刊、半月刊、月刊三個階段。彭翼仲、彭谷生主編，劉炳堂（用痕）繪圖。北京前門外五道路西《啟蒙畫報》社出版並發行。為北京出版最早的畫報。《啟蒙畫報》第一年八至十二冊封面印有「初次改良」四字，第二年後就未見再印。內容分掌故識略、時聞兩大類，掌故有都城建置、皇室生活、朝臣傳記等；時聞有國內外的新聞。圖文對照，文為語體。二號鉛字排，圖為木刻。該刊對帝國主義侵略有所揭露，對反帝反封建的太平天國、義和團等革命運動則帶有惡感，對戊戌變法及群眾反貪官酷吏抗暴抗捐鬥爭深表同情。對西方科學技術知識、中外時事和政治歷史也偶有報導。

2、《時報（插畫）》

《時報》是 20 世紀初創辦且出版時間較長的報紙。1904 年 6 月 12 日（光緒三十年四月二十九日）創刊於上海。實際負責人狄楚青。該報首創「時評」

---

1 陳平原、夏曉紅編：《圖像晚清》，百花文藝出版社，2001 年版。

欄，爲許多日報仿傚。時刊滑稽畫和諷刺畫作插圖。《時報（插畫）》，1904 年（光緒三十年）創刊，內容有中外名人畫像、各國風光、地圖及諷刺畫等。《時報》增設插畫後，中外日報才略有諷刺畫刊入新聞欄。《時報》的名人與時事照片，更勝畫家的繪畫一籌。《時報》始創圖畫週刊隨報附送。1912 年冬由黃伯惠盤得全部報館產業後，《時報》開始著重社會新聞和體育新聞。所刊圖畫是配合《時報》而作。欄目有：中外名人畫像、各國風景地圖、諷刺畫等。

3、《時事畫報》（十日刊）

1905 年（光緒三十一年）創刊於廣州。旬報。報館設在廣州十八甫六十九號。發起人高卓廷，潘達微、高劍父、陳垣、何劍士編輯。主要刊繪畫，有時也刊照片，石印和銅版並用，十二開，每期二十四頁。以「仿東西洋各畫報規則辦法，考物及記事，俱用圖畫。一以開通群智，振發精神爲宗旨」，「不惜重資延聘美術專司繪事，凡一事一物描摹善狀，閱者可以徵實事而資考據」。內容分兩部，圖書紀事爲首，論事次之，論事中先諧後莊，雜文、談叢、小說、謳歌（南音、粵謳）、劇本（班本）、詩界等附之，莊部論說、短評、旬日要事記（本省、各省、各國要聞）等附之，材料豐富，務使屬閱者之目。」因財力不支 1910 年停刊。後得林直勉資助在香港復刊，復刊編輯人爲潘達微、謝英伯，鄭侶泉、何劍士。該報積極鼓吹革命，反對清政府統治和帝國主義侵略。1907 年第一期載有《萬歲新國魂》《丙午廣東鐵路風潮和農工商遭風水之害》等新聞畫。1909 年第十五期刊秋瑾照片以示紀念。常刊載「時諧畫」諷刺醜化清廷官吏和帝國主義。如《龜抬美人圖》（四個烏龜抬著一個美國人），曾在省港引起強烈反響。還刊登地方風俗、小說、小品文、外國時事及歷史照片等。

4、《賞奇畫報》（旬刊）

1906 年（光緒三十二年）5 月 8 日（清光緒三十二年四月十五日）創刊。旬刊。報館設在廣東省城估衣街二十七號仁信西藥房後座三樓。宗旨爲「合於普通社會生活、風土人情，圖說互用，務令同群一律領解，灌輸新理，開關性靈，非說不達，捨圖弗明」。奇述第一，彙報第二，實際第三，修辭第四。常刊載社會生活和風土人情的圖畫。取意「賞心樂事，奇語警人」故曰「賞奇」。該畫報《創刊釋例》云：「本報程度，以合於普通社會爲主，圖說互用，務令同群一律領解，灌輸新理，開關性靈，非說不達，捨圖弗明，曲喻旁通，語奇義正。」所刊圖畫包括地理、風俗、時事、社會畫、寫生畫。編輯有季毓、霸倫、張克誠、朱錫昌、海仲。

5、《開通畫報》

1906 年（光緒三十二年）創刊，半月刊。京師弓弦胡同開通畫報館出版。主筆英明軒，京師官書局石印。十六開，每期八頁十六面，土白紙，封面、封底為紅色。每期售銅元七枚。上為文下為圖，形式與《點石齋》畫報頗相似。第二期有《巡長破迷》（破除迷信）《請看溺愛子弟的害處》《商戰》（日商雇人在街上分送牙粉，招攬生意，畫報提醒中國商部注意）《上海絲廠女工痛打工頭》（反對兩女工被拘留）《闊大爺養蟈蟈》（諷刺畫）等。第八期《本館同人啓》說：「我等同人因為一時熱血上攻，才竭力地出此畫報，現在蒙中外各處屢屢稱讚購求，非我等所料，今登廣告，特謝閱本報之文明君子。……有開愚故事，特別感化社會之演說，惟望寫文寄信本館，必能說明圖畫，以擴充耳目。」

6、《圖畫日報》

1906 年（光緒三十二年）9 月創刊。日刊，報館在上海四馬路，環球社編印。封面刊出《海軍提督薩鎮冰軍門肖像》，每冊收洋 1 角。環球社設司職人員（總部），下設分部：著述部：普玉、雨、蔣景緘等十人；繪畫部：式為、韞方女史、井原太郎等九人；調查部：鳴鳳、為蘭、勒蘭克三人；攝影部：雲蒸、福田三島二人，總計二十四人，其中三個日本人。《圖畫日報》欄目主要有：一，大陸之景物；二，上海之建築；三，世界著名歷史畫；四，社會小說（續上海繁華夢）；五，偵探小說（羅施福）；六，世界戲劇；七，上海社會之現象；八，營業寫真；九，新智識之雜貨店；十，外埠新畫；十一，外埠新聞畫等十六個之多。1910 年 3 月 1 日歸環球社圖畫日報館老茂記接辦。同年 3 月 11 日將編輯及發行所遷入「輿論時事報館」。《圖畫日報》第一號一份，宣統元年七月初一出版，環球社印行。

7、《時諧畫報》（旬刊）

1907 年（清光緒三十三年）10 月創刊，館設駐省總代理處十八甫六雅齋內。三十二開十八頁（摺頁）橫釘洋式。有光紙石印。美術同人有崔芹、伍德彝、傅壽嶷、馮如春、梁於渭、尹爟、容祖椿、葛璞、譚泉、陳韶、高麟、陳鑑、程景宜、崔岐、李熙、衛漢夫、潘達微、劉鶯翔、羅清、鄭萇、何劍士。宗旨為「一紙風行，最益閱報者，字字之熱情，覘社會之進步。其圖畫為首，文字次之。」所載圖畫係時事畫及政治諷刺畫，文字部分內容有實業、小說、文類、談屑、劇本，匯電、彙報（外省、各國）、廣告，有時也刊載短

評，對時事發表言論。其宗旨與《時事畫報》相同。[1]

8、《時事報》(《輿論時事報》、《時事新報》) 畫報

《時事新報》爲舊中國出版時間較長的報紙之一。原名《時事報》，1907年 12 月 6 日（光緒三十三年十一月初一）創刊於上海。1909 年與《輿論日報》合併爲《輿論時事報》。1911 年 5 月 18 日（宣統三年四月二十日）改名爲《時事新報》。主持人汪仲閣。每日出版兩張。改革版面後主要欄目有譯論，論說、海外通函、特別紀事、地方時事、本地時事、來件、專件、來函等。《時事報》（《輿論時事報》及《時事新報》）先後出版一系列新聞性畫報，以爲報紙內容補充或延伸。主要有：

《時事報館畫報》，上海時事報館編印。1907 年 1 月創刊於上海。隨報附送。有光紙石印，仿《點石齋畫報》筆法和形式。主要欄目有：名人畫像、各地新聞，並附刊小說、筆記。新聞如《禁煙善策》、《誤疑偷芳賊爲盜》等。

《時事報圖畫雜俎》。日刊。上海時事報館編輯出版，創刊期爲 1907 年（光緒三十三年）11 月底或 12 月初。八開二頁，大清紀年與西曆紀年並用。內容有國內社會奇聞、西洋科學知識、花鳥等。1908 年有十二個合訂本，以天干地支編次。1909 年一至八月有八個合訂本。一年以三百六十五天計。1908年 11 月 26 日刊載《秋瑾墓圖》，在當時是觸犯清廷禁忌的。

《時事畫報》句刊。原名《時事報館畫報》上海時事報館編印。1908 年（光緒三十四年）冬創刊，1909 年春出至三十六期，1909 年 1 月至 11 月出新一至二十八期，1910 年出新一至四期。常刊各地新聞、名人畫像、小說筆記等。

《時事報》(圖畫附張)。1907 年（光緒三十三年）12 月 5 日（光緒三十三年十～月初一）創刊，在上海出版。社址是上海新垃圾橋北首，發行所在四馬路望平街。1909 年與《輿論日報》合併爲《輿論時事報》。1911 年 5 月 17（四月十九日）停刊。同年 6 月 18 日（四月二十日）更名爲《時事新報》。每日新聞二大張，圖畫一大張。其欄目有：電傳宮門抄、上諭論說、微言、專電、緊要時事、中央時事、各省時事、本埠時事、本埠商情、來件、雜事等。

《輿論時事報》(圖畫)句刊，1908 年（光緒三十四年）2 月 29 日在上海創刊，日刊，發行兩大張或三四張。1909 年與《時事報》合併稱爲《輿論時事報》，隨報附送「輿論時事報圖畫句刊」。

---

1 彭永祥編著，季芬校勘：《中國畫報畫刊（1872～1949)》，中國攝影出版社，2015年版，第 41 頁。

《輿論日報圖畫》。陳煒、陳子青繪圖，石印，1908 年（光緒三十四年）在上海出版。內容多爲社會新聞畫，並附寓言和諷刺畫。

《輿論時事圖畫》。1909 年（宣統元年）4 月 26 日創刊，圖文並茂，十日集成一冊。羅敷怨（二冊）、偶像奇聞（二冊）、奇聞（二冊）、初等毛筆劃（一冊）、鋼筆畫（一冊）、寓意畫（二冊）、工界偉人（一冊）、小說合壁（一冊）、壁血巾（二冊）、高等畫苑（二冊）、動物圖（二冊）。還有圖畫新聞（二十冊）。刊中寫道：「《圖畫新聞》專繪各省可驚、可喜、可諷、可勸之時事。言者無罪，聞者足戒。

《時事報圖畫旬報》。上海時事報館編印，1909 年（宣統元年）10 月 10 日創刊於上海，至 1910 年 9 月停刊。逢十出版，十六開，石印，經摺裝。

《輿論時事報圖畫新聞》。上海《輿論時事報》附刊，1909 年（宣統元年）11 月 27 日創刊，隨報附送，前半部刊每日故事，後半部刊「國朝各人政績圖」。用有光紙石印。

《輿論時事報圖畫新聞》。1909 年（宣統元年）12 月在上海創刊。日出十六開二頁四面。前爲故事畫，後爲國朝名人政績圖，再後爲社會奇聞異事，以及名勝古蹟等。每畫之上都有短文。1909 年 1 月至 1910 年 12 月已出至十四卷。

《時事報圖畫新聞》。上海時報館編印，逢十出版十六開石印，1909 年（宣統元年）1 月 10 號創刊於上海，1910 年 9 月仍在刊行。

《時事新報》星期畫報，1911 年 6 月 25 日（宣統三年五月二十九日）起，又增出星期畫報，隨報取資。主要內容爲政治漫畫和滑稽畫等。

《時事新報》附送畫刊。該刊未掛畫報之名，實則爲《時事新報》之附送畫刊，五彩精印，隨《時事新報》贈閱。《時事新報》前身爲《時事報》和《輿論日報》，兩報於 1909 年合併爲《輿論時事報》，1911 年 5 月 18 日改名《時事新報》，由汪詒年任經理，由著名出版家張元濟、高夢旦等籌組創辦。內容主要爲世界大事及科學知識。日出對開一張，分爲四個方格，有滑稽畫、新聞畫、政治畫、諷世畫、家庭畫，格言畫、懸賞畫和小說等。土紙石印。作畫的有陸步雲，虞聰昭。投稿的有師尚、鳳竹等。

9、和于右任相關的新聞畫報

于右任是中國近代著名新聞報人，他創辦的《神州日報》及後來得到革命黨人支持創辦的《民呼報》、《民吁報》和《民立報》（俗稱「豎三民」）在

反清革命新聞宣傳中產生了重要影響。他在新聞活動中十分注重利用畫報宣傳反清革命思想。創辦了一系列新聞性畫報：

（1）《神州日報》出版的畫報（刊）

《神州日報》為于右任等 1907 年 4 月 2 日在上海創辦的第一份現代化大型日報。在《神州日報》時期，于右任先後創辦出版了一系列附著報紙的畫報畫刊或圖畫插頁。如：

《神州五日畫報》。1907 年（光緒三十三年）4 月創刊於上海。對開一張。內容包括諷刺畫、風俗畫、上海新聞、各地新聞、國外新聞、女界偉人等。作畫者為馬星馳、劉霖（又名甘臣）。主要內容為諷刺「立憲」、揭發貪官污吏。也刊國內外要聞、上海社會新聞和風俗畫等。

《神州畫報》雙日刊。十六開，三頁三面六畫，石印，馬星馳、劉霖作畫。每期圖文約十二頁至十五頁。從多方面揭露清政府的反動和殘暴。刊有名勝古蹟，上海百景，百美圖詠、社會習俗、偵探小說等。還刊廣告和警世劇。上海體操會義勇隊長被人打死，該報用圖文連續報導，戲劇界又編成新劇上演。

《神州畫報》日刊。十六開，1910 年 1 月 9 日至 7 月 14 日刊行，合訂為六本。

《神州日報畫報》。1910 年 1 月至 5 月，合訂為一至九冊。

《神州雜俎》。1910 年 4 月 21 日至 7 月 11 日刊行。前頁為圖繪忠孝節義人物，後頁為文解說人物故事。

《神州日報》（插圖），未冠畫報之名，1910 年 6 月初一至初四各一張，每張兩頁，兩頁都為圖。

《神州畫刊》。每週第四日出版。

《神州畫報》和《神州日報畫報》、《神州日報》（插圖）及《神州畫刊》出版時間重迭交叉，名目各異，均為《神州日報》附送品。

《神州日報附送畫報》。現有 1909 年（宣統元年）6 月 11 日至 1910 年 3 月 13 日（正月初九）殘存本，合訂成冊（6 開本），每期 3 頁 6 圖，因裝線蓋住了每頁下角的編次號，可見「神州日報附送畫報」八字。畫師仍為馬星馳、劉霖（又名甘臣），圖為 16 開版面，一面一圖，上為標題，並有二三十或四五十字題解，切中所繪物要害，畫則揭示社會醜惡景象。

（2）《民呼日報》時期的畫報（刊）

1908 年 8 月 27 日，于右任在上海各報刊登「于右任啟事」宣布將創辦《民呼日報》，1909 年 5 月 15 日《民呼日報》正式創刊。《民呼日報圖畫》係《民呼日報》之附送品。每日繪四畫，並配文字對開一張，石印，日刊。畫報宗旨如正報《民呼日報》「一、本報實行大聲疾呼為民請命之宗旨；二、本報為全社會之事業所有，辦法係完全股份不受官款、不收外股，故於內政外交皆力持正論無所瞻徇。」1909 年為中國農曆己酉年，《民呼日報圖畫》內容以己酉年月日編序。右左兩頁，上為文下為圖。具體圖文有反帝瓜分中國、反日侵略、巡警官欺民、辱罵清官吏等。還有無題畫、故事畫、小說畫等。如 3 月 26 日右上刊「小說畫」短小說，右下刊「窮則呼天」、「官肥民瘦」二幅畫作。左上刊「勢不兩立」，左下刊「風景畫」一幅。

（3）《民吁日報》時期出版的新聞畫報（刊）

《民呼日報》被封後，于右任迅速創辦《民吁日報》繼續反清革命宣傳。在出版《民吁日報》的同時，為提高新聞宣傳效果還出版了不同內容重點的系列畫報，並分別以「甲」「乙」「丙」「丁」四個字打頭。《民吁日報小說畫》為「甲」字打頭。《民吁日報新聞畫》「乙」字打頭。《民吁日報滑稽畫》「丙」字打頭。《民吁日報雜事畫》「丁」字打頭。「甲乙丙丁」四字頭，每家七天，每天圖文二幅。所載小說畫、新聞畫、滑稽畫和雜事畫，都為《民吁日報》之附送品，意在吸引讀者，增強反清革命宣傳的社會效果。因揭露官府罪惡醜行，眾人聲討，因之觸怒官府，刊行九十多天被查封。

（4）《民立報》出版的新聞畫報（刊）

1910 年（宣統二年）10 月 11 日，于右任和宋教仁等革命黨人在上海創辦了《民立報》，同時創辦《民立畫報》日刊，作為《民立報》之附送品。《民立報》日銷兩萬多份；畫報隨之附送也銷兩萬多份。畫報為十開石印。每日出甲、乙、丙三頁，每頁二面，每面為一畫，經常作畫的有張聿光、錢病鶴、汪綺雲等，還刊署名或不署名的外稿。

《民立畫報》堅持反清革命新聞宣傳方向，在《官場之活劇》大標題下，從六月初至八月初，陸續刊出二十一畫。如：《革黨之風聲鶴唳》《清吏念金剛經》《清吏身藏煙泡被搜出》等。後來又以「可」字打頭刊出十一幅畫，大力揭露帝國主義的暴行。如《可氣》畫俄人在廬山行兇毆打農民；《可痛》畫清政府與日本簽訂出賣國家利權的條約，《可悲》畫留日學生反對日本侵佔安

奉鐵路，發起抵制日貨運動等。畫報諷刺揭露清廷搞立憲，報導各地天災人禍，積極宣傳革命排滿，揭露清吏腐朽無能和反對清廷僞立憲。革命黨人廣州起義被清兵鎮壓的消息傳到上海後，畫報藉此大力宣傳革命。如《四處檢查行人》畫廣州起義之後草木皆兵，清政府到處搜捕革命黨，既造了革命聲勢，又提醒革命黨人提高警惕。還刊載過《白山黑水誰氏土》、《禁止輿論》及《有強權、無公理》等政治性新聞性很強的圖畫。

10、《平民畫報》

1911 年（宣統三年）7 月 16 日（清宣統三年六月二十一日）創刊。發行所設廣東省城第八甫。每月三冊，逢一出版。編輯兼發行鄧警亞；印刷徐景，撰述謬平民、馮百礪、尹笛雲，畫師有何劍士、鄭侶泉、馮潤芝、譚雲波、李耀屏、潘達微。書記乃名書法家楊倫西，篆刻家胡漢秋擔任繕寫。內容圖文並茂。文字部分有論說、詞苑、雜文、小說、龍舟歌、粵謳。此畫報爲辛亥革命前革命黨人的機關刊物之一。第八期載有《焚攻督署圖》，畫三月二十九日革命黨人攻打兩廣總督署。《七十二墳秋草遍，更無人表漢將軍圖》，畫三月二十九日起義犧牲烈士溫生才之頭隨子彈飛去，鄭家森之頭竟將帽頂子來接圖。《三月二十九日紀念圖》，題詞曰「是日也，革黨起，革黨死，官場震驚，防兵擾民，民不聊生」等。

11、《世界》（畫報）

1907 年（光緒三十三年）秋在巴黎創刊。姚惠編，世界出版社出版，法國沙娥發行。共出二期，大八開本。大部分運回中國發售。第一期內容有：（一）《世界各殊之景物》（包括英、美、法等國議會大廳，法國巴黎、英國倫敦的景色，埃及的名勝古蹟等。）（二）《世界眞理之科學》（包括達爾文肖像、動植物分類圖、郝智爾簡歷、解剖比較的繪圖等。）（三）《世界最近之現象》（刊登大量國內外時事照片，包括俄國議會、俄國首相府被炸、歐洲社會風氣、全法國教會分離、英國婦女參政之要求、女子職業之翻新、萬國女權會、上海女子天足會、中國之新軍、出洋調查專使、南非洲之華工等。）第二期刊登了外國鴉片煙船停泊在黃浦江的圖片，並在中國首次刊出馬克思的肖像。

除了上述重點介紹的新聞性畫報外，從 1900 年至辛亥反清起義爆發前的近十年間，全國各地（主要在上海、北京、天津、廣州等大城市）的新聞性畫報業得到迅速發展，限於各種原因難以詳細介紹。現簡單列表介紹如下。

1900～1911 年間出版的新聞畫報一覽表

出版年	畫報名稱	創辦時間	出版地	出版週期	其他信息
1900	雙管閣畫報	1900	上海		連史紙印，折疊裝，封底封面為彩印。
	覺民錄	1900	不詳		先由《遊戲報》銷售，後獨立發行木刻版，每期九對頁。
1901	圖畫演說報	1901.11.30	上海		1902 年尚在出版
	《畫報》（叢報）	1901	上海		1902 年仍在刊行，但已無「叢報」二字。
1902	無記載				
1903	飛影閣大觀畫報	1902	上海	十日刊	刊中、西時事畫及小說。
	圖畫演說報	1902.1.9	杭州	月刊	「白話」報刊。內容有宗教、內外史、時事、益聞、物理、歌謠等欄目。圖畫大多採用木刻，本報鉛字印刷。
	時事叢談	1902	上海		商業性報紙，內容側重政治文藝方面。
	書畫譜報	1903.7	上海		
	奇新畫報	1903.7.24	上海		新聞畫、風俗畫及古今名人畫稿。
	集益書報畫	1903.9.6	上海	旬刊	登載緊要時事、新奇圖畫和古今名人碑帖手卷。
1904	無記載				
1905	白話新民畫報	約 1905	上海	旬刊	有光紙石印，線裝。全年出三十二期。
	北京時事畫報	1905	上海		商辦報刊，同年停創。
	恒通館畫報	1905	上海		商辦報刊，同年停刊。
	不纏足畫報	1905	武昌		又名《不纏足話報》。有通俗圖解，並附淺近文字說明。一九〇九年尚在出版。

	成都畫報	1905 年前後	成都		見《彙報》1905 年 5 月 5 日所載《華文報紙補遺》一文。
1906	京師新銘畫報	1906	北京		
	北京畫報	1906.4	北京	旬刊	張展雲、孫展主辦，劉炳堂作畫．刊時事畫，附頁刊北京風俗畫。
	星期畫報	1906	北京		
	科學畫報	1906	北京		有說 1907 年出版。
	生香館畫報	1906	上海		石印畫報，同年停刊。
	醒世畫報	1906	天津	日出一小張	溫霖主辦。取材街頭巷議、社會新聞。因揭露北洋軍閥段祺瑞行賄買官醜聞觸怒資助出刊者停刊。
	林月報	1906	杭州	月刊	陳蝶仙創辦。闢有近事、名人逸事、偉績欄。
	革命留疤	1906			刊有重要史料。
	啓民愛國報	1906			政治諷刺畫報。
	家師新銘畫報	1906	北京		
	丙午星期畫報	1906	上海		《時事報》館編印。
	人鏡畫報	1906	天津	週刊	天津人鏡報社編印。內容有圖畫、論說、譚叢、中外新聞、科學小說等。一說爲 1907 年 6 月 22 日創刊。
	醒俗畫報	1906	天津		繪畫石印。1908 年三月初十日出第 67 期。
1907	醒華日報畫刊	1907	天津		常刊時事繪畫。
	滑稽魂	1907	廣州	月刊	以極嬉笑形容爲宗旨。內容全部繪圖，淺譬曲喻。
	新世紀	1907.6	法國巴黎	週刊	張靜江、李煜瀛、吳敬恒等在巴黎發刊。新世紀書局編印，又名《巴黎新世紀》。

	民呼畫報	1907.7	上海	月刊	上海環球畫報社出版。1909 年仍在刊行。
	日新畫報	1907.11.6	北京		日新報新學堂陳某主辦。
	圖畫新聞	1907	上海	月刊	上海時報館出版，1910 年已集成至二十卷。
	雙日畫報	1907	廣東汕頭		社長兼總編輯曾杏村，編輯有吳子壽、鄭唯一、許唯心、吳夢林、林國英等。用潮語紀載新聞及常識文藝等。
1908	當日畫報	1908	北京		英銘軒繪圖、編輯。刊京師新聞，時事漫畫、燈謎等。
	蒙學畫報	1908	上海	半月刊	中華學會編。內容以蒙童教育爲主。
	北京白話圖畫日報	1908.9	北京	日刊	每期多刊諷刺時局的圖畫。
	社鏡畫報	1908.6	上海	半月刊	石印。設有商品陳列所、斯文掃地、官場風流、信鬼受害等欄目。
	淺說日日新聞畫報	1908	北京		姚淑雲、柳贊成、德澤臣作畫，王子英任經理。內容有諷刺文字、繪畫、寓言，社會新聞插畫。後改稱《淺說畫報》。
	神州國光集	1908.8	上海	雙月刊	上海神州國光社出版專門影印歷代金石書畫及題跋的畫報。出至 21 期後改名「神州大觀」，續出至 16 期後停刊。
	《醒華》	1908.4		五日刊	共出版五二六期。有記載稱《醒華畫報》。
1909	環球社圖畫日報	1909	上海	日刊	1910 年 8 月仍以「上海環球畫報社」之名編印「圖畫日報」，出至 404 期。

環球社圖畫日報	1909.11.27 出版新一號	上海	日刊	主筆周隱庵，連史紙印刷，主要欄目：世界各地風俗、軍備、時事、本地時事、實業、國恥紀念、博物、小說畫、時局畫、滑稽畫、寄託畫、畫謎等。
戊申全年畫報	1907	上海	日刊	石印。
醒世畫報	1909	北京	日刊	張鳳綱編輯，李菊儕作畫，主要刊社會新聞圖畫。
新聞圖畫	1909	上海		朱紫翔作畫。
圖畫新報	1909.1	上海		時事圖畫雜俎之一。同月改名《環球社圖畫日報》。
圖畫新報	1909	廣東汕頭	日刊（週一停派）	主持人吳子壽。石版印行。內容包括圖畫與文字，文字部分有論說、要電、譯件、廣東新聞、本國新聞、嶺東新聞、雜俎、談叢。圖畫部分有時事畫、漫畫、諷刺畫等。
燕都時事畫報	1909.5	北京	日刊	廣仁山、來壽臣等編。內容有北京新聞、名人演說、諷刺畫等。
新世界畫冊	1909	上海		上海新世界畫刊社編。十六開，石印。
正俗畫報	1909	北京		
通俗畫報	1909.7.15	四川成都	半月刊	土紙，石印。第二冊有修身畫、歷史畫、風景畫、諷刺畫、風俗畫、時事畫、新器畫、毛筆劃、調查畫等。
醒世畫報	1909.10		北京	又名《北京醒世畫報》。編輯鳳綱，總理韓九爲，繪圖李菊儕，印刷魏根福。

	白話報畫報	1909	杭州		有光紙石印，線裝。刊內名作《浙江白話報畫報》。
	白話圖畫日報	1909	北京	日刊	通俗畫報。
	新聞圖畫	1909	上海		朱紫翔作畫。刊有西人逞兒之內容。
1910	《彤管清芬錄》（畫報）	1910.1	上海		輿論時事報編。畫報前目為彤管清芬錄，後目為海外廳談。一事一畫，有文字解說。
	申報圖畫	1910	上海		上海申報館編。刊載時事政治諷刺畫等。
	小說畫報	1910.1		月刊	已知出版了 6 期。
	平民畫報	1910	美國舊金山		李是男等編。
	自由鏡	1910.1.26	上海		三十六開。輿論時事報圖畫之一。每期前部刊繪畫，後部載蔣景緘著章回小說《自由鏡》
	上海雜誌	1910.12	上海		上海集成圖書公司編印。內容「敘述上海時事，以圖畫為主，文字為輔」。
1911	《震旦日報》（畫刊）	1911.2	廣東廣州	日刊	石印圖畫。發起人有康仲犖、梁慎餘、陳援庵。
	北洋旬日畫報	1911.3	天津	旬刊	浙江白話新報社寄售
	近事畫報	1911.10.15	上海		尚見 1911 年 10 月 11 日原件。
	滬報新聞畫	1911	上海	刊期不詳	晚清新聞畫刊，刊載書評和諷刺清政府官吏寓言與畫作。
	民辛畫報	1911.4		日刊	當年閏六月尚在出版。
	珠江畫報	1911		週刊	
	圖畫報	1911.6			上海圖書報館編，經摺裝，為一長條。內容有中外風光畫，舊小說故事畫，新劇畫，故事畫，新聞畫，言情小說畫。

圖畫災民錄	1911.8	上海	·	上海華洋義賑會編，《戲劇報》館印行，編輯江澤犀，著述王蘊登，圖畫陸鼎炬。
新報畫報		爪哇巴達維亞	週刊	巴達維亞新報編印。1937 年已出至 1018 期。

二、民國創建初年的新聞畫報業（1912.1～1916.6）

民國創建初年是指從 1912 年元旦孫中山在南京領導創建中華民國臨時政府，到南京參議院選舉的第二任臨時大總統袁世凱 1916 年 6 月 6 日去世爲止。因民國南京臨時政府實際運行不足四個月，一些在南京臨時政府時期籌辦的新聞畫報到創刊時已在北京臨時政府時期。所以此處統以「民國創建初年」稱之。這一階段主要的新聞性畫報有：

（一）《大革命寫真畫》

上海商務印書館編，民國元年出版，略小於 16 開，橫本，銅版道林紙印，已知出 1 至 15 集，每集照片 40 張左右，用中、英文說明。刊武昌起義、各地革命軍戰鬥、清軍投降、清吏逃亡以及孫中山的革命活動等，共約 600 張照片，是極爲珍貴的歷史資料，至今仍爲報刊、展覽會複製使用。

（二）《民權畫報》

《民權畫報》，爲上海《民權報》之附送品。戴天仇（季陶）、何海鳴主編，周浩發行。12 開，日出 6 張 12 面，每面有畫一至四幅。畫報分新聞、滑稽、戲評、小說四個欄目。明顯特點是積極反對袁世凱。山光水色、奇花異草，古典美人也是常用題材。畫報宣稱「自延大畫家錢病鶴，汪綺雲任畫事。」鉅章、寄萍、署超等也常向該報投寄畫稿。新聞欄的時事畫和滑稽欄的時事諷刺畫多爲抨擊袁世凱的反動醜惡言行。5 月 17 日刊新聞畫《共和國中一怪物》指的就是袁世凱。同日又刊滑稽畫三幅：一爲《魑魅魍魎》四個虛筆字，在四個虛筆字空道填上「今日北京」四個黑字，意即北京已成魔鬼世界；二爲《民國流血眞相》，畫一人頭有「袁記」二字，意即民國人頭落地都是袁世凱製造的；三爲《吾不欲觀之矣》，畫一人頭上有「參政」二字，意即袁式參政不值一顧。同日第二面刊《圓木折摧》圖一幅，畫一枯木夭折，旁寫「嗚呼，袁、段『不祥之肇也』」幾字。意即袁世凱與段祺瑞勾結一起。5 月 30 日刊《五畜共和》畫猿、熊、麋、兔、狐五隻動物。猿爲袁世凱、熊指熊希齡、麋指章宗祥等賣國賊。

袁世凱竊奪民國大權以後，搜括民脂民膏。5 月 31 日刊《中流砥柱》一畫諷刺國民捐越來越高，5 月 28 日刊《青樓愛國》畫南京四妓女也捐淚錢三十元等。戲評欄常刊鄭正秋的戲評文章。小說欄登載徐枕亞記事小說《三雲碑》、韓嘯虎記事小說《羅娘小史》及李定夷義烈小說《鵑娘血》等。

（三）《天鐸附送畫報》

《天鐸報》雖由立憲派人士湯壽潛 1910 年 3 月 11 日創刊。但因編輯部人員（先後的總編輯陳訓正、李懷霜及主筆戴季陶、陳布雷等）大多是同盟會員或同情革命的知識分子，所以報紙言論反清革命色彩愈來愈濃，尤其是戴季陶以「天仇」筆名撰寫的抨擊清廷腐敗、鼓動革命的社論和辛亥首義後陳布雷《談鄂》十篇，在當時產生了巨大社會影響，使《天鐸報》成為當時上海地區最受歡迎的報紙之一。[1]該報除日報外兼出畫刊，隨報附送。

《天鐸附送畫報》之一。《天鐸報》之附送品。1912 年出版，八開，石印。1912 年 5 月始出日刊，每日四面，每面一畫至三四畫，附短文。揭露袁世凱搞共和的繪畫有六月二十四日刊《一手共和》，畫各色人物都在一人手掌之中；七月二十八日載畫三幅：一為袁記共和已被內訌、外交、暴動所困；二為袁記《中華民國》已成任人宰割的砧上肉；三為參議院之茶話會，圖中一群黑鼠在一大貓俯視之下聚會；六月十八日刊《民國現狀》，民國孤立在一片大水之中。揭露袁記政權哄騙窮苦老百姓上國民捐。六月二十日刊《和尚赤心救國》畫和尚受騙變賣珠寶上捐；六月二十二日刊《青樓愛國》畫妓女也上國民捐；六月二十四日刊《傭婦羞為亡國奴》畫一老傭婦被騙將血汗錢送上去國民捐。六月十七日刊《因饑斃命》，描繪蘇州米價每擔十一元，一婦斷炊三日，先毒殺十餘歲幼女而後懸樑自盡。六月二十六日刊《千金難買護花鈴》，畫河南司令袁克成派兵保護妓院等。

《天鐸附送畫報》之二。天鐸報館編印，霜痕、滌煩、一塵等作畫，10 開，石印，每期 4 頁 4 畫。1911 年（宣統三年）創刊，8 月 7 日已刊行至 85 期。1912 年 6 月 15 日第 32 期第一幅為《滿眼哀鴻》畫的是饑民在溪畔麥田割麥，稱「近來米價騰貴，幾至斗米千錢，以致強乞劫食時有所聞。賞祊村有小麥數畝，現屆成熟，昨日突來饑民荷鋤負袋，盡行刈割，迨至佃戶張念一聞信趕到，則已割去四畝，念一見其人眾，亦無可如何……」。第 35 期載

---

1 方漢奇主編：《中國新聞事業通史》（第 1 卷），中國人民大學出版社，1996 年版，第 882 頁。

《議員弔斃工人之駭聞》，40 期載《一落千丈之民黨》等。還有《徐醒主筆之
冤獄》畫徐州《徐醒報》開罪民政廳長，官廳將主筆拿去欲置之死地，驚呼
「民國言論自由前途危矣」。

（四）《大共和畫報》系列

《大共和畫報》日刊，爲《大共和日報》附贈畫報。1914 年創刊。一面
爲畫，一面爲文。常刊新劇畫、小說畫、雜記畫、名人字畫和傳記材料等。《大
共和日報》是章炳麟（太炎）等人的中華民國聯合會機關報，1912 年 1 月 4
日在上海創刊。由章太炎創辦並自任社長兼總編輯，經常發表反對孫中山、
黃興和南京臨時政府的言論。畫報政治傾向和正報相近。

《大共和星期畫報》。16 開，經摺裝。1912 年 11 月創刊，同年 12 月已
出至第六期。後出《大共和畫報》，1914 年創刊，1915 年冬仍在刊行。炯炯
編輯，12 開，大共和日報社出版。日報 1915 年停刊後，畫報多出了幾個月。

（五）《真相畫報》（旬刊）

《眞相畫報》，1912 年 6 月創刊，在上海出版，高奇峰主編。至 1913 年
2 月 21 日出第 16 期，3 月出第 17 期即終刊。16 開本。多刊革命黨人的英勇
事蹟、時事新聞照片等。辛亥革命前，高奇峰曾同潘達微編過民主革命的繪
畫畫報。民元以後，鑒於舊勢力仍然頑固強大，又編《眞相畫報》，繼續鼓吹
革命。「內有民族歷史意義之照相甚多，繪畫亦多可稱之作。」

（六）《平民畫報》

《平民畫報》，1912 年創刊於廣州。據 1912 年《時事畫報》所登《廣州
平民日報添拓股份告白》云：「本報創刊於庚戌九月，爲內地第一革命機關日
報，以提倡大舉暗殺爲目的，發揮人道大同爲宗旨，閱者僅百，風行內外，
識者稱爲五嶺以南思想界之一開新紀元。辛亥春間，因事停版，由潘達微、
鄧慕韓等接續辦理，無何而有三月二十九之影響，滿賊張鳴歧、王秉恩捕黨
人嚴密，益以本報社員有殯葬七十二烈士於黃花崗之舉，又適值盧叔風案發
生，遂勒令本社不許再行出版。然本報一面與之抗爭，一面另刊畫報（即《平
民畫報》），以傳播吾人所持之主義，其後八月一日，日報改名《齊民》（至光
復後改回『平民』），重張旗鼓，時值川路風潮激烈，武漢舉義，本報鼓吹益
力，滿賊張鳴歧嫉甚，曾將本報記者深夜下之獄。九月十九日粵省見復，兵
不刃血，本報同人奔走其間，有勞瘁焉。孫中山先生任總統，本報宣揚大義，

不遺餘力，給以優等旌義狀，同人竊深自愧，益用加勉，勵乃精神，擴充報務，期造幸福於人類，煽美德爲世風，爰己其實，以造宏達。」

（七）其他圖像新聞和畫報

除了上述重點介紹的一些新聞畫報外，民國創建初年還有一些以社會和政治新聞爲內容主題的新聞畫報創刊出版，他們也是當時中國圖像及畫報業不可缺少的組成部分。限於各種原因難以詳細介紹。現簡單列表介紹如下。

1912～1916 年出版的新聞性畫報一覽表

出版年	畫報名稱	創刊時間	創刊地點	出版週期	其他信息
1912	民強畫報	1912.5. 28		日刊	每日二頁，16 開，上文下圖，主要刊奇聞異事和諷刺畫，也刊小說。
	時報館附送畫報	1912	上海		12 開，石印。多繪中外社會奇聞，也刊諷刺時弊的漫畫。
	經緯畫報	1912？			經緯畫報館編。1912 年已出至第 15 冊。
	民國新聞			半月刊	1912 年 3 月出第 21、24 期。
1913	人鏡畫報	1913.4.15	廣州，	旬刊	王筱彭編，吳撫躬發行。繪畫石印。
1914	民呼畫報	1914？	廣州		繪畫爲石印。
	中華兒童畫報	1914	上海		中華書局編印。
	福幼報	1914	上海	月刊	廣學會出版。
	湘漢新聞	1914	湖南長沙		長沙《天聲報》隨報發行的新聞性畫報。主編先後爲久海安和徐君禪。
	兵士雜誌	1914.4			浙江都督朱瑞爲培育部下軍事知識出版該刊。每期附有世界名人、風景、戰地寫眞及我國在法軍人肖像。

	寅報畫報	1914.5	浙江杭州		杭州寅報社編印。
	京師教育畫報	1914.8	北京		北京勸學總處編印。1916年出至第191期。
1915	無記載				
1916	小說畫報	1916	上海	半月刊	文明書局出版，包天笑編。有光紙石印線裝。述畫古今中外名人豔事。
備　注	由於史料堙沒，有些畫報只聞其名不見其面。諸如《中國畫報》、《滬報新聞畫刊》、《小說新報畫刊》、《正風畫報》、《小說圖畫報》、《白話圖畫日報》、《書畫公會報》、《新世界日日報》、《圖畫旬報》、《星期畫報》和《森益畫報》等				

三、民國創建前後的新聞照片

　　圖像新聞業第二個構成部分是新聞人為增加新聞內容直觀性和現場感而使用新聞照片。中國新聞媒介使用新聞照片傳播或評論新聞則從民國前就開始了。

（一）民國創建前的新聞照片

　　光緒二年（1876）年春季創刊的《格致彙編》是最早採用銅版鏤刻照片做插圖的一個季刊。該刊先後刊出李鴻章、徐壽、傅蘭雅等人相片及各國格致新器械、新工藝圖片[1]。1901年8月《萬國公報》刊登的新聞照片《醇親王奉使過上海圖》，記載了醇親王載灃奉命赴德國「道歉」從天津乘船南下，7月16日在上海登岸，途徑上海大馬路時當地官紳列隊迎接的隆重場面。是目前所知在中國出版的報刊上最早出現的一幅時事新聞照片。[2]1904年商務印書館印行的《日俄戰紀》是國人所辦報刊中最早使用新聞新照片的刊物。《日俄戰紀》為半月刊，專門報導日本和俄國在中國東北地區交戰的新聞，除文字性新聞外大量刊載了諸如日本魚雷艇攻擊旅順、日本炮兵激戰鴨綠江、俄國戰艦被日軍魚雷擊中沉沒等戰地攝影作品。只是《日俄戰紀》所刊照片主要由日本人所攝，所以一些照片明顯偏袒日本。

　　新聞照片在中外關係交涉中最早產生重大效應在1906年3月。時年2月江西南昌民眾將殺害該縣知縣江召棠的元兇、法國傳教士王安之等6人處死。法國為欺騙輿論並幫傳教士開脫罪責散佈「江令係屬自刎」謠言。北京《京

1　吳群：《中國攝影發展歷程》，新華出版社，1986年版，第49頁。
2　方漢奇主編：《中國新聞事業通史》（第1卷），中國人民大學出版社，1996年版，第1001頁。

話日報》3月29日在報紙顯著地位刊出《南昌縣江公召棠被刺的照相》的新聞照片並加按語說，「江西南昌縣知縣江大令召棠被天主教請酒謀殺，兇手便是勸人爲善的教士。教士既下毒手，又肆毒口，捏造情形，說是自刎。今特把江大令受傷的照相做成銅板，印入報內，請大眾看看，有這樣的自刎沒有？」用不容質疑的事實揭穿了法國方面的謊言。

到辛亥年爆發反清革命「辛亥首義」前，無論是維新（保皇）派創辦的《新民叢報》，還是革命派創辦的《民報》及中國留日學生創辦的報刊和其他新聞報刊，都開始大量使用新聞照片，報紙編輯通過對新聞照片的選擇和文字說明，利用單張或多張新聞照片較完整地再現新聞事件，構成獨立的新聞信息單元，一方面活躍了報紙版面，吸引讀者購閱，另一方面發揮新聞照片的眞實感優勢，通過讀者的「眼見爲實」感覺擴大新聞社會影響力。

（二）辛亥首義後及民國初年的新聞照片

1911年10月10日，湖北武昌爆發反清武裝起義。由於民眾渴望瞭解辛亥首義起因和經過以及民軍與清軍作戰最新動態進展，報刊上時事新聞照片迅速增加。上海《申報》儘管早在1907年7月20日爲配合報導刺殺清廷皖撫恩銘的徐錫麟英勇就義事件，就刊載過徐錫麟就義照片、響應徐錫麟起義的馬宗漢志士被捕時的照片及響應徐錫麟起義在軍械所與清軍作戰時犧牲的陳自平烈士等三張照片[1]。但首次刊載的軍事新聞照片則是1911年10月19日所載的武昌蛇山炮臺照片。自10月22日至11月19日《申報》共刊載有關起義的新聞照片31幅，平均每天1幅，創《申報》刊用新聞照片的歷史記錄。[2]尤其是《申報》在10月26日刊載的題爲《革軍臨時出發圖》照片。[3]照片上是一隊步兵攜帶槍炮，雄赳赳氣昂昂地行進，表現出革命軍士兵沉著勇敢必勝的精神狀態。上海當時還在清廷統治下尚未光復，《申報》刊載的這幅新聞照片對於上海民眾正面瞭解革命軍起了很好的作用。柳亞子、朱少屏、胡寄塵和金慰農等同盟會員1911年10月19日創辦《警報》，專門設有「新聞照片」一欄大量刊載新聞照片。如在刊載人物介紹《革命軍都督黃興小史》時登載《革命軍都督黃興》的人物照片；在報導革命軍起義戰鬥的新聞時配合刊載

1　徐載平、徐瑞芳：《清末四十年申報史料》，新華出版社，1988年版，第367頁。

2　方漢奇主編：《中國新聞事業通史》（第1卷），中國人民大學出版社，1996年版，第1006頁。

3　徐載平、徐瑞芳：《清末四十年申報史料》，新華出版社，1988年版，第210頁。

《革命軍佔領蛇山轟擊衙署時之寫真》照片，還有如《北軍出發之圖》、《瑞督逃匿之兵艦》和《國民軍都督籌劃出軍之圖》等，直觀地向民眾報導革命軍和清軍作戰情況，很受讀者歡迎。

民國成立後，新聞照片的價值和效果被更多人認識，凡是有條件的新聞報紙都競相刊用，以充實版面和吸引讀者。有些報紙甚至刊登廣告「募集寫真」或以「每日有照片」招徠讀者[1]。這一階段的新聞照片有兩個重要的發展：首先是出現了專門的官方攝影機關，即高劍父創建的「中華寫真隊」。該隊是「民國成立後，孫中山派（高）劍父[2]組織的」專業攝影報導隊伍。設事務所在廣州長堤二馬路，派員隨孫中山先生活動，隨時拍攝孫中山和南京臨時政府重大活動予以報導。因常深入軍隊拍攝戰爭進展情況故又稱「中華戰地寫真隊」。高劍父與在上海創辦《真相畫報》的高奇峰係同胞兄弟，「中華寫真隊」所攝照片主要供《真相畫報》刊載，形同畫報採訪部。該隊先後拍攝並發表《孫總統解任出府之景況》、《南京陸軍野外演習》、《南京戰後之街市》、《南京臨時政府人物之一斑》等新聞照片。後來「袁世凱竊據政權，寫真隊亦因之流產。」其次是出版專門的攝影作品彙集。辛亥首義後，商務印書館率先彙集有關新聞照片發行了《革命紀念明信片》以擴大革命影響，1912 年4 月已出版 300 餘號。商務印書館在此基礎上又編印了《大革命寫真畫》14集，每集收入新聞照片四五十幅，保存了大量珍貴歷史畫面。由上海歐洲戰紀社編輯、中華書局，1914 年精裝出版的《歐洲戰影》（收集戰事照片 400 幅）及江都張英編輯、商務印書館，1915 年 12 月出版的《歐戰寫真畫》（第 1 集，刊載攝影照片 123 幅）等，對中國讀者瞭解外部世界和世界大戰也發揮了積極作用。

四、民國創建前後的新聞電影業

作為圖像新聞業重要組成部分的新聞電影誕生於 19 世紀末 1895 年 12 月28 日。[3]相隔僅 7 個多月，上海「徐園」的「又一春」茶樓就放映了「西洋影

1　方漢奇主編：《中國新聞事業通史》（第 1 卷），中國人民大學出版社，1996 年版，第 1083 頁。

2　高劍父（1879～1951），名崙，號劍父，廣東番禺人。

3　1895 年 12 月 28 日，法國盧米埃爾兄弟在巴黎卡普辛大街 14 號「大咖啡館」地下室放映《盧米埃爾工廠的大門》、《水澆園丁》和《牆》等影片成為世界公認電影誕生的日子。高維進著《中國新聞紀錄電影史》，世界圖書出版公司，2013 年版，第 1 頁。

戲」《馬房失火》等十四部紀錄性短片[1]，這是文獻記載的中國第一次公開放映電影。

（一）民國創建前的中國新聞電影

中國的新聞電影是「舶來品」。上海徐園放映「西洋影戲」的 1896 年 8 月 11 日距巴黎公開放映電影僅 7 個多月。上海徐園「又一春」茶樓放映的電影如《馬房失火》、《足踏行車》、《倒行斛斗》、《酒家沽飲》、《廣道馳車》、《瞻禮教堂》、《執棍騰空》[2]等「西洋影戲」，從電影片名看似乎更近於現代「新聞紀錄電影」性質。以攝影機械設備和攝影技術為支撐、記錄社會或政治新聞為主要功能的新聞電影自此開始了它的「中國之行」。

1、民國創建前的新聞電影活動

上海「徐園」的「又一春」茶社成功放映《馬房失火》等 14 部「西洋影戲」後，其他外國商人也紛紛到中國放映電影。1897 年 7 月起美國人雍松先後在上海天華茶園、奇園茶園、同慶茶園等處放映電影，影片有《俄國皇帝遊歷法京巴黎府》（俄國皇帝遊覽法國首都巴黎）等；1899 年西班牙人加侖·白克等在上海虹口和福州路放映電影；美國人邁頓同年在香港中環近海邊空地上放露天電影，既是香港第一次放電影，也是中國第一次露天放電影。

1900 年 6 月 14 日，任職日本法國自動幻畫協會的松浦章三應日本商人大島豬市邀請，和大島豬市從日本神戶乘船抵達臺灣，6 月 16 日在臺北淡水館 9 號房間放映了《火車進站》、《海水浴》等十幾部影片，由松浦章三在放映現場「隨聲講解」，受到大部分觀眾喝彩。[3]1901 年 1 月 16 日，香港第一家電影院（高升戲院）正式開業，既是香港也是中國最早的電影院。1902 年 1 月，一位美國小電影商人攜帶影片、放映機及發電機在北京前門打磨廠租借福壽堂放映電影《美人旋轉微笑》、《黑人吃西瓜》、《腳踏賽跑車》等電影。1903年，中國留德學生林祝三在北京打磨廠借「天樂茶園」作營業性放映，開始了中國人參與在中國放映電影的歷史，打破了由外國人一統天下的中國電影

---

1 見《申報》副張廣告。1896 年 8 月 10 日及 14 日。轉引自方方著《中國紀錄片發展史》，中國戲劇出版社，2003 年版，第 2 頁。

2 《徐園記遊敍》，載上海《趣報》，1895 年 5 月 2 日。轉引自方方著《中國紀錄片發展史》，第 3 頁。

3 《臺灣日日新報》，1900 年 6 月 19 日。轉引自方方著《中國紀錄片發展史》，第 4 頁。

放映業局面。[1]

　　1906 年，上海「徐園」及北京前門大柵欄「大觀樓影戲園」等處電影放映活動日益活躍並趨經常化。隨著中國放映市場拓展和觀眾人數增多，放電影成為可以獲利的文化行業。在法國、美國人之後，英國、西班牙、意大利人等也競相來中國放電影。自 1910 年起，中國的電影放映開始由街頭、集市、茶館、跑馬場、溜冰場等轉入專門電影院，標誌著包括新聞電影在內的現代電影在中國開始生根。

2、民國創建前外國人在華的新聞電影活動

　　中國新聞電影攝製活動也是外國人先開始。上海徐園「又一春」茶社放映《馬房失火》等影片的 1896 年，美國繆托斯科甫公司拍攝了第一部以中國人為攝影對象的電影《李鴻章在紐約》。1897 年，美國愛迪生公司派了一名攝影師到上海，拍攝當時中國社會狀況和生活情境，後由愛迪生公司編輯成《上海警察》、《上海街景》等 6 部短片，1898 年上映[2]，這是外國人在中國攝製電影的最早記載。義和團運動期間，外國電影機構和宣傳機構紛紛派攝影師來華攝製新聞影片。如英國攝影師米歇爾和湛永攝製的《襲擊教會》；詹姆斯.威廉遜創作的《中國教會被襲記》；日本澤吉澤商店攝影師柴田昌吉和深谷駒吉 1900 年 7 月在北京拍攝了 16 本素材，後編成影片《庚子事變》在日本公映。1902 年美國繆托斯科甫—比沃格拉夫公司攝影師來到北京和天津等地拍攝，後編成《中國北京南城門的戰鬥》及《北京前門》、《天津街景》等短片，在中國和世界各國放映。

　　1907 年，日本電影放映商高松風次郎受日本臺灣總督府委託，在日本召集一批技術人員並攜帶兩萬尺底片來臺灣，為在東京舉辦的博覽會攝製臺灣新聞紀錄電影。2 月 17 日開始在臺灣各地拍攝官府民間實況，4 月初拍攝完畢後編成《臺灣實況介紹》。同年 5 月 8 日在臺北「朝日座」試映後送日本東京，並在日本全國巡迴放映。1908 年，意大利僑民勞羅在上海攝製《上海第一輛電車行駛》後，又在北京攝製了《西太后光緒帝大出喪》等影片。1909 年，法國百代公司攝影師在北京攝製風景片的同時，在北京廣德樓戲園拍攝了著名京劇武生楊小樓表演的《金錢豹》和何佩亭演出的《火判官》等劇片段。1909 年，原為猶太裔俄國人後成為美國公民的布拉斯基，在上海創辦了

1　方方：《中國紀錄片發展史》，中國戲劇出版社，2003 年版，第 4 頁。
2　方方：《中國紀錄片發展史》，中國戲劇出版社，2003 年版，第 30 頁。

中國境內最早的專業電影攝製和製片公司亞細亞影戲公司。除放映從美國帶來的電影外，他還去北京拍攝過一部紀錄片《中國》，記錄他在北平所見所聞，片中有紫禁城畫面和頤和園風景，還有袁世凱府邸和軍校檢閱等場面，是第一個也是唯一的一個允許拍攝紫禁城的白人，據說他還拍攝過一部名爲《西太后》的電影[1]。據統計，自外國人到中國拍攝電影至辛亥革命時，外國人在中國拍攝的新聞電影，不超過 50 個題目。[2]

3、民國創建前國人的新聞電影活動

1905 年 4 月 9 日[3]，中國第一部電影在北京琉璃廠土地祠的豐泰照相館開拍。豐泰照相館由瀋陽人任慶泰（字景豐）開辦。連續拍攝三天，拍下了京劇《定軍山》中的「請纓」、「舞刀」和「交鋒」三個片段，編輯成三部影片。這三部短片都是對譚鑫培京劇表演實景實人的原始記錄，屬於藝術表演紀錄片。後來豐泰照相館又在原地先後拍攝了譚鑫培的京劇《長阪坡》、俞菊笙和朱文英合演的京劇《青石山》中「對刀」一場、俞菊笙的《豔陽樓》片段、許德義的《收關勝》片段、俞振庭的《白水灘》《金錢豹》片段及小麻姑的《殺子報》《紡棉花》等京劇片段等，是中國人攝製的第一批藝術紀錄電影。

（二）民國創建前後的新聞電影業

1911 年 10 月 10 日爆發的湖北武昌反清起義並成立「中華民國鄂軍政府」，標誌中國歷史將進入嶄新的歷史時期，中國新聞電影也將隨之步入「民國時期」。

1、辛亥首義後攝製的新聞電影

1911 年 10 月 10 日，湖北武昌爆發「辛亥首義」時，曾遍歷歐美各國的中國著名雜技魔術表演家朱連奎正在武漢演出。[4]他找洋行美利公司「籌集鉅資，聘請攝影名家，分赴戰地，逐日攝取兩軍眞相」[5]，先後拍攝了 10 月 12 日武昌起義新軍佔領漢口、攻打漢陽的戰鬥；10 月 27 日起義軍與清軍在漢口大智門車站進行的爭奪戰；11 月 16 日起義軍自漢陽反攻、再次收復漢口的戰

1　方方：《中國紀錄片發展史》，中國戲劇出版社，2003 年版，第 10 頁。
2　高維進：《中國新聞紀錄電影史》，世界圖書出版公司，2013 年版，第 7 頁。
3　方方：《中國紀錄片發展史》第 7 頁載「1905 年農曆 3 月初五……中國第一部電影就此開拍」。據查核，1905 年（蛇年，乙巳年）農曆「三月初五」爲公曆 4 月 9 日。
4　高維進：《中國新聞紀錄電影史》，世界圖書出版公司，2013 年版，第 8 頁。
5　《武漢戰爭》上映廣告。載上海《民立報》1911 年 11 月 30 日。

鬥實況，迅速編成新聞電影《武漢戰爭》於 1911 年 12 月 1 日在上海謀得利戲院公映。儘管朱連奎攝製《武漢戰爭》是爲了吸引觀眾去觀看其雜技魔術表演（與雜技魔術表演同場放映），但《武漢戰爭》的公開放映直接宣傳了革命黨人爲推翻清王朝的「勇猛」和「善戰」，眞實記錄了中國人民爲推翻最後一個封建王朝而英勇戰鬥的歷史畫面，爲後人提供了極其珍貴的研究資料。[1]

辛亥武昌起義爆發後，一度以浪人面貌參加中國民主革命的孫中山日本友人梅屋莊吉，派遣攝影師荻原賢選來到中國拍攝的反映辛亥革命的影片《辛亥鱗爪錄》，爲辛亥革命推翻清王朝、結束中國兩千多年的封建君主專制制度，創建民國，留下了珍貴的記錄。[2]

2、民國成立後的新聞電影業

武昌起義勝利後不到兩個月，內地 18 行省中有 14 個省宣布獨立光復[3]。中華民國臨時政府 1912 年元旦在南京成立並由孫中山宣誓就任第一任臨時大總統。根據漢口「各省都督府代表聯合會」關於「如袁世凱反正，當公舉爲臨時大總統」[4]決議，南京參議院 1912 年 2 月 15 日選舉袁世凱爲第二任「臨時大總統」。3 月 10 日袁世凱在北京舉行大總統就職典禮。4 月 1 日南京參議院舉行孫總統「解職儀式」。北遷後的參議院 4 月 29 日在北京舉行開會儀式，中華民國「統一政府」正式組成。[5]根據《臨時約法》「限十個月內由臨時大總統召集國會」[6]規定，1912 年 12 月開始進行第一屆國會選舉。國民黨在眾參兩院 862 議席中奪得 392 席，獲得以國民黨代理理事長宋教仁爲總理組織責任內閣的資格。1913 年 3 月 20 日宋教仁在上海車站遇刺並很快身亡。袁世凱在國民黨內部「武力解決」呼聲高漲情況下先下殺手，6 月 9 日免去李烈鈞江西都督，6 月 14 日免去胡漢民廣東都督，6 月 30 日免去柏文蔚安徽都督，[7]國

1　方方：《中國紀錄片發展史》，中國戲劇出版社，2003 年版，第 9 頁。
2　高維進：《中國新聞紀錄電影史》，世界圖書出版公司，2013 年版，第 7 頁。
3　張憲文等：《中華民國史》（第 1 卷），南京大學出版社，2005 年版，第 86 頁。
4　朱漢國、楊群主編：《中華民國史》（第一冊·論），四川人民出版社，2006 年版，第 25 頁。
5　邱遠猷、張希坡：《中華民國開國法制史》，首都師範大學出版社，1997 年版，第 666 頁。
6　《中華民國臨時約法》，南京參議院 1912 年 3 月 10 日通過，臨時大總統孫中山 3 月 11 日公布。轉引自《中華民國史檔案資料彙編》（第二輯），江蘇：鳳凰出版社，1991 年版，第 110 頁。
7　張憲文等：《中華民國史》（第 1 卷），南京大學出版社，2005 年版，第 140～141 頁。

民黨人被迫倉促應戰。7 月 12 日李烈鈞在江西湖口宣布獨立並發布《討袁檄文》，「二次革命」在江西正式爆發。安徽、上海、廣東、福建、湖南、重慶等省區相繼宣布獨立並加入討袁行列。[1]

上海光復後出任滬軍都督的同盟會成員陳其美雖被「南北統一政府」任命為工商部部長，但一直未去就任滯留上海。「二次革命」爆發後，陳其美出任上海討袁軍總司令，[2]指揮革命黨人軍隊與親袁軍隊作戰。「二次革命」時期，在上海的中國藝術工作者借助外資亞細亞電影公司的資金和設備拍攝成新聞電影《上海戰爭》，記錄了上海革命軍 1913 年 7 月攻打上海南市高昌廟製造局和吳淞炮臺戰鬥的真實過程。在「二次革命」爆發時，準備參加連臺文明戲《黑籍冤魂》電影攝製的上海新舞臺劇場藝員夏月珊、潘月樵、洪警鈴等演員都參加了革命軍攻打製造局的戰鬥。據洪警鈴回憶「他首當其衝參加了上海商團的組織，跟著搖旗吶喊，並參加了進攻製造局的戰役」，「那天夜裏，愛國藝人京劇演員潘月樵最勇敢，他第一個衝了進去，於是十八角旗幟掛了起來，上海起義成功了」[3]。參加戰鬥的中國演員用亞細亞電影公司的電影攝影機拍下了珍貴的歷史鏡頭。影片攝製完成後，1913 年 9 月 29 日起在上海新新舞臺（影戲園）和張石川等攝製的中國第一部故事片《難夫難妻》同時上映，連映三天，反響熱烈。[4]

中國電影業在民國成立後有了迅速發展。除記錄社會重大新聞的電影產品不斷出現外，更出現了專門的電影攝製公司和放映機構——無論是在所攝製還是放映的電影中，很大比例屬於藝術表演或新聞紀錄電影。

1912 年，猶太裔俄國人（後成為美國公民）的布拉斯基把 1909 年創辦的亞細亞影戲公司轉讓給上海南洋人壽保險公司經理美國人依什爾。依什爾與他的美國朋友薩佛一起成立了亞細亞電影公司。1913 年該公司聘請上海美化洋行廣告部的買辦張石川為顧問，主持公司拍片業務[5]。張石川在應聘亞細亞影戲公司顧問並負責該公司拍片事務的同時，又與鄭正秋、杜俊初等人組織

1　朱漢國、楊群主編：《中華民國史》（第一冊·論），四川人民出版社，2006 年版，第 45 頁。

2　徐友春主編：《民國人物大辭典》，河北人民出版社，1991 年版，第 1029 頁。

3　洪警鈴：《影壇生涯》，載《中國電影》，1957 年 6 月號。轉引自方方：《中國紀錄片發展史》，第 11 頁。

4　方方：《中國紀錄片發展史》，中國戲劇出版社，2003 年版，第 11 頁。

5　郭衛東主編：《近代外國在華文化機構綜錄》，上海人民出版社，1993 年版，第 181 頁。

了新民電影公司，承包亞細亞影戲公司的全部攝製影片工作，攝製了《難夫難妻》的等中國最早的故事片。1914 年第一次世界大戰爆發，亞細亞影戲公司因所依賴的德國膠片來源斷絕而停辦。

這一時期的上海出現了專門的電影院。1913 年 12 月，由英國商人林發在原上海海寧路與北江西路口的鳴盛梨園基礎上改建的「愛倫活動影戲院」（英文名稱爲「Helen」）完工投入使用。該影戲園除放映電影外，還兼營專門出租影片的英商林發影戲公司。[1]1914 年，由西班牙商人雷瑪斯在上海靜安路建立的「上海奧令配克電影院」建成投入使用，其英文名稱爲「Formely Olympic Embassy」[2]。1915 年，由西班牙商人古藤倍在上海南市方濱橋建立的上海共和影戲院建成投入使用，放映的全是外國影片。其中以法國百代公司和高蒙公司的影片居多，後來則以美國好萊塢的影片爲主。[3]

新聞記錄電影自 19 世紀末年（確切地說爲 1895 年）傳入中國後，經過了外國人壟斷、中國人參與放映及中國人獨立攝製影片的發展過程，到民國袁世凱時期結束前，基本上已經出現了一個「新聞電影業」的輪廓，包括新聞電影攝製活動、專門的新聞電影攝製機構及專門的電影放映場所等因素，由此我們認爲，中國的新聞紀錄電影業已初步成形了。

---

1 郭衛東主編：《近代外國在華文化機構綜錄》，上海人民出版社，1993 年版，第 33 頁

2 郭衛東主編：《近代外國在華文化機構綜錄》，上海人民出版社，1993 年版，第 32 頁。

3 郭衛東主編：《近代外國在華文化機構綜錄》，上海人民出版社，1993 年版，第 28 頁。

第六章　民國創建前後的少數民族新聞業、軍隊新聞業和外國在華新聞業

　　本章敘述的是民國創建前後的少數民族新聞業、軍隊新聞業和外國在華新聞業，意在從新聞業創辦主體的角度，再現民國時期新聞業體系中這幾個頗有特色側面的基本情況。

第一節　民國創建前後的少數民族新聞業

　　中國少數民族新聞業是特指由中國少數民族新聞人從事新聞活動產生新聞活動成果（新聞媒體及新聞內容）形成的社會生活存在，是中國新聞事業不可缺少的組成部分之一。自 1873 年 8 月 8 日「國人自辦的第一家近代報紙」[1]《昭文新報》在漢口創刊後，我國的漢語新聞報刊就開始了它已近 150 年的發展歷程。和漢語新聞報刊相比較，我國少數民族文字報刊出現的時間要遲一些，少數民族新聞業的形成也就相對遲一些。由少數民族報人創辦的漢語新聞報刊和漢族新聞人創辦的少數民族語言新聞報刊則幾乎是在同一時期出現，它們也應屬於廣義上的「少數民族新聞業」範疇。但在我國第一種少數民族文字（蒙古文）報刊《嬰報》在 1905 年冬天正式創辦前，我國少數民族的報業活動和外國人創辦的中國少數民族文字報刊就出現了。

1　吳廷俊：《中國新聞史新修》，復旦大學出版社，2008 年版，第 59 頁。

一、民國創建前的少數民族新聞業概況

在我國少數民族新聞活動發展歷程中，滿族報人英斂之（1867～1926）於 1902 年（清光緒二十八年）6 月 17 日在天津創辦的《大公報》開我國少數民族新聞人辦報之先河。此後回族報人丁寶臣（1876～1913）、丁子良（1872～1932）、劉孟揚（1877～1943）、張兆麟（1865～1939）和張兆齡（1869～1909）等回族報人創辦的《正宗愛國報》《竹園白話報》《民興報》《醒時報》被稱爲當時「四大回族報紙」。它們的創辦者加上《大公報》的創辦者英斂之又被稱之爲那個時代的「五大報人」。丁寶臣是我國新聞史上第一位被北洋政府殺害的具有民主主義思想的報人。受過資產階級教育的中上層知識分子滿族宗室和八旗子弟創辦的《大同報》，1907 年 6 月清光緒三十三年五月創辦於日本東京，和《中央大同新聞》，1909 年清宣統元年在北京出版，反映了一部分滿族開明人士對立憲的態度。他們認識到清政府已經到了崩潰的邊緣，督促其實行改良，建立君主立憲政體。但後者沒有前者影響大。由白族學者趙式銘任主筆的《麗江白話報》，創辦於 1907 年光緒三十三年，是雲南歷史上最早的白話報，也是雲南歷史上最早的具有近代意義的報紙。該報的辦報思想、風格及報紙內容不僅具有現實性，而且具有超前性，至今仍閃耀著現實主義的思想火花，具有一定的現實意義。

（一）民國創建前外國人創辦的少數民族報刊及報刊活動

目前所知，外國人創辦的第一種面向中國讀者的少數民族文字報刊是創刊於清光緒二十一（公元 1895 年）至二十三年（1897 年）間的《東陲生活》（又譯作《東方邊疆生活》）。該刊以蒙漢俄三種文字印刷，是由俄籍布利亞特蒙古人巴德瑪耶夫在俄羅斯赤塔市創辦。主要刊登俄羅斯帝國的法令、制度、公文及官方活動，還有國際新聞、東方見聞和各種趣聞軼事等，是由外國人創辦的最早的我國少數民族文字報刊。而清宣統元年（1909 年）5 月創刊的《蒙古新聞》，則是由蒙古國籍的海山（1857～1917）在我國黑龍江哈爾濱市創辦的，也是當今可考的第一種由外國人在中國境內創辦的蒙古文報刊。在蒙古族新聞史上，它是第一種由外國駐華記者在派駐國創辦的蒙古文新聞報刊。

據史料記載，較早關注我國新聞信息傳播的外國人是俄國的伊·羅索欣。他是俄國著名的漢學家和滿學家，1729 年（清雍正七年）作爲東正教駐北京第二屆傳教士團員來到北京。曾在清廷所辦的國子監學習滿文、漢文和蒙古

文。1741 年（清乾隆六年）回國，任沙俄科學院通譯，主要從事漢文文獻的俄文翻譯工作，其間他整理、翻譯了《京報》，以《1730 年（雍正八年）京報摘抄》印行。「摘抄」對《京報》中記載的一些重大新聞進行摘錄和翻譯。其中摘抄敘述了發生在清雍正八年（公元 1730 年）的日食、月食等天文景觀，9 月 19 日大地震以及地震中死亡約 7 萬多人，黃河泛濫等重要事件。[1]

（二）民國創建前的我國少數民族報刊概況

民國創建前，我國已有蒙古文、藏文、朝鮮文、維吾爾文、滿文計 5 種少數民族文字報刊呈現在各民族讀者面前。

1、民國創建前的蒙古文報刊

早在民國創建前，我國就已經出現第一批用蒙古族文字（或蒙古族文字和漢文兩種文字印行）出版的報刊。主要的有：

（1）《嬰報》

1905 年冬創刊於內蒙古昭烏達盟喀喇沁右旗，是我國少數民族成員創辦的第一份蒙古文報刊。該報採用蒙古文和漢文兩種文字印行（史稱「蒙漢合璧」），以「啓發民智，宣揚新政」爲宗旨，主要刊載國內外重要新聞、科學知識、內蒙古各盟政治形勢動態以及針對時局的短評等。該報創辦者內蒙古昭烏達盟喀喇親王貢桑諾爾布（字樂亭，號夔盦）清同治十年五月初九（公元 1871 年 6 月 26 日）生於內蒙古卓索圖盟喀喇沁右翼旗（今赤峰市）蒙古貴族家庭。6 歲時師從漢族丁舉人和蒙古族學者伊成賢求學，精通蒙、滿、藏、漢等多種文字，並學過日本語。進京覲見和值班當差期間結識梁啓超、吳昌碩、嚴復等人。在多次會見孫中山後信奉「三民主義」並參加中國同盟會。後曾任國民黨理事會理事。民國十九年（1930 年）病逝，時年 59 歲。由於《嬰報》是我國最早的少數民族文字新聞報刊，所以它的誕生標誌著中國少數民族新聞事業的發端。

（2）《蒙文報》

由喀喇沁親王 1907 年在北京創刊。主筆爲雍和宮喇嘛羅子珍。以「開通蒙人風氣，以期自強」爲宗旨。除在北京設有總館外，還在內外蒙古、奉天、吉林、黑龍江等地設有分館。

---

1 中國社科院文獻情報中心編：《俄蘇中國學手冊》（上冊），中國社會科學院出版社，1986 年版，第 56 頁。

（3）《蒙話報》

1908 年 4 月創刊於吉林。這是第一種由我國地方政府主辦的蒙古文報刊。主辦人爲慶山、路槐卿。清末及民國時期著名回族教育家和社會活動家、曾任《吉林白話報》主編的安銘兼任該刊漢文編輯。該刊以「開通風氣」爲宗旨，「搜集資料，參仿叢報體裁，約同局員，分類編輯。先以漢文演成白話，繼以白話譯成蒙語，以便蒙漢對照。」設有諭旨恭錄、聖諭廣訓、歷史、論叢、奏牘、時事要聞、淺近學說、吉林省城本月內銀糧市價一覽表、雜俎、附錄等欄目。[1]

2、民國創建前的藏族文字報刊

《西藏白話報》，我國最早的藏文報紙。由清廷最後一位駐藏大臣聯豫和幫辦大臣張蔭棠於清光緒三十三年（公元 1907 年）四五月間創刊於西藏拉薩。聯豫爲清內務府正白旗人，祖上爲自遼東入關的老漢姓旗人，落籍浙江杭州。原姓王，字健候。曾隨薛福成出使歐洲。光緒三十一年（公元 1905 年）任駐藏幫辦大臣，同年十月升任辦事大臣。駐藏期間多有舉辦漢文、藏文傳習所、印書局、初級小學、武備學堂、白話報館等革新之舉。[2]張蔭棠係廣東南海人。曾以員外郎身份在總理衙門管理對英外交事宜。1896 年隨伍廷芳出使歐美。1902 年隨唐紹儀赴印度參加修改西藏關係條約談判。1905 年任駐藏幫辦大臣。1907 年與聯豫共同創辦《西藏白話報》。1909 年出使美國、秘魯、墨西哥、古巴等國任駐在國大使，1911 年辭免。1935 年冬去世。《西藏白話報》以「愛國尚武，開通民智」，勸告藏人「團結自強以抵禦洋人欺侮」爲宗旨。以漢藏兩種文字印刷出版。「每十日出版一本，每月三本，每年三十本」，單面印刷，折疊裝訂，版面長 34.5cm，寬 21.5cm，每期 20 頁左右。內容主要爲清帝詔令、駐藏大臣衙門公文、各地興辦學堂的消息。現存有 1910 年 8 月印行的《西藏白話報》一冊共 7 頁，內容有西藏新聞、內地新聞、國外新聞以及科技報導等 15 篇。[3]

3、民國創建前的朝鮮族文字報刊

《大成團報》（朝鮮文）。延吉「墾民教育會」1910 年 7 月 1 日創刊。由李同春、朴昌善、朴文勇等 23 人發起並創辦，聲稱「爲華漢輿論之代表，作

1　白潤生主編：《中國少數民族新聞傳播通史》（上），中央民族大學出版社，2008 年版，第 92～95 頁。

2　吳豐培主編：《聯豫駐藏奏稿‧聯豫小傳》，西藏人民出版社，1979 年版。

3　有關宣統二年八月《西藏白話報》的情況，參見《西藏日報》，1985 年 10 月 19 日。

社會教育之源泉，爲勸善懲惡之機關，作忠言善導之神聖。爲政客之顧問，作社會之師表，爲良民之福音，潑吏之閻王。有害我同胞者以正義公道誅之斥之，有警我同胞者以暮鼓晨鐘鳴之醒之，有政治之失軌者面詰廷爭誓死不屈，有社會之腐敗者必顯諍諷遷善，乃以海外之政策隨時電聞，地方之民情無漏日載，儼然一國之干城，超然作獨步之風雷。」設有論說、小說、演說、教育擴張、產業開發、政治改善、法律公平、歷史地理、內報外報、官報雜報等欄目。同一時期創辦的朝鮮族文字報刊還有 1909 年創刊的《月報》，這是我國創辦最早朝鮮文報刊。

4、民國創建前的維吾爾族文字報刊

《伊犁白話報》（維吾爾文），清宣統二年二月十五日（公元 1910 年 3 月25 日）創刊於新疆伊犁地區惠遠城北大街。報紙主編爲馮特民[1]，主要撰稿人有馮大樹、李輔黃、郝可權、鄭方魯、張愚生等，都是在 1910 年前後隨同新軍協統楊纘緒來到新疆的湖北籍同盟會會員。馮特民畢業於湖北自強學堂，曾任《申報》訪員（記者）。1905 年與劉靜庵組織日知會任評議員。同年與張漢傑等在武漢接辦《楚報》，後因刊載張之洞與英人密訂《粵漢鐵路借款合同》及評論，不光報紙被禁，本人也被迫逃亡新疆。1908 年 7 月任楊纘緒部隊新軍混成協書記官（秘書），後加入中國同盟會。1912 年被馬騰霄刺殺於惠遠。《伊犁白話報》爲四開小報，設有摘登來函、轉載專件、演說、愛國話歷史、本省新聞、譯報、雜俎、閒評以及告白、來函照登、鳴冤等欄目。內容豐富，文字新鮮活潑，深受讀者歡迎，曾遠銷京、津、滬及漢口等地，影響之廣、印數之多，在當時少數民族文字報紙中首屈一指。1911 年 11 月被清廷駐伊犁將軍志銳以「譏彈時事，語涉誕謬」爲由勒令停刊。

報紙與報人密不可分，創辦報刊是這一階段少數民族報人最主要的也是最基本的新聞活動。報人的辦報思想、經營理念推動了少數民族報刊的興起和發展。

二、民國南京臨時政府時期的少數民族新聞業

孫中山於 1912 年元旦在南京領導創立「中華民國臨時政府」，宣告中國進入資產階級共和國的「中華民國」時期，中國少數民族新聞事業也進入了

1　馮特民（1883～1912），筆名鮮民，原名超，字惕庵，後改名一，字特民。湖北江
　　夏（今武昌）人。

一個新的發展時期。社會生活中任何事物的發展變化都必然受社會環境（政治、經濟、文化乃至教育、科技等因素）影響，民國南京臨時政府時期少數民族新聞業的發展也受諸多因素影響，其中最重要的是民國南京臨時政府的民族政策。

（一）民國南京臨時政府的「民族平等」政策

早在孫中山領導創建「中華民國臨時政府」宣告成立前，武昌起義勝利後成立的中華民國鄂軍政府就在其頒布的法令中規定：第一，宣布中國為中華民國，改政體為五族共和。第二，制定國旗為紅黃藍白黑五色旗，代表漢、滿、蒙、回、藏為一家。1912 年元旦孫中山在南京領導創建中華民國臨時政府並宣誓就任中華民國第一任臨時大總統。他踐行民族平等、人民團結的理念，在《孫總統宣言書》中向世界宣布「和漢、滿、蒙、回、藏諸地為一國，則合漢、滿、蒙、回、藏諸族為一人，是曰民族之統一」（俗稱「五族共和」）。1912 年 3 月 11 日，「臨時大總統」孫中山簽署頒行民國南京臨時參議院通過的《中華民國臨時約法》，明確規定「中華民國領土，為二十二行省，內外蒙古、西藏、青海」；「中華民國人民，一律平等，無種族、階級、宗教之區別」。「人民有言論、著作、刊行及集會、結社之自由」。民國南京臨時政府還在《南京臨時政府公報》刊登法令，宣布「禁止刑訊，禁止體罰」；「勸禁纏足」；「開放疍戶、惰民等，許其享有公權和私權」；「禁絕販賣豬仔及保護華僑」以及「不許稱老爺」等。這些維護人民民主權利的措施，為民國初年新聞事業提供法律保護，促進了新聞事業的發展與繁榮。「五族共和」的理念和政策促進了中國少數民族文字報刊的興起與發展。少數民族報刊也積極宣傳「五族共和」的民主思想。《蒙文白話報》《藏文白話報》等從封面到內容都體現了「五族共和」民主思想。

（二）民國南京臨時政府時期主要少數民族報刊

在全新社會環境下，中國少數民族報刊如雨後春筍般發展起來。除原來就創刊的少數民族報刊外，很快出現了一批新創辦的少數民族文字報刊。主要的如：

1、《新報》

《新報》，（維吾爾文，又稱《伊犁新報》，日報），1912 年 2 月 22 日創辦於新疆惠遠古城。除出維吾爾文版外，同時出版漢文版。1912 年 1 月 7 日晚

上，辛亥革命在新疆將軍府獲得勝利，8 日上午宣告中華民國軍政府新伊大都督府成立，結束了新疆地區幾千年來封建統治。《新報》作爲《伊犂白話報》的新生並以新政權機關報的面貌在惠遠古城誕生。該報宣稱以「開通民智，融化畛域。清除專制舊習，進策共和」爲 宗旨。[1]因此以很大篇幅刊登新政權的革命主張，發表國內外最新消息，鼓動社會革命輿論。聯絡上下聲氣，是群眾監督政府的工具，是時代的吶喊者，是新歷史的忠實記錄者[2]，在當時產生了很大的社會影響。該報 2 月 29 日發表的《新論語》中引述當時清廷新疆巡撫袁大化的「三畏」即「畏民軍、畏炸彈、畏報館之言」，即是該報創刊戰鬥性和巨大社會影響之典型一例。該報維吾爾文版於 1912 年 7 月暫停發行。漢文版則於 1913 年 10 月後改名爲《伊江報》繼續出版。

　　《新報》在維吾爾文報刊史著作中又被稱爲《伊犂新報》，創刊時間提前到 1912 年 2 月 8 日。這是因爲在中華民國軍政府新伊大都督府成立之日（2 月 8 日）早晨，《新報》（維吾爾文版）在惠遠城中心的鐘樓東門外南牆上貼出第一張安民告示，宣布「捐助本軍款項者賞，保護社會治安者賞，保護外國人及教堂者賞，報告政情者賞；反抗本軍者殺，私通敵人者殺，強姦婦女者殺，妄殺良民者殺，搶劫財物者殺，焚毀房屋者殺」，對安定民心起了很大作用，由此惠遠古城很快恢復社會秩序，工商界相繼開業。爲此就有人認爲這一天（2 月 8 日）報紙已經創刊了。但事實上眞正出版報紙是在 1912 年 2 月 22 日，這一天出版的該報創刊號發表社論《敬賀新報館開幕之祝詞（白話）》稱「甲、祝賀《新報》創刊，主要是祝賀該報繼承《伊犂白話報》的辦報宗旨，鼓吹地方文明，開導邊氓知識，化除種族界限。稱讚伊犂的軍隊是一支紀律嚴明，有素養的部隊，受到老百姓的愛戴。乙、詳細論述了伊犂社會各界變化：政界作風有所轉變，捐建學堂、徵收糧食漸漸公平，盤剝百姓的現象有所收斂；蒙、回、纏（維吾爾族）各界同胞踴躍捐款，助立學堂，老人們紛紛把孩子送入學堂，小孩子也願意多學新知識；商界組織商務總會，嚴禁哄抬物價，調解各種銷售矛盾，公平交易。」[3]

　　《新報》除爲新政權的政策和策略進行輿論宣傳外，還連續刊載新政權的「告示」「電文」，發表穩定民心、軍心，加強內部團結的文章。2 月 19 日

1　參見 1912 年 2 月 24 日《新報》《廣徵文言》。
2　參見 1912 年 2 月 24 日社論《說新報》。
3　《新報》（社論）：《敬賀新報館開幕之祝詞》。1912 年 2 月 22 日。

刊載的《告各軍士六言》根據伊犁多民族聚居的實際情況，提出各民族平等的主張，「保國何分種族，舉動最重文明，漢、滿、蒙、回、維、哈，均應一視同仁，平日私仇私利，此時概勿寸心，同造共和幸福，眾志可以成城，將來大局底定，大家何等光榮。」該報 2 月 29 日發表社論《敬告旗籍同胞》，規勸八旗子弟不要做游手好閒的廢物，應對國家社會作出貢獻。號召他們在新政權的社會裏，使出各自的本領，做個「神明華冑」把我們國家建成為世界強國。3 月 5 日發表社論《談建設共和應當以尚公為第一義》，聲明新政權是代表國民行使權力的，要實行民主選舉，改革舊的政治。「一切用人行政的事，都依著國民的意見」。強調政治改革「貴乎實質」上的「循名責實」，要從本身的「利己營私」改革起，才能「適於共和」，否則共和政治的前途是不可預測的。3 月 8 日，「本省要聞」欄刊出《新伊大都督府民政者告示》，嚴禁對少數民族的侮辱性稱呼，如稱伊斯蘭教為「小教」，提出「應不分畛域，一律視為齊民」，如有違者罰款一至五兩白銀，作為「改革政治，建立共和」的措施之一。6 月 26 日該報發表《去上海各報館電》，強烈反對袁世凱更改新疆行政區劃，破壞伊犁辛亥革命，擅自裁撤新伊大都督建制的反動行徑，逐條批駁袁世凱政府關於新疆問題的決定，表明新疆和全國各地革命黨的反袁鬥爭，遙相呼應。新政府外交總長連續十幾天登報徵求各族各界民眾對他本人的批評意見。參事院還制定《廣征人民請願書約章十條》，歡迎各族群眾向政府上書請願，提出批評建議。

《新報》為中華民國軍政府新伊犁大都督府的機關報，主要任務是傳達大都督府的命令，讓群眾瞭解革命形勢的發展，喚醒民眾的心靈世界，使人民接受先進的革命思想。重視報紙發行，為便於讀者閱讀報紙，在布告欄內廣為張貼。重視現場報導、短訊、社會新聞和短評等。報社有專業記者，廣泛採寫新聞價值較高的信息；觀點鮮明，熱情宣傳新政權的重要政策和施政綱領，以新時代新風氣的倡導者、維護者為己任，宣傳新時代的新風氣，深受廣大讀者歡迎。

由於孫中山領導創建的「中華民國臨時政府」實際運行時間只有 3 個月零 8 天，而報刊創辦又需經過一系列籌備過程，所以不少籌備中的少數民族報刊還沒有來得及創刊問世，民國南京臨時政府就遷到北京成為「民國北京臨時政府」了，這是造成民國南京臨時政府時期少數民族文字報刊數量不多的重要原因。

三、民國袁世凱時期的少數民族新聞業

民國袁世凱時期是一個特殊的時期：一方面是以袁世凱為首的北洋軍閥封建殘暴統治和對民主新聞業的專制摧殘，使得當時的中國新聞業包括少數民族新聞業經歷了最壞的社會環境時期，因而沒有得到充分的發展；另一方面由於革命黨人的力量尚強，北洋軍閥還有所顧忌，新聞輿論環境又相對寬鬆，加之袁世凱主政民國北京（臨時）政府的時間長達 4 年之多，這些因素為新聞報刊的創辦留下了比較充裕的時間，客觀上為包括少數民族新聞業在內的中國新聞業發展提供了契機，使少數民族報刊有了較快發展，出現了一批新創刊的少數民族文字報刊，我國少數民族中的回族、藏族、蒙古族、朝鮮族及維吾爾族等都創辦了本民族文字的新聞報刊，形成了中國新聞事業結構新的格局。

（一）民國袁世凱時期的回族報刊

民國袁世凱時期的回族報刊主要有《愛國白話報》《回文白話報》《京華新報‧附張》《清真學理譯著》等。

1、《愛國白話報》

《愛國白話報》，1913 年 7 月 30 日創刊，報社設在北京前門外草廠胡同路南。是回族報人丁寶臣創辦的《正宗愛國報》停刊後又一份由回族人創辦的綜合性日報。總經理馬太璞是中國回教俱進會會員。辦報宗旨為：甲、注意國計民生：凡關於飢寒困苦、流離失所的現象，以及鬻妻賣子、投河自縊等社會新聞「無不盡情登」，目的在於「一則警告無業的及早自謀生計；二則亦教一般闊佬知道知道」，以使「普通人民各有正當營業」；乙、提倡精神文明、道德風範：「或加以指謫，或發為評論，莊諧雜出，警勸兼施」，以期「力挽頹風，把人心風俗矯正過來」；丙、倡導慈善事業：編者「雖明知今日一般闊人物，絕不在此事情上注意」，但仍願「不遺餘力」，期冀「萬一若有被本報感動，而大發善心的，也不枉本報提倡的力量」（《〈愛國白話報〉出版百日紀念》）。

由於先前創辦的《正宗愛國報》被迫停刊及總理丁寶臣被害，後來創辦的《愛國白話報》就不似前者那樣棱角分明，並公開表示不談「政黨」，針砭時弊也不如《正宗愛國報》尖銳深刻。所以雖然出報時間較前者長了近 4 年，但在社會生活中的影響力卻遠不及《正宗愛國報》。報頭部分除標出每天的陽

曆（如「大中華民國二年陽曆七月三十號」）與陰曆（如「陰曆歲次癸丑六月二十七日」）日期、星期（「星期三」）及總期序號（如「第一號」）等字樣外，還專門標出「清眞禮拜五」「清眞禮拜日」字樣，以顯示該報系回族人創辦的特點。1923 年左右停辦。

2、《回文白話報》

《回文白話報》月刊，1913 年 1 月由民國北京政府蒙藏事務局創辦。主筆王浩然，編輯主任張子文。1914 年 5 月停刊，共出版 16 期。阿（回）漢雙文排版，16 開本，每期封面印有交叉擺放的兩面五色民國國旗。由於當時封建初傾，共和方興，「邊務吃緊，外人干涉著著進行」，「英俄等國窺伺」，「均有白話報暗為傳佈」，所以《回文白話報》以「開通邊地風氣，聯絡感情」，「講解共和之眞理，消弭昔日之嫌疑，使其傾心內向，以杜外人覬覦之漸」，「以中華民國優待蒙、回、藏，與以前君主專制時代不同；蒙藏事務局優待蒙、回、藏，與以前理藩部時代不同，取其施行政令，公布周知，免致傳聞失實」，並期冀「蒙、回、藏同胞以中華民國為前提，合力並進」為宗旨。可知這是一份面對全體回族特別是邊疆信仰伊斯蘭教的回族民眾宣傳國家統一，抵制英俄等國分裂活動的雜誌。在該刊創辦和出版過程中，擔任主筆的王浩然[1]發揮了重要的作用。

《回文白話報》設有圖片（照片）、法令、論說、要聞、文牘、雜文、問答、小說、文件等欄目。創刊號刊載「聯合五族組織新邦，務在體貼民情，敷宣德化，使我五族共享共和之福」的「臨時大總統令」及《論五族共和之幸福》《蒙藏事務局沿革記》《中國改稱中華民國是何意》《合群思想》《猛回頭》《記飛行艇》等文章。在「文牘類」發表了王振益（友三）、王寬（浩然）、張德純（子文）、安禎（靜軒）四位教長領銜，安鏡泉、丁慶三等二十四位回族群眾共同簽名的「全體回族」上「大總統」之呈文，稱「共和政體宣布，億眾歡騰」，「五大族為一家」，是「千古未有之美舉」！熱情宣傳「五族共和政體」與「民族平等團結」，對引導回族同胞擁護共和政體發揮了積極的作用。這篇《呈文》與其後陸續刊出的《說回教教規暗合共和眞理》《回族宜講求地利說》《論回族贊成共和與教旨不悖》《回族纏民亟宜求學以其進化論》《伊犁屯田宜變通並勸回民興農業芻言》《回文須廣譯書籍說》等論說，也成為後人

1　王浩然（1848～1919），清末民初回族伊斯蘭教界泰斗式人物，清末民初回族教育的先驅和奠基人之一，回教俱進會的領導者。

研究民國初年回族社會的思想、文化及回族人心理提供了第一手原始資料。

該刊很受邊疆信仰伊斯蘭教少數民族人民喜愛。《新中國報》1913 年 8 月 20 日報導說《回文白話報》「不惟可以增長該三族人民知識，並且曉然共和統一系爲四萬萬同胞謀幸福」；藏族「柯春科寺大喇嘛香輩奉讀之下，視爲神奇世寶，日與大眾講說，且供奉殿中，漸次影響傳播民間；而林蔥各土司群詣辦公長官行署，多方要求，電達中央添賞數份」。《回文白話報》在轉載這則報導時稱「本報出版以來，雖承蒙、藏、回三族人民之愛讀，然不敢以之以自信」，「區區之意不過欲我五族人民共和一軌道，進化於大同耳。」（1919 年第 9 號）。因蒙藏事務局財務負擔過重，《回文白話報》與《蒙文白話報》《藏文白話報》同時休刊。民國四年（1915 年）4 月復刊後更名爲《回文報》出版，編輯部主任改由王朝尊（王浩然過繼之子）擔任，馬善亭任編輯。

3、《京華新報・附張》

《京華新報・附張》，1914 年 1 月 4 日正式創刊，是民初《京華新報》的副刊。著名回族伊斯蘭學者、社會活動家張子文[1]主持。該副刊「以宗教維持社會風俗」爲宗旨。《（出版）啓事》稱「歷代專制國，不准人民著作出版，未能將清眞經史，早用中國文字語言，翻譯成帙，是以互古正教，卒不免庸俗人之訾議」，而「自共和成立，信教自由，研究清眞教者，既日益加多，而回教未曾習經，只知當然而不知所以然之人，亦恒不少」，因此「將吾教天經史傳中，有關當今世道人心者，譯成普遍官話」，「籍以新聞報諸君之眼目，而期正教之昌明」。《京華新報・附張》分爲兩個欄目，一欄爲「清眞正史」，主要內容是介紹「上古經典，編譯漢文……以備研究宗教之考證，籍以開通清眞教民深悉本教歷史之沿革」；另一欄爲「雷門鼓」，主要內容是「編譯經典中有關政治、法律、軍學、教育、商賈、農工等故事，及本教古今通俗各禮節暨中外歷代君王重視本教之紀實」。該刊出版時間雖不長但影響頗深，直到 1930 年還有人在《月華》上連載文章「分段追述回憶」自己讀該報之經歷及感受。在該副刊出版過程中，主持人張子文發揮了重要作用。

4、《清眞學理譯著》

《清眞學理譯著》，1916 年 2 月 22 日由北平清眞學會創刊於北京。創辦經費由北京榮、果兩行商會回族群眾資助。中國回教俱進會屬「教務討論會」

---

[1] 張子文（1875～1966），回族，祖籍族望河北滄縣，生於遼寧本溪。名純德，字子文，經名艾布・伯布爾。是中國伊斯蘭教大阿訇、教育家、社會活動家。

編輯出版，「清眞學理譯著」社自辦發行。編輯主任王友三，編輯王靜齋、李雲亭、王浩然、王振海、張子文、沙峨亭，經理人安靜軒、王子馨、馬乾三。僅出版 1 期。雖然該刊創刊時正當袁世凱稱帝之勢正盛，但該刊不但沒有絲毫獻媚取悅袁氏之意，反而公開聲稱該刊「純係宗教性質，決不涉及政治，以明政教界限」，以「闡揚教理，發揮學術」爲宗旨，公開與鼓吹袁世凱稱帝的新聞媒介劃清界限。公開聲稱「將經典中之各學理，擇有功於社會進益者，擇要譯著，使教法日漸燦爛於天下，且可供研究學理者之一助也」。該刊設有「論說」「天經譯解」「至聖訓語」「清眞典禮」「教務紀事」「至聖實錄」「列聖歷史」「清眞衛生」「清眞通詮」及「中央政聞」「談叢」「來稿」「附件」「答問」「問答」等十餘個欄目。第一期除有各界人士「題詞」「弁言」「祝詞」及張子文、李雲亭的 2 篇「發刊詞」外，發表了孫繩武、王靜齋、王浩然、李雲亭、張子文、趙斌（以目錄順序）及軍官學校回族學員馬德乾等 15 人有關經卷的譯著和文稿。有人指出「雖然只出版了一期的創刊號，但對以後回族報刊的發展產生了較大的社會影響。」「它是應時代需要而誕生的，爲推動各族穆斯林文化的進步發揮了積極作用」，是「早期回族報刊中較有代表性的一份刊物」[1]。

這一時期的回族報刊儘管是在受到國內各種政治派別報刊的影響，並在社會經濟、交通運輸、電報及印刷技術得到較快發展的環境中出現的，實際仍處於摸索階段，或由於缺乏經驗，或由於短缺資金，或由於缺少採編人員，又或由於受社會政治因素限制，出版時間都很短。但它們都是因中國社會歷史大環境和回族社會歷史小環境的時代需求而產生的，爲推動回族及穆斯林文化的進步、推動各民族團結發揮了積極作用，爲後來回族報刊發展奠定了基礎。

（二）民國袁世凱時期的蒙古文報刊

民國袁世凱時期的蒙古文報刊主要有《新聞》、《蒙文白話報》和《蒙文報》等。

1、《新聞》

《新聞》，創刊的具體時間不詳。是目前所見民國成立後最早創辦的蒙古文期刊。報刊社設在張家口富興里（音譯）。該刊封面印有「大總統批准登記

---

1 李習文：《立足學術問題，面向穆斯林大眾》，載《回族研究》，2000 年第 3 期。

在案，由內務部發行」字樣，可知該刊是民國中央政府內務部面向蒙古族讀者創辦的機關刊物。具體創刊時間及出版週期均不詳。內蒙古檔案館存有《新聞》第 17 期。石印，線裝書形式，蒙古文出版，規格為 22.5cm×14.5cm，每期 40 頁，現存第 17 期為「壬子年七月十六日，陽曆八月二十八日，第十七期之刊」。對於這個時間，有學者記載為「該刊第 17 期，出版於 1912 年 3 月 23 日」[1]。此記載似有誤：該刊封面清楚記載該期（第 17 期）刊物為「壬子年七月十六日，陽曆八月二十八日，第十七期之刊」，即說得很清楚這是「壬子年農曆七月十六日，陽曆八月二十八日，第十七期之刊（印物）」，即該期刊物印行於「農曆七月十六日，公曆 8 月 28 日」，而不是「3 月 23 日」。筆者通過核查方詩銘、方小芬編著的《中國史曆日和中西曆日對照表》也進一步確認了「壬子年七月十六日」是『陽曆八月二十八日』而非「3 月 23 日」。應該予以更正。該刊以向蒙古盟旗的讀者宣傳「共和大義」「促進共和實現」為宗旨。創刊時間及出版週期均不詳。

該刊雖為綜合性刊物，但政治性極強，尤其重視對民國中央政府法令法規以及政治新聞的報導。該刊的新聞主要來源於漢文報刊的譯文，國內新聞則以北京新聞為主。《新聞》的編排比較隨意，但內容比較豐富。大體包括如下幾個方面內容：（1）法令法規。載有《參議院議員選舉法》（第一章總則）、《新禮制已議定》等政府文件和政治新聞內容。（2）政治新聞。載有《要聞》《北京新聞》《首都新聞》《俄蒙協約已簽定》《張振武（音譯）獻策》等，報導了大總統袁世凱、副總統黎元洪及屬下高官會商定處理蒙藏問題及國際關係辦法，通電各省為征討外蒙古而籌餉備兵及《俄蒙協約》內容等。（3）論述。載有《改良風尚》及《日本人的詩》等，列舉一些倡導民眾改革的不良舊俗，刊載了光緒二十六年（1900）八國聯軍攻打北京時某日本將軍在通州衙署影壁上寫的狂傲詩句以激勵國人。（4）異聞和故事。載有《外國異聞》《天降花雨》等。前者報導海外巨蛇、大鳥蛋等，後者簡述漢傳佛教禪宗始祖慧能的故事。（5）廣告。載有《創傷藥》《賽金化毒散》《胭脂膏》等藥品廣告。

2、《蒙文大同報》

《蒙文大同報》半月刊，石印。由喀喇沁旗的巴達爾胡 1912 年 11 月 1 日發起創辦。社址在北京前門外（現西城區）北火扇胡同。蒙古族人特克新

1　忒莫勒：《民國年間的幾種蒙文舊報刊》，載《蒙古學信息》，2002 年第 3 期。

加布編輯。正蒙書局印刷，本報社發行。1912 年 1 月 14 日，呼倫貝爾蒙古封建上層在沙俄策動下發動武裝叛亂宣布「獨立」，成立隸屬於庫倫政府的呼倫貝爾自治政府。3 月，日本浪人川島速與貢桑諾爾佈在北京締結「契約」，約定以貢桑諾爾布爲首組織統一內蒙古各旗機關。4 月，科右前旗札薩克郡王烏泰派代表赴庫倫晉見哲布尊丹巴，表示聯合哲里木盟 10 旗起事。爲維護民族團結和國家統一，民國北京政府 5 月宣布在內務部設蒙藏事務處（7 月改蒙藏事務局）並委任貢桑諾爾布爲總裁，8 月 19 日頒布《蒙古待遇條件》，由此粉碎了日本浪人策劃的「獨立」圖謀。《蒙文大同報》報名中的「大同」就是針對當時帝國主義破壞蒙古族同胞團結，搞所謂「獨立」的陰謀，該報強調「五族共和」「五族大同」，表明該報堅定維護中華民族的團結和統一。

　　《蒙文大同報》，爲 17cm×24cm，每期 60 至 100 頁，蒙漢文對照。書冊式裝訂，印在淡黃色薄紙上。封面上方蒙古文橫排刊名，下面漢文書「蒙文大同報」。繪有漂亮的花邊框，框外寫著「中華郵政特准掛號認爲新聞紙類」。主要刊載中央要聞包括政府法令、法規，蒙古要聞，各省要聞，國際要聞等，對與蒙古族同胞關係密切的重大事件如《哲里木盟十旗王公在長春開會反對庫倫[1]獨立》《同陶克陶[2]的和平談判條件》《外蒙古獨立析》《反對吸鴉片》等都有較詳盡報導。由於貢桑諾爾布擔任蒙藏事務局總裁，該報也經常刊登蒙藏院通告和總統給蒙藏院呈文的批示等。與以往蒙文報刊相比，《蒙文大同報》所載時事新聞比例增多。如該刊第 9 期總共刊載 19 篇文章，其中 10 篇爲總統命令，時事新聞有 6 篇。第 24 期登載 12 篇文章，其中時事新聞和評論有 6 篇，2 篇爲國際新聞，另外 4 篇爲國內新聞，表明該報傳播社會新聞的功能在增強。

　　3、《蒙文白話報》

　　《蒙文白話報》月刊，1912 年 9 月開始籌備，1913 年元旦正式出版。民國袁世凱時期的蒙藏事務局創辦。1914 年 7 月停刊，共出版 18 期。採用蒙、

---

1 現烏蘭巴托。17 世紀中期爲第一世哲布尊丹巴呼圖克圖駐地，始建城柵，蒙古族稱城圈爲「庫倫」，即以爲名。1924 年外蒙獨立，改爲現名。

2 陶克陶（1863～1922），亦作「陶各陶」，「陶什陶」，「討各討」，「套各套」，「脫克脫」，「陶克陶胡」，「陶什托虎」，「托克托霍」等，綽號「天照應」。蒙古郭爾羅斯前旗人。蒙古破落貴族出身。光緒三十二年（1906）因該旗札薩克齊默特色木丕勒出賣旗地到王府請願，遭毒打。9 月率領 30 萬人武裝反清。宣統二年（1910）率眾逃往俄國境內。沙俄政府撥給土地還授予陸軍少尉，並拒絕引渡給清政府。宣統三年（11911）潛回庫倫，先後參加沙俄策動的外蒙古和呼倫貝爾「獨立」「自治」。曾任哲布尊丹巴的親衛隊隊長，「大蒙古國」兵部副大臣等職。

漢兩種文字同時印刷，書冊式裝訂，大小相當於現在發行的 16 開本的書刊，每期 90 至 100 頁。每頁 10 行。封面最上方有交叉的中華民國「五族共和」國旗兩面。中間豎行書寫「蒙文白話報」五字。右邊有「中華民國二年三月出版第三號」字樣，左邊有「中華民國郵政局特准掛號認爲新聞紙類」17 字。這三行字下邊左右兩側分別有「本期奉送」由右至左橫寫。封面字句以漢蒙兩種文字書寫。辦報人由時任蒙藏事務局總裁的貢桑諾爾布選聘。第一位總編纂徐惺初。設有專職辦報處（類似後來的編輯部），設總編纂、總經理、漢文主任、蒙古文主任、藏文主任、回文主任、漢文編輯、蒙古文藏文回文編輯和錄譯員及庶務員、繕寫、校對等編制達 29 人，還在西藏、內蒙古、新疆、甘肅等省區選聘訪事專員 21 名（內外蒙 9 名、西藏 8 名、回疆 3 名、甘肅 1 名）。

　　《蒙文白話報》設有圖畫、法令、論說、要聞、答問、文牘、專件等欄目。其中法令報導民國總統的各項法令、執政方案、法律法規、官吏任免及其他重要事項。如民國二年（1913）第 8 期刊登賓圖王貢楚克蘇榮在外蒙古逝世的消息。論說報導政治、文化、教育、經濟等多方面的內容，其中以宣傳民主共和制及民國國策的報導居多。要聞報導外交、內政、重要會議之與蒙事有關的內容，如東蒙王公會議將在長春召開等。答問以問答形式用通俗易懂的語言介紹民國的國體、國情、民主共和制等，以提高蒙古族同胞對中華民國的瞭解。如問：爲何稱漢民國爲中華民國？答：漢滿蒙回藏五大族的界限合起來稱之中華，民國爲尊重民權的意思。文牘主要刊載蒙藏事務局關於蒙事的呈文咨文等，內容較爲寬泛。專件多爲有關某項蒙事的文件或公函等，如該刊第 3 號載有關於藏蒙學校的一組文件，內有呈大總統合併咸安宮學、唐古特學、托特學等三學及前理藩部之蒙古學，擴充改名爲蒙藏學堂的報導，有蒙藏事務局關於三學學生限期入校補習啓事和蒙藏學校章程；第 10 號載有一組關於資助蒙古族學生求學的呈覆函件等。還刊登關於畜牧業、農業方面的科學知識，指導廣大農牧民的生產、生活。如 1913 年第 8 期，便刊載有關蒙藏畜牧業改良的文章。各欄所載內容均由漢蒙兩種文字書寫，豎行排列，先蒙古文後漢文，無句逗，更無新式標點。通俗易懂，大多是少數民族同胞關心的內容。

　　該刊以贈閱爲主，分發給北京各機關、駐京蒙古王公和內外蒙古、綏遠、熱河、察哈爾、甘邊寧海、阿爾泰、伊犁等地，「有沿邊各路將軍、都統轉送

各盟旗；並有少量『京外訂閱』。[1]出版初期僅駐京蒙古王公每期發送 29 份、內外蒙古 820 份、綏遠 70 份、熱河 70 份、察哈爾 70 份，總計 1059 份。「如有蒙族喇嘛廟及蒙藏文學堂，即請照舊地本報處具函索寄，務須開明住址及如何寄遞法，以副先睹爲快之望」。據有關資料記載，僅駐京蒙古王公、內外蒙古、綏遠、熱河、察哈爾就總共發放該刊 21812 冊。[2]

4、《蒙文報》

《蒙文報》月刊，漢文鉛印，蒙文石印。民國袁世凱時期蒙藏院在此前《蒙文白話報》基礎上改爲現名於 1915 年 4 月創辦。第 1 期載《本報緊要廣告》稱「本報原名《蒙文白話報》，前因內部改良，暫停止發行。現在組織完竣，改易今名，自本年四月起仍舊出版，照常郵遞。」該報由蒙藏院辦報處編輯發行，京師第一監獄印刷。創刊號載有《本報體例釋略》稱「在昔京報邸抄，詔誥章制是紀。於今公報官紙，亦條教號令焉。無非傳遞四方，使知中央之正事。惟荒漠邊陲，絕域徼外，語言文字，既屬不同，政府意旨，苟（疑爲『苟』之誤）不能達，則中央之法律命令及關於邊疆之政治計劃，恐惑莫知其所歸。此本報之所以譯蒙、譯藏、譯回，宣傳政令於遐方，使知政府對於邊境之意旨」；「前此新所撰纂，頗病蕪雜。自本期始，刷新面目，削繁就簡，崇實黜虛，以適於用。夫掌故存於篇籍，政教見於典章，蓋當代之制，實經世之猷也。故後此之所記載，惟以朝章國故是講，即有所稱述，亦以是爲準繩。」[3]

與《蒙文白話報》相比，該刊不再設圖畫、要聞、答問等大眾性欄目，所載幾乎盡爲政府公文，論說也多爲政論，因此該報的政府公報性質更爲突出。所載內容盡爲與蒙事有關者，較從前更爲精約。在體例上則將法令欄分爲法規、命令，更爲合理且便於查閱。期次每年獨立計算。當年（1915）出刊 9 期，1916 年出刊 6 期後停刊，總共出刊 15 期。規格 25cm×17.5cm。封面爲暗色，無圖案；蒙漢文分別寫在左側和右側。內容按蒙漢文統一分列，改變了以往各欄目內蒙漢文分列的做法。發行範圍和原《蒙文白話報》相同，

---

1 忒莫勒：《民國初期的〈蒙文白話報〉和〈蒙文報〉》，載《內蒙古師範大學學報》，2002 年第 1 期。

2 忒莫勒：《民國初期的〈蒙文白話報〉和〈蒙文報〉》，載《內蒙古師範大學學報》，2002 年第 1 期。

3 轉引自忒莫勒：《民國初期的蒙文白話報〉和〈蒙文報〉》，《內蒙古師範大學學報》，2002 年第 1 期。

並且仍免費寄贈。僅駐京蒙古王公、內外蒙古、綏遠、熱河、察哈爾就每期共發送 1163 份。自 1915 年 11 月起，每期經費由 2000 元減至 1000 元，印數顯然減少。因供不應求，該刊不得不刊出《本報緊要廣告》，聲明「本報經費有限，各處來函索閱者甚多，只好按照發行額數分配寄贈，尚希原諒。」[1]1916年 6 月停刊。

（三）民國袁世凱時期的藏文報刊

由於各種因素的制約，民國袁世凱時期的藏文報刊創辦的不多。目前知道的主要有《藏文白話報》。

1、《藏文白話報》

《藏文白話報》，民國袁世凱時期蒙藏事務局於 1912 年 9 月開始籌備，1913 年元旦創刊。石印，漢藏兩種文字印刷，漢文在先，藏文在後。幅面 23.7cm×16.5cm，開本大 32K，訂口在上，上下翻動（中央民族大學圖書館、西藏檔案館藏有此刊）。設圖畫、法令、論說、要聞、文牘、小說、遺補等 7 個欄目，後附廣告。欄目名稱以漢文楷體橫書，下印藏文，紅色印刷。正文皆墨色印刷。封面彩色印刷，圖案設計，報名書寫與《蒙文白話報》相同。

1913 年七月第七號《藏文白話報》各欄目的主要內容是：圖畫刊一大幅五種繪畫，折疊裝訂於冊頁之中。題名為「蒙回藏王公等爵圖章」，分別為紅色嗣王爵章，藍色親王爵章，白色貝勒爵章，綠色貝子爵章，藍色輔國公爵章。色澤豔麗如初，極具文化、社會價值。目錄豎排，標明七個欄目的先後次序及欄目的頁碼。法令刊載《臨時大總統令（中華民國二年五月二十一日）》。論說即今之「社論」，刊長篇說理文《辯惑》一篇，主要談論中央與西藏地方之關係，主旨在於維護藏漢團結，強調國家統一。內容涉及民國治藏、佛教、文成公主和金城公主進藏等內容。立論深遠，篇製宏大，取義積極，內容豐厚，表明政府民族政策，力求主導全國輿論。將該欄置於全冊之前說明主辦者對於言論的重視。要聞刊《印花稅之作用，續第六期》《印花稅法實施細則》（第五條～第十八條）、《財政部通告》等，其內容為當局有關財政政策的連載。因新聞性不突出於民國四年（1915）取消。文牘刊《蒙藏事務局呈/大總統開單代遞西藏旅京同鄉會代表江贊桑布等貢品請鈞鑒並/批（附

1　轉引自忒莫勒：《民國初期的〈蒙文白話報〉和〈蒙文報〉》，《內蒙古師範大學學報》，
　　2002 年第 1 期。

單）》。此爲西藏旅京同鄉會給蒙藏事務局並中華民國大總統的上行文。呈文稱爲彌補國會獨無西藏人民代表之缺憾，由西藏方面羅布桑東珠爾等成立西藏旅京同鄉會，作爲西藏選舉機關之事，「黽勉從公，竭力傳佈五族共和之大旨，解釋西藏同胞之誤會，同享五族共和之幸福。」呈文強調爲向大總統表示「服綏之德」，呈上西藏地方之特色禮品一批——哈達一方，鍍金塔一座，藏紅花成匣，藏香成匣，五色氆氌各一疋。小說刊《合力原理》一篇。故事情節是一位教師以生活中生動事例勸說一位性格孤僻的學生，指出「蓋天之事，獨立者難成，合力者易舉，未有不藉人力而能自己有成者」，學生幡然悔悟。藉此告誡人們知「合力之利益」，毋「自處於孤立」。全篇以師生對話形式，用淺顯文言文寫成。後和「要聞」欄同時被取消。遺補刊有《中華民國國會組織法》。廣告刊二則類似公益性的「招商廣告」，特別聲明「概不收費」，意在鼓勵邊疆與內地人民開展貿易交流活動，促進相互瞭解，共同繁榮，體現了編者對少數民族地區經濟發展的關注和倡導民族平等的意向。該期還載「編輯說明」一則。內容爲「本報特別啓事：本報原爲答問雜錄專件三門，只因限於篇幅皆缺，第八期補空，閱報諸君諒察是何。此啓。」（標點由作者所加）

《藏文白話報》已具有近代報刊的「論說」「新聞」「副刊」與「廣告」四大基本構成要素，應該完成近代化演變並開始進入少數民族文字報刊的現代化階段。從欄目設置和內容來，《藏文白話報》更像民國時期蒙藏事務局的「政務公報」。藏漢兩種文字印刷，擴大了報紙的影響範圍。該報總纂徐敬熙稱「發刊以來，邊陲各界大受歡迎。刊發請益之文電絡繹不絕於道，益堅邊氓內鄉之心」。「其文字收功，遠軼於武力」。當時北京有報紙說《藏文白話報》郵寄至四川西部，轉發到喇嘛廟和當地頭人。喇嘛在閱讀後視之爲「神哥世寶」，不僅讀給大家聽，還供奉殿中，影響力擴大到民間。地方官員還向蒙藏事務局呈文要求「中央添賞數分以備觀覽」並獲得了批准。

雖然西藏地區自《西藏白話報》之後長達 40 餘年沒有報刊出現，但這一階段在西藏地區傳佈的報刊還有不少，藏文報刊如《鏡報》《各地新聞明鑒》等。目前所知的漢文報刊則有《交通旬報》。該刊創辦於 1912 年 12 月，石印，月出三次，由蒙藏交通公司主辦。主要介紹蒙、藏兩地的交通狀況、內地通往蒙藏兩地路線及途經的重要城鎮等。該報每期流入西藏的極少，估計爲該線路的運輸車隊帶到西藏。

（四）民國袁世凱時期的朝鮮文報刊

民國袁世凱時期由少數民族新聞人創辦的朝鮮文報刊中，有較大社會影響的主要是《新興學友報》和《延邊實報》。

1、《新興學友報》

《新興學友報》，1913 年創辦於吉林柳河縣三元浦大花斜。遷居我國的朝鮮族民眾於 1912 年在柳河縣成立了「扶民團」。扶民團繼承耕學社的宗旨和綱領，逐漸發展成為具有朝鮮族自治性質的團體，並在各地設立中小學，發展教育事業，創立新興學校。扶民團本部和新興學校後來遷往通化縣哈尼河。1913 年新興學校第一期畢業生金石、姜一秀等人提議由畢業生和在校生組成新興學友團。學友團本部設在柳河縣三元浦大花斜，同時創辦《新興學友報》。

我國朝鮮族民眾團體「扶民團」成員除創辦《新興學友報》外，耕學社和新興學友團等還創辦《韓族新聞》等報刊，這些刊物均旨在評論時局、揭露日本侵略罪行，宣傳民族獨立和民族革命思想，同時致力於介紹近代文化和啟蒙教育事業，為促進民族覺醒和團結進行宣傳。

2、《延邊實報》

《延邊實報》，愛國知識分子王德化 1915 年在吉林延吉創辦。該報主張「保證人權」，宣傳「共和國家民為主體，國之強弱民智攸關」，「聯絡華墾[1]兩種人，使其感情日漸親密」。此報用朝、漢兩種文字出版，旨在與日本侵略者的御用報刊抗衡，受到朝鮮族和漢族同胞的熱烈歡迎。

（五）民國袁世凱時期的維吾爾文報刊

在民國袁世凱時期創辦的維吾爾文報刊中，具有較大社會影響的主要有《伊犁日報》及《自由論壇》等。其中有較大社會影響的是《伊犁日報》

1、《伊犁日報》

《伊犁日報》，惠遠商會在《新報》停刊改名為《伊江報》後，於 1913 年 10 月在惠遠縣城創辦的一張日報。該報由進步人士默罕買提‧艾力‧坎吉巴依等人主辦。鉛印。有 8 種字母體，每週兩期或三期，主要刊載社會新聞、商業信息、告示、法令等。期發量初為 500 份，後增至 1500 份。發行範圍除伊犁地區外，烏魯木齊及其他地區也能看到此報。終刊時間不詳。

此外還有在新疆斜米出版的《自由論壇》和由華僑在塔什干創辦的維吾

1　「華」指漢族，「墾」指在當地「墾殖」的朝鮮族。

爾文版的《解放報》，時常刊載有關新疆官吏貪污和鎮壓地方居民的報導。

（六）民國袁世凱時期少數民族地區的漢文報刊

民國袁世凱時期在我國內蒙古地區出版的漢文報刊主要有內蒙古西部地區最早的報紙《歸綏日報》和《一報》。

1、《歸綏日報》

《歸綏日報》，內蒙古最早的鉛印報紙。原由周頌創辦，1913 年由漢族新聞人王定圻接辦[1]。該報設有社論、社說、論說、時評等欄目。該報反袁態度堅決、言論激烈；同時重視實業信息，重視內蒙古地區新聞報導，服務內外蒙古商業貿易。因與內外蒙往來商人聯繫密切，消息靈通，報導及時，時效性強；該報辦有畫刊，時常刊載當地的圖畫，是內蒙古地區最早的畫刊。1914 年停刊。

2、《一報》

王定圻在《歸綏日報》停刊後於 1914 年創刊。李正東任社長，李笑天任總編輯，總務與發行人為卜瑞兆、元錦榮，鄧西峰、董偉然、榮祥等為特約撰稿人。[2]該報宣傳同盟會革命主張，報導革命黨人活動。揭露政治黑幕，言論犀利，引起官僚政客不滿。1916 年夏季，袁世凱陰謀稱帝，王定圻在報紙上載文公開反對，並多方聯絡本地和外地同志舉起討袁旗幟。因與上海討袁同志聯繫的信件被郵局查獲被捕。1917 年 1 月 5 日被害，是民族地區為新聞事業獻身的主要報人。

這一階段除王定圻 1913 年創辦的《歸綏日報》和《歸綏日報》停刊後創辦的《一報》外，漢族新聞人在內蒙古地區創辦的報刊還有 1916 年夏天由夏康侯、張煥亭等創辦《綏報》日報等。

（七）民國袁世凱時期外國人創辦的我國少數民族文字報刊

民國袁世凱時期由外國在華新聞人在中國創辦少數民族文字報刊主要由1913～1914 年的庫倫《新陶利》。和《首都庫倫報》。

1、《新陶利》

《新陶利》月刊，蒙古文報刊。鉛印。由布利雅特蒙古人（俄羅斯籍蒙

1 王定圻（1874～1917），字平章，號亞平，原名維圻。老同盟會員，因反對袁世凱被害。
2 參見張麗萍：《內蒙古民國報刊史研究》，呼和浩特：內蒙古大學出版社，2014 年版，第 24 頁。

古人）策翁 1913 年 6 月在外蒙古庫倫創刊。策翁幼年在赤塔讀書，後到彼得堡念中學。在彼得堡大學任教期間開始對蒙古族文化進行研究並取得成果。曾經翻譯馬克思的《資本論》，並在哈爾濱的《蒙古新聞》報當過編輯，還以翻譯身份參加了簽訂《中俄蒙協議》談判。他關注蒙古地區經濟及財政發展，反對帝國主義和封建主義，關心人民群眾知識水平及蒙古民族文化事業的發展。

《新陶利》由俄蒙印刷處出版發行。從 1913 年 6 月創刊到 1914 年 8 月，一共出版 20 期，但卻經歷了從政府刊物到新聞報紙的演變。它前 4 期於 1913年出版，規格為 23cm×15cm，50 至 60 頁，月出一冊，所載文章一般較長，少有時事新聞。因此認為前 4 期應屬於雜誌。而後 16 期於民國三年（1914 年）出版，規格 34cm×26cm，6 至 10 版，半月出一期，一是出版的週期由原來的月刊改為半月刊，二是內容由原來研究蒙古地區經濟文化轉變為以新聞報導為主，並以報紙的形式散頁出版，所以應屬於報紙的性質。該報免費贈送給國家機關，並通過專門售報鋪賣給普通讀者。

《新陶利》聲稱不屬於任何黨派或政治勢力。沒有明顯的政治傾向性，能較客觀地反映當時蒙古地區的情況。封面有「振興萬物，溝通各學」的辦刊宗旨。欄目有科學、覺醒、歷史、政治等。所載學術論文或篇幅較長的文章（譯文）由策翁執筆，大眾性文稿由博迪編輯，政府消息和上下議會的文件由巴達日胡巴托報導，新聞報導由時任司法部秘書的贊散三寶撰寫。該刊經常刊登揭露博格多汗[1]政權的文章。該刊連載的政治評論《在十字路口》一文諷刺當時外蒙當局、漢族軍閥、沙俄政府欺壓百姓的政策，遭致外蒙古各派勢力不滿。為此當局以策翁曾為《恰克圖三國協議》談判作翻譯為由於 1914年 8 月查封了《新陶利》。

《新陶利》和《首都庫倫報》均為策翁在外蒙古創辦的蒙古文報刊。蒙古國學者戈・德力克在《新陶利》文中說「利用 1912 年創建的俄蒙印刷機構，蒙古第一份定期出版物開始刊行。」日本學者田中克彥在《草原革命家》文中稱「1913 年俄國使者從俄羅斯帶一座活字印刷機到蒙古。從此，蒙古第一份定期出版物——《新陶利》開始出版。」[2]

1　博格多汗，外蒙獨立時期的活佛，外蒙獨立後被舉為日光皇帝。
2　田中克彥：《草原の革命家たち——モンゴルの独立への道》，中央公論社，1990年版。

2、《首都庫倫報》

策翁 1915 年創辦於庫倫。《新陶利》被查封的次年，策翁與幾位蒙古知識分子另辦《首都庫倫報》，《首都庫倫報》實際是《新陶利》的繼續。1915 年至 1920 年間出版。1915 年，策翁以翻譯身份參加簽訂《中俄蒙協議》談判，使他瞭解了「蒙古的國際地位」，意識到弱小民族悲慘的命運。回到庫倫後，為了喚醒蒙古人民的民族責任感，遂與人共同創辦了《首都庫倫報》[1]。該報以喚醒蒙古人的覺悟為宗旨，以大力發展蒙古經濟提高人民的生活水平為重點，宣揚民主政治。除策翁外，博迪也常在《首都庫倫報》上發表一些有份量的文章。

這一階段少數民族報刊的興起，顯示我國少數民族開始從閉關走向開放，表現了少數民族同胞對社會的參與精神，拓寬了少數民族同胞進行自我教育、提高民族素質的空間，有利於提高民族整體素質、形成社會認同，為少數民族報刊的發展奠定了基礎，同時也豐富並推動了我國新聞事業的發展，但這一階段的職業少數民族報人不多。至於外國人在中國土地上創辦的少數民族文字報刊，儘管在傳播新聞及普及知識等方面客觀上起了一些作用，但其根本動機則是為了外國在華利益服務乃至是外國對華侵略和掠奪政策服務的。

第二節　民國創立前後的軍隊新聞業

民國軍隊新聞業是在清末軍事新聞業基礎上發展演變過來的。民國創建前的軍事新聞業不是憑空出現的，而是在前一階段新聞事業繼續發展的基礎上誕生的，既有其歷史淵源，更有其社會背景和物質基礎。

一、民國軍隊新聞業的歷史淵源和社會環境

清末新軍為中國軍事新聞業的誕生提供了組織基礎。清末官報為中國軍事新聞業的原創提供了媒介範式。以袁世凱為首的軍閥執政為中國軍事新聞業的興起提供了複雜的社會環境。北京練兵處嘗試運用通俗語言出版的《兵學白話報》，儘管在清末的白話報刊行列中難覓蹤影，但卻是採用民間語言談論介紹軍事知識的第一種白話報。以培養新式軍人（軍官）為宗旨的軍事院校及由中國軍人在國內外組織的軍事團體、學術組織，是推動中國軍事新聞業加快發展的直接動因和實踐主體。由軍隊直接創辦的「軍

1　田中克彥：《草原の革命家たち──モンゴルの独立への道》，中央公論社，1990年版。

人」報刊開始出現，成爲中國軍事新聞業誕生的重要標誌。四川陸軍第一師偕行社創辦的《軍報》，強調「軍敗於聾勝於聰，聰則軍學發展」，是較早提出軍事理論研究與部隊戰鬥力直接相關的軍隊報刊。《浙江兵事雜誌》著力構建軍事理論與實踐橋樑，注重傳播軍事信息，並表現出學術視野廣闊、作者隊伍穩定的特點。

（一）民國軍隊新聞業的歷史淵源

在催生民國軍隊新聞業誕生的諸多社會政治因素中，既有以孫中山爲代表的資產階級革命黨人的不懈努力和奮鬥，也有晚清時期錯綜複雜的社會變動因素，其中最重要的因素是：

1、清末新軍的建立

1894 年 7 月 25 日，中日甲午戰爭爆發。清朝北洋水師全軍覆沒，八旗、綠營等舊式陸軍不堪一擊。1895 年 4 月 17 日，戰敗的中國簽訂喪權辱國的《馬關條約》，割地賠款。中國有識之士認爲危局之下必須重整軍備，以練兵、籌餉爲主要內容的「自強」來實現「自保」。1901 年 7 月，清政府宣布全國停止武科科舉考試，各省設武備學堂，培養新式軍官。9 月，清政府下令編練新式陸軍。1903 年 12 月，清政府設立練兵處，由皇帝欽命兼差的總理（奕劻）、會辦（袁世凱）、襄辦（鐵良）大臣 3 人，統轄軍政、軍令、軍學三司，督練各軍。北京練兵處統一全國新軍營制餉章，制定新軍軍官的軍銜制度，初步確立近代的軍事後勤體制，統一各類陸軍學堂章制，擬定派遣陸軍留學辦法，組織大型秋操（演習）。陸續成立各省督練公所，負責編練本省新軍。1906 年 11 月，練兵處併入陸軍部。1907 年，清政府頒發《全國陸軍三十六鎮按省分配限年編成方案》，計劃編練新軍 36 鎮。至 1911 年 10 月 10 日武昌起義，編成 14 鎮。新建陸軍（簡稱「新軍」）是仿傚德國、日本等國軍制，採用西方武器裝備，按照西方軍事章程，聘任外國教官（德國人居多）建立的一支新式軍隊。新軍募兵除對新兵體格有較嚴格條件外，還對所募之兵提出一定文化素質要求，以滿足掌握先進裝備和適應軍事訓練的要求。張之洞編練湖北新軍刻意經營內容之一就是開「兵智」。在募兵時把文化素質作爲重要條件明文規定，對士兵文化素質的要求高於練兵處和兵部。募兵入營後，重視繼續提高士兵文化素質。1902 年在新軍各旗、營分設大、小「講堂」，關設「閱報室」；創設湖北陸軍特別小學堂，從士兵中考選「文理通順」者，令其「畫則來堂講求學科，夜則歸營」，「更番畢業，更番入營」，「練兵之中寓普及教育

之意」。[1]湖北「新軍士兵識字者約占三分之二，文化程度較各省新軍爲高」。[2]同時注重以封建忠孝節義爲基本內容的政治教育。強調「士兵須以忠國愛民爲首務，全在爲將者勤加教訓。宜設聽令公所，時集將弁爲一處，分類講訓，令其分訓所部。又按忠國、愛民、親上、死長各義，編爲四言文字，刊發各哨，令兵丁熟誦，隨時考查。」[3]因中下層官兵具有較高的文化素質及採用「西式」方法訓練並裝備西方武器，新軍成爲中國有史以來文化素質較高的一支軍隊，基本完成了由冷兵器向熱兵器時代的轉變，並建構起以軍事學堂爲代表的軍事教育體系。能夠識字看報、具有一定文化素質的軍人及平民百姓，是中國軍事新聞業創建和發展的必備條件，清末新軍成爲民國創建前軍事新聞業誕生的社會組織基礎。

2、清末官報的出版

清政府在 19 世紀末尤其是在 20 世紀初，出版了一批與古代官報既有所不同又一脈相承的官方報刊，成爲民國創建前後軍事新聞業誕生的直接基礎。

中國近代新聞業的發展，促使清朝統治階層對報刊的看法有所改變，認識到報紙的用處。有官員在呈請創辦官報時說「彼挾清議以訾時局，入人深而藏力固，聽之不能，陰之不可，惟有由公家自設官報，誠使持論通而記事確，自足以收開通之效，而廣聞見之途」。[4]慈禧太后 1901 年詔行「新政」，創辦報刊即是其一。1904 年 3 月 22 日，四川總督錫良爲創辦《四川官報》規定「以宣德通情啓發民智爲宗旨。」「除本省公牘由各署各局抄送，本省新聞自延訪事報告外，皆從各種月報、旬報、日報選輯，不議論朝政，不臧否人物，惟期扶挾進化，以開風氣。」[5]直隸總督兼署理北洋大臣袁世凱 1901 年 4 月 25 日上奏慈禧太后和光緒皇帝，提出「開設官報局」等 10 條建議。稱「宜通飭各省，一律開設官報局」，「庶幾風氣日闢，耳目日新，既可利益民生，並

---

1 周書琴：《袁世凱、張之洞與北洋、湖北新軍異化比較研究》，《武漢大學學報：人文科學版》2005 年第 5 期。
2 嚴昌洪：《張之洞編練湖北新軍》，《武漢文史資料》，2009 年第 10 期。
3 來新夏：《北洋軍閥・新建陸軍兵略錄存》，上海人民出版社，1988 年版，第 148、44 頁，轉引趙治國：《士兵選練與北洋新軍近代化》，《黔南民族師範學院學報》2001 年第 5 期。
4 轉引 方漢奇：《中國近代報刊史》（下），山西人民出版社，1982 年版，第 624 頁。
5 《署四川總督錫良爲創辦〈四川官報〉請予立案事致外務部咨文》，中國第一歷史檔案館：《晚清創辦報紙史料（一）》，《歷史檔案》2000 年第 2 期。

可消弭教案……且可抵制各處託名牟利之洋報。」[1]12 月 25 日，《北洋官報》創刊於天津。初爲間日出版，每冊 8 至 10 多頁。1904 年 2 月 16 日，改出日刊。1912 年 2 月 23 日，改名《北洋公報》，延續《北洋官報》出版序號，5 月 23 日再改名《直隸官報》。[2]

　　《北洋官報》旨在「宣德通情、啓發民智爲要義，登載事實期於簡明易解，力除上下隔閡之弊」，但「不准妄參毀譽致亂聞，不准收受私函致挾恩怨，所有離經害俗委談隱事無關官報宗旨者一律屏不載錄」。設「聖諭廣訓」「宮門抄」「上諭」「摺片摘要」「文牘錄要」「論說」「奏議錄要」「公文錄要」「學務」「兵事」「選報」「譯報」「畿輔近事」「本省新聞」「各國新聞」等欄目，撰譯「東西各國現售之新聞紙及諸雜誌諸新書」，刊摹外國輿圖、名人勝蹟、照片及廣告。《北洋官報》繼承古代官報的派銷方式，通過行政手段向社會派銷，重點對象是官署、學堂，規定天津「外府州縣遵督憲派定數目照寄，每份每月收足銀五錢……各府州縣派定各報統核銀價以歸一律。」[3]在開封、濟南、錦州、南京、漢口、南昌、福州、安慶、武昌、桂林、荊州、西安、瀘州、信陽、樊城、萬縣、徽州、清江浦、漳州、泉州、徐州、常熟、松江、乍浦、嘉興、紹興、常德、道口、濰縣、蘇州、杭州、廣州、重慶、梧州、蕪湖、廈門、上海、九江、岳州、鎮江、寧波、宜昌、汕頭、蒙自等地廣設代銷處，通過火車向全國運送。「自西十二月二十五日以後，凡《官報》發往車站之報，該站務當從速以火車遞送，不得耽延。」[4]通過郵局辦理報紙發行業務，凡郵局訂購者不取郵費。袁世凱不僅「特捐兩萬金以備開局首三月之津貼」[5]，還親自過問《北洋官報》編輯、發行，要求廣爲搜錄立憲之事。在袁世凱支持下，北洋官報局 1905 年增編白話報，隨官報分發，不另收費。1906 年進行改革，增設專欄「論說」，袁世凱

1　《遵旨敬抒管見上備甄擇摺》（光緒二十七年三月初七），《袁世凱奏議》，第 272 頁，天津，天津古籍出版社，1987 年版，轉引郭傳芹：《論清末督撫與近代官報創設》，《中州學刊》2012 年第 2 期。

2　《中國早期的官方報紙　北洋官報》，http://blog.sina.com.cn/s/blog_51ec9abf0101pp48.html。

3　張小莉：《福建論壇・人文社會科學版》2005 年第 11 期。

4　《發行凡例》，轉引楊蓮霞：《清末官報派銷發行方式管窺——以〈北洋官報〉爲中心的考察》，《中國經濟史研究》2016 年第 6 期。

5　《詳定直隸官報局暫行試辦章程》，天津《大公報》1902 年 9 月 26 日，轉引郭傳芹：《論清末督撫與近代官報創設》，《中州學刊》2012 年第 2 期。

批覆「據稟擬將官報改良增添論說，並增改辦法四條，尚屬妥協。仰即隨時督飭編纂各員，實力經理，以期開通民智，宣揚治化，是為至要。」[1]

　　袁世凱倡導出版的《北洋官報》，在辦報理念、刊載內容、報刊形制、發行方式等方面，均領創晚清政壇新風。《武備雜誌》《拼音字母官話報》《教育雜誌》《北洋學報》《北洋法政學報》《北洋官話報》《農務官報》《北洋兵事雜誌》《直隸警察雜誌》等報刊在直隸接踵創辦。清廷外務部 1903 年向政府奏請南洋及各省仿照《北洋官報》各自創建官報，此後如《山西官報》《湖南官報》《南洋官報》《江西官報》《四川官報》《秦中官報》《安徽官報》《河南官報》《湖北官報》《山東官報》《吉林官報》《奉省官報》《雲南政治官報》《廣西官報》《貴州官報》《浙江官報》《黑龍江官報》《福建官報》《甘肅官報》《兩廣官報》等先後出版。清政府及所屬部門也出版官報。清政府考察政治館於 1907 年 10 月 26 日在北京創辦《政治官報》月刊。清政府實行新製成立內閣後《政治官報》於 1911 年 8 月 24 日改名《內閣官報》，並規定《內閣官報》為公開法律命令機關，統一刊布諭旨、奏章及頒行全國法令，凡刊布的法令各行省從內閣官報遞到之日起，即生一體遵守效力。清廷政府部門還出版了《商務官報》（商務部）、《學務官報》（學務部）和《交通官報》（郵傳部）。據統計清末 10 年間「共有官報近 110 家，在當時的近千家報刊中是一不小的報種。」[2]

　　清末官報是清政府發布命令、召示政策的權威媒體。官報經費主要來自官方撥款；報刊發行主要通過行政系統自上而下逐級派銷；報館主事官員多為候補官員或退休官吏；報館不設採訪部門，一般沒有專職記者，常在重要都市、口岸和政府部門聘請多由官員兼任的「訪事」，主要就所知情況撰寫綜述或提供公文類資料，少數官報接收外電或選譯外報作為時政新聞的來源及轉載國內報刊的新聞，新聞性和時效性都較差。官報的這些特點成為清末軍隊報刊的鮮明痕跡，清末官報為同屬官報範疇的清末軍隊報刊提供了媒介範式。

（二）民國軍隊新聞業誕生的社會環境

　　民國軍隊新聞業是在諸多社會因素的綜合作用下出現的一個新的新聞傳

1　《紀官報》，天津《大公報》1902 年 7 月 28 日，轉引郭傳芹：《論清末督撫與近代官報創設》，《中州學刊》2012 年第 2 期。

2　李斯頤：《清末的官報》，《百科知識》1995 年第 6 期。

播現象，是在包含了清末民初特定階段的政治、軍事、社會等多方面因素的社會環境下的產物。由於民國軍隊新聞業所具有的「軍事」特性和當時中國社會生活中的特殊情況，決定了民國軍隊新聞業的誕生與清末出現的北洋軍閥集團直接相關。可以說北洋軍閥集團的存在和發展是民國軍隊新聞業誕生最重要的社會環境。

1、袁世凱去世前的北洋軍閥集團

北洋軍閥集團是民國前期國內實力最強的軍事派別，以袁世凱為核心，由北洋新軍主要將領組成。1912 年 3 月 10 日，袁世凱在北京宣誓就任中華民國第二任臨時大總統，依託北洋軍閥集團掌握統一而鬆散的全國性政權。1913 年 3 月 20 日，宋教仁遇刺。孫中山認為袁世凱是幕後兇手，號召武力討伐袁世凱，「二次革命」未果。袁世凱以「叛亂」罪名解散國民黨。1915 年 12 月 12 日，袁世凱宣布恢復帝制，改「中華民國」為「洪憲帝國」，自己成為「洪憲皇帝」。這一倒行逆施遭到國人普遍反對並爆發護國戰爭。1916 年 3 月 22 日，袁世凱被迫宣布「退位」並恢復中華國民年號，同年 6 月 6 日病亡。直到袁世凱去世前，袁世凱一直是北洋軍集團的獨一無二的「馬首」式領軍人物，其他的諸如後來先後主政民國北京政府的黎元洪、段祺瑞、吳佩孚、曹錕、馮國璋及張作霖等人都是他的「手下」。

2、袁世凱死後的北洋軍閥集團

北洋軍「馬首」袁世凱病亡後，握有槍桿子的各派北洋軍閥和各省督軍失去約束。勢力膨脹，中國政界陷入失序狀態，軍閥干政成為中國政壇常態。直系軍閥吳佩孚公然聲稱「軍不成閥，何以稱尊，不尊何以治人、治家、治國平天下？」[1]政府內閣是中華民國政府最高行政機構，掌握著中央財力的分配權和地方督軍、巡閱使的任命權，同時也是正統合法性的標誌，因而成為各大軍閥競相角逐的對象。軍閥當道，內閣式微，政局失穩。1916－1928 年間的民國北京政府，內閣 37 次變更、24 次改組，26 人擔任過總理，任期最長的 17 個月，短的僅兩天。[2]以馮國璋、曹錕、吳佩孚為首的直系、以段祺瑞

1 黃國平、任雪芬：《秀才軍閥吳佩孚》，河南人民出版社，1988 年版，第 197 頁，轉引魯衛東：《軍閥與內閣——北洋軍閥統治時期內閣閣員群體構成與分析》，《史學集刊》2009 年第 2 期。
2 魯衛東：《軍閥與內閣——北洋軍閥統治時期內閣閣員群體構成與分析》，《史學集刊》2009 年第 2 期。

爲首的皖系、以張作霖爲首的奉系三大軍閥勢力，爭奪國家政權，翻雲覆雨，橫戈躍馬，逞志京津，混戰不斷。小軍閥爭奪地域控制權，區域割據，互相殘殺。四川大小軍閥發動了數百次混戰。直皖戰爭和第一、二次直奉戰爭，是北洋軍閥統治時期最大規模的軍閥戰爭。

（三）清末創辦的軍隊報刊

清末軍隊報刊屬於清末官報範疇，在報刊形制和編排方式上與同一時期的清朝官報相似。清末軍隊報刊的發行途徑爲軍隊內部發行和社會公開發行兼而有之，出版的時間都較爲短暫，連續出版 3 年以上的不多。

1、清末軍事刊物概況

中國軍事新聞業誕生於辛亥革命時期。清末的軍隊新聞媒體基本都是刊物，共有 10 種左右。報刊主辦者主要是軍事教育訓練機關、軍事團體和軍事留學生。

軍事教育訓練機關創辦的報刊主要有：保定將弁學堂北洋武備研究所主辦的《武備雜誌》月刊，1904 年 4 月創刊於河北保定；北京練兵處主辦的《兵學白話報》日刊，1905 年創刊於北京；《訓兵報》旬刊，1905 年創刊於北京，陸軍部日本東京留學生監督處主辦的《遠東聞見錄》旬刊／半月刊，1907 年 7 月 19 日創刊於日本東京；兩江督練公所教練處主辦的《南洋兵事雜誌》月刊，1909 年 6 月創刊於江蘇南京；海陸軍留學生監督處主辦的《海軍》季刊，1909 年 7 月 17 日創刊於日本；北洋督練公所主辦的《北洋兵事雜誌》月刊，1910 年 7 月創刊於天津等。軍事團體創辦的報刊主要有：中國留日陸軍學生組織的武學編譯社主辦的《武學》月刊，1908 年 5 月創刊於日本東京；中國留日海軍學生組織的海軍編譯社主辦的「以討論振興海軍方式，普及國民海上知識」[1]爲宗旨的《海軍》季刊，1909 年 6 月 1 日創刊於日本東京；廣西軍國指南社主辦的《軍國指南》1910 年 5 月創刊於廣西桂林，軍國學社主辦的以「研究軍事學問，鼓吹軍國主義」[2]爲宗旨的《軍華》1911 年 7 月創刊於北京；海軍協會主編，吳振南主持筆政的《海軍雜誌》創刊於 1911 年冬，主要從事海軍技術研究。中國軍事留學生創辦的報刊主要有：留德陸軍學生主辦的《軍學季刊》，1908 年 9 月 15 日創刊，上海商務印書館發行。陳宗達

---

1 倪延年：《中國古代報刊發展史》，東南大學出版社，2001 年版，第 347 頁。
2 倪延年：《中國古代報刊發展史》，東南大學出版社，2001 年版，第 348 頁。

主編，范崇望、王翯、李鼐等編譯。設「軍政」「兵法」「地勢學」「軍器學」「工程學」「戰務」「軍誌」「軍課」等欄目，譯載國外軍校課本、講義和操典的內容。

2、軍事教育機關刊物的代表：河北《武備雜誌》

《武備雜誌》月刊，1904 年 4 月創刊於河北保定。是目前所知的中國第一種軍事報刊。它的出現可說是中國近代軍事發生全面變化的產物。該刊由時任保定將學堂總教習兼武備研究所總編纂的日本人（多）賀忠良[1]主編。軍隊內部發行。印行數量較少。第 1 期廣告稱「本所雜誌非賣之件，除所員、贊助員各發一份外，其餘概不分派。」[2]大約在 1905 年開始公開發行。

第 17 期在刊頭上方標署「大清郵政局特准掛號認為新聞紙類」，可見此時該刊已被朝廷郵政局批准為可公開發行的「新聞紙類」印刷品。發行量 1500 冊。1906 年 11 月出版第 25 期。停刊時間不詳。

《武備雜誌》創刊號稱「以希望軍隊進步為第一義，與各軍互相聯絡，從事研求，出版雜誌，集思廣益，啟迪所知，將來擇要施行，日求精進」。設有「諭牘」「論說」「學術」「敘事」「問答」「格言」「匯錄」「問題」「史傳」「選報」「廣告」等欄目。該刊重視刊載官方信息，創刊時設置的「諭牘」「論說」專欄始終位於雜誌專欄前列。內容主要刊載不尚詞華的簡短論說，評論軍隊的精神訓練及武備得失，研究步、馬、炮、工、輜重各科學術，夾敘夾議中外軍隊的訓練規則與方法，徵文分條答覆有關武備的問題，報導中外武備或戰爭消息，介紹和刊載古今中外名將故事和軍事格言。

（1）《武備雜誌》的主要欄目

「諭牘」專欄發布諭旨，曾刊載過《奏訂練兵處分設三司章程摺》、《直督袁奏遵籌備兵餉復陳直隸現辦情形摺》、《署閩浙總督李奏設立軍政局整理營務情形摺》、《練兵處奏獎大員報效練兵銀兩摺》、《兩廣總督岑廣西巡撫柯會奏擬裁廣西綠營兵改令州縣自募親兵防剿摺》、《署滇督丁奏滇省考選陸軍學生出洋就學摺》、《兵部左侍郎鐵奏籌撥專備駐防兵丁加餉操練及擴充學堂振興工藝等用片》、《兵部奏請飭各省報現年兵馬冊籍並將二十七年以後改練

1　保定軍校紀念館館長馬永祥 2007 年 3 月 27 日下午介紹說「保定陸軍學校有賀忠良這個人。他是日本人，叫多賀忠良，是保定陸軍學校的教官」。民國初年，多賀忠良離開保定陸軍學校回國，不久遭暗殺身亡。
2　張曉鴻：《我國近代的兵事雜誌》，《軍事歷史》1985 年第 3 期。

新軍造冊報部摺》、《練兵處兵部會奏遵議出使大臣梁奏請設陸軍大學省學並選王公子弟入堂肄習摺》、《遵擬陸軍官弁服帽章記圖式摺》、《閱操大臣袁鐵會奏陸軍會操情形摺》、《直督袁奏陸軍第二鎮訓練有效謹將出力各員照章擬獎摺》、《練兵處議覆王侍御請推廣酌送自費生出洋學習武備奏摺》、《步軍統領衙門奏酌擬整頓衙署官員暨兩翼五營辦法摺》等奏摺。

《武備雜誌》「論說」專欄曾刊（譯）載《論軍人之可貴》、《論軍人當知道有直接保國之義務》、《論軍紀》、《論服從》、《論兵丁之精神教育》、《論官弁應知兵丁之性質》、《練兵宜先煉心論》、《軍隊宜禁黨援而明賞罰論》、《官長喊口令時宜正體勢論》、《論軍人精神》、《望編纂每標歷史》、《論軍用略字》、《德國兵事報論日本武士道這強國之本》、《論此次秋操之影響》、《論日本戰後所用戰法》、《武備精神教育大義》（保定陸軍幼年學堂總辦演說和學生筆記）、《治兵先治本論》、《江蘇徵兵官勸應徵兵啓》、《論籌防松花江之匪患》、《論秋季演習操法之宗旨（選津報）》等文，強調對將士進行精神教育。有較多篇幅刊載有關軍隊精神教育文章，選載訓兵白話篇和《求闕齋弟子論》、《庸閒齋筆記》等書片斷，主張採用教導、磨練、表率、引誘等方法，對將士進行智、仁、勇爲核心的倫理道德觀念教育，養成「攻擊之精神」，「忠君愛國」。第 12 期載隱名氏的《軍隊教育私見》一文中認爲「宮保訓練總說曰：自古節制之師，在乎訓練。訓以固其心；訓以精其技。兵不訓罔知忠義；兵不訓罔知戰陣。然權其輕重，訓爲最要。」論述軍隊教育訓練重要性。

《武備雜誌》「學術」專欄曾刊載《擊放效力學》《戰場搜索法》《馬上測繪法》《論瞄準》《步兵野外單人教練》《論中國武備》《送武備學生留學日本序》《野戰炮兵教育》《現用之子母彈》《指示彈擊目標法》《炮隊變換陣地之時機》《炮隊單炮部分教育法》《日本現用步槍穿力考驗》《新兵教育概論》《寫命令法》《在敵火下步隊隊形》等文和譯文《日俄陸軍比較優劣論》（英國《泰晤士報》）、《論要塞攻擊法》（日本《朝日新聞》）。

《武備雜誌》的「廣告」欄通常一期刊載廣告三五則，廣告內容較爲單一，鮮有商業廣告。創刊號的「廣告」欄所載 5 則廣告分別是《所員及贊助員姓名》《前教練處編印各書》《將弁學堂發印書目》《各員捐款總核》《開支總核》。之後所載廣告與此類同，第 2 期刊載《續入本所贊助員》、《本所廣告》，第 7 期刊載《升調各員》、《除名各員》，第 13 期刊載《三月份收支各款清單》、《武備雜誌改良章程提要》，第 19 期刊載《北洋武備研究所章程摘要》。

（2）《武備雜誌》軍事新聞的傳播

　　《武備雜誌》對軍事新聞傳播的認識和實踐經歷了由意識模糊到觀念明晰的過程：所刊載新聞的位置從游離於不同欄目，到設置基本固定的新聞性欄目；刊載新聞的篇幅逐漸大幅度的增加。所刊載的新聞一般與軍事活動有關，主要分布在該刊的敘事、匯錄和選報等欄目。

　　刊文內容定位不明的「敘事」專欄，除了刊載《俄國陸軍考》（「錄外交報譯日本博文館日露戰爭實紀第一號」）和《關於行軍操演雜感》《敬告各軍官長現用之槍考驗第一次之成績（附表）》《關於軍語述鄙見》《研究餘談》等不同屬性的文論，也刊載《將弁學堂弁目學營諸隊步馬炮工連合演習紀事》、《河南武備學堂開校記》（「選河南官報」）、《紀旅順俄軍近狀》（「譯日本時事新報駐旅日人與降日俄兵問答原稿」）、《紀俄軍偵探被獲事》（「譯日本北清新報」）等與軍事相關的新聞。

　　創刊號即開設的「匯錄」專欄是《武備雜誌》刊載和傳播新聞的主要途徑。刊發新聞時，按照新聞的屬性或區域特點，按照「匯錄」、「中國軍事」、「各省兵事」逐級編排新聞。先後刊載過《常備軍第一鎮消息》《西藏消息》《日探單身退敵圖（並識）》《抵死保守軍旗圖》《旅順投降日俄兩將會見圖》《整頓火器健銳兩營》《紀江南將弁學堂近事》《瓊州漸次撤防》《籌款擬建洋式營房》《記設江西督練所》《詳紀征兵入伍盛典》《歡迎新兵入伍》《南京陸軍小學聘洋人為參議》《又電飭查辦教練官墜馬斃命事》《記浙省武備小隊馳赴海寧剿匪情形》《北洋陸軍兵丁擬普施教育》《示禁穿用軍人服制》等新聞消息。1906 年 10 月，清朝練兵處在河南彰德府（今南陽）組織秋操（演習）。同月出版的《武備雜誌》第 23 期「匯錄」欄刊載《本年秋季大操閱兵大臣評判場訓詞》《光緒三十二年秋季大操閱兵處辦事細則》《光緒三十二年南北軍秋季操訓令》《光緒三十二年秋季大操信號規則》《本年秋季南北軍大操戰報全錄》《三十二年秋操評判紀要》《大操閱兵處職員表》《各國觀操人員》，在《中國兵事》子欄目《北洋》中按時序刊載《皇太后注重秋操》《閱兵大臣由京起節》《毓將軍起程紀期》《紀袁鐵兩大臣閱兵隨員》《陳觀察隨袁鐵兩帥閱操》《奏請頒給閱兵大臣關防》《本年秋季大操計劃之總綱》《天津督練處北軍會操之計劃》《南北兩軍會操調拔情形》《紀第一鎮預備秋操》《秋操南北軍未集合以前之演習》《兩軍接戰之概要》《兩軍功力適敵》《南便裝隊擊北便裝隊》《兩軍各有雌雄》《南北又戰》《閱兵分列式》《密集隊之運動》《派員慰勞南

北兩軍》《校閱馬隊》《軍操方略完美》《舉行閱兵典禮》《秋操賓主歡宴》《閱兵大臣答謝外賓》《英督贊秋操之馬隊》《閱兵大臣及秋操員回京》等 26 篇稿件，較全面地報導了當年新建陸軍的秋操。

約在 1905 年 7、8 月間新設的《選報》專欄基本屬於新聞專欄，曾刊載過《調查海軍七大問題》《常州徵兵紀事》《練兵處議設憲兵》《決擬設參謀本部》《北洋機器局仿造過山炮》《湖北軍隊之起色》《新疆提督移駐防俄》《吉林改編新軍近聞》《改設陸軍部消息》《天津試驗奧國新槍》《派員赴皖募兵》《軍營裝設電燈》《議設武備中學》《海軍軍港擇定四處》《桂省趕添炮船保護航路》《粵督擬聯合各省開會會議陸軍中學辦法》等新聞性內容。

3、軍事團體的代表性刊物：《武學》《軍國指南》和《軍華》

隨著清末「新政」和「仿行憲政」的推進，西風愈烈，軍界和學界對近代軍事的研究也迅速引起關注。由軍事（研究）團體創辦的刊物也逐漸多了起來。這一階段由軍事團體創辦的軍事刊物主要有以下幾種。

（1）武學編譯社創刊於日本的《武學》

《武學》，1908 年 5 月創刊於日本東京，編輯兼發行者署「武士」，印刷者署「藤澤外吉」，武學編譯社發行。中國留日學陸軍的劉宗紀、蔣蔭曾、王天培、孫傳芳、周蔭人、盧香亭、楊文愷、李根源、唐繼堯等 68 人發起成立武學編譯社。由社員公舉總代表、總經理、總編輯、書記、會計、庶務、校對（各一人）和各兵科科員。留日陸海軍學生監督李士銳、出使日本大臣留學生總監督李家駒、駐日公使署參贊留學生副總監督張煜全、陸軍馬步科監督高爾登、陸軍學堂正監督曲同豐為「特別名譽贊助員」。

《武學雜誌簡章》宣稱「鼓吹尚武精神」，「研究兵科學問」，「詳議徵兵辦法」，「補助軍事教育」，「討論各國軍備」，「振興海軍計劃」。[1]設「社說」「教育」「學術」「海軍」「雜俎」「傳記」「文苑」「軍事小說」「調查」等 12個欄目。16 開精裝印刷，黑體大字「武學萬歲！中國萬歲！四萬萬同胞均萬歲！」赫然呈現在讀者面前。指出在世界處於激烈的生存競爭時代，只有加強軍隊，奮力武學，才能競存於世界；中國欲在世界爭存須準備戰爭，欲戰爭則必須有武有學有尚武精神，並對軍人進行精神教育，才能操之勝券。唐繼堯在第 3 期刊文《論中國軍隊急宜注重精神教育》中說，日本某中將云：中國之軍

---

1 丁守和：《武學》，中國社會科學院近代史研究所文化史研究室，丁守和：《辛亥革命時期期刊介紹》（第三集），人民出版社，1983 年版，第 461 頁。

隊，所謂練耳練目練手練足，而不練心者也。法人阿爾威斯德亦說：中國之軍隊有形式而無精神，行分列式則有餘，馳驅戰場則不足。唐繼堯指出：人之責我者正所以警我，侮我者實所以益我；愚者以爲遭侮，智者以爲拜賜。吾人果因人而奮興也，從此投袂而起，一掃舊日惡習，振起愛國強國之熱情，培養尚武精神，使人皆講武，民盡爲兵，更有何國足以揶揄吾中國，睋皆吾同胞者哉！「則今日之笑罵我、侮辱我、牛馬奴隸我者，其忍與此終耶？」[1]

（2）桂林軍界人士創辦的《軍國指南》

《軍國指南》月刊，1910 年 5 月 2 日在桂林創刊。由同盟會會員和桂林軍界人士組織成立的廣西軍國指南社主辦。刊物爲 32 開，鉛印，直排，文字無標點符號，線裝成冊。報社幹事長楊曾蔚，總編輯覃鎏鑫、經理呂公望。由廣西官書局代爲印刷，桂林城內廣西軍國指南社總發行。經費來源，除辦報者自籌，主要由社會各界人士捐款。廣西巡撫張鳴岐、臬臺王之祥、諮議局議長陳樹勳和劉人熙、駱成驤、陶敦勉等作序或致祝辭。

該刊聲稱「旨在發達尚武精神，普及軍事知識，研究軍事學問，決定邊防計劃，討論徵兵辦法，考求各國軍備」。設「論說」「兵術」「法制」「調查」「文牘」「雜俎」「文苑」「小說」「來稿」「海軍」等欄目。覃天存、楊曾蔚、何緒基、尹昌衡、武士等撰稿。刊載《廣西軍國指南社序言》（陶敦勉）、《武德論》（尹昌衡）、《予之軍人觀》（楊曾蔚）、《初級定規戰術》（關敏）、《論中國南方宜注重局地戰及其要領》（天存）、《法領印度支那之概況》（何緒基）等文。傳播包括本省、外省和外國的部隊及軍事教育等消息，以外國軍事消息爲主。後因時任廣西巡撫張鳴岐將從事革命組織宣傳活動的經理呂公望及主筆等趕走，出版 3 期停刊。[2]

（3）北京軍國學社創辦的《軍華》

1911 年 7 月創刊於北京，月刊，軍國學社編輯兼發行。同年 10 月，武昌起義爆發即停刊。軍國學社宣稱：「研究軍事學問，鼓吹軍國主義」（《軍國學社簡章》），「本學社特爲昌明軍界起見，思與我軍界及軍界以外之愛國人士、潛修學者，公得智識交換之益，力振講學明道之風，凡有鴻篇巨製、格言名

1　轉引丁守和：《武學》，中國社會科學院近代史研究所文化史研究室，丁守和：《辛亥革命時期期刊介紹》（第三集），人民出版社，1983 年版，第 471 頁。
2　徐行者的博客：《廣西唯一的軍事報刊〈軍國指南〉》，http://blog.sina.com.cn/s/blog_54e2903c01000ak2.html。

箋、關係軍國之謨猷者，惠寄本社，無不宣贊登載，相期提振」(《本社特別廣告》)。[1]設「諭旨」「論說」「學術」「調查」「軍事要聞」「譯叢」等欄目，發表軍事學術論文，著重分析沙俄動向和研究中國西北邊防，報導外國軍事動態，介紹外國軍事科技。

除上述軍事報刊外，清末創辦的軍事報刊還有[2]：《軍事白話報》，肇鴻主辦，1905 年 9 月 30 日在北京創刊。出版後不久即被袁世凱以「軍事機關密計，最忌洩密」，「決不能任民間發行軍報」爲由咨請巡警部查封。

二、民國南京臨時政府成立前後的軍事新聞傳播

軍事新聞業的媒介形態在武昌起義後出現了革命性的變化，在形式上最明顯的標誌就是報與刊的分立。以新聞報紙爲出版形式的軍事新聞媒介在辛亥武裝起義勝利後就出現了。

（一）湖北軍政府及南京臨時政府的軍事新聞傳播。

在孫中山領導創建中華民國臨時政府前，革命黨人 1911 年 10 月 10 日在湖北武昌舉行反清武裝起義（史學界稱爲「武昌首義」）成功後，成立了中華民國鄂（湖北）軍政府，並於 1911 年 10 月 16 日創辦發行了中華民國湖北軍政府機關報《中華民國公報》。

1、《中華民國公報》的軍事新聞傳播

由於《中華民國公報》是武昌首義後成立的中華民國湖北軍政府的機關報，所以以刊發軍政府文告、檄文、軍法、律令和宣傳軍政府方針政策和施政決策爲基本功能。但由於當時處於由南方革命黨人領導指揮的反清武裝力量「革命軍」（俗稱「南軍」）和聽命於北方清政府命令趕來圍剿鎮壓武昌反清起義軍隊的清朝軍隊（俗稱「北軍」）之間的戰鬥狀態，爲了鼓舞革命軍民的鬥志，《中華民國公報》在公布軍政府文告、政策、法令以及外交方針的同時，有大量的篇幅報導革命軍與清軍的戰鬥以及革命軍取得的戰績。該報每天安排兩個版面用「大捷」、「大破」、「大勝」、「大喜」、「捷報」、「喜報」等激動人心的主題詞刊載革命軍在前方與清軍作戰的戰績和動態；同時大量報導清軍內部倒戈或內

---

1 《本社特別廣告》，徐博東、徐萬民：《軍華》，中國社會科學院近代史研究所文化史研究室，丁守和：《辛亥革命時期期刊介紹》（第三集），人民出版社，1983 年版，第 704 頁。
2 倪延年：《中國古代報刊發展史》，東南大學出版社，2001 年版，第 347～348 頁。

部混亂的消息，如《水師投誠》《防營歸順》《北軍不聽調遣》《敵軍水陸受困二誌》《敵軍缺槍缺彈》《敵艦無炭無米》等消息不絕載於報紙。[1] 儘管是刊載在綜合性的新聞報紙上，但完全應屬於軍事新聞傳播的範疇。

2、《軍聲》報的軍事新聞傳播

武昌起義勝利並成立湖北軍政府後，迅速得到國內各省的響應，紛紛宣布獨立。以四川為例，1911 年 11 月 12 日，曾省齋等人在廣安成立蜀北軍政府。11 月 22 日革命黨人在重慶舉行起義成立重慶蜀軍政府；5 天以後的 11 月 27 日，大漢四川軍政府在成都宣告成立。20 天以後（1911 年 12 月 17 日）即創刊了四川《軍聲》報。

《軍聲》報在大漢四川軍政府註冊登記。因當時清朝皇帝尚未宣布退位，官方紀年法仍採用「宣統三年」，該報為表示不再承認清政府對四川的統治，所以在報紙創刊時間的記載上採用了漢族傳統的「黃帝紀元」紀年法。把報紙創刊時間的「公元 1911 年 12 月 17 日」記載為「黃帝紀元四千六百九年十月二十七日」。創刊號全部套紅，報頭標明「本日報紙送閱以為出版紀念」。[2] 日出小 4 開（相當於 4 開報紙三分之二）4 版，單面鉛印。設「緊要新聞」「公牘」「論說」「專件」「本省新聞」「特別紀事」「時評」「文苑」「雜俎」「報條」「諧藪」等欄目。《本報緣起》稱「今軍政府新立出，救吾民於水火，合大眾為一家。群英競起各奏而能作赤縣之干城，為黃胄之爪牙，以護衛我父兄子弟、老幼男女永享安樂，悉我軍人之天職也。無論往時，為陸、為防、為旗、為團，舊怨胥捐，親於骨肉，共凜風紀，益崇道德，杜絕鬩牆之釁，恢弘禦侮之功。鼓鴻爐，鑄眾心，化合諸賢，熔成一志。發軍人之異彩，揚大漢之天聲，煌煌烈烈，鼓吹戎行，此本報所由發起也。同人不敏，合肩斯任，尤冀鴻才碩儒，共匡不逮，俾文德武功，龍騰虎步，焜耀六合，合此吾儕之大願也。」[3] 報紙的內容除公布四川軍政府任職人員名單，刊載《祝大漢四川軍政府成立辭》、《大漢軍政府告全蜀父老兄弟文》、《大漢軍政府再告全蜀父老兄弟文》、《軍政府此次成立之原因》等文。12 月 21 日出版的第 4 號報紙，在「特別紀事」專欄介紹蔡鍔、楊盡誠、尹昌衡、張鳳歲等雲、貴、川、陝軍政府領導人，稱他們都是留日學生，

1　唐惠虎、朱英主編：《武漢近代新聞史》（上），武漢出版社，2012 年版，第 249～253 頁。
2　王綠萍：《四川近代新聞史》，四川大學出版社，2007 年版，第 360 頁。
3　王綠萍：《四川近代新聞史》，四川大學出版社，2007 年版，第 360 頁。

秘密加入孫文學會，「回國未久，即立大功」。[1]

中華民國臨時政府於 1912 年元旦宣告成立，孫中山出任「中華民國」第一任臨時大總統（海陸軍大元帥），標誌著中國新聞事業的歷史正式進入了「中華民國時期」，中國軍隊新聞業也正式進入了中華民國軍隊新聞業時期。

三、民國袁世凱時期的軍隊新聞業

由於報刊的籌備到創辦須一定的時間籌備，而孫中山領導創建的民國南京臨時政府的實際運作時間僅僅三個月餘，所以有些軍隊刊物還沒有來得及創辦，中央政府就北遷辦公了。民國袁世凱時期的軍隊新聞業主要包括：軍隊創辦的報刊、軍人在國外創辦的報刊和軍隊團體及學術組織創辦的以軍事為主題內容的報刊。

（一）軍隊創辦的新聞報刊

清朝結束民國創立，中國社會改朝換代，但並沒有停止清末開始的募兵建軍熱潮。各省督軍都忙於擴充軍隊。民國初年軍隊創辦報刊影響最大者，既不在清末新軍的發祥地天津，也不在打響武昌起義第一槍的湖北，而是在西南內陸四川瀘縣創辦的《軍報》。

《軍報》月刊，1912 年 12 月 1 日創刊於四川瀘縣。四川陸軍第一師偕行社機關報。該師師長兼節制南路漢軍右八營陸軍中將周駿兼任社長和編撰主任。他曾留學日本，學習軍事，是共和黨四川支部成員，接替尹昌衡任大漢四川軍政府軍政部部長。1912 年 11 月 18 日，周駿組織成立四川陸軍第一師偕行社，「考求軍事，研究軍學」，「維持軍界之秩序，涵育軍人之情性」。[2]時人稱偕行「緣我軍人勇公戰，怯私鬥。設曰無衣，可與之同袍也。設曰興師，可與之偕作也。」「今以此二字為社名，其志蓋勇而堅，其義亦深而遠，其開軍人智識，振尚武精神。」[3]該刊 32 開本，刊載社論、電報、軍事技術、雜俎、文牘、章制、文苑、調查等。創刊號封面是兩面交叉的武昌起義旗幟，姚倬章所撰《軍報宣言》稱「軍敗於聾勝於聰，聰則軍學發展，軍情會通。否則囿於局地，處以幽室，接而無聲，萬籟俱寂；銅山西崩，洛神東應，不知其

---

1 王綠萍：《四川報刊五十年集成》，四川大學出版社，2011 年版，第 35 頁。

2 王綠萍：《四川報刊五十年集成》，四川大學出版社，2011 年版，第 46 頁。

3 輜重營副劉安勃：《偕行社說》，《軍報》第 1 期，轉引王綠萍：《四川近代新聞史》，四川大學出版社，2007 年版，第 360～361 頁。

來。惟人是問：噫此何聲也？胡爲乎來哉？給之曰地震，欺之曰春雷。聲狀如是，豈不可哀！矧我軍人，不可無聞，藉聞研究，理據其根，其聞維何？曰：《軍報》是。凜凜軍聲，煌煌軍政，中外洞觀，古今借鏡。廣遠搜羅，發爲言論。志趣高尚，宗旨純正。光懸其鵠，以期前進。顧我社員，互相考證。」[1]設欄目「雜俎」「文牘」「章制」「調查」等。刊載偕行社員合影、社論《整軍》（周駿）和《攻擊》（周駿）、《初級戰術》（林爽）、《兵我》（姚倬章）、《維持軍用票公啓》（第一師長）、《由東京返國前一夜與普通一諸君話別集句》（周駿）、《哀悼白先生七律詩四首》（鄭璘）、《洮南蒙兵陣亡之確數》、《軍官學堂之風潮》、《湖北兵變始末記》等。

除了《軍報》月刊，當時還有《軍事通俗白話報》。該報 1916 年下半年創刊於湖北武漢。日出一張，宣傳淺近軍事學術和愛國思想。湖北省督軍王占元批准創辦。其所屬軍官張某鑒於軍人讀書不多，爲建立「文明勁健軍隊」而提議創辦。[2]

（二）軍事團體創辦的新聞報刊

民國建立初期，軍事團體紛紛成立。辛亥革命勝利，清朝政府「黨禁」瓦解，革命黨人所在的南方地區和北洋軍盤踞的北方地區都出現了一些由軍人或軍事將領組織的團體。一些軍事團體創辦了以研究軍事理論或傳播軍事新聞爲主要功能的報刊。

1、民初軍事團體及軍事報刊概況

南方的軍事團體主要有：黃興、蔣作賓、張華輔等 173 人 1912 年 2 月在南京組織的南北軍人聯合會，會長黃興。該會成立電報稱該會「擬謀軍事研究，所以求增進學術；辦軍事報，以求交換知識；謀俱樂部，以期聯絡感情」。[3]其他的還有南京陸軍將校聯合會（1912 年 2 月 25 日），南京軍界組織同胞社（1912 年 5 月，會長黃興），軍界統一會（1912 年 3 月）和團隊聯會會等。北方的軍事團體主要有：姜桂題、段祺瑞、馮國璋等發起組織的北方軍界聯合團體（1912 年 1 月），南北軍界統一聯合會（1912 年 3 月 25 日），全國將校團（1912 年 3 月），中華民國海軍協會（1912 年 3 月，會長吳振南），陸軍

---

1 王綠萍：《四川報刊五十年集成》，四川大學出版社，2011 年版，第 46 頁。
2 劉望齡：《辛亥革命前後的武漢報刊》，中國社會科學院近代史研究所：《辛亥革命時期期刊介紹》第 5 卷，人民出版社，1987 年版，第 670 頁。
3 轉引陳長河：《民國初年的陸軍軍界團體》，《史學月刊》1992 年第 4 期。

學會（1912 年，會長張德峻）和武德社。段祺瑞、鈕永建、蔣作賓等人於 1912
年 6 月 25 日發起成立軍學研究社（軍事研究社），推舉黎元洪、段祺瑞、馮
國璋、陳宧、黃興、蔣作賓、鈕永建爲名譽會長，林攝爲總幹事，聯絡留學
東西洋軍人，倡行「軍人不干涉政治，研究對外軍事」。1913 年 2 月，張作霖
在奉天成立軍學研究社；5 月，鄧玉麟、王隆中、王天縱、湯薌銘等發起組織
軍界臨時維持會；10 月，蔡鍔、蔣方震、張紹曾等組織軍事研究會。

這一階段軍事團體先後創辦的報刊有：中華民國海軍協會的《海軍雜誌》
月刊，1912 年 8 月創刊；陸軍學會的《軍事月報》，1912 年 11 月創刊；武德
社的《武德》月刊，1913 年 1 月創刊；此外，還有連續出版超過 10 年的杭州
《浙江兵事雜誌》及中國旅日軍人團體軍聲社在日本東京出版的《軍聲》雜
誌。

2、《軍事月報》

1912 年 11 月創刊於北京。16 開本，月刊。「中華民國郵政總局特准掛號
認爲新聞紙類」。[1]陸軍學會主辦，編輯處長劉光。編輯所在北京西城紅羅廠，
發行所在北京安定門大街韜園，由陸軍學會編輯處印刷所印刷。宗旨爲「軍
事學術廣漠無垠。東西先進諸邦，尚且日求精進，我國新造尤應爭著先
鞭，俾可雄邁歐亞同人等。不揣固陋，組斯學會，研究軍學，並刊月報，期與我
國軍人交相討論，互換智識，惟恐舉一漏萬，效果難收。尙望海內外同胞，
賜佳著以廣見聞，或賜教言藉匡不逮。此實本會同人所朝夕翹企者也。」[2]設
「圖畫」「論說」「學術」「譯叢」「戰史」「調查」「雜俎」「文苑」「命令」「公
牘」「會史」「會員錄」等欄目。沒有專門新聞欄目。刊載廣告。刊登詩與如
「臨喜臨怒，當有涵養心；或守或攻，當有堅忍心」之類的順口溜用於頁面
補白。原定每月 1 日出版，因抄錄命令等，從第 2 期起延至每月 15 日出版。
1913 年改爲不定期刊。創刊後受到歡迎。投稿一經選用「酌送本報若干冊」。
[3]因投稿甚多未及遍載，曾刊登啓事請作者見諒。在南京、上海、南昌、天津、
廣州、杭州、奉天、武昌、福州、太原、西安、安慶、長沙、成都、貴陽、
蘇州、桂林、吉林、黑龍江、雲南、新疆、甘肅各大書坊設代派所。[4]

1　《軍事月報》1912 年 12 月第 2 期。

2　《本會編輯處廣告》，《軍事月報》第 2 期，1912 年 12 月 15 日。

3　《緊要廣告》，《軍事月報》第 3 期，1913 年 1 月 15 日。

4　《報價表》《廣告價目表》，《軍事月報》第 2 期，1912 年 12 月 15 日。

3、《軍聲》雜誌

1912 年 11 月 1 日創刊於日本東京，月刊。中國旅日軍界人士組織軍聲社主辦，經理張爲珊，編輯兼發行人蔣介石、杜炳章。社址設日本東京府下代代木山谷一四三番地。在上海棋盤街、北京琉璃廠、漢口花樓底等設發行所，委託各省都督府軍務司出售。[1]出版 6 期停刊。旨在「調查各國軍情，補助軍事教育，鼓吹尙武精神，輸入軍事知識，研究軍事學術」。廣告稱「本雜誌之體裁，仿傚日本偕行社記事之例，而略加變通。（一）圖畫。（二）論說。（三）學術。（四）調查。（五）特別紀事內外緊要新聞。（六）特別紀錄最新兵器及學術。（七）小說。（八）雜俎。（九）傳記。（十）文苑。」「當此破壞初畢，建設伊始之際，凡論說、學術、調查、特別記事、特別紀錄爲最要，故本雜誌權重以上五部，而其餘各部亦擇優選錄。」[2]闡述軍事戰略與策略，提升軍事能力，以武力維護國家利益，介紹列強軍事力量發展，尤其關注日本軍力狀況，特別注意兵器，抨擊沙皇俄國企圖佔領中國領土、鼓動外蒙古獨立的活動。

後來成爲民國南京政府總統的蔣介石時爲該刊編輯兼發行人。他在《軍聲》發刊詞中稱「吾國人今日對於軍事最宜注意者，一曰鼓吹尙武精神也。二曰研究兵科學術也。三曰詳議徵兵辦法也。四曰討論國防計劃也。五曰補助軍事教育也。六曰調查各國軍情也。」「以上諸綱，均爲軍事之關鍵，而列強所恃以雄視世界者，其大端實亦不外乎此。本社同人編輯軍聲，將欲揭破各國之陰謀。而曉音瘏口，警告國人以未雨綢繆之計者，意在斯乎！意在斯乎！」[3]《軍聲》雜誌以「聲」爲名意在發表政見。蔣介石在該刊先後發表過《軍聲雜誌發刊詞》、《軍政統一問題》、《巴爾幹戰局影響於中國與列國之外交》、《蒙藏問題之根本解決》、《革命戰後軍政之經營》、《徵蒙作戰芻議》等文，倡言「鐵血主義」，主張武力「徵蒙」，認爲中國的主要敵人莫過於日、俄、英三國，以日俄最爲危險。要與日本搞好關係，集中力量對付俄國。中國應建立高效、集權的中央政府，制止內亂，維護統一，抵禦外侮。「吾國今日之現狀，非破除省界，集權中央，不足以固共和；非

1　《辛亥紀事：蔣介石與陳其美》，http://www.360doc.com/content/12/1119/2068001_248782412.shtml。

2　《〈軍聲〉雜誌出版廣告》，北京《軍事月報》第 2 期，1912 年 12 月 15 日。

3　蔣中正：《軍聲雜誌發刊詞》，轉引《世界兵學雜誌》，第 2 卷第 3、4 期合刊，1942年 12 月 31 日。

改設管區，統一軍政，尤不足以導共和，故中央集權之要鍵，關於軍政統一問題爲尤切耳。不然則軍政紛亂，漫無收束，而財政人口物資之流弊，更不知伊於胡底也。」[1]

4、《武德》月刊

1913 年 1 月創刊於北京，同時軍事學社及《大陸軍國報》併入武德社。1912 年 10 月成立於北京的武德社。陳宧、楊雨爲正副社長，總務股長陳乾，編輯股長何筠慈。黃興、閻錫山、譚延闓、李烈鈞、黎元洪、唐繼堯、段祺瑞、張鳳翔、柏文蔚、蔣作賓、馮國璋、湯薌銘、姜桂題、曲同豐、陸建章、蔡鍔爲名譽社長，黃興聲稱「承公推弟爲貴社名譽社長，當隨諸公後稍效馳驅，將來宣揚國威，稱雄於世界，弟亦與有榮光矣。」[2]該刊月刊。16 開本。[3]主編李著強。編輯所在北京香爐營頭條西頭，發行所在北京永光寺西街屯，國光新聞社印刷所印刷。「中華民國郵政總局特准掛號認爲新聞紙類」。1914 年 11 月停刊，共出版 9 期。

孟彥倫《發刊詞一》中稱「觀國者至謂，此次革命爲報紙之成功。豈非吾軍人之大恥哉……昔英將戈登曰中國之兵道德心缺乏之故，終不能與歐洲抗衡。斯言之吾恥之。今思之，無亦道德缺乏，而軍政武學兩無進步……本社同人提倡武德，刊行雜誌，用除規勸之義」。[4]蔣作賓《發刊詞二》說：軍人在文明社會受到崇拜，「惟軍人有武德故。武德維何？本愛族類，愛國家之心理，具尚勇猛致果敢之精神，其處也。重信義惜廉恥，耐勞苦盡職分。急公益端志趣。視國事如己事。愛名譽如性命，其出也。千軍一心，萬眾一體，指臂互連，形影相依。前無勁敵後有猛虎，雖拔山舉鼎不足喻其力，赴湯蹈火不足挫其氣。……國家藉之爲干城，人民恃以爲保障」。[5]先後刊載《論現時代軍人之責任心》（楊丙）、《論精神教育宜先知兵之情形》（楊丙）、《論中國須實行徵兵》（陳調元）、《各省兵變感言》（蘇暲）、《上陸軍總長意見書》（元柏香）等文。1913 年第 4～7 期，連載蔡鍔輯錄《曾（國藩）胡（林翼）治兵語錄》。雜誌發行代派所設武德社各省支部和杭州、南京、上海、南昌、天津、

1 蔣介石：《軍政統一問題》，《蔣介石軍聲雜誌六篇文章》，wenku.baidu.com/view/c7abf 77d0242aece40e.html。
2 《黃興佚文 22 篇》，http://www.sohu.com/a/158825870_620255。
3 《武德》1913 年 1 月第 1 期。
4 孟彥倫：《發刊詞一》，《武德》1913 年 1 月第 1 期。
5 蔣作賓：《發刊詞二》，《武德》1913 年 1 月第 1 期。

濟南、廣州、奉天、武昌、福州、太原、西安、安慶、長沙、成都、貴陽、蘇州、桂林、吉林、黑龍江、雲南、新疆、甘肅各大書肆。因經費吃緊，1914年9月第7期開始，「除陸海軍各機關團體及本社社員照舊送閱外，其餘閱報諸君則按照後列價目表收費」。[1]

5、《浙江兵事雜誌》

1914年4月創刊於杭州，月刊。編輯及發行者初署浙江兵事雜誌社，後改署浙江軍事編輯處。林之夏、厲家福等主持。陸軍第5軍軍長、浙江都督兼省民政廳長朱瑞為發起人。「中華民國郵政局特准掛明第三十三號」。終刊時間不詳，已知1926年4月出版第144期。

《發刊詞》稱「浙江素以文學雄東南」，「晚清之季，世界列強之趨勢，知非武不足以立國。有志之士，於是群起，捨文吉而講武備，浙之人亦爭先恐後，求學成以為世用。……革命軍起而清社屋矣。今者河山光復，再歷星霜，破壞既終，建設初伊，斯誠吾軍人抒展抱負」。「軍事之道，非千歧萬派，其極端一歸於實用之學問經驗，互相印證，互相發明，其理乃顯，其術乃精，其用乃宏，東西各國。於專門學術，皆有學會以聯其情，有叢報以通其意。故能……一日千里。我國改良軍事之議，發乎於數十年前，今日而學問與經驗兩派伊然如東西洋海水之隔，未嘗溝通。近來始有陸軍學會、武德社等之發見，雜誌出版者有數種，……殆將以是為溝通學問經驗之巴拿馬運河，同胞諸君抒展抱負致力於軍事之發動機歟。雖然軍事之學博大精深，……應時事之要求作研究之起點而已」。[2]所設欄目大致可分學術、新聞、文藝和其他四類。學術類欄目有「論說」「學術」「戰史」「法令」等，新聞類欄目有「海外珍聞」（「世界大事」「各國軍情」）「國內要聞」「別錄」「零紈碎錦」「圖畫」等，文藝類欄目有「詩詞」「小說」等，其他類如「公牘」「雜俎」。經常刊登文化出版方面廣告，尤其是浙江軍事編輯處軍事類圖書的出版廣告。[3]

「論說」「學術」「戰史」「法令」等欄目學術視野廣闊，所載文章具有較高軍事學術價值。《浙江兵事雜誌》24期雜誌「論說」欄共刊文483篇，內容

---

1 《本社特別啟事》，《武德》1914年9月第7期。
2 轉引侯昂妤：《近代軍事學期刊的創辦及其學術功能——以〈（浙江）兵事雜誌〉為例》，《軍事歷史研究》2011年第2期。
3 《廣告價目》，（浙江）《兵事雜誌》1915年5月第14期。

廣泛，涉及戰爭、第一次世界大戰、軍事制度、軍事指揮、軍事學術、戰略戰術、軍隊教育、軍事技術、軍隊政治、軍事經濟、軍備、軍隊衛生、兵種協同、軍事後勤、輜重行軍、軍事心理、軍事地理、軍事文化、軍事交通、軍事工業動員、精神教育、青年將校擇偶、陸軍、海軍、騎兵、飛機及外交、國際法、國民性等諸多問題。「學術」專欄刊文 929 篇，涉及戰術、射擊、步兵、軍事技術、空軍、軍事教育、軍事後勤、騎兵、炮兵、攻擊與防禦等方面。「論說」和「學術」欄所載譯文主要譯自日本文獻。[1]

《浙江兵事雜誌》的「海外珍聞」「世界大事」「各國軍情」「國內要聞」「別錄」「零紈碎錦」「圖畫」等新聞傳播類欄目，報導世界和本國軍事動態，介紹世界軍情佔了很大比重。1915 年 5 月第 14 期「國內要聞」欄，刊載新聞 26 條，其中「中央」新聞 15 條，「本省」新聞 4 條，「外省」新聞 4 條，「蒙邊」新聞 3 條。每條新聞都有如《我國新發明之軍用炊具》、《開辦工兵學校》之類標題，篇幅較簡短，短的連標題 66 字，長的連標題 677 字；「別國軍情」欄，刊載 1 篇評論、4 條新聞，其中《達達納爾海峽之攻擊》有通訊的味道。1924 年 4 月第 120 期「國內要聞」欄，刊載新聞 26 條，每條新聞篇幅明顯增加，最短一條《東省日警越界捕人事件》連標題約有 780 字，最長一條是《新疆與蘇俄之局部商約》，連標題約有 1900 字。刊載「歐洲十九世紀霸王拿破崙」、「美國民主黨候選總統有望者勃賴陽氏」、「美國共和黨候選總統之有望者伍德將軍」、「法京巴黎之拿破崙凱旋門」、「日俄沙河對陣中日軍之防禦陣地」等圖片及「應用戰術研究法附圖」等。

《浙江兵事雜誌》的發行採取讀者訂購和折扣代銷並行的方式進行。第三期刊登廣告稱「本社為推廣銷路起見，凡代售本雜誌五十份以上五百份以內者，照原價八折批發。在五百份以上千份以內者，照原價七折批發」。[2]售價基本穩定。刊登的廣告主要是文化出版方面，尤其經常刊登浙江軍事編輯處編譯的軍事類圖書出版廣告。廣告價格分為三等四檔。特等廣告一面，一期 30 元；上等廣告一面，一期 20 元；普通廣告一面，一期 12 元；普通廣告半面，一期 7 元。[3]

1　侯昂好：《近代軍事學期刊的創辦及其學術功能——以〈（浙江）兵事雜誌〉為例》，《軍事歷史研究》 2011 年第 2 期。

2　《廣告》，（浙江）《兵事雜誌》1914 年 6 月第 3 期。

3　《廣告價目》，（浙江）《兵事雜誌》1915 年 5 月第 14 期。

第三節　民國創建前後的外國在華新聞業

外國在華新聞業是特指由外國人在中國土地上通過創建新聞媒體、實施新聞採集、編輯、傳播等新聞活動以實現其文化傳播、政治宣傳、經濟收益等目的的社會文化事業。「明」去「清」來的十七世紀中葉，西方在「文藝復興」後進入資本主義階段，新動力和機械的出現和應用，勞動生產效率大幅提高，商品冗餘，急需尋找新市場。中國作爲一塊尚未開發的「樂土」引起西方關注，包括新聞人在內的各式人等通過各種方式和途徑來到中國。

一、民國創建前的外國在華新聞業概況

儘管米憐受馬禮遜指使在馬六甲創辦的《察世俗每月統記傳》是第一種近代中文報刊（有新聞史著作稱之爲「中國近代第一種中文雜誌」[1]），但該刊實際上並不是創辦於中國領土，所以不能認定是「外國在華新聞業」的起源。

（一）外國在華新聞事業起源的考察

如細究外國在華新聞業的起源，似乎可把清宣宗道光二年（壬午年）農曆七月二十七日（公元 1822 年 9 月 12 日）在我國澳門創辦的葡文報紙 A Abelha da China（譯作《蜜蜂華報》或《中國的蜜蜂》，係「澳門有史以來的第一份報紙」，[2]實際上也是外國人在中國土地上創辦的第一份報紙），視爲外國在華新聞業的開端。該報紙具備以下幾個條件：首先該報是在中國土地上創辦。雖然葡萄牙人早在 1553 年就藉口晾曬水濕貨物登上澳門海岸並進而搭建棚屋爲臨時居所賴在了澳門，但直到 1887 年 12 月中國和葡萄牙兩國政府簽訂《中葡和好通商條例》後，葡萄牙人才在法理上獲得了「永居管理澳門」的權力。葡萄牙人 1822 年在澳門創辦《蜜蜂華報》時，澳門還在中國廣東地方政府管轄之下，是完完全全的中國領土；其次是《蜜蜂華報》的創辦人爲土生葡人（即在澳門出生的葡萄牙人）巴波沙中校，具有葡萄牙國籍，並根據葡萄牙國王關於「土生葡人可以擔任市議員」的法律成爲當時葡萄牙人在澳門的資產階級立憲派領袖，是一個完完全全的「外國人」，由他創辦的《蜜蜂華報》當然屬於「外國人在華新聞媒介」；再則是《蜜蜂華報》的內容包括了商貿信息、社會新聞、政府公文、政情信息、會議通告、記錄及政府與市民的往來信函等內容，具有了近代新聞

1　劉家林：《中國新聞通史》（修訂版），武漢大學出版社，2005 年第二版，第 37 頁。
2　程曼麗：《〈蜜蜂華報〉》，澳門基金會，1998 年版，第 40 頁。

媒介傳播滿足社會各界新聞信息需要內容的主要特徵。因此，我們認為，1822年 9 月 12 日在澳門創刊的《蜜蜂華報》是「外國在華新聞業」的起源。

（二）民國創建前外國在華新聞報刊業的演變

《蜜蜂華報》創刊後，外國人在中國土地上創辦新聞媒體、傳播新聞消息的活動就絡繹不絕。隨著外國在華新聞媒介的迅速增加和創辦者追求的價值目標差異，外國在華新聞媒介出現明顯的分化。其內在結構逐漸清晰地出現三個板塊：

第一個板塊是一些宗教意志「篤定」的西方傳教士依託教會系統繼續創辦以宣傳宗教教義和教理（有時也兼帶宣傳一些科學知識）為主要內容的教會刊物，主要在教會成員和信教者間傳播和流傳；

第二個板塊是一部分具有商業頭腦的外國人把創辦新聞報刊視作投資發財的路徑，由此出現了以 1861 年創刊於上海的外國人在華所辦第一種新聞報紙《上海新報》、1872 年 4 月 30 日由英國商人美查（Ernest Major）創辦並很快打敗《上海新報》的《申報》（別稱《申江新報》）、1893 年 2 月 17 日在上海創刊由英國人丹福士為總董、斐禮思為總理的《新聞報》及由法國領事和天主教人士等出資由英斂之創辦的天津《大公報》等為代表的商業性新聞報紙；

第三個板塊是一些西方傳教士從早期立足「傳教」向意在「傳學」，再從「傳學」轉向「從政」，其代表性刊物是《中國教會新報》及其繼承者《教會新報》和《萬國公報》。美國傳教士林樂知 1868 年 9 月 5 日在上海創辦《中國教會新報》，1872 年 8 月 31 日改名《教會新報》，實現了由「宗教刊物」向「科技知識刊物」的轉變，又於 1874 年 9 月 5 日改名為《萬國公報》，實現了由「科技知識刊物」向「綜合性時事政治刊物」的轉變，1883 年 7 月 28 日休刊。《萬國公報》於六年後的 1889 年 2 月復刊，卷數另計，成為廣學會機關報，實現了從一般性「綜合性時事政治刊物」向英美在華基督教組織機關報《萬國公報》的轉變[1]。通過幾次轉變，《萬國公報》在中國政治生活中的影響力越來越大。資產階級維新派領袖康有為、陳熾籌集經費，梁啓超、麥孟華負責編輯的第一份以宣傳資產階級維新思想為宗旨的報刊就仿其取名為《萬國公報》。

---

1 倪延年：《中國古代報刊發展史》，東南大學出版社，2001 年版，第 299～300 頁。

（三）民國創建前各資本主義列強在華新聞業的變化

由於世界各國資本主義的發展有先有後，所以來華的外國新聞人也因其所在國家的發展階段不同而出現差異。第一波來到中國的是英國、美國、法國、德國以及葡萄牙等「先發」的西方資本主義國家的傳教士（一部分成為政治冒險家或新聞人），創辦報刊的高潮大致在 19 世紀中葉至 19 世紀末前後，此後即與日俱衰；第二波是作為「後起」資本主義列強的日本和沙皇俄國。據不完全統計，自日本人松葉平三郎 1890 年 6 月 5 日在上海主編的《上海新報》（日文版）創刊，到作為日本領事館及日本僑民言論機關的《鐵嶺時報》創刊的 1911 年 9 月 1 日為止的 21 年兩個月內，日本人先後在中國的上海、福州、天津、大連、安東、奉天、漢口、營口、遼陽、長春、香港及鐵嶺等地創辦了 28 種日文報刊[1]，平均每年達 1.3 種，表現出既要插足全中國，又重點爭奪東三省的特點。沙皇俄國也不甘落後，根據重點經營「遠東地區」的策略，在我國東三省創辦了諸如《新邊疆報》1899年 8 月、《哈爾濱公報》1903 年 6 月、《滿洲里》1905 年 12 月、《東方通訊》1907 年 2 月、《新生活報》1907 年 11 月、《亞細亞時報》1909 年 7 月及《哈爾濱商業通訊》1910 年 3 月[2]等報刊，類型多樣，目標明確，咄咄逼人。

二、民國南京臨時政府時期的外國在華新聞活動

1911 年 10 月 10 日，武昌起義爆發，湖北宣布獨立。之後兩個月內，湖南、廣東等省紛紛脫離清政府宣布獨立。1912 年 1 月 1 日，十七省代表齊聚南京，推舉孫中山為臨時大總統。從武昌起義爆發開始，許多外國在華報刊就持續關注革命的走向，進行了深入地報導。

（一）武昌起義後外國在華報刊的新聞報導

最早報導武昌起義的外國在華報紙是漢口租界內的英文報紙《漢口日報》。10 月 10 日，該報以「俄租界大事件‧革命機關之暴露‧炸彈與革命宣傳品已被查獲」為題簡單報導了起義爆發新聞。次日，又以「革命運動‧武昌發現叛亂者‧匪首之處決」詳細報導了起義當天武昌情形，「昨天一清早，武昌城門緊閉，禁止出入，異常的驚恐蔓延著。訪問之際得知夜間曾經突然搜捕革命黨人，結果捉得 28 個嫌疑犯。」駐漢口各國領事致函軍政府宣布嚴

1　倪延年：《中國古代報刊發展史》，東南大學出版社，2001 年版，第 292 頁。
2　倪延年：《中國古代報刊發展史》，東南大學出版社，2001 年版，第 292 頁。

守中立後，《漢口日報》於 18 日繼以「親眼證實的報導」「清軍方面的消息」「對鐵路沿線的採訪」等爲消息來源繼續報導與武昌起義相關消息。

創刊不久的上海《大陸報》也迅速報導了武昌起義消息。10 月 12 日，該報頭版頭條發表了武昌起義消息。當時，該報記者丁格里就在武昌，除了爲《大陸報》發送一些短訊外，他還將其親臨戰場拍攝的「黎元洪與參謀在陣地指揮作戰」、「革命軍炮擊清軍」、「清炮兵行進」等照片給《大陸報》發表，[1]轟動一時。此後，該報一直報導武昌起義後續新聞。該報在北京、東京、紐約等地均有分社和駐站記者。武昌起義爆發後，又聘請南京、九江、蘇州、杭州、鎮江、濰縣等地英美僑民做特約記者。此外還大量轉載中外大報和通訊社的報導，其中刊載路透社的稿件尤多。11 月 20 日，丁格理獨家採訪了黎元洪。

12 月 25 日，孫中山抵達上海，各報記者紛紛採訪。《大陸報》主筆密勒向孫中山提了四個問題。第一，與日本關係。孫答：「吾輩將與各國政府皆關係。吾輩將建設新政府，豈不願修好於各國政府？」第二，是否任大總統問題，孫中山不置一詞。第三，「君帶有鉅款來滬供革命軍乎？」。答曰：「革命不在金錢，而全在熱心。吾此次回國，未帶金錢，所帶者精神而已。」第四，「革命軍中有否內訌？」答曰：「吾輩從無內訌之事。」[2]12 月 30 日，孫中山當選臨時大總統後，《大陸報》記者克勞採訪孫中山。

沙俄政府支持的哈爾濱中文報刊《遠東報》也迅速報導了武昌起義。10 月 18 日，該報刊載文章《論武昌兵變》，認爲革命引發兵變，後果嚴重；並建議清政府嚴厲鎮壓武昌起義。《遠東報》對待武昌起義的態度與沙俄政府一脈相承。對沙俄而言，維持其在華利益是首先考慮的問題，顯然一個由清政府統治的中國要比動盪的中國更符合其利益需求，所以反對中國的革命是沙俄的一貫態度。

日本人中島眞雄創辦的瀋陽《盛京時報》在武昌起義爆發後就以「鄂亂別報」「革命大亂匯誌」「武昌亂事匯誌」「匯記武昌失陷後之情形」「追記鄂垣革黨肇亂前之實況」「各省革命亂事匯誌」「鄂亂匯誌」等爲標題進行了持續報導。至 11 月 9 日，標題基本固定爲「革命大亂彙報」，並成爲一個固定欄

1　胡寶芳：〈簡析辛亥革命中的《大陸報》──1911 年 10 月 12～31 日〉，《史林》，2002（1s1）年版，第 75～79 頁。

2　中國社會科學院近代研究所：《孫中山全集》（第 1 卷），1982 年版，第 572～573 頁。

目。滿洲鐵路株式會社機關報《滿洲日日新聞》則將辛亥革命定義爲「叛亂」。北京《順天時報》一直秉持君主立憲主張，力求維護清朝統治，消弭革命。

（二）南京臨時政府成立後外國在華報紙的新聞報導

民國南京臨時政府成立後，全國各大報紙予以極大關注，成爲其新聞報導的重點內容之一。1月6日，《大陸報》記者就伍廷芳出任法部總長而引發社會非議，採訪了孫中山後，闡明了伍氏任命理由，「惟吾華人以伍君法律勝於外交……。中華民國建設伊始，宜首重法律，本政府派伍博士任法部總長，職是故也。」[1]《大陸報》的報導質量頗高，也常被其他報紙轉載。如2月2日，《申報》以《大陸報之大局觀》爲總題轉載該報四則新聞。2月15日，袁世凱獲南京臨時參議院選舉爲第二任臨時大總統後，《大陸報》還仍然對孫中山進行了持續的關注和報導。

（三）民國南京臨時政府時期外國記者的在華新聞活動

孫中山在南京宣誓就職臨時大總統後，世界各國非常關注辛亥革命以及後續形勢的發展，各大報社和通訊社派駐中國的記者和通訊員將大量的報導源源不斷地發往世界各地，其中最爲活躍、影響較大的有莫理循、端納和司徒雷登等人。

莫理循，1862年2月4日出生於澳大利亞維多利亞州的季隆市（Geelong）自小喜歡徒步旅行。1894年2月11日至5月21日，莫理循從上海出發，沿長江向西，一路經武昌、宜昌、重慶、宜賓、昭通等地到達昆明，後又南下進入緬甸，最終抵達緬甸首都仰光。莫理循將所見所聞記錄成文，後集結成書，於1895年以《一個澳大利亞人在中國》爲名在倫敦出版，深受好評，被《泰晤士報》聘爲記者前往暹羅（今泰國）採訪。1897年2月莫理循被《泰晤士報》派往中國。

辛亥革命爆發前，莫理循爲《泰晤士報》採寫了大量時事政治新聞，他的報導準確及時，向歐美讀者提供了一架觀測遠東特別是中國局勢的望遠鏡，使他們可以進一步瞭解列強在遠東特別是在中國的動向與事態。莫理循大量收集西文中與中國相關的圖書，並創辦莫理循圖書館，注重實地調查，這些都爲他獲得新聞來源提供了幫助。[2]他重視社交，廣泛結識了大量上層人

---

1 陳夏紅編：《孫中山答記者問》，中國大百科全書出版社，2012年版，第33頁。
2 竇坤：《莫理循與清末民初的中國》，福建教育出版社，2005年版，第49頁。

士和在京外國人士，包括英國的甘伯樂、戈頒，俄國公使巴府羅富，德國公使海靖，美國公使田貝以及日本外交人員矢野文雄、林權助、林董等。同時他也注重和中國人的交往，他結交的中國人包括了李鴻章、袁世凱、伍廷芳、曾廣銓等官員及丁文江、伍連德等受過歐美高等教育的文化人士。[1]辛亥革命爆發之際，莫理循爲《泰晤士報》持續提供重要的報導，相當程度上得益於他多年廣泛交友積攢下的資源。莫理循在政治上明顯傾向於袁世凱，並以實際行動支持袁世凱，不僅游說南方的革命黨支持袁世凱當總統，而且游說日本外交官改變君主立憲的立場。1912 年 2 月 15 日，《泰晤士報》刊載莫理循提供的通訊《滿人倒臺，遜位條件》，報導了外國人在上海的商會發給慶親王奕劻和攝政王載灃以及袁世凱的通電，該通電敦促清廷盡早下詔，宣布退位。

端納，1875 年出生於澳大利亞新南威爾士州的里斯峪。1901 年，端納受聘悉尼《每日電訊報》記者職位，兩年後升任副主筆。1903 年，端納前往香港擔任《德臣報》副主筆，同時還兼任一些外國報紙通訊員。端納剛到香港不久便去廣州拜見當時的廣東巡撫張人駿，被任命爲張人駿的顧問，主要就中國華南政府有關事務提供諮詢。1904 年 1 月下旬，端納看到路透社電訊說日本東鄉司令率領的艦隊正在開往旅順，便斷定戰爭即將發生，當即決定北上。他離開香港前，給悉尼《每日電訊報》、墨爾本《年代報》、阿德萊德《廣告報》、布里斯班《信使報》發了電報，說明戰爭即將到來，幾家報紙都任命他爲通訊員。[2]他經由上海前往神戶，到達神戶的第二天，俄國和日本就開戰了。但是，新聞敏銳的端納並未能前往戰爭前線，1905 年 3 月回到香港。

1908 年，端納在香港認識了胡漢明、宋耀如等人，並成爲革命黨人的支持者。武昌起義爆發後，端納在革命黨人設在上海的總部工作，幫助革命黨人聯繫英國總領事弗雷澤。在革命軍攻打南京的戰役中，他還前往前線參戰。當他得知林述慶和徐紹楨產生矛盾，便赴鎮江進行調節。因傳聞通往南京的鐵路埋藏了地雷，端納租用火車頭從鎮江開往南京，偵查鐵路沿線的情況，後又跟隨林述慶的部隊前往南京。當戰鬥還在繼續時，他便在太平門外車站的電報局給澳大利亞《先驅報》寫出了兩千字的電訊。1912 年 1 月 1 日，端納參加了孫中山的就職典禮，並對整個活動作了報導。第二天，端納便幫孫中山起草了南京臨時政府向全世界發表的宣言。

1　竇坤：《莫理循與清末民初的中國》，福建教育出版社，2005 年版，第 51 頁。
2　竇坤：《莫理循與清末民初的中國》，福建教育出版社，2005 年版，第 22 頁。

司徒雷登則在武昌起義爆發後便向國內發回了大量的新聞報導。他密切關注南京的局勢變化，隨時把南京的所見所聞傳回國內。1911 年 11 月 6 日，他報導說「大約有 60%的居民逃離了這座城市（南京），有不少人在混亂中趁火打劫，當地官員幾乎放棄了所有使城市回復秩序的企圖」。司徒雷登對這場革命持完全支持的態度，稱讚這場革命是中國的「獨立戰爭」，希望美國人能像看待美國「獨立日」那樣看待辛亥革命。他寫道「我們國家的誕生，特別是我們進行革命的經歷、所確立的制度和我們的華盛頓，都已成爲今天中國革命要實現的理想」。[1]鑒於司徒雷登關於中國政局的高質量報導，美聯社從 1912 年開始聘請他擔任戰地通訊記者，負責報導中國政局的發展態勢。[2]

1912 年 4 月 1 日，孫中山親臨南京參議院並在會上發表辭職演說，宣布正式辭去臨時大總統職務。司徒雷登作爲唯一的外國記者出席了這次會議，成爲這一歷史事件的見證者。擔任美聯社記者的半年時間裏，司徒雷登撰寫了大量關於中國時政的文章，其中影響較大的幾篇有《南京的局勢》（Conditions in Nanking, The Missionary Survey, January1912, pp.165～166）、《親歷南京的戰爭》（War Experiences at Nanking, The Missionary Survey, March1912, pp.387～389）、《革命後的南京與中國》（At Nanking, China, After the Revolution, The Missionary Survey, March1912, pp.617～618）、《中國的國民大會》（Meeting of National Assembly of China, The Missionary Survey, July1912, pp.664～666）、《爲中國總統和內閣舉行的酒會》（A Reception to the President of China and the Cabinet,The Missionary Survey, March1912, pp.672～673）。[3]

三、民國袁世凱時期的外國在華新聞業

進入民國後，外國在華新聞業繼續發展。這段時間外國在華報刊發展最快的當屬日本，從東北到華北再到華南，都出現了大量由日本人所辦的報刊。日本在華通訊社也發展迅速，由日本外務省支持的東方通訊社短短幾年就在中國建立起通訊網絡。1914 年，密蘇里大學新聞學院首任院長威廉博士訪問中國，由此開啓了他個人及密大新聞學院與中國新聞事業和新聞教育事業的不解之緣。

1　郝平：《無奈的結局：司徒雷登與中國》，北京大學出版社，2011 年版，第 29 頁。
2　郝平：《無奈的結局：司徒雷登與中國》，北京大學出版社，2011 年版，第 31 頁。
3　郝平：《無奈的結局：司徒雷登與中國》，北京大學出版社，2011 年版，第 33 頁。

（一）外國在華記者的新聞採訪活動

辛亥革命後中國的走向受到世界各國的關注，歐美及日本各大報紙源源不斷地將記者派往中國，有的還聘請在華傳教士、外交官、商人擔任通訊員，由此形成了一個外國在華記者群體。據《申報》統計，1913 年常駐上海的外國記者有：《紐約新報》阿爾、《芝加哥時報》安徒生、《美國聯合報》柯克、《倫敦泰晤士報》佛米斯、《倫敦五月報》卜斯、倫敦《每日電訊報》辛博森、《柏林日報》薩次曼、《德文新報》柯理爾、《每日新聞》半島、《朝日新聞》神田正雄、《新支那報》安藤等。[1]日本人西原龜三 1916 年日記稱，當時他在華設宴招待日本在華記者，到場的就有龜井陸郎、小川節、安東、酋崎觀一、神田正雄、新橋等記者。進入中國才短短數年的日本媒體在華發展速度，已經有趕超英美之勢了。[2]這些外國在華記者發揮各自才能，廣泛深入地報導發生在中國土地上的各種時事，有些人還參與其中並影響了某些重大事件的進程。其中較有影響的是接任莫里斯出任《泰晤士報》首席駐華記者的福萊薩。

福萊薩（David. Stewart. Fraser，1869～1953），出生於 1869 年。1900 年在南非參加過布爾戰爭，成為《泰晤士報》遠東通訊員，前往威海衛設立無線電接收站。1904 年日俄戰爭爆發後被《泰晤士報》派往日本擔任隨軍記者，在遼東半島等地目睹了日俄為爭奪中國土地租借權展開的激烈海戰。所撰的新聞報導以《現代戰役》為名集結出版後曾轟動一時，被譽為解釋和報導現代戰爭的開山之作。辛亥革命爆發後，福萊薩為《泰晤士報》寫了大量的報導，並別出心裁地從南京金陵關稅務司盧力飛（R. Luca）那裡得到一張「中華民國軍政府鄂軍都督黎布告」發給《泰晤士報》，並呼籲將這份「非常有趣」的歷史性文件刊登出來。[3]袁世凱當選臨時大總統後，莫理循被聘為民國政府的政治顧問。接替莫理循出任《泰晤士報》首席駐華記者的是福來薩。1914 年，他兼任《字林西報》駐京特派員，也曾兼職上海《英商公會月刊》的通訊員，多次報導重大事件。直到 1928 年回英國。

辛博森（Bertram Lenox Simpson，1877～1930），是一個生於寧波的英國人。1902 年，辛博森辭去海關的工作，進入新聞業，擔任英國報紙駐北京通

1　《申報》，1913 年 3 月 9 日。
2　張功臣、東方夢尋：《舊中國的洋記者》，福建人民出版社，1999 年版，第 76 頁。
3　張功臣：《外國記者與近代中國：1840～1949》，新華出版社，1999 年版，第 87～88 頁。

訊員，1911 年辛亥革命後應聘於倫敦《每日電訊報》，是當時一位比較活躍的在華外國新聞記者。1912 年 8 月，辛博森向《每日電訊報》發了條標題爲「中國的未來，莫理循博士的任命」的電訊，報導了莫理循出任中國政府政治顧問的消息。他除給報紙寫新聞稿外，還寫過許多關於遠東問題的書籍，並以「帕特南‧威爾（Putnam Weale）」的筆名出版。主要有《遠東的新調整》《滿人與俄國》《來自北京的有欠審愼的信函》《東方的休戰及其後果》《中日兩國眞相》《帝國的夢魘——東方的袁世凱》《來自太平洋的一則欠審愼的記事》《爲什麼中國看中了赤色》《消逝了的帝國》《張作霖反對共產主義威脅的鬥爭》《中國的苦難》等書。

（二）外國在華新聞記者與《二十一條》內容曝光

1912 年 3 月，端納應美國出版人李亞（George Bronson Rea）的邀請到上海擔任《遠東評論》（Far East Review Monthly）主編，同時寫作孫中山的傳記。1913 年，端納移居北京，接替奧爾（J.K.Ohl）出任《紐約先驅報》駐京記者。到北京後，端納身兼數職，除了《紐約先驅報》駐華記者外又任《遠東評論》主編，還擔任《泰晤士報》和《曼徹斯特衛報》等報紙撰稿人。端納很快和一些政界要員熟識起來，其中與當時交通部總長周自齊的關係最緊密。

1915 年 1 月 18 日，日本趁第一次世界大戰歐洲各國無暇東顧之際，派日本駐華公使日置益向袁世凱提交了「二十一條」的文書，並要求中方不能走漏消息。袁世凱主政的北洋政府既不敢得罪日本直接拒絕無理要求，也不敢不顧國家主權全然接受條約，所以在拖延時間的同時，有意將條約內容洩露出來。一月下旬，端納在上海接到周自齊「速回北京」電報後迅速回到京。見到周自齊後採用「特殊」的方式得知了條約的大致內容。他給《泰晤士報》發去電新聞電訊稿，但未能引起《泰晤士報》主編的注意和重視。他又向美聯社記者摩爾透漏了該消息，摩爾寫成新聞稿發給了美聯社。但美聯社社長斯通以「消息來源不明確」爲由拒絕發稿。端納不甘心，將自己記錄的「日本對華要求」的要點給了芝加哥《每日新聞》記者威廉‧翟理斯，該報一字不漏地刊登了出來。

（三）外國在華報刊的新變化

《遠東評論》（Far Eastern Review, monthly）1904 年創辦於馬尼拉，1912年遷至上海出版，由端納任主編。該刊的內容主要是評論遠東的工程、金融、

商業和船運，旨在促進遠東國家的工業發展、貿易進步和良好的國際關係。儘管這家雜誌主要刊登遠東地區的話題，卻在世界範圍內發行，在紐約、倫敦、巴黎、柏林和東京都有辦事處。其每月的全球發行量達到 6000 份。《遠東評論》是親日報刊，立場鮮明。據「最近幾期刊物進行分析的結果顯示：在這份雜誌上刊登廣告的總共 100 家公司中，有 40 多家是日本公司，只有 9 家是中國公司。它的編輯政策是反對過早地廢除外國在中國享有的治外法權，並敦促美國和日本在東方事務上進一步合作。」[1]

　　發展變化最快也最明顯的是日本在華新聞報刊。晚清時期日本人在華創辦的報刊多達一百餘種，從 1912 年到 1916 年，日本在華報刊的發展勢頭繼續延續，在東北、華北、華中等地都得到了充分的發展，其中不僅有日文、中文報，甚至出現了英文、俄文報。這一階段日本在華報刊的基本情況列表介紹如下：

表 1　東北地區的日系報刊[2]

創辦日期	報刊名稱	形　式	語　言	出版地	創辦者
1912.2.11	開原新報	日報	日文	開原	山田民五郎
1912.3.29	東報	日報	俄文	哈爾濱	布施騰治
1912.3	滿洲淨土宗教	月刊	日文	遼陽	福田單明
1912	協和	半月刊	日文	大連	滿鐵會社社員城所英一
1912	吉林時報	週刊	日文	永吉	
1913.3.12	滿洲野	每月發行六次	日文	鐵嶺	迫田朵之助
1913.3	大陸	月刊	日文	大連	森宣次郎
1913.4.3	安豐新聞	日報	日文	本溪湖	罔完起
1913.7.28	滿洲重要物產商況日報	日報	日文	大連	照井長次郎

1　趙敏恒：《外人在華新聞事業》，暨南大學出版社，2011 年版，第 68～69 頁。
2　周佳榮編著：《近代日人在華報業活動》，三聯書店（香港），2007 年版，第 9～110 頁。

1914.7	北滿洲	週報	日文	哈爾濱	水野清一郎
1914.8.31	滿洲通信	每日兩次	日文	奉天	武內忠二郎
1915.6	大連商工月報	月刊	日文	大連	大連商工會議所
1915	長春商業時報	日報	日文	長春	伊月利平
1916.8	滿蒙	月刊	日文	大連	中日文化協會

表2　華北地區的日系報刊[1]

創辦日期	報刊名稱	形　式	語　言	出版地	創辦者
1912.3.1	新支那	週刊	日文	北京	藤原鐮兄
1912.11	日華公論	週刊	日文	天津	森川照太
1913.9.1	新支那	日報	日文	北京	安藤萬吉
1914.8	交涉資料	不定期	日文		滿鐵會社調查課
1914.10.11	公聞報 China Advertiser	週刊/日刊	英文	天津	松村利男
1915.1.15	青島新報	日報	日文	青島	鬼頭玉汝
1915.8	齊魯時報	隔日刊	日文	濟南	岡伊太郎
1916.6.7	山東新聞 山東每日新聞	日報	日文	青島	川村倫道
1916.6.10	青島新報/大青島報	日報	中文	青島	鬼頭玉汝、小谷節夫
1916.7	濟南經濟報 膠濟時事新報	日報	日文	濟南	岡伊太郎
1916.8	濟南日報 山東新民報	日報	中文	濟南	中西正樹
1916	天津日本商業會議所時報	週刊	日文	天津	小林陽之助

1　周佳榮編著：《近代日人在華報業活動》，三聯書店（香港），2007年版，第20～121頁。

表3　華中地區的日系報刊[1]

創辦日期	報刊名稱	形　式	語　言	出版地	創辦者
1912.1	上海日本商業會議所週報	週刊	日文	上海	上海日本商業會議所
1913.2.11	週報上海	週刊/半月刊	日文	上海	春申社
1913.11	醫藥新報	月刊	日文	上海	渡邊久作
1914.10.1	東方通信	通信	日文	上海	東方通信社
1914.10.1	上海日日新聞	日報	日文	上海	宮地貫道
1915.12	華報	日報	中文	上海	宮地貫道
1916.10.31	東亞日報	日報	中文	上海	井手三郎

表4　華南及臺灣地區日系報刊[2]

創辦日期	報刊名稱	形　式	語　言	出版地	創辦者
1914.10.1	臺灣日日	晚報	日文	臺北	
1915.7.1	臺灣通信	週刊？	日文	臺北	
1915.11	臺灣公會報		日文？	廈門	臺灣人曾原坤
1916.7.1	南日本新報	週刊	日文	臺北	
1916.7.3	新高新報	週刊	日文	臺北	
1916.7.8	臺灣商事報	週刊	日文	臺北	
1916.11	南國報	日報	中文	廣東	來原廣助
1916	東臺灣新聞	晚報	日文	花蓮	梅野清太

（四）外國在華通訊社業務的新發展

首先是英國的路透社。辛亥革命後，路透社派遣科克司（M.J.Cox）往上海擔任遠東分社主筆。1912 年秋開始，路透社遠東分社開始向中文報紙發行

1　周佳榮編著：《近代日人在華報業活動》，三聯書店（香港），2007 年版，第 28 頁。
2　周佳榮編著：《近代日人在華報業活動》，三聯書店（香港），2007 年版，第 33 頁。

新聞譯稿，當時共有 18 家報社訂購了路透社的新聞稿。爲爭奪獨家新聞，科克司還在北京等地聘請通訊員。宋教仁被刺的新聞，就是路透社駐北京通訊員懷恩（A.E.Wearne）通過澳大利亞記者率先發出的。[1]

其次是美國聯合通訊社（美聯社）。美國聯合通訊社（Associated Press of America）1915 年在上海成立分社。根據路透社的協定，剛剛成立的美聯社上海分社只負責收集新聞發回本部，自己不向上海報紙發送新聞稿。

最後是日本的東方通訊社。1914 年 10 月，日本人宗方小太郎來到上海成立東方通訊社並自任社長。該社實際由日本駐上海總領事有吉發起，其經營和發展完全受上海總領事館和日本外務省領導。東方通訊社成立之初規模很小，上海總社只有宗方和博多博兩人，在東京、北京、濟南各有一名通訊員。爲了增強影響力，東方通訊社先是與上海兩家日文報紙《上海日報》《上海日日新聞》交換電訊，又和奉天《盛京時報》及北京《順天時報》互動電訊，再在漢口成立分社，向南京派駐通訊員。這些措施使選用該社電訊報紙的數量迅速增加。1915 年，日本外務省決定東方通訊社擴大在華規模，增加東京發送的電訊，由東方社向北京、廣東、漢口、濟南等地提供電稿，這些地方也向東方提供當地的新聞，成爲日本在華最有影響力和滲透力的新聞及情報機構。

四、美國密蘇里新聞學院威廉院長訪華

沃爾特・威廉（Walter Williams，1864～1935），美國密蘇里大學新聞學院的創立者。1864 年 7 月 2 日生於美國密蘇里州布恩維爾鎮。1889 年擔任《布恩維爾報導者報》（Boonville Advertiser）主編並成爲密蘇里出版協會主席。1895 年當選美國全國編輯協會會長。1908 年被聘爲美國密蘇里大學新聞學院首任院長。1912 年當選世界報業公會會長。

1914 年，他在訪問歐洲、亞洲、美洲、非洲後於 3 月 27 日抵達北京，開始首次訪華之旅。3 月 28 日，北京報界同志會舉行歡迎宴會，美國《紐約先驅報》駐北京記者端納陪同參加。在歡迎會上，威廉介紹「彼謂將於明年組一世界新聞大會於巴拿馬三藥」，邀請中國「屆時推代表赴會。」[2]29 日中午，《新中國報》汪怡安、《京津時報》汪建齊、《國權報》李炯齊、《天民報》畢

1　張功臣：《外國記者與近代中國：840～1949》，新華出版社，1999 年版，第 80 頁。
2　《北京專電》，《申報》，1914 年 3 月 29 日。

冰公、《北京日報》劉哲民、《醒華報》王芷唐、《國華報》烏澤聲和鄭天章、《民視報》康士鐸、《民報》余變梅、《黃鐘日報》周泰森、《民憲日報》常秋史、《上海時報》駐京記者濮阿嚴等，在陝西巷醉瓊林飯莊宴請威廉和端納。宴會上，威廉建議中國開展新聞教育「於經驗外並設法辦理此項學校以造就由學問出之。」[1]

　　威廉結束北京行程後乘船前往上海繼續訪問。回國後，威廉將這次環球考察的經歷撰寫成報告，1915 年 2 月該報告以《世界新聞事業》（The world's journalism）為題，作為密蘇里大學新聞叢書第九種出版。這本書主要記載了威廉從 1913 年 6 月到 1915 年 5 月間，在全球十數個國家考察近兩千種報紙的所見所聞。威廉院長訪華受到了報界廣泛關注，許多報紙報導了他的行程，並刊登他發表的演說。如《大公報》在 1914 年 4 月 1～4 日「演說」欄中以《美人端納氏在北京報界同志會演說詞》為題進行了連載，《神州日報》則全文刊登了威廉關於世界新聞事業的演說，對於開闊中國新聞學界和業界的眼界，促進中國近代新聞教育發展具有積極的意義。

1　《太平洋東西岸之新聞家大歡宴》，《申報》，1914 年 4 月 3 日。

第七章　民國創建前後的新聞管理 體制和新聞業經營

民國時期的中國新聞業完成了從傳統新聞業向近代新聞業的歷史性演變，新聞業管理體制和新聞業經營也經歷了這種具有劃時代意義的轉變。本章主要敘述民國創立前後的新聞管理體制和新聞業經營。

第一節　民國創建前後的新聞管理體制

武昌起義成功，南京臨時政府成立，清帝宣布退位，清王朝統治終結。孫中山領導創建的民國南京臨時政府（簡稱臨時政府），創建了以言論民主為核心的新聞法制，確立了基本的新聞管理體制，對普及資產階級民主觀念，促進民初新聞事業的發展，具有重要的進步意義。

一、民國新聞管理體制生成的制度環境

中國社會從清末到民國經歷了一場巨大的變革。從封建帝國走向民主共和的巨大變化，無論在歷史記載還是文藝作品裏，最突出的符號應是非「變」字莫屬。然而民國是從清朝過來，歷史的鏈條從來一環套著一環而彼此關聯。討論民國新聞管理體制應從它醞釀、生成的社會歷史環境開始。

（一）清政府新聞管理體系的被動調試

中國古代即有邸報，也有與之相關的行政機構和一套管理的方法。清政府在此方面與之前朝代相比併無太大的變化。當西方傳教士把近代報刊帶入中國後，近代報業逐漸發展起來。清政府用封建法律管理近代報業，遭遇極大的難題。

1、清朝對信息傳播管理因循傳統舊制

清入關後基本沿襲明朝官報發行體制，在全國範圍內發行「邸報」。「邸報」經過通政使司、六科和提塘傳遞來自國家（朝廷）的信息。「邸報」是清代合法官報，在封建管理體制內傳遞信息，主要讀者是各級政府官員。

清初即出現了提塘小報。提塘分爲京塘和省塘。京塘類似後世各省「駐京辦事處」，省塘則駐各地省會。提塘小報是各地省塘自設報房發行的報紙。省塘爲方便「邸報」發行自行設立報房。到乾隆年間報房「才取得合法地位」。[1] 報房與官方有關係但工作人員不是官員，因而是半官方的。後來提塘小報出現一些問題，如先於部文到達地方，導致洩密；刊發不實消息；刊發未經六科抄發的章奏。[2] 政府對提塘小報問題往往只處理責任人而沒有將之禁絕，屬於進行政策上的調控和限制，總體比較包容和寬鬆。

朝廷對新聞出版管理比較模糊。體制內「邸報」雖受各種行政程序和規則約束，但總體並不嚴苛。民辦的京報通常遵守政府禁令，不敢逾越。因此朝廷對新聞出版管理並無專門法令，通常「引用《大清律例》刑律『盜賊類』中『造妖書妖言』條的『凡造讖緯妖書妖言，及傳用惑眾者，皆斬。』『凡妄布邪言書寫張貼，煽惑人心爲首者斬立決。』『各省抄房，在京探聽事件，錄報各處者，係官革職，軍民杖一百，流三千里。』」[3]「邸報」、提塘甚至報房都是行政系統內部的不同部門，並非獨立行業，政府對其管理基本是採取內部處理的態度。

清代的律例整體呈現從因循守舊到被動調試、再至最終崩盤的軌跡。清代律例館始設於 1645 年（順治二年），屬刑部。直至康雍時期，律例館都是特事特設而非常設機構。1870 年（同治九年）之後數十年未修訂律例。清廷嚴守舊制不變顯然是固步自封的表現。1898 年戊戌變法失敗，1901 年光緒推行新政，1902 年內閣著沈家本、吳廷芳修訂律例，1904 年設立法律修訂館負責修訂舊律，此時距清朝覆滅僅有 8 年了。新聞出版也是同樣，報業發展倒逼了政府倉促應對。

1　方漢奇、丁淦林、黃瑚、楊雪梅等：《中國新聞傳播史》，中國人民大學出版社，2009年版，第 32 頁。

2　方漢奇、丁淦林、黃瑚、楊雪梅等：《中國新聞傳播史》，中國人民大學出版社，2009年版，第 33 頁。

3　方曉紅：《中國新聞史》，南京師範大學出版社，2006 年版，第 100 頁。

2、晚清報業發展倒逼專門法出臺

鴉片戰爭後，傳教士報刊、在華外商報刊在中國土地上全面開花。19 世紀六七十年代，中國人開始嘗試自己辦報。19 世紀末維新變法時期，改良派掀起了辦報熱潮，將報刊作爲重要政治工具。這些報刊既非官方「邸報」，更不是老實聽話的《京報》。清政府面臨著一個棘手的問題。

《申報》較早明確呼籲新聞立法。1898 年《申報》發表《整頓報紙芻言》，呼籲立法。1898 年，康有爲上書光緒帝諫言制定「報律」。光緒帝發布「准許自由開設報館、學會」的詔書，並令康在參考西方報律基礎上，結合國情制定中國的報律。戊戌變法失敗後，康梁被迫流亡海外。隨著改良派向保皇、立憲方向轉變，梁啓超等人對法律、法制關注更多。梁啓超對國家、憲政、憲法和新聞法律都有思考和論述。劉廣安認爲梁啓超「是在晚清時期運用近代法典概念論述中國法制史的代表人物」[1]。1903 年清政府查禁《國民日日報》。《申報》發文指出「欲整頓報務，竟遂無法乎，曰有。考東西洋各國所出各報，必經官吏核明，始行刊布，其於謗議、漏泄皆嚴爲屬禁。中國未有報律，故終無法以處之，欲整頓各報，非修訂報律不可，否則徒禁人閱看，禁人代售均無益之空言。」[2]

清政府 1906 年頒布第一部印刷出版專門法《大清印刷物專律》，共 6 章 41 款，覆蓋全部印刷出版物，報刊自然包含其中。專律規定特設「印刷註冊總局」，負責管理出版物的登記和註冊。《報章應守規則》於同年出臺。次年又跟進《報館暫行條規》。新聞管理法規、條例的醞釀和出臺是在國家整體法律調整大背景下完成的。與國家法律整體頻繁調整和交叉矛盾一樣，新聞出版領域中的法律、則令也變動頻仍。清政府在律法上根據新聞傳播現實狀況做了一些應對性調整，但這種調整是因倒逼才啓動，被動性明顯，同時又是不徹底的，調整結果根本無法適應當時實際。所以它的最終被打破是沒有懸念的。

3、管理亂象與不得已「自我管理」

清政府在制頒管理法規上欲進又退，管理體制遲遲沒有完善，對新式報章只有恐懼和打壓。管制而非管理的工作思路導致了晚清報業亂象紛呈。新聞界人士開始自組「公會」、「同志會」以自我約束和互助。

1　劉廣安：《晚清法制改革的規律性探索》，中國政法大學出版社，2013 年版，第 2 頁。

2　《書本報所登嚴禁嚴禁國民報以後》，《申報》，1903 年 9 月 9 日。

　　清末曾有人投寄打油詩「小偷流氓，鄙道貧僧，惡少摸乳，老翁獻臀，某甲某乙，為隱其人」[1]諷刺《申報》新聞寫作風格。所謂「某甲某乙」是說報紙新聞缺少事實根據，這是對報紙新聞真實性的巨大威脅。黃協塤描繪當時新聞界的情況：「賄賂潛通則登諸雪嶺，於求不遂遂下墨池。甚至發人陰私，索人瘢垢籍端要挾，百計傾排，使人懲之不可懲，辯之不可辯，不得已賂以重賄，以期掩飾彌絕。」[2]對出家人也不放過，《新聞報》的記者敲詐和尚，被人告上縣衙。[3]業界表現在一定程度上使新聞業被「污名化」。「一般報館主筆、訪員在當時均為不名譽之職業，不僅官場中人仇視之，即社會上一般人也以其搬弄是非輕薄之。」[4]《申報》早期幾位主筆蔣芷湘、蔡爾康等人離開新聞行業後都隱姓埋名，不願張揚其新聞從業經歷。姚公鶴曾說「昔日之報館主筆，不僅在社會認為不名譽，即該主筆亦不敢以此自鳴於世。」[5]

　　20 世紀初，新聞業者始組建社團，意在自我約束和自我促進。戈公振認為 1905 年成立的「上海日報公會」是我國最早報業團體，也有學者認為英斂之於 1906 年在天津發起的「報館俱樂部」最早。[6]發起成立天津報館俱樂部的，除了英斂之還有幾個是日本人。作為國家行業組織的起初發起者大部是外國人，不僅說明業界情況複雜，也說明政府行業管理的不完善，甚至折射出主權不完整。

（二）在華外國報人是朝廷管理的「法外之民」

　　鴉片戰爭失敗後，清政府打開了封閉數百年的國門。雖然清末統治者頻繁進行調整，但終不能適應社會現實。朝廷有心管理，但現實情況是朝廷根本「管不了」。「管不了」的群體主要是享有治外法權的在華外國人。

1、領事裁判權與中國法律

　　鴉片戰爭後最先在中國獲得領事裁判權的是英國人。繼《中英南京條約》後，英國人通過 1843 年中英簽署的《五口通商章程》和《虎門條約》兩個補

1　湯傳福、黃大明：《紙上的火焰——1815～1915 的報界與國運》，廣西師範大學出版社，2013 年版，第 180 頁。

2　馬光仁：《上海新聞史（1850～1949）》，復旦大學出版社，1996 年版，第 187 頁。

3　參見徐載平，徐瑞芳：《清末四十年申報史料》，香港大華出版社，1971 年版，第 107 頁。

4　姚公鶴：《上海報紙小史》，《東方雜誌》，第 14 卷第 6 號，1917 年 7 月 15 日

5　姚公鶴：《上海閒話》，上海古籍出版社，1989 年版，第 131 頁。

6　參見趙建國：《分解與重構：清季民初的報界團體》，生活·讀書·新知三聯書店，2008 年版，第 44 頁。

充條約，獲得領事裁判權，即在華英國人不受中國法律的約束。1844 年的中美《望廈條約》使美國不但獲得英國人在《南京條約》中的權利，還擴大了領事裁判權……後來，法、德、俄及日本等列強也陸續獲得領事裁判權，並且延續到民國時期。直到 1925 年，由於上海工商學聯合會的鬥爭才最終被取消。領事裁判權庇護下的外國人不受中國法律限制，使得一些外國人在華為所欲為。

2、中國法律管轄的「法外之民」

在領事裁判權庇護之下，不少西方傳教士憑藉特權在中國土地上自由辦報。同為傳教士報紙的《萬國公報》已不必像《察世俗每月統記傳》那樣從海外繞道發生影響，而是長驅直入中國大陸。傳教士們甚至可以自由結社，發起成立「廣學會」這樣的社會組織。從政治角度來看，外國人能自由結社對中國的政治安全乃至國家主權完整，都可能產生意想不到的威脅。在清政府對外國人開放報禁之後，國人卻仍無自由辦報的權力，辦報成了在華外國人的特權。陳熾在《庸書·報館》中指責清政府在辦報上「於己之民則禁之，於他國則聽之」。鄭觀應則抨擊「坐視敵國懷覬覦之志，外人操筆削之權，泰然自安，龐然自大，施施然甘受他人之凌辱也！」[1] 1909 年 4 月 22 日，上海閘北潭子灣麵粉廠附近發生公共租界印度巡捕輪姦鄉女劉翠英事件。[2]《神州日報》對這一事件做了詳細報導。公共租界工部局竟以該報「妨礙治安，擾亂人心」的罪名提起公訴。只是由於《神州日報》案開審時，剛成立不久的上海日報工會[3]出面延請律師愛禮司君，助《神州日報》所聘律師德雷司君同時辯護，各地報館也紛紛致電上海日報工會表示聲援，使得公共租界當局「判令《神州日報》館將公堂堂諭，並自撰解釋前論，於一禮拜內登入本報三天」了事。

3、外國租界與中國的反清新聞宣傳

外國人在中國享有「治外法權」，外國租界不受中國政府和中國法律管轄，都嚴重危害了中國主權和治權的完整，這是事物的一個方面。而中國反清革命在醞釀和發展階段，反清政治力量（維新派和革命黨）都比較弱小，

1　方曉紅：《中國新聞史》，南京師範大學出版社，2006 年版，第 53 頁。

2　馬光仁主編：《上海新聞史（1850～1949）》，復旦大學出版社，1996 年版，第 358 頁。

3　趙建國：《分解與重構：清季民初的報界團體》，生活·讀書·新知三聯書店，2008 年版，第 45～46 頁。

所創辦的報刊也處在清政府封建專制的統治下，動輒封報捉人，不能公開直接動員人們反對清政府封建專制統治。在這種奇特的社會環境中，維新派和革命黨人為使宣傳反清革命的報刊能躲避清政府的管制和迫害，往往把報紙辦在外國租界或在外國領事館登記註冊，或者把國人所辦報刊借外國人名義發行，以堅持開展反清革命宣傳。從這個意義上說，外國租界在中國革命起始階段對革命黨人起到了一定的屏障作用。維新派的天津《國聞報》戊戌政變前就「假賣給日本人，希望得到日本政府的庇護。」[1] 但如姚公鶴所言「上海報紙發達之故，以全出外人之賜。而況其最大原因，則以託足租界之故，始得免嬰國內政治上知暴力。然則吾人而苟以上海報紙自豪於全國者，其亦可愧甚矣。[2]」實在不是光榮的事。

（三）租界新聞業管理的「異象」

外國人在近代中國先後設有 26 個租界。根據租界協議，外國租界由外國人組建管理機構進行日常管理：有維持社會秩序的外國警察（巡捕），有判定違法與否的是租界法庭會審公廨，判決案件的依據則是租界國的法律。總之，租界的一切由外國人說了算，儼然成為「國中之國」。

1、租界是中國政治「異質」的生存地

繼英國取得在中國通商「五口」設立租界特權後，美國 1844 年根據《望廈條約》獲得和英國同等權力後也在中國「五口」設立租界；中法《黃浦條約》又規定法國獲得在「五口」設立租界的同等權力。隨著通商口岸的增加，英、法、美、日等國在中國各地均設了租界。不僅商船可隨意靠泊通商口岸，軍艦也可隨時停泊。各國駐華使領館則在本國駐華軍隊支持下維護洋人的權力。

周德鈞認為租界是個「異質空間」、「邊緣地帶」，「在封建專制的中央集權統治下，這裡作為一個特殊的政治空間而成為各種『異端』的生長點與集聚點，也成為形形色色邊緣人群的棲息地」。[3] 這種狀況一直延續到民國時期。

---

1 馬藝：《天津新聞史——源自一八八六年的天下公器》，天津人民出版社，2015 年版，第 33 頁。

2 姚公鶴：《上海報紙小史》。楊光輝等編《中國近代報刊概況》，新華出版社，1986 年版，第 261 頁。

3 周德鈞：《漢口租界——一項歷史社會學的考察》，天津教育出版社，2009 年版，第 72 頁。

由於租界不受清政府管轄，中國的政治「異質」紛紛選擇租界作爲安身之地。嚴復等人創辦維新派的重要報刊《國聞報》不但辦公地點在租界，還一度「假賣給日本人」；武昌起義前的革命黨人在俄租界成立共進會並建立起義指揮機關。

2、租界當局與中國政府的角力

馬藝提出了天津新聞事業發展具有「多元化政治勢力與新聞事業的並存」特點[1]的觀點。由於政治勢力的多元，在租界管理中常常出現各種勢力的博弈。同一時期的兩個新聞案件——蘇報案和沈藎案的不同情形。

1903 年，《蘇報》聘請章士釗爲主筆，章太炎、蔡元培爲撰稿人，報導各地學生愛國運動。清政府對《蘇報》言論大爲不滿，照會上海租界當局，以「勸動天下造反」、「大逆不道」罪名將章太炎等逮捕，並聘請古柏及哈華托爲律師，展開訴訟。中國政府在自己境內管理本國新聞媒介活動竟要向外國駐華機構申訴，這本身就是一種「怪狀況」。清政府的計劃是先通過租界當局抓住章太炎等人，然後把章、鄒二人「引渡」到南京處以極刑。美國公使康格、總領事古納等人也秘密策劃將章、鄒移交中國官府，以便從清政府手中換取更多特權。由於各帝國主義國家在華利益存在矛盾，因而對「引渡」一事態度不一致，最終沒有成功。1903 年 12 月 24 日，公共租界額外公堂宣判章太炎、鄒容「應科以永遠監禁之罪」後，領事團對此又生異議並相持不決。一直拖到次年 5 月，才判處章太炎「監禁三年」，鄒容「監禁二年」。雖然章、鄒最終被判入獄，但政府爲原告的官司居然拖延近一年時間才宣判，並且只判了兩三年監禁。這表明清政府在與租界當局的「博弈」中鎩羽而歸，完敗。

同一時期的「沈藎案」就迥乎不同了。1903 年，沈藎從貴族口中得知中俄兩國要簽訂密約並得到了《中俄密約》草稿原文，便迅速寄給天津英文版《新聞西報》予以刊登，引起國內外各大新聞媒體紛紛轉載，對中俄關係尤爲敏感的日本新聞界還專出了號外。全國民眾群情激憤，清政府陷入非常難堪的境地。在國內外強大輿論壓力下，清政府不得不放棄《中俄密約》。隨即派人全力偵察密約洩露的原因。1903 年 7 月 19 日沈藎在北京被捕。沈藎被捕後毫不諱言自己的言行。慈禧太后發布諭旨「著即日立斃杖。」清政府於 7 月 31 日處死沈藎。革命派 8 月 23 日在上海愚園開追悼會，章太炎書寫祭文。

1　馬藝：《天津新聞史——源自一八八六年的天下公器》，天津人民出版社，2015 年版，第 17 頁。

沈藎是我國近代歷史上第一位殉職的新聞記者。

同樣是觸怒朝廷，同樣是所報導的新聞和發表的言論因報紙而廣泛傳播，同樣產生了較大的社會反響，但發生在租界的「蘇報案」糾纏拖延了一年才了結且刑罰很輕；而「沈藎案」僅短短半月就以「杖斃」結案，這充分反映出租界「多種勢力博弈」和清政府「隻手遮天」的區別。

二、民國南京臨時政府時期的新聞管理體制

武昌起義後，革命洪流愈加洶湧。民國南京臨時政府成立後，將精力更多地投入到與北方軍閥談判如何實現共和方面。臨時政府在不影響共和國體前提下，「援用」一些前清技術性條款，以有效行使社會管理職能。

（一）臨時政府新聞管理體制對清末的繼承與改進

1906～1908 年，清廷相繼頒布了《大清印刷物專律》、《報章應守規則》、《報館暫行條規》及《大清報律》，構成了比較完備的新聞法律體系。臨時政府從以下幾個方面對前清的新聞管理法制進行繼承與改進。

1、相似的新聞管理權限劃分

革命黨人強烈的宣傳活動引起清朝統治者警覺，遂加大對新聞的監管。「但在那時，對新聞的管制，既無專門的法律和一定的政策，又無系統的案例可循，一般禁令都是由朝臣就耳目所及奏請皇帝，下令實施。其主要內容，不外管制發行、禁止洩密、防護軍機和事前審查與禁載戲衰文字等項。」[1]清政府對新聞監管的職能分散在多個部門：印刷總局執掌「所有關涉一切印刷及新聞記載」的登記「註冊」，[2]但印刷總局同時「隸商部、巡警部、學部」。三部各有所司（主要職責），且在「印刷物」管理方面職能交叉，但具體劃分卻不得而知，對新聞的監管職能仍舊歸屬不清。

臨時政府在這個方面並沒有實質性改變。臨時政府設陸軍部、海軍部、外交部、司法部、財政部、內務部、教育部、實業部及交通部等十個國家行政部門。但其中無一部門為新聞管理而專設。對社會新聞業管理的職責分別有三個部門承擔：其中交通部長「管理道路、鐵路、航路、郵信、電報、航舶並運輸造船事務，統轄船員」，涉及到新聞電訊稿的拍發、報刊發

---

1 張宗厚：《清末新聞法制的初步研究》，《新聞研究資料》，1987 年第 3 期。
2 李俊等點校：《大清印刷物專律》，懷效鋒主編：《清末法制變革史料》，中國政法大學出版社，2010 年版，第 332 頁。

行的郵寄以及報刊物資的運輸流通等方面；內務部長「管理警察、衛生、宗教、禮俗、戶口、田土、水利工程、善舉公益及行政事務，監督所轄各官署及地方官」。其中的「警察」事務涉及新聞傳播活動的日常管理及行政處罰等方面；教育部長「管理教育、學藝及曆象事務，監督所轄各官署學校，統轄學士教員」[1]則涉及到被納入社會教育範疇的新聞及報刊雜誌的管理、新聞教育的興辦即新聞專業人才的培養等方面，但無從知曉新聞監管職權的具體歸屬。

2、相似的新聞宣傳方式

遠古中國皇權神聖不可侵犯。「民可由使之，不可由知之」成為統治者維護絕對專制統治的「鐵律」。要維護君主統治和神聖皇權，自是沒有政務公開一說，民間更是諱談「國事」。自北宋基本定型的朝廷官報（名稱隨朝代而異，學界多以「邸報」統稱）沿用至清廷時期。「諭旨及奏疏下閣者，許提塘官謄錄事目，傳示四方，謂之邸報。」[2]邸報由各省駐京提塘官謄錄，因而還不是嚴格意義上由朝廷主辦的官報。作為政府發布官方消息和行政命令的合法渠道，為各級官員而非百姓提供朝政消息。在「百日維新」期間，光緒帝根據維新派建議頒布了幾十道改革詔令，允許自由創立報館、學會。這是清朝第一次正式承認官報以外的民間報紙有合法存在的權利，既給了民眾一定程度的言論、出版、結社自由，也為資產階級革命思想的傳播提供了一定空間。

1906 年清廷宣布「預備立憲」，御史趙炳麟奏請設立中央政府官報，「朝廷立法行政，公諸國人」，「使紳民明悉國政，為預備立憲基礎之意」[3]。1907年 10 月 26 日，《政治官報》正式創刊，由憲政編查館所設官報局主持。該報每日一期，以派銷為主，利用行政渠道，自上而下，層層分攤。《政治官報》章程稱「本報為開通政治起見，無論官民，皆當購閱，以擴見聞。除京內各部院各省督撫衙門由館分別寄送外，其餘京師購閱者，由館設立派報處照價發行；外省司道府廳州縣及各局所學堂等各處，均由館酌按省分大小配定數

1 《臨時政府公報》第二號，劉萍、李學通主編：《辛亥革命資料選編·第四卷》（下冊），社會科學文獻出版社，2012 年版，第 537 頁。
2 （清）永瑢：《歷代職官表》卷 21，陳玉申：《晚清報業史》，山東畫報出版社，2003年版，第 287 頁。
3 《考察政治館奏辦〈政治官報〉酌擬章程摺並清單》，上海商務印書館編譯所編纂：《大清新法令》第四卷，商務印書館，2011 年版，第 557 頁。

目發交郵局寄各省督撫衙門，分派購閱。」[1]內容包括：諭旨、批摺、宮門鈔第一、電報、奏咨第二，奏摺第三，咨箚第四，法制章程第五，條約、合同第六，報告示喻第七，外事第八，廣告第九，雜錄第十。[2]

　　1912年元旦，民國臨時政府在南京宣告誕生，1月29日開始出版《臨時政府公報》，沿用前清官方公報的形式發布官方新聞及行政信息。該報《暫定則例》宣布「本報爲臨時政府刊行」，「以宣布法令、發表中央及各地政事爲主旨」，「暫定門類六：曰令示，曰電報，曰法制，曰紀事，曰抄譯外報，曰雜報」，「日出一冊」，「政府對於各地所發令示，或宣布法律，凡載登本報者，公文未到，以本報到後爲有效」，「凡各官署皆有購閱本報之義務，唯具印文請領者，皆照定價五折徵納。」[3]1912年4月1日孫中山辭去臨時大總統職務。4月5日南京參議院議決「本院自本月初八日始休會十五日。」[4]公報隨之停刊，最後一號爲4月5日出版的第58號。[5]發行方面，《臨時政府公報》和清廷《政治官報》一樣也是採取由中央核發，地方各級政府訂閱並下發的模式。時任臨時大總統的孫中山專門發布「總統令」，明確「臨時政府成立，政事上一種公布性質，宜有獨立機關經營，以收其效，則發行公報是也。……應令各行政機關咸有購閱該報之義務。除將暫定則例登載該報一律照辦外，爲此令該部都督衛戍總都督知照，並通飭所屬一體遵照。」[6]可知臨時政府在官報經營管理方面，無論是開辦目的，還是報章體例和發行方式，都與清政府時期頗爲相似，意在「百家爭鳴」的報界開闢專屬官方的宣傳陣營。袁世凱也不例外，1912年2月13日「令將原清政府之《政治官報》更名《臨時公報》，繼續發行。」[7]

1　《謹擬開辦官報章程繕具清單，恭呈御覽》，上海商務印書館編譯所編纂：《大清新法令》第四卷，商務印書館，2011年版，第559～560頁。
2　《謹擬開辦官報章程繕具清單，恭呈御覽》，上海商務印書館編譯所編纂：《大清新法令》第四卷，商務印書館，2011年版，第558～559頁。
3　《臨時政府公報》第四十一號，劉萍、李學通主編：《辛亥革命資料選編‧第四卷》（下冊），社會科學文獻出版社，2012年版，第859頁。
4　《參議院議決案彙編：文電》，北京大學出版社，1989年10月複印本，第371頁。
5　劉萍、李學通主編：《辛亥革命資料選編‧第四卷》（下冊），社會科學文獻出版社，2012年版，第517頁。
6　《臨時政府公報》第四號，劉萍、李學通主編：《辛亥革命資料選編‧第四卷》（下冊），社會科學文獻出版社，2012年版，第546頁。
7　韓信夫、姜克夫主編：《中華民國史大事記》第一卷（1905～1915），北京：中華書局，2011年版，第323頁。

3、改進的報紙創刊程序

清廷初始，報館開辦和報紙創刊並無法定程序。1906 年頒行的《大清印刷物專律》共有六章四十個條款，是清廷管制新聞的第一次立法。其中規定報紙開辦實行註冊登記制度。規定「京師特設一印刷總局，隸商部、巡警部、學部。所有關涉一切印刷及新聞記載，均須在本局註冊。」「凡以印刷或發賣各種印刷對象爲業之人，依本律即須就所在營業地方巡警衙門，呈請註冊。其呈請註冊之呈，須備兩份，並各詳細敘明實在，及具呈人之姓名籍貫住址，又有股份可以分利人之姓名籍貫住址。……九、凡印刷人印刷各種印刷對象，即按件備兩份呈送印刷所在之巡警衙門，該巡警衙門即以一份存巡警衙門，一份申送京師印刷註冊總局。」[1] 清政府的註冊登記制要求創刊人申報詳細登記個人信息，同時要求具有「年滿二十歲以上之本國人、無精神病者、未經處監禁以上之刑者」條件者才能充任報紙的「發行人、編輯人及印刷人」[2]。1907 年的《報館暫行條規》把註冊登記制改爲批准制。規定「凡開設報館者，均應向該館巡警官署呈報，俟批准後方准發行。」[3] 到《大清報律》頒布時，又改爲實施保證金制度，同時預先審查。

民國臨時政府對新聞管理的舉措主要有如下幾個方面。首先要求創設報紙採取申報註冊。臨時政府內務部頒行的《暫行報律》規定「新聞雜誌已出版及今後出版者，其發行及編輯人姓名須向本部呈明註冊，或就近地方高級官廳呈明咨部註冊，……否則不准其發行」[4] 其次是規定新聞從業人員的資格限制。《大漢四川軍政府報律》規定「凡充發行人、編輯人者」，須「年滿二十歲以上之本國人」、「無精神病者」、「且未經以私罪處監禁以上之刑者」。[5] 再則是明確禁止報紙刊載「破壞共和」的內容。《暫行報律》明確規定「流言煽惑，關於共和國體有破壞弊害者」「停止其出版」。《大漢

1　李俊等點校：《大清印刷物專律》，懷效鋒主編：《清末法制變革史料》，中國政法大
　　學出版社，2010 年版，第 333 頁。

2　李俊等點校：《大清印刷物專律》，懷效鋒主編：《清末法制變革史料》，中國政法大
　　學出版社，2010 年版，第 332 頁。

3　《報館暫行條規》第一條，中國第一歷史檔案館，順天府檔案，膠片 132，28-4～
　　323-001。

4　《臨時政府公報》第三十號，劉萍、李學通主編：《辛亥革命資料選編·第四卷》
　　（下冊），社會科學文獻出版社，2012 年版，第 791 頁。

5　邱遠猷、張希坡：《中華民國開國法制史：辛亥革命法律制度研究》，首都師範大學
　　出版社，1997 年版，第 220 頁。

四川軍政府報律》則對報紙的禁載範圍作出了明確的規定。儘管新聞界對「流言煽惑，關於共和國體有破壞弊害者」「坐以應得之罪」強烈抵制，但對「呈明註冊」並無異議。可見臨時政府對清政府有關技術性條款的援用是得到社會認可的。

4、相仿的新聞管理措施

清廷及臨時政府時期，都對違犯相關新聞監管法規的行為規定了一系列懲處措施，在此方面，臨時政府在清政府基礎之上有所發展。

清朝初年沒有針對專門管理新聞宣傳的法令，對相關事件處理也多是援引其他律文。光緒二十九年（1903年）「蘇報」案的定罰依據是《大清律例》中刑律盜賊類的「造祅書祅言」條[1]。《大清印刷物專律》規定的懲罰主要有罰金、監禁或二者並罰，對違法的印刷物予以銷毀或充公。如規定「凡未經註冊之印刷人，不論承印何種文書圖畫，均以犯法論」；「凡發販或分送不論何種印刷對象，如該對象並未印明印刷人之姓名及印刷所所在者，即以犯法論。……即依本律本章第六條之罰鍰，或監禁，或罰鍰監禁兩科之法科之。並將所有無印刷人姓名及印刷所所在之各該印刷對象充公或銷毀」，「凡印刷人印刷各種印刷對象，即按件備兩份呈送印刷所在之巡警衙門，……凡違犯本條者，所科罰鍰不得過銀五十元，監禁期不得過一個月，或罰鍰監禁兩科之。」[2]《大清報律》又增加了「註銷存案」的懲罰措施。

臨時政府時期的相關規定基本沿用了清政府的處罰辦法，包括停止出版、更正不實不適言論，嚴重者依據刑法處罰。如規定「流言煽惑，關於共和團體有破壞弊害者，除停止其出版外，其發行人、編輯人並坐以應得之罪。」「調查失實，污毀個人名譽者，被污毀人得要求其更正，要求更正而不履行時，經被污毀人提起訴訟，訊明得酌量科罰。」[3]儘管這些規定被報界人士猛烈抨擊，進而成為「暫行報律」被撤銷的主要原因。但這些規定在某種程度上反映了臨時政府對新聞監管的基本態度和措施，這是毫無疑義的。

---

1 鄭秦等點校：《大清律例》卷二十三（刑律賊盜上），劉海年、楊一凡主編：《中國珍稀法律典籍集成》丙編（第一冊），科學出版社，1994年版，第306頁。
2 李俊等點校：《大清印刷物專律》，懷效鋒主編：《清末法制變革史料》，中國政法大學出版社，2010年版，第333頁。
3 《臨時政府公報》第三十號，劉萍、李學通主編：《辛亥革命資料選編·第四卷》（下冊），社會科學文獻出版社，2012年版，第791頁。

（二）言論出版自由是臨時政府新聞管理體制的核心

1912 年 3 月 11 日由孫中山簽署後公布施行的《中華民國臨時約法》（以下稱《臨時約法》）規定「人民有言論、著作、刊行及集會、結社之自由。」[1]明確規定公民的言論自由權利，表明公民享有的言論自由權利，主要是通過語言表述思想和見解的自由，爲新聞自由提供了憲法層面的保障。妥善處理了「暫行報律風波」即是一例。

1912 年 3 月 4 日，臨時政府內務部鑒於「滿清行用之報律，軍興以來，未經民國政府明白宣示，自無繼續之效力」，「特定暫行報律三章」：「一、新聞雜誌已出版及今後出版者，其發行人及編輯人姓名，須向本部呈明註冊，或就近地方高級官廳呈明，咨部註冊；二、流言煽惑，關於共和國體有破壞弊害者，除停止其出版者，其發行人、編輯人並坐以應得之罪；三、調查失實，污毀個人名譽者，被污毀人得要求其更正。要求更正而不履行時，經被污毀人提起訴訟時，得酌量科罰。」[2]

《暫行報律》一經公布即遭到報界人士以政府干涉言論自由、罔顧法律制定程序爲由而對其進行猛烈抨擊。上海中國報界促進會拒絕《民國暫行報律》通電稱「今統一政府未立，民選國會未開，內務部擅定報律，侵奪立法之權。且云煽惑關於共和國體，有破壞弊害者，坐以應得之罪。政府喪權失利，報紙監督並非破壞共和。今殺人行劫之律尚未定，而先定報律，是欲襲滿清專制之故制，鉗制輿論，報界全體萬難承認。」[3]革命黨人章炳麟在《卻還內務部所定報律議》文中詰難「今詳問內務部：是否昌言時弊，指斥政府，評論《約法》，即爲弊害共和國體？……若果如前所說，內務部詳定此條，直以《約法》爲已成之憲，以政府爲無上之尊。豈自處衛巫之地，爲諸公監謗乎？」[4]南京臨時政府被推到與新聞界對立的輿論危機中。鑒於暫行報律的產生沒有經過參議院「議決」而「不合」立法程序，爲此孫中山明令內務部「取消」了暫行報律：「案言論自由，各國憲法所重，善從惡改，古人以爲常師，自非專制淫威，從無過事

1　《中華民國史》第二冊‧志一，四川人民出版社，2006 年版，第 253 頁。

2　《臨時政府公報》第三十號，劉萍、李學通主編：《辛亥革命資料選編‧第四卷》（下冊），社會科學文獻出版社，2012 年版，第 790～791 頁。

3　倪延年：《中國報刊法制發展史》史料卷，南京師範大學出版社，2006 年版，第 76 頁。

4　倪延年：《中國報刊法制發展史》史料卷，南京師範大學出版社，2006 年版，第 77～78 頁。

摧抑者。該部所布暫行報律，雖出補偏救弊之苦心，實昧先後緩急之要序，使議者疑滿清鉗制輿論之惡政，復見於今，甚無謂也。」[1]

　　儘管歷經清政府無數次管制鎮壓，然社會言論自由之勢卻愈演愈烈。在辛亥革命醞釀時期，各方人士或通過大報小報，或通過演講授課，積極發表自己的見解。臨時政府順應民心民意，在《臨時約法》中合理規定「人民有言論、著作、刊行及集會、結社之自由」。「暫行報律風波」事件的妥善處理，從一個側面表明了孫中山爲代表的革命黨人堅持新聞言論自由原則的堅定立場。

（三）民國初期新聞管理體制的內容與實踐

　　縱觀民國南京臨時政府時期的新聞管理體制內涵，主要包含新聞管理機構和新聞管理法規兩個大的方面，並在各方面都表現出臨時政府時期的特點。

1、中央與地方並置的二級新聞管理機構

　　臨時政府的國家行政建制，是在中央、地方二級行政劃分框架下，國家實行三權分立制。中央行政權分臨時大總統及其辦事機構和中央政府行政管理職能部門兩級。首先是總統府秘書處及其專門性機構。總統府秘書處包括直接承辦總統府事務的工作機構和在總統府直接領導下承辦專項工作的專門性機構。前者包括總務、文牘、軍事、財政、民政、英文、電報等七科；後者包括法制局、印鑄局、銓敘局、公報局、參謀本部等，職責是協助總統辦理專門事務。其次在臨時大總統管轄下的中央政府各部（設總長和副總長），分工執掌國家行政管理方面的某一（或幾個）方面的職能。在地方行政單位設置上，臨時政府廢除府州廳一級，實行省、道、縣三級制。省行政長官稱督軍，道稱道尹，縣稱縣知事。之所以在廢除府州廳後仍保留「道」，是爲了解決省區過大，轄縣較多，難以管轄所存在的困難和問題。與南京臨時政府行政建制相適應，新聞管理機構也大致分爲中央和地方兩級。

（1）中央：內務部執掌新聞管理職責

　　在南京臨時政府行政建制中，臨時大總統由參議院選出，負責國家行政事務總理。新聞管理職能的實施涉及到內務部、交通部和教育部等中央部門。《中華民國臨時政府中央行政各部及其權限》規定「內務部長：管理警察、衛生、宗教、禮俗、戶口、田土、水利工程、善舉公益及行政事務，監督所

1　《臨時政府公報》第三十三號，劉萍、李學通主編：《辛亥革命資料選編·第四卷》（下冊），社會科學文獻出版社，2012 年版，第 810 頁。

轄各官署及地方官。教育部長：管理教育、學藝及曆象事務，監督所轄各官署學校，統轄學士教員。……交通部長：管理道路、鐵路、航路、郵信、電報、航舶並運輸造船事務，統轄船員。」[1]上述部門權限劃分並未提及新聞宣傳事務。交通部負責的「郵信、電報」事務涉及到新聞宣傳和發行；內務部職責雖然沒有明確規定管理新聞報章雜誌，但《大總統批法制局呈教育部官職令修改全案並新聞雜誌演說會應歸教育部管理與否請示遵由》稱「呈悉。……來呈所稱教育部原案中社會教育司編輯所掌新聞雜誌、演說會等事，據中央各部官制及其權限法案所定，應歸內務部掌管。……查新聞雜誌、演說會等事自應歸內務部管理，即行查照訂定可也。此批。」[2]從中可得知教育部的社會教育司（編輯所）曾經「掌新聞雜誌、演說會等事」，或至少這部分事務管理權限劃分不明確。在大總統明確表示上述事務歸屬內務部管理後，教育部社會教育司（編輯所）才不再管理「新聞雜誌」，中央層級對新聞宣傳事務的管理權限劃分才更加明確。

（2）地方：民政與軍政並存共管

武昌起義勝利後，南方多省宣布獨立脫離清廷，原有社會秩序被破壞，新的社會秩序尚未建立，「1911 年 11 月，辛亥革命的浪潮席捲閩南社會，漳州（11 日）、廈門（14 日）和泉州（19 日）相繼宣告光復。從 1912 年至 1926年，福建閩南地區一直是以袁世凱勢力為代表的北洋政府和以陳炯明勢力為代表的南洋軍閥的兵家必爭之地，戰亂頻仍，民不聊生。」[3]軍政統一成為新生臨時政府的重要課題。孫中山在《臨時大總統宣言書》中便強調「血鐘一鳴，義旗四起，擁甲帶戈之士遍於十餘行省，雖編制或不一，號令或不齊，而目的所在則無不同，由共同之目的以為共同之行動，整齊劃一，夫豈其難，是曰軍政之統一。」[4]

在內憂外患交織情況下，軍隊因負責地方治安維護並建立起新的社會秩序，自然而然獲得政府體系中的極高地位。「軍事管理」是臨時政府時期行政

1　劉萍、李學通主編：《辛亥革命資料選編·第四卷》（下冊），社會科學文獻出版社，2012 年版，第 536～537 頁。

2　劉萍、李學通主編：《辛亥革命資料選編·第四卷》（下冊），社會科學文獻出版社，2012 年版，第 687～688 頁。

3　許清茂、林念生主編：《閩南新聞事業》，福建人民出版社，2008 年版，第 32 頁。

4　劉萍、李學通主編：《辛亥革命資料選編·第四卷》（下冊），社會科學文獻出版社，2012 年版，第 520 頁。

管理的關鍵舉措之一。這也是作爲臨時大總統的孫中山「統帥全國陸海軍」的重要原因。民國初年的省級行政長官稱之督軍。因手握兵權而在地方權重位尊。臨時政府有點像是聯邦制國家的中央政府，對地方的約束力有限，地方行政管理事項主要是由軍隊支撐的都督掌控的。各省對新聞業界的管理也主要由軍政府都督實施。

地方新聞事務管理也是如此。各省都督的態度對當地新聞事業的發展至關重要，滬軍都督陳其美就是一個典型例子。「《民權報》於 1912 年 3 月 28 日創刊，由同盟會的別支自由黨人謝樹華發起籌備，向滬軍都督府註冊，陳其美批准出版。陳在批文中指出『案照一國之內，不患在朝之多小人，而患在野之無君子，不患政權之不我操，而患無正當之言論機關以爲監督』，並說：『啓發吾民愛國之心，使人人各盡其天職，以助教育之普及，則今日之報紙負責尤重。』開辦費十萬元，由黃興從陸軍部撥出。「《太平洋報》，創刊於 1912 年 4 月 1 日……經費由滬軍都督陳其美撥給。」[1]可見陳其美在支持新聞業發展的態度方面還是比較積極的，願意支持創刊辦報。而廣東都督陳炯明則態度迥然。在陳炯明任粵省代理都督初期，廣州報人陳聽香主持的《公言報》和《陀城日日新聞》兩報因批評時政且言辭尖銳，又常以民意代表及政府監督員自居而招致陳炯明忌恨。1912 年 1 月前後，《公言報》、《陀城獨立報》、《國事報》等 9 家報紙，先後刊出燕塘新軍解散的消息，陳炯明即以「事關軍政，不容捏造事實，擾亂軍心」爲藉口，勒令《國事報》停版，並傳訊各報主筆，拘留陳聽香和《人權報》主筆陳藻卿。被新聞界斥之爲「干涉報紙之野蠻舉動」，「欲借報館以逞其大威福」，「欲爲數月封八家報館之張鳴歧第二」[2]。1912 年 3 月初，陳炯明以「捏造謠言，煽惑人心，依附叛軍，妨害軍政」諸罪名於 3 月 19 日下令永遠禁止《總商會報》出版，並逮捕司理人甘德馨[3]。翌日又下令查封《公言報》、《佗城獨立報》，指其登載「匿名函件，造謠惑眾，希圖破壞政府，擾亂治安，核與《總商會報》情節相同，應一併查封究辦」，「逮捕總司理人梁憲廷及總司理兼編輯人馮冕臣二名，編輯人陳聽香」送陸軍司訊辦。4 月 9 日，法務部根據陳炯明的旨意，以依附叛軍、妨害軍政等罪名，

1 馬光仁主編：《上海新聞史（1850～1949）》，復旦大學出版社，2014 年版，第 399 頁。

2 《民立報》1912 年 1 月 23 日。

3 《申報》1912 年 3 月 27 日。

按「軍律」第十條判陳聽香死刑並很快執行。

革命黨人陳其美支持的是革命黨代言機關《民立報》，地方軍隊首領陳炯明壓制的則是其想要消除的民軍勢力和同情民軍的報人。從政者對於新聞宣傳的態度，永遠和政治立場有關，大有「順我者昌，逆我者亡」的態勢，這是由當政者背後的利益集團決定的。執政者的不同態度對於新聞業的發展存續而言，永遠是一個不可忽視、輕視、無視的重要社會因素。

2、臨時政府新聞管理法律的三個層次

臨時政府成立後，維護革命成果、穩定地方秩序成為臨時政府當務之急。管理新聞業的法律法規制定工作隨後展開。「孫中山以為『編纂法典，事體重大，非聚中外碩學，積多年之調查研究，不易告成。而現在民國統一，司法機關將次第成立，民刑各律及訴訟法，均關緊要。』」[1]但由於客觀條件限制，及至臨時政府北遷時，也僅出臺了部分法律條文及法律性文件。根據效力層級的不同，南京臨時政府時期新聞事業管理的相關法律法規可分為三個層次：

（1）國家憲法：賦予人民言論出版自由的權利

臨時政府參議院 1912 年 3 月 8 日通過、孫中山於 3 月 11 日簽署公布的《中華民國臨時約法》是中國歷史上第一部資產階級「共和」憲法。第 2 章第 6 條第 4 款規定「人民有言論、著作、刊行及集會、結社之自由。」第 5 款規定「人民有書信秘密之自由」，以根本大法確認了人民享有言論自由的權利，奠定了政府支持新聞事業發展的基調。《臨時約法》第 2 章第 15 條規定「人民享有的包括言論、著作、刊行等各項自由權利，只能在『有認為增進公益、維持治安，或非常緊急必要時』，才能『以法律限制之』。」[2]即如政府在認為有必要時可以以法律限制言論自由，以維護國家穩定發展。這為臨時政府的相關舉措提供了法律依據，也在宏觀上對新聞事業發展做出了一定約束和規範。

（2）行政法律法規：促進新聞業發展

民國南京臨時政府內務部頒行的《暫行報律》既稱之為「律」自應屬於國家專門法律的範疇。臨時政府各行政職能部門制頒的管理文件，則屬於部

1　朱漢國、楊群主編：《中華民國史》（第二冊·志一），四川人民出版社，2006 年版，第 283 頁。

2　朱漢國、楊群主編：《中華民國史》（第二冊·志一），四川人民出版社，2006 年版，第 253 頁。

門規章層面的文件。它們共同組成國家行政法律法規。民初新聞界人士咨請南京臨時大總統孫中山，謂「郵資過高，各報社收入微薄，難以為繼」。在接到新聞界人士的「咨請」後，孫中山和南京臨時政府十分重視。只因袁世凱已於「1912年3月10日在北京舉行正式就職典禮」，在孫中山親臨參議院正式解職臨時大總統前「在中國同時存在兩個臨時大總統的並存局面」[1]，因當時的郵電部及所屬的郵政總局在北京辦公。所以孫中山把這一情況電告袁世凱，明確請他「轉飭北京郵電總局帛黎遵照」。電報稱「北京袁大總統鑒：前據上海日報工會呈陳軍興以後困難情形，請減輕郵電費前來。查報紙代表輿論，監督社會，厥功甚巨。此次民國開創，南北統一，尤賴報界同心協力，竭誠贊助。所稱困難情形，自屬實況。若不設法維持，勢將相繼歇業。當將原呈發交交通部核辦。茲據呈覆，擬嗣後凡關於報界之電費，悉照現時價目減輕四分之一，郵費減輕二分之一，庶商困得以稍蘇，而郵電兩項亦不致大受影響。除電費一項令行上海電報總局知照外，郵費一項，懇電袁大總統轉飭北京郵電總局帛黎遵照等情。相應電請查照，轉飭遵辦，並見復為盼。孫文。」[2]袁世凱隨後即覆電孫中山表示同意「孫大總統鑒、交通部：電悉。郵票事，飭據郵政總局覆稱，帛黎全為省費起見等語。已由郵部飭知郵局，將此項郵票即日停發矣。袁世凱。」[3]由臨時大總統（孫中山、袁世凱）發出指令，由上海電報總局和北京的郵政總局制定「報界之電費悉照現時價目減輕四分之一，郵費減輕二分之一」的行政規章，對於民初報界乃至新聞界發展具有積極的促進作用。

（3）各省法令：保障地方新聞事業發展

辛亥革命浪潮興起，南方各省紛紛宣布獨立即脫離清廷控制，不少省份還頒布地方法規和規章。一些省份對新聞事業管理十分重視，專門出臺新聞管理的地方行政規章，其中四川是典型代表。四川獨立後發布了一系列重視、支持、保護新聞業界和新聞人公告、條約、法規以及布告。其中《蜀軍政府求言公告》稱自軍政府成立以來『先後所接條陳，不下數千，凡屬可行，無

---

1 邱遠猷、張希坡：《中華民國開國法制史》，首都師範大學出版社，1997年版，第661頁。
2 劉萍等主編：《辛亥革命資料選編·第四卷》（下冊），社會科學文獻出版社，2012年版，第934～935頁。
3 劉萍、李學通主編：《辛亥革命資料選編·第四卷》（下冊），社會科學文獻出版社，2012年版，第938頁。

不虛衷採納。然亦有不合時務，窒礙難行者，以立意可嘉，亦不駁斥，以梗言路。此後如有美意良法，請投書禮賢館，並加注姓名、籍貫、住址，曾經擔任何種義務。倘可實行，立爲延見，諮詢一切」。蜀軍政府還公開表示『都督有博採輿論，擇善施行，以圖謀公共幸福之責』」。[1]《四川獨立條約》明確規定「請帥即飭巡警署，不必干涉報館議論，以便先事開導，免致臨時惶駭。」[2]《大漢四川軍政府報律》取消了《大清報律》關於送審的條款，僅規定所有報紙在出版前必須向有關部門呈報登記，新聞報導必須屬實，不許揭載「挑激外交惡感之語；淆亂政體之語；擾害公安之語；敗壞風俗之語」；「發行人或編輯人不得受人賄囑，顛倒是非。亦不得挾嫌誣衊、損人名譽」；「軍政機密事件報紙不得揭載」；「外交重要事件政府未發表以前，報紙不得揭載」，申明如果違背將受到處罰。[3]四川軍政府專門發出《嚴禁毆辱報館示》明確宣布「言論自由，本係報館天職。有時議論失當，或者記載不實，果然報館無理，懲戒自有報律。輕則勒令更正，重則告官處置。動輒辱罵毆打，殊非文明面目。特此申告軍民，切勿違法任意，有理反成無理，嚴辦絕不姑息。」表明新政權對言論自由和維護新聞工作合法權益的重視。都督府還制定《都督府招待新聞記者簡章》，在都督府特設新聞記者室，爲記者進入都督府進行採訪提供便利，並將都督府往來電報按時送交新聞記者抄閱。[4]

（四）民國南京臨時政府新聞管理體制的貢獻和侷限

儘管民國南京臨時政府實際運行的時間僅有短短數月，但由於它是中國資產階級共和政體在中國實踐的首創性成果，它構建和運行的以資產階級言論自由和新聞自由爲特徵的自由新聞體制在中國新聞事業發展中做出了歷史性貢獻。

1、對中國新聞事業發展的貢獻

經歷辛亥革命的洗禮，民初南方各省新聞事業發展迅速。爲強化對新聞事業的管理，臨時政府採取了一系列措施：在中央，廢除清廷《大清報律》，頒布《中華民國臨時約法》，確認言論自由的基調，從源頭放開了輿論限制，給新聞出版事業法律上的保障，進一步推動新聞界的發展；以臨時大總統爲

1　王綠萍：《四川近代新聞史》，四川大學出版社，2007 年版，第 314～315 頁。
2　王綠萍：《四川近代新聞史》，四川大學出版社，2007 年版，第 315 頁。
3　王綠萍：《四川近代新聞史》，四川大學出版社，2007 年版，第 315 頁。
4　王綠萍：《四川近代新聞史》，四川大學出版社，2007 年版，第 316～317 頁。

統領；以內務部、交通部等中央部門爲承管者；廢除《大清報律》中違反民主共和體制的條款，有選擇地沿用相關事務性管理條例；積極制定《中華民國暫行報律》等法律法規；佐以「減免郵資」等行政命令，編印並發布《臨時政府公報》共五十八期，樹立政府輿論權威，促進新聞宣傳事業的發展。在地方，由各地都督府負責掌一方新聞事業管理。除執行中央相關新聞宣傳管理政令外，各都督府亦會根據自身需要，採取諸如資助報刊創辦發行、安排記者專訪以佔領輿論陣地等舉措來協調地方新聞事業的發展。除積極促進配合以外，從中央至地方亦有相關管制措施，由《中華民國臨時約法》在內等法律法規從法律層面約束，加之行政命令管控和軍方的武力壓制，主要有取締、罰款、抓捕拘留甚至槍斃新聞工作者等懲罰措施。一直爲清政府高壓管制的新聞事業，終於沒有了政府的嚴厲控制，各地各界言論呈井噴狀爆發。民國元年初期，很多學者稱之爲「中國報業的黃金年代」，得益於臨時政府十分寬鬆的管理環境，新聞事業飛速發展。「武昌起義前夕，中國人自辦的通訊社主要有三家：1904 年創辦的中興通訊社、1908 年創辦的遠東通訊社、1911年創辦的展民通訊社。民國成立後，由新聞法制的創建引發的辦報熱潮，促進了通訊事業的發展。在民國成立初的兩年時間裏，全國出現了公民通訊社、民國第一通訊社、上海通訊社、湖北通訊社、湖南通訊北京通訊社等多家地方性的通訊社。」[1]同時，除原有的報界團體外，在邊遠偏僻的西南地區，報人也相繼建立起自己的團體組織，如貴州報界同盟會和四川報界公會。這些報界團體團結一致，促進了新聞事業的進一步發展。

2、管理體制的自身侷限

民族資產階級的侷限性使臨時政府處處受制於西方列強，民初新聞事業的發展很難擺脫列強陰影，飽受欺凌；臨時政府組成人員乃至革命黨人自身成份十分複雜，導致政府不能做出強有力的管控措施，不能有效節制言論，也不能適當引導輿論，甚至反受其掣肘；法律法規不健全、現有法律執行不當，新聞管理理念得不到貫徹，使臨時政府在輿論管控方面相對被動，嚴重影響了臨時政府新聞事業管理的實際效果，也在某種程度上對新聞事業發展起到負面作用。

言論自由是新聞事業發展的根基，但過度的言論自由卻存在一定的隱

1　穆中傑：《繼受與轉型：民國初年的新聞法制》，《新聞愛好者》2011 年第 4 期。

患。每一個長久維持的社會秩序，都需要合理適度的監管，新聞亦是如此。民國初期過度的自由給報界發展帶來了機遇，同時也埋下隱患，甚至出現了捏造假新聞的現象。更爲緊要的是，臨時政府成立於風雨飄搖之中，帝國主義侵略者虎視眈眈，袁世凱等守舊勢力根深蒂固，革命黨人內部的分歧愈發明顯，甚至公開化。《民立報》雖是同盟會主要機關報，卻在剛從英國回來的章士釗主導下迅速轉向，1912 年 2 月 23 發表社論《民立報之宣言》，公開宣稱不再具有同盟會機關報的政治傾向性，由「黨報」提升爲「國報」。在對袁世凱的態度上主張「勿逼袁反」，甚至喊出「非袁不可」的口號。以「革命名宿」自喻的章太炎創辦的《大共和日報》爲代表的擁袁倒孫報刊活動，在發刊詞中公開提出「民主立憲，君主立憲，此爲政體高下之分，而非政事美惡之別，專制非無良規，共和非無秕政。」公開否認民主共和的優越性，否定臨時政府的進步性和革命性。[1]和孫中山、同盟會作對，吹捧黎元洪、袁世凱，成爲攻擊臨時政府的領頭羊。

　　臨時政府與報界的關係一直緊張微妙。《民國暫行報律》風波後，臨時政府及各地革命黨人與報界關係持續惡化，爲喪失輿論支持埋下伏筆。隨著形勢發展，報界對政府的離心力與日俱增。「武昌起義後，清廷偏安北隅，號令不行，以前頒布的報律已廢弛無形，南方獨立各省忙於洗蕩舊污，對言論出版無力禁忌，限製辦報和束縛報人手腳的禁令完全解除。起義後的各地政府和臨時政府所頒發的法令都明令『人民有言論、著作、刊行及集會結社的自由』，『巡警署不許干涉報館議論』，各地革命黨人與報界保持著良好的關係」。[2]臨時政府成立之後，報界對政界直言諷諫，昌言無忌，時常也會突破政界所能容忍的極限，難免招來政府的警覺和非難，引發多次糾紛，從而激化矛盾。儘管言論自由是社會進步的必經之路，然而在民國初年的形勢下，臨時政府對於報界只能追捧，卻怯於監管，這對於一個剛剛成立的政權來說，顯然是不合適的。臨時政府允許人們自由言論，抨擊時弊，卻沒有對此項權利予以合理約束。在短短 3 個多月裏，除了一個被取消的《民國暫行報律》及一些應對性文件外，臨時政府並沒有在新聞監管立法方面取得更多的成就。

1　馬光仁主編：《上海新聞通史》，復旦大學出版社，2014 年版，第 403 頁。
2　朱英主編：《辛亥革命與近代中國社會變遷》，華中師範大學出版社，2011 年版，第 308 頁。

三、民國袁世凱時期的新聞立法及管理體制

為了不讓宋教仁以「國民黨代理理事長」[1]的身份組閣，袁世凱、趙秉正指使應夔丞收買武士英於 1913 年 3 月 20 日在上海火車站刺殺宋教仁，由此發生了震驚中外的「宋案」。國民黨人發起「二次革命」。袁世凱舉兵鎮壓，「二次革命」失敗，孫中山等亡命海外。袁世凱對「二次革命」中國民黨及其他反袁報紙的譴責、攻擊及詛咒言論懷恨在心，新聞界進入最為黑暗的一頁。

（一）「癸丑報災」：袁世凱對新聞界大開殺戒的亮相

民國南京臨時政府時期，根據臨時約法，新聞界幾乎完全不受政府管制。袁世凱上臺後，以武力鎮壓為基礎，在輿論界迫害國民黨人與民主人士，傾全力整頓其勢力所及之報紙，無法無度至極，幾可稱為「鎮壓」或「掃蕩」，形成了中國新聞界有史以來最大的一次浩劫即「癸丑報災」。

「宋案」發生後，各地國民黨的報刊以大量篇幅報導事件真相，揭露袁世凱的政治野心。為鉗制輿論，袁政府從宋教仁被殺第二天開始便實行新聞預檢制。二次革命後，國民黨的地盤幾乎全部喪失，且被稱為「亂黨」。國民黨系統的報業遭到袁政府空前的洗劫。北京、天津、武漢、廣州、長沙等地的國民黨報刊全被查封。軍閥龍濟光在廣州一次就查封了《中國日報》《平民報》《民生報》《中原報》《討袁報》和《覺魂報》六家報紙。在上海租界，袁世凱的行政權利不能直接施展，便採用禁售、禁郵手段，限制國民黨報紙在內地發行，使其無法承擔經濟損失而迫使其自動停刊。《民立報》、《民權報》、《天鐸報》等正因在經濟上難以為繼，被迫停刊，或勾結租界當局對尚存報刊尋釁迫害，使其停刊。到 1913 年底，不僅是國民黨言論界人士幾乎被殺盡趕絕，京中稍帶國民黨色彩的報紙也難以生存。凡不順應袁政府的報紙一律遭禁，得以繼續出版的報紙只剩下 139 家，和民國元年的 500 家相比，銳減了三分之二。殘存的報刊也都寒蟬無言，萬馬齊喑。1913 年為農曆「癸丑年」，人們便將這一次新聞報業的大劫難稱為「癸丑報災」。「癸丑報災」為袁世凱「掩沒輿論，以遂其私」的系列法規法令出臺起了掃清障礙、鋪平道路的作用。

1　韓信夫、姜克夫主編：《中華民國史大事記》第一卷 1905～1915，北京：中華書局，2011 年版，第 217 頁。

（二）統一輿論：創辦御用報刊、收買報紙報人

清除「異黨」之後，袁氏黨人採取了創辦御用報刊，「自作新聲」；收買報紙與報人，讓他們「依聲填詞」等多種方式來統一輿論。

首先是羅致了一批文人，先後辦了《國權報》、《金鋼報》、《亞細亞日報》，還在上海接辦了《神州日報》。其中最有影響的是《亞細亞日報》與《神州日報》，前者是袁世凱御用報紙中最得力的干將，它分別在北京、上海兩地出版，赤裸裸地在全國報紙中率先為袁恢復帝制作輿論宣傳。

其次是收買報紙報人，使之成為表面「言論獨立」實際「唯袁命是從」的御用報紙。袁世凱時期，由袁黨直接創辦的報刊不是很多，但為他所直接、間接收買以及拿袁氏「津貼」的報刊卻遍及報界。據不完全統計，在袁世凱時期，直接被收買或間接被收買者達 125 家。袁氏黨人慷民脂民膏之慨，利用政府大量金錢，使報紙與報人為己所用。北京、上海、廣州、長沙、甚至一些海外的華僑報紙，都接受過袁世凱的「津貼」。

最後是動輒封報捉人，強行封口。據有關文獻記載，袁時期「全國報紙至少有 71 家被封，49 家受傳訊，9 家被反動軍警搗毀，新聞記者至少有 24 人被殺，60 人被捕入獄。從 1913 年「癸丑報災」到 1916 年袁世凱因復辟「帝制」一命嗚呼為止，全國報紙總數始終在 130—150 家上下，幾乎沒有增長。[1]

（三）制頒法令：統制新聞報刊業

在完成上述步驟後，袁政府開始制定各種法律，為不合法的新聞管制惡行製造「合法」依據。早在 1912 年 3 月 10 日在北京宣誓就任臨時大總統的當天，袁世凱就下令「所有前清時規定之《法院編制法》、《商律》、《違警律》及宣統三年頒布之《新刑律》、《刑事民事訴訟律草案》，並先後頒布之禁煙條件、國籍條例等，除與民主國體牴觸之處應行廢止外，其餘均准暫時適用。惟民律草案，前清時並未宣布，無所援用，嗣後凡關民事案件，就仍然前清現行律中規定各條辦理。」[2]這一規定自然也實施於新聞法制管理中。這就標誌著南京臨時政府昭示國人的「人民有言論、著作、進行、集會、結社、書信秘密、居住、遷徙、信教之自由」等基本人權已被袁世凱悄然剝奪。

1913 年 3 月 11 日，京師警察廳向北京各報轉發袁政府陸軍部、內務部對

1　方漢奇：《中國近代報刊史》，山西教育出版社，1981 年版，1991 年 11 月第 4 次印刷年版，第 720 頁。
2　懷效鋒：《中國法制史》，中國政法大學出版社，2002 年版，第 358 頁。

各報新聞實行檢閱簽字辦法的命令;同年 5 月,袁世凱因「宋案」通令全國「未經審判的案件,各報不得登載」;5 月,袁政府交通部通令各報「凡礙及國家治安或滋生亂事的新聞電報一律扣發」;6 月袁政府內務部通令全國各報「不得對政府善後大借款事」,「肆意詆毀」、「痛加誣衊」;11 月,袁政府內務部又發訓令稱「如遇有意煽惑,登載報紙或印刷品,或散發傳單,即是以亂黨自居。應嚴加取締,並就近知照該地郵局不准遞送」。[1]

1914 年 4 月 2 日,袁政府頒行《報紙條例》三十五條。[2]規定:發行報紙必須經當地警察官署許可;禁止 30 歲以下、曾受監禁之罪者、軍人、官吏、學生等擔任報紙發行人、編輯、印刷人;禁止報紙登載「淆亂政體」、「妨害治安」、「敗壞風俗」以及各級官署禁止刊載的一切文字;報紙發行前須將報樣送警察機關備案等等[3]。其大多限制條款沿襲《大清報律》,且更細更嚴。如僅以辦報人的年齡看,《大清報律》規定:「年滿二十歲以上之本國人」(第二條第一點)即可辦報;《報紙條例》規定:「本國人民年滿三十歲以上」(第四條)。

1914 年 12 月,袁政府頒布《出版法》。對所有文字、圖畫印刷品都制訂了禁止規定,與《報紙條例》幾乎完全相同。如《出版法》第十一條[4]規定:文書圖畫有下列各款情事之一者,不得出版:一、淆亂政體者;二、妨害治安者;三、敗壞風俗者;四、煽動、曲庇犯罪人、刑事被告人或陷害被告人者;五、輕罪、重罪之預審案件未經公判者;六、訴訟或會議事件之禁止旁聽者;七、揭載軍事、外交及其他官署機密之文書圖畫者。但得該官署許可時,不在此限;八、攻訐個人陰私、損害其名譽者。《報紙條例》第十條的內容則是:左列各款報紙不得登載:一、淆亂政體者;二、妨害治安者;三、敗壞風俗者;四、外交、軍事之秘密及其他政務,經該管官署禁止登載者;五、預審未經公判之案件及訴訟之禁止旁聽者;六、國會及其他官署會議,按照法令禁止旁聽者;七、煽動、曲庇、讚賞、救護犯罪人、刑事被告人或陷害刑事被告人者;八、攻訐個人陰私、損害其名譽者。兩者的相似度何其高啊!

---

1 倪延年:《中國新聞法制史》,南京師範大學出版社,2013 年版,155 頁。
2 《報紙條例》,分載《申報》1914 年 4 月 6 日第 11 版、4 月 7 日第 11 版。
3 劉哲民:《近現代出版新聞法規彙編》,學林出版社,1992 年 12 月第 1 版。見 86 頁《報紙條例》第三條、第四條、第九條、第十條。
4 劉哲民:《近現代出版新聞法規彙編》,學林出版社,1992 年 12 月第 1 年版,第 54 頁。

　　1915 年 2 月 5 日，袁政府頒行《新聞電報章程》[1]共十六條。除界定新聞電報的範圍「電報局由電線傳遞刊登報紙之新聞消息，准作為新聞電報」外，主要規定了發寄新聞電報的報館登記程序、發新聞電報程序（第二條、第三條、第四條、第十四條）、發寄新聞電報的形式及內容要求（第五條、第七條）、價格（第六條、第八條、第九條、第十條、第十一條、第十二條、第十三條）等若干條款。

　　1915 年 7 月 10 日，「民國四年七月十日大總統制定公布」了《修正報紙條例》[2]共三十四條。與《報紙條例》相比，《修正報紙條例》在強化政府官員對報紙管理的權威性方面有了「新的說法」。凡原條例中表述為「呈請」的修正為「稟請」、表述為「呈報」的修正為「稟報」（第三條第一項、第二項、第七條、第十五條一項、二項、第二十條、第三十條、第三下一條）。雖然「呈請」與「稟請」均表示下對上恭敬的請示。但「呈」字使用面廣，既可表達下對上一種恭敬，也可是平等身份間的禮節、禮貌用詞，通常說「呈上」、「轉呈」、「XX 呈」；而「稟」字使用面窄，常用於正式場合，專為表達下對上的恭敬、規範、莊重態度，平等身份一般不使用。「呈」的本義是「露出，送上」；「稟」在古義上是官府賞賜穀物，後引申為賜予、又引申為承受之意，其中有「當面」領受的隱義。《修正報紙條例》把「呈」字「修正」為「稟」，表達的自然是要求辦報人對官府恭順及對其權威的認同。《修正報紙條例》中另一主要「修正」是進一步強化了警察官署的功能，如在修正後的第二十一條增加第二項「警察署為維持治安之必要，對於前項之報紙，得停止其發行」；在修正後的第二十二條增加第三項為「警察官署因維持治安之必要，對於第一項之報紙，得先命令其停止發行」等[3]。

　　另外，在《戒嚴法》、《治安警察法》、《檢查扣留煽動郵件章程》等間接法令以及《陸軍部解釋報紙條例第十條第四款軍事秘密之範圍》、《報紙條例未判案件包括於檢廳偵查內函》、《報紙侮辱公署依刑律處斷電》等單項細則中，也能看到政府對條例限制範圍的擴大及解釋條例的隨意性，及苛刻限制新聞出版業的基本態度。

1　劉哲民：《近現代出版新聞法規彙編》，學林出版社，1992 年 12 月第 1 年版，第 94～96 頁。
2　劉哲民：《近現代出版新聞法規彙編》，學林出版社，1992 年 12 月第 1 年版，第 97～98 頁。
3　倪延年：《中國報刊法制發展史》（史料卷），南京師範大學出版社，第 93～94 頁。

第二節　民國創建前後的新聞業經營

北宋神宗熙寧二年（公元 1069 年）閏十一月二十五日，監察御史裏行張戩言「竊聞近日有姦佞小人，肆毀時政，搖動眾情，傳惑天下。至有矯撰敕文，印賣都市，乞開封府嚴行根捉造意雕賣之人，行遣。」[1]可見中國民間注重新聞活動的經濟效益似可追溯到中國古代民間小報的問世。由於中國古代小報游離於官方朝政新聞的傳播渠道以外，且由於朝廷的政治、經濟、文化（還談不上新聞）政策的變化不定，所以新聞媒介和新聞人公開合法追求新聞活動的經濟效益應當是在資本主義生產力和生產關係產生後才出現的社會生活現象。這一現象一直延續到中國商業性新聞報刊產生之前。

一、民國創建前的中國新聞業經營

在國人創辦的商業性新聞報刊產生前，由在華外國人創辦的宗教或新聞報刊就開始了報刊經營的探索和嘗試，成為國人報刊經營活動的先聲。主要可以分成外國人在華宗教報刊的經營和民營報刊的經營兩類。

（一）民國創建前外人在華宗教報刊的經營

外國人創辦的第一批近代中文報刊中，1815 年 8 月 5 日由英國傳教士米憐受馬禮遜指派在馬六甲創辦的近代中文報刊《察世俗每月統記傳》為首創，而普魯士籍傳教士郭實臘（一譯「郭士立」）1833 年 7 月 25 日在廣州創辦的《東西洋考每月統記傳》則是在中國領土創辦的第一種近代中文報刊。為使其傳播宗教的辦刊活動受到最大的效益，想方設法採取措施提高傳播的效果。

《察世俗每月統記傳》和《東西洋考每月統記傳》都是外國人創辦的近代中文（漢語）期刊，旨在向中國人傳播西方宗教，企圖以「西方上帝」取代在封建君主專制統治下的中國讀者心目中的「京城皇帝」，為帝國主義宗主國打開中國市場，攫取更大經濟、政治利益服務。採取的措施主要有：首先是把這些由西方傳教士編印的報刊裝扮成中國古籍線裝書的模樣。無論是《察世俗每月統記傳》還是《東西洋考每月統記傳》，都採用中國線裝書的版型，一反英語從左往右橫寫的書寫習慣，採用漢語從右向左的書寫方式，並在封面上分欄書寫刊名，內容也是採用中文豎行的方式刊登有關內容；其次是對報刊外觀進行「漢化」偽裝，在報刊封面加上中國古代聖人的經典話語，為

1　《宋會要輯稿》，刑法二之三二。中華書局，1957 年版縮印本。

增加中國讀者的好感以便吸引他們的關注。如《察世俗每月統記傳》的封面上刻有「子曰多聞擇其善而從之」;《東西洋每月統記傳》則在封面上刻寫上「人無遠慮必有近憂」;同時爲了博得中國讀者認可,《察世俗每月統記傳》標爲「博愛者纂」;《東西洋考每月統記傳》標爲「愛漢者纂」,就連近十年後創刊的《特選撮要每月紀傳》也標爲「尙德者纂」[1];再則是在以宣傳宗教教義爲宗旨的報刊中,刊載一些近代科學知識、世界各國地理情況及西方社會的新奇對象等容易讓中國讀者產生閱讀興趣的內容,以實現宣傳宗教的目的。同時,還迎合中國人的思維習慣和運用中國人所熟悉的傳統手法來宣傳自己的思想,其中最典型的就是用基督教義附會儒學,用儒學著作中的語句來表達基督教義。創辦《察世俗每月統記傳》的米憐曾坦率地說:「對於那些對我們的主旨尙不能很好理解的人們,讓中國哲學家們(即指儒家)出來講話,是會收到好的效果的。」[2]爲了使他們宣傳的內容得到被中國讀者接受,這些報刊的編印者對當地需要者「免費贈閱」,如有「外地華人,需要函索即寄」[3],「藉友人通信遊歷船舶之便,以傳佈於」可以到達的地方,並且,「每逢粵省縣試府試與鄉試時,由梁發攜往考棚,與宗教書籍一同分送」[4]。之所以採取上述多種措施,目的是擴大報刊的發行和流傳範圍,這應當已屬於報刊經營的範疇。略有區別的是,由於這一階段外國在華宗教報刊主要是由外國教會提供經費,所以他們經營報刊的目的主要是爲了擴大宣傳的範圍和效果,不同於民營報刊通過經營活動謀取經濟利益以獲得所辦報刊的發展和投資回報。

(二)《字林西報》開西方人在華經營報業之先

外國人在華辦報的最初目的「僅在研究中國文字與風土人情,爲來華傳教經商者之嚮導而已」,其成長繁榮「實亦藉教士與商人之力」。[5]外國人在華辦報的發展軌跡大致以鴉片戰爭爲界分爲兩個階段:戰前以傳教士辦報爲主,大多具有機關報、官報的色彩;戰後以在華外商辦報爲主,商業性報刊

1　丁淦林、黃瑚等:《中國新聞圖史》,南方日報出版社,2002 年版,第 6～9 頁。
2　見《中國叢報》,1835 年第 4 卷。轉引自方漢奇主編:《中國新聞事業通史》(第 1 卷),第 258 頁。
3　方漢奇主編:《中國新聞事業通史》(第 1 卷),中國人民大學出版社,1996 年版,第 260 頁。
4　戈公振:《中國報學史》,上海書店出版社,2013 年版,第 57 頁。
5　戈公振:《中國報學史》,生活·讀書·新知三聯書店,2011 年版,第 77 頁。

成爲主流。出版地點以香港到上海這一條沿海走廊爲中心，向全國很多地區擴展；報刊的數量急劇增加，初步形成了一個在華外報網。[1]至 19 世紀 90 年代，上海的中文商業性報紙《申報》、《新聞報》和英文商業性報紙《字林西報》不僅在上海而且在全國都佔據著報業的龍頭地位。[2]

創刊於 1850 年 8 月 3 日的英文《北華捷報》是上海的第一家近代報刊，這份商業性週刊初由英國商人奚安門創辦並擔任主編，後由英商字林洋行發行。1856 年該報增出英文日刊《每日航運新聞》（Daily Shipping News），1864 年 7 月 1 日擴編爲日報獨立出版，定名《字林西報》（North China Daily News）。創刊後，該報十分重視新聞報導，在中國邊遠地區都聘有通訊員，曾一度獲得獨享路透社電訊的特權。由於報導面廣，信息及時，內容豐富，在中外人士中產生較大的社會影響。隨著經營業務的拓展，自 1881 年起字林報業由個人經營改組爲有限公司即字林報業有限公司，出版業務日見蓬勃，由單一項目的報業經營逐漸轉變爲系統投資，設備更新，資力雄厚，居於外商報業的壟斷地位。[3]

至 19 世紀末，字林報業成爲中英文兼備、具有相當規模和影響力的大報館，首開近代上海英文商業報刊出版的先河。至 20 世紀初，《字林西報》的報館設備幾可與當時英國倫敦著名的大報《泰晤士報》相比肩，成爲英國海外報系中最大的報紙。隨著出版業務的發展，印報機器設備不斷更新，到 1924 年報館已擁有當時很先進的製版印刷設備，包括賚納鑄排機、照相製版設備和寬幅捲筒紙印刷機等，[4]被稱爲近代上海英文報紙的魁首。不僅如此，字林報業還帶來了西方先進的經營管理理念，以印刷業爲依託，經營各種文化事業，推行許多新式文化活動，凸現報業的綜合性社會和經濟功能。爲了在競爭中立於不敗之地，該報不斷加強經濟實力，實行規模化、多樣化經營，出版了十幾種增刊、紀念刊、特刊、附刊以及書籍期刊。字林報業的企業化經營運作步伐，幾乎與世界先進水準保持同步，正如 ChinaMail 所評價：「在遠東新聞業，《字林西報》始終獨領風騷」。它移植了西方先進的近代思想，有效地影響了近代中國政治、社會以及工業化革新；同時，它把近代西方商業

---

1 吳廷俊主編：《中國新聞事業史》，武漢大學出版社，2009 年版，第 56 頁。

2 黃瑚：《中國新聞事業發展史》，復旦大學出版社，2006 年版，第 27 頁。

3 汪幼海：《上海報業發展中的西方要素研究（1850～1937）》，復旦大學博士學位論文，2008 年。

4 引自《中國印刷近代史》，印刷工業出版社，1995 年版，第 119 頁。

報紙運營理念與文化消費觀念引入中國，對上海乃至中國報業產生了極其深遠的影響。[1]在其帶動和影響下，上海《申報》、《新聞報》先後問世，其副刊專版樣式也效字林報業之風。

（三）民國創建前民營報人對報刊的經營

民國創建前我國民營報紙的經營屬於剛剛起步階段，其中具有較大影響的是上海《申報》和天津《大公報》。

1、上海《申報》在民國創建前的經營

1909 年 5 月 31 日，時任上海《申報》館會計（當時習慣稱爲「會計」，實際相當於主持報館日常活動的「經理」）的民族資本家席子佩與美查股份有限公司正式簽訂轉讓合同，以 7.5 萬元銀價接辦《申報》[2]，完成了《申報》「產權轉歸國人所有」的歷史性變革。由於財力不濟，席子佩同意將一半股份「讓於」清廷上海道臺蔡乃煌，實行官商合辦。[3]這既是蔡乃煌的乘虛而入，也是席子佩經營《申報》的舉措之一，既可以減少官府對報紙運行的干預，又可以得到官股的資金支持，更有利於報紙拓展業務。隨著 1910 年 10 月清廷上海道臺「官股」正式退出，《申報》成爲「國人所有且純民營」的新聞報紙，完成了從「官商合辦」到「純粹民營」的歷史性轉折。在報紙經營方面，席子佩採取了多種措施，並且實際上獲得了很好的效果。首先是仍然聘翻譯畢禮納爲總經理，名義上仍然掛「洋商」的牌子，以對抗清廷地方政府對報紙的干預；其次是順應報業發展趨勢，於 1909 年 1 月把單面印刷改爲白報紙雙面印刷，並把過去的書冊式改爲現代報紙的散頁形式；再則是加強報紙言論使報紙內容貼近讀者生活現實，同時在北平等大城市增聘「特別訪員」，通過「廣見聞」吸引讀者購閱報紙；最後是順應社會發展方向和民意，全力報導武昌起義這一具有時代意義的重大社會新聞。自 1911 年 10 月 12 日，《申報》就在第一章第二版開始披露革命軍起事的消息，10 月 15 日又在第一章第四版「要聞」欄連續刊載《革命軍起事記》的長篇通訊；爲了及時報導武昌起義，

1　汪幼海：《上海報業發展中的西方要素研究（1850～1937）》，復旦大學博士學位論文，2008 年。

2　伍特公：《墨衢實錄》，載黃炎培主編：《最近之五十年》（第三編），上海書店，1987年影印本，第 7 頁。

3　上海圖書館編：《近代中文第一報〈申報〉》，上海科學技術文獻出版社，2013 年版，第 29 頁。

《申報》投入大量人力物力，形成報導高潮，規模之大，篇幅之多，持續時間之長，爲《申報》前所未有。從到 1912 年時《申報》資產由創辦時的 1600 兩白銀，增至 12 萬兩[1]的實際效果看，席子佩對《申報》的經營是成功的。

2、天津《大公報》在民國創建前的經營

1901 年 4 月，英斂之回到天津，適逢紫竹林天主教總管柴天寵提議集資辦報，並邀請英斂之主持報館。經過四方努力，由同人「推都門英華董其事」[2]的《大公報》於 1902 年 6 月 17 日在天津創刊。儘管英斂之辦報的資本由經營紫竹林教堂產業的宗教資本家柴天寵「集股本逾萬元」並承諾「甘爲賠墊」，讓英斂之放手去幹，不必顧慮賠賺[3]。但英斂之仍然很用心於報紙經營，多舉並措，並很快收到明顯的效果。英斂之《大公報》的經營主要表現在如下方面：首先是以「忘己爲之大，無私之謂公」和「期有益於國是民意，有裨於人心學術」爲宗旨，使報紙的內容反映民心民意，從而報紙爭取更多的讀者。爲此，《大公報》敢於批評時政，力倡新聞自由，要求慈禧歸政光緒，提倡女學，主張男女平等，這些新穎的思想和言論，很受讀者歡迎，一方面開了「民智」，同時也爲《大公報》拓展了市場。其次是大力宣傳提倡「國人讀報」，一方面是推進社會的移風易俗，另一方面也是變相爲《大公報》做廣告。創刊不到一周，英斂之就在主持的《大公報》頭版顯著位置刊載「社說」《原報》一文，介紹西方人們「視報紙竟如性命，若與水火飲食同爲養生具」，希望國人「男女大小富貴貧賤莫不識字，莫不閱報。」[4]接著又刊載「社說」《論閱報之益》，歷數閱報「四益」[5]。再則是舉行以「立憲」爲主題的紀念性徵文活動，當然主要是爲了清政府的「預備立憲」或「仿行憲政」，但客觀上也成了一種營銷策略，吸引了關心「立憲」主題讀者對報紙的關注。最後是重視報紙銷售和刊登廣告，以增加經濟效益。《大公報》剛創刊時日出 8 面，其中報頭和廣告就佔了 3 面；爲了擴大報紙銷售，《大公報》館在全國設有 65 個代派處，除了國內大中城市外，國外如南洋、美洲、日本等地也都有代銷點。這種多管齊下的營銷策略很快取得明顯的效果。《大公報》剛創刊時日印 3800 份，

1 朱錦翔、呂凌柯著；呂乃岩審定：《中國報業史話》，大象出版社，2000 年版，第 75 頁。

2 英斂之：《大公報序》，載《大公報》1902 年 6 月 17 日。

3 方漢奇等：《〈大公報〉百年史》，中國人民大學出版社，2004 年版，第 5 頁。

4 《原報》，載《大公報》，1902 年 6 月 22 日。

5 《論閱報之益》，載《大公報》，1902 年 7 月 7 日。

三個月後即增至 5000 份。[1]

　　民國成立後自由新聞體制的確立與扭曲。袁世凱及各派北洋軍閥對新聞事業的迫害與摧殘，使得新聞業在跌宕起伏的政局中艱難前行。政論報刊時代終結的同時，中國新聞事業的職業化進程也加快了腳步。在華外報的商業化發展直接孕育了中國自有民報，一批民營大報開始了企業化經營的積極嘗試。這時期，作為新興媒介的新聞通訊社，也開始在本土生根開花。

二、民國初年的新聞業經營綜覽

　　民國創建後，儘管孫中山領導的民國南京臨時政府傚仿法美資本主義國家制度，按照言論出版自由的理念，創建「自由新聞體制」，對於促進中國資產階級新聞事業的發展具有不可忽視的進步意義[2]，但社會新聞業的發展有一個過程。民國南京臨時政府實際運行不到四個月，中國報業出現迅速發展勢頭時已是袁世凱主政的民國北京臨時政府時期了。這一階段新聞業的經營，主要表現為報館接受政黨（政客）政治津貼以維持報館運作，設法擴大發行和增刊廣告以增加報館的經濟收益。與此同時，以報紙企業化、職業報人出世及通訊社的發端為標誌的新聞活動職業化時代拉開了序幕。

（一）政治津貼與報館的經營運作

　　民國初期經濟可以獨立的報刊鳳毛麟角，接受政府或黨派的津貼成為報刊賴以生存發展的常態。民國時期的報紙接受津貼現象十分普遍，幾乎泛濫成風。除了政黨報紙由政黨出資興辦、官方報紙由政府撥款支持運作等公開的政治津貼現象外，那些本應獨立於政治津貼之外的由商業團體（公司）或個人經營為名的新聞報紙，也或明或暗地接受來源不同的津貼且十分普遍。拿了人家的錢那就要為人家說話，因此新聞和言論的公正和中立就必然要打折扣了。一般認為上海商業報紙接受津貼現象較少，但調查顯示上海報紙只是接受津貼更為秘密一些。當時比較有勢力的 11 種報紙[3]除《申報》、《新聞報》、《時報》外，全部是政黨機關報或接受補助。[4]

1　方漢奇等：《〈大公報〉百年史》，中國人民大學出版社，2004 年版，第 11 頁。
2　黃瑚：《中國新聞事業發展史》(第二版)，復旦大學出版社，2009 年版，第 102 頁。
3　指《申報》《新聞報》《時報》《神州日報》《新申報》《商報》《中國晚報》《中華日報》《時事新報》《民國日報》《中南晚報》。
4　王潤澤：《從傳統到現代的艱難蛻變——民初報刊現代化進程的片段圖景》，《新聞與傳播》2011 第 1 期，第 57 頁。

1、政黨（政府）對報紙的津貼

1912 年中華民國成立後，新聞事業呈現出前所未有的繁榮景象，在急劇增長的報刊中資產階級政黨和政客出版的報刊尚占多數。其中最有影響的是同盟會（國民黨）與共和黨（進步黨）兩大政黨創辦的報刊。這些政黨創辦、出版報刊旨在宣傳各自黨派的主張，為政治活動做好輿論準備，因此擁有資金實力的政黨通常會撥出一定的經費作為日常例行的宣傳支出。

除了政黨津貼外，政府部門根據宣傳需要也常常撥出經費創辦報紙，或針對性地對一些有影響力的報紙、報人進行津貼。袁世凱就任臨時大總統後，用公款先後在北京創辦《國民報》、《金剛報》、《亞細亞日報》，在長沙出版《國民新報》，在上海出版《亞細亞日報》上海版。其中用 10 萬元創辦的《亞細亞日報》因地處上海這個言論中心而較有影響。此外北京的《國華報》、《國權報》等五六家報紙，上海的《大共和日報》、《時事新報》，長沙的《大公報》，廣州的《華國報》都接受過袁政府以送津貼等形式的收買。[1]在廣州，同盟會南方支部的機關報《中國日報》由香港遷來，受廣東都督府的巨額津貼，成為廣州最有影響的報紙。[2]

2、政客入股或以現金或實物資助報館

清末民初，一些在位官員和在野政客出於種種需要或出面辦報，或投資報紙，或捐贈報人，以便借助報紙發表自己的政治言論，或換取特定報紙在言論上對自己的聲援或讚揚、鼓吹。比如清末接辦《蘇報》的退職官員陳範，曾任江西鉛山縣知縣，因處理教案未合朝廷意而被革職，遂移居上海，後欲以清議救國而出資買下《蘇報》；梁啓超主編的《時務報》是維新運動中最具影響力的報紙，其辦報的資金來源除了上海強學會餘款 1200 兩，還有黃遵憲捐款 1000 兩，鄒凌翰捐助 500 兩；[3]在福開森接手上海《新聞報》之前，張之洞和盛宣懷都曾入股該報。民國以後，政客出資津貼報紙的現象越來越普遍。袁世凱復辟帝制時期，史量才曾斷然拒絕袁的賄買行為，並起草了著名的「申報館經理部主筆房同人」的《本館啓事》，表明其心志。[4]但事實上，史

---

1 方漢奇、張之華主編：《中國新聞事業簡史》（第 2 版），中國人民大學出版社，1995 年版，第 153 頁。

2 黃瑚：《中國新聞事業發展史》，復旦大學出版社，2006 年版，第 112 頁。

3 吳廷俊主編：《中國新聞事業史》，武漢大學出版社，2009 年版，第 76 頁。

4 袁世凱復辟帝制時期，曾派御用文人薛大可攜 15 萬大洋南下行賄報界，《申報》是其收買的首選對象，結果遭到史量才的斷然拒絕。1915 年 9 月 3 日史氏在《申報》

量才時期的《申報》也曾接受過直系軍閥齊變元每月 2000 元捐款以及一塊地皮和一棟住房。當然齊變元給予資助的報刊很多，並非《申報》一家。[1] 政客出資津貼報紙或直接出面辦報，多是宣傳自己或所在黨派團體的立場、觀點，以謀取自身利益，因此在實際操作中政客辦報留下了不少流弊。民國報人謝六逸曾痛斥政客辦報的現象：「所以辦報的人常是無聊的政客，報紙的企業是政客官僚們刮地皮餘剩下來的殘肴。於是新聞記者有『老槍』，有『敲竹槓』的流氓，有公然索詐津貼的，有專門叨擾商家酒食的，有奔走權力以圖一官半職的，種種醜態，罄竹難書。」[2]

3、政治津貼普遍化現象的內在原因

造成民國初年報紙政治津貼普遍化的原因是多方面的，從某種程度上講也是中國新聞業發展的滯後，新聞業的生產力難以滿足社會生活的需求，報紙及其言論陣地成為社會生活領域的稀缺資源，而這種資源又可以在人們操控下直接影響某一政黨（或政客）的社會毀譽度，加之社會缺少該方面的規範，所以在當時成為比較普遍的現象。具體而言，主要由以下幾方面的原因：

（1）報紙商業化程度低，難以實現經濟自立。汪漢溪在紀念《新聞報》30 週年的文章中曾頗為痛心地說道：「經濟自立，言之非艱，行之維艱，中國報紙各埠姑不論，即上海一埠自通商互市以來，旋起旋仆，不下三四百家，惟其至敗之由，半由於黨派關係，立言偏私，不能示人以公，半由創辦之始，股本不足，招集股本一二萬，勉強開辦，其招足十萬八萬為基金者，殊未多見。股未齊而先後從事於賃屋、購機、置備器具，延聘編輯、訪員，雇傭工役，以滬市物用昂貴，開支浩大，恐在籌備期內，基金業已耗盡。及至出版，銷數自難通暢。廣告收入甚微，報館人才徵求延聘，尚難入選，而各股東所薦之人，大都不適於用，人浮於事，辦事無人、出版未久，主其事者，支持乏策，乃不得不一再商之股東，加添股本。股東每因所薦之人未能滿意。多

頭版頭條發表《本館啟事》揭露袁世凱的陰謀：「有人攜款 15 萬，來滬運動報界，主張變更國體者。」隨之表明向來不受賄買的操守：「按本館同人，自民國二年十月二十日接手後，以至今日，所有股東，除營業盈餘外，所有館中辦事人及主筆等，除薪水分紅外，從未受過他種機關或個人分文津貼及分文運動。」參見 1915 年 9月 3 日《申報》。

1　王潤澤：《津貼：民國時期中國新聞界的痼疾》，《新聞與傳播》2010 年第 12 期，第 74 頁。

2　謝六逸：《新聞教育的重要及其設施》，載《謝六逸文集》，商務印書館，1995 年版，第 277 頁。

願拋棄原有權利，以免屢加股本之憂，股本即難添招，收入亦無把握，進退維谷之時，不得不仰給於外界。」[1]除了少數大報能夠通過努力經營爭取經濟獨立外，大多數報紙都是朝不保夕，勉強維持。加之當時融資渠道不暢，因而報紙在資金來源上只能借助外部力量才能維持。

（2）報人自身修養不夠，甚至品格墮落。邵飄萍曾嚴厲批評當時報界「津貼本位新聞紙」存在的危害：「新聞之性質殆與廣告相混同，既不依真理事實，亦並無宗旨主張，暮楚朝秦，惟以津貼爲向背。此則傳單、印刷物耳，並不能認爲新聞紙，與世界的新聞事業不啻背道而馳。」[2]但由於社會生活的複雜性，事實上的邵飄萍創辦《京報》的出手闊綽在京中報界是出了名的，不但擁有高檔自用汽車，連香煙都是特製的。據說爲了維持這種高消費的生活水平，邵氏對各方津貼鮮有拒絕。名報人林白水生活也是十分闊綽，私宅內光傭僕就有十幾個，此外他還愛好古玩收藏，藏品價值不菲。關於其賣文、收受津貼之事在新聞業界圈中成爲公開的秘密。當時在北京報界還出現公然索詐津貼的「敲竹槓」的新聞記者和報人，「今天津貼到手則辯護，明天錢盡又攻擊，唯錢是問，不管論調一致不一致。甚至同時可以收受幾個派別不同，或冤家對頭的津貼，並且都能夠在報上替各人說好話，這種報紙，我無以名之，名之爲『野雞報』。『野雞報』當然要配上野雞來辦，這等人和其報紙是一樣，都是隨時可以改變其態度。」[3]某些記者和報人的品格之墮落由此可見一斑。

政治津貼普遍化雖然給新聞報業發展提供了一時的資金來源，但從長遠來看對報業的健康發展卻是相當有害的，其結果是「受人豢養，立言必多袒庇，甚至顛倒黑白，淆亂聽聞，聞者必致相率鄙棄，銷數必自日少。」[4]至於報業所最珍視的新聞自由和言論自由更無從實現。

（二）資金匱乏與報人經營籌資活動

民國報業的資金來源除政治津貼外，還有一些民間資本投入報業，但資金一般十分薄弱，至多一二萬而已。成舍我創辦《世界晚報》時，手裏只有

1　汪漢溪：《新聞業困難之原因》，見新聞報館編《新聞報三十年紀念》，1923 年。
2　邵飄萍：《新聞學總論》，北京京報館，1924 年版，第 89 頁。
3　春江：《不得已來說一說》，北京《晨報・一星期之餘力》1922 年 5 月 14 日。轉引自胡正強：《中國現代媒介批評研究》，中國傳媒大學出版社，2010 年版，第 138 頁。
4　汪漢溪：《新聞業困難之原因》，見新聞報館編《新聞報三十年紀念》，1923 年。

200塊大洋的起步資金。由於資金困窘，成舍我辦報以勤儉、嚴苛著稱，甚至落下了吝嗇的名聲。

報人「集資」或「募資」的途徑之一，是採取集零星的民眾資金辦報的方法。由幾個在文化界中有聲譽的人出面刊廣告，希望社會人士予以投資辦報，很少的數目即算一股，並且限制至多每人不得認股至 10 股或 50 股以上，更不得化名認股，以避免大股東操縱社務。戈公振等曾在上海試行過這種方式籌資辦報，然而結果並不理想。薩空了對此認為：「在中國民眾知識落後，和有識民眾尚未具有熱心社會事業風習的環境中，這計劃在過去未能收效，在將來，窮文化人要辦報，這還是一種可以採用的方式，不過政府許否採用是一問題，還有能集的資金也怕有限，難與大資本的新聞事業競爭。」[1] 這對於需要大筆資金運營的報業來說，這種傳統的民間融資方式顯然無法適應報業現代化的要求。

報館籌資的途徑之二是報館通過儲備和吞吐白報紙獲利以增加報館經濟實力。民國初期，投入報業的民間資本不僅薄弱，而且容易斷流，報紙生存難以為繼。在此情形下，少數大報利用各種渠道想方設法融資，以謀求報紙的長期發展。此外，《新聞報》、《申報》和新記《大公報》等少數大報通過關注白報紙的行情起落並及時儲備，以此來快速積累資金。但總體來看，民國初期報業資金來源較單一，民間資本匱乏，且融資艱難，因而真正能夠實現經濟獨立的報紙可謂鳳毛麟角。

報館以已有資產做抵押向銀行借貸資金以拓展業務獲利，從而完成初期資本積累，也是報紙在資金困難情況下尋求發展的途徑之一《新聞報》之所以較早地實現經濟獨立，與其善用銀行借貸進行資本積累是分不開的。[2]但儘管銀行擁有資金也需要通過借貸業務生利，但為了保證借貸資金的安全，凡同意予以借貸的報紙一般都是已有較好的社會聲譽或資本基礎的大報，一般小報是很難從銀行貸款的。

1　薩空了：《科學的新聞學概論》，文化供應社，1947 年版，第 135 頁。

2　當時《新聞報》能夠利用銀行借貸與其股權結構有直接關係。《新聞報》為福開森獨資承辦，他在美國特拉華州（State of Delaware）註冊為股份公司。福開森向銀行借貸：一是預防事業失敗時獨資破產的風險；二是通過吸收中國銀行家投資合夥，利用他們向銀行借款，以擴大報館的生產資料。公司成立時組織了董事會，福開森占 65%股權，35%由上海銀行家何丹書、朱葆三、顧泳荃、姚慕蓮、王小展、蘇寶森等攤認並為董事；因汪漢溪主持報務也成為董事之一。參見陶菊隱：《記者生活三十年——親歷民國重大事件》，中華書局，2005 年版，第 64 頁。

（三）廣告營銷與報紙經營活動

廣告是現代新聞報業賴以生存的命脈之一。19 世紀中期以《紐約太陽報》為代表的「便士報」的興起，不僅改革了出版業，也改革了報刊廣告。[1]至 19 世紀末葉，廣告製作已成為一種專門技藝。民國初期，報業經營者受西方廣告經營理念的影響，開始重視廣告在報館經營中的地位和作用，並且出現了少數以廣告為本位的大報。一般報館的組織機構中所設的營業部，主要工作職責就是負責報紙廣告銷售和報紙發行業務。

1、民國初年報紙廣告的來源

近代報刊發展早期，國人對廣告的重要性尚認識不深，首先在中國報紙上投放廣告的多是西方人。「在 1919 年到 1920 年期間，相當多的美國新廣告商開始謹慎地進入中國廣告市場」。[2]隨著現代通訊技術的引入和商業貿易的增長，報紙廣告也迅速引起了中國社會的重視。民初報紙廣告的來源，大約可分為三種：一是廣告客戶直接送到報館；二是由報館派人招攬；三是由廣告掮客或廣告社介紹。其中前兩者都是由報館廣告部接洽的廣告。因此，可將報紙廣告的來源大致分為以下兩種。

（1）報館廣告部接洽的廣告

民國初年，報紙廣告經營主要靠廣告客戶上門來刊登，報館總社或下設的地方分社均可接洽。此外，還有一些以招攬廣告為業的「掮客」幫助報館介紹廣告客戶。隨著報紙和廣告業的發展，逐漸出現廣告社來參與承辦報紙廣告。

因廣告在新聞社中負有重要籌資責任，因此一般都設有廣告部（處）。通常廣告處在主任之下再設助理員若干名。助理員的事務分為內勤和外勤，內勤處理社內廣告事務，如接應廣告主顧、登記廣告賬目和刊費的收入、規劃每日廣告排序等；外勤則負責招徠廣告和對外接洽廣告事務。因而要求「內勤者貴有精細之腦筋與縝密之意識，而外勤者則貴有忠勤之奮發與敏活之手腕」[3]，內外各盡其能，則廣告業務可望發達。

---

1 〔美〕大衛・斯隆、劉琛等譯：《美國傳媒史》，上海人民出版社，2010 年版，第 390、393 頁。

2 J. W. Sanger: *Advertising Methods in Japan, China, and Philippines.*（《日本、中國和菲律賓廣告製作方法》）轉引自汪英賓著，王海、王明亮譯：《中國本土報刊的興起》，暨南大學出版社，2013 年版，第 54 頁。

3 吳定九：《新聞事業經營法》，現代書局，1930 年版，第 88 頁。

（2）社會廣告社或廣告公司委託刊載的廣告

民國初期，上海、天津、香港等地較早出現廣告社，規模較大的則稱爲廣告公司，其中以上海一埠最爲發達。廣告社（廣告公司）的運作模式大致是，社會廣告客戶將需要通過廣告向社會宣傳推銷的商品（時尚奢侈品、機械設備、日用商品、工業產品、醫療器具、圖書雜誌商品等）或服務（醫療服務、教育服務、外貿服務、洋行服務、出版服務等）委託廣告公司進行廣告設計和選擇發布媒體對外發布，廣告客戶向廣告公司繳納一定的廣告費（應該包括廣告公司委託報館刊登該廣告的費用和廣告公司的利潤），由廣告公司對有關商品或服務設計製作廣告，並委託有關新聞媒介向社會發布，從而提高特定商品（或服務）的社會知名度和美譽度，進而獲得更大的市場份額和經濟效益。

早期的廣告公司或廣告社多爲外商所開辦，後爲華商所經營。上海各大報所刊登的廣告，十之八九都來自廣告社。廣告公司的優點在於使廣告設計趨於盡善盡美，增加廣告的效力；但也有極大的流弊，比如使報館養成依賴廣告公司的習慣，報紙廣告被廣告公司所操縱導致只能聽其支配，報紙收入減少等等。至 1920 年代中期，報業市場上漸漸出現了專業的廣告代理公司。1925 年戈公振還談到「多數的大報紙，從所謂代辦廣告公司接受所謂館外廣告（Foreign or outside advertising）。這種公司是在大城市內，雇用許多廣告員，爲許多的報紙招攬廣告而從中取得薪水或代辦費。」[1]由此可見，當時聘用廣告員招攬廣告的做法成爲一些廣告公司和報館通行的運作方式。天津在 20 年代出現了廣告社，它們常在各大報紙上刊登承攬廣告生意的廣告，其業務範圍相當廣泛。《大公報》的廣告也與當時新興的廣告社有密切的關係，是由廣告社承辦的。天津《新民意報》廣告部主任李散人因熟悉廣告業務，後來進入《大公報》和《益世報》承包廣告業務，之後成立了天津第一家廣告社——新中國廣告社。[2]《〈新聞報〉廣告簡章》中規定：「廣告經紀人送登之廣告，登戶如欲停止或改字，或到期後仍須繼續登載，應自向原經紀人接洽。」[3]其中提到的廣告經紀人就是指廣告掮客或廣告社。廣告社代理和承包制廣告的出現，可以說是中國近代廣告業發展的重要標誌。

1　戈公振：《新聞學撮要》，上海新聞記者聯歡會印行，1925 年版，第 154 頁。
2　方漢奇等：《〈大公報〉百年史（1912-06-17～2002-06-17）》，中國人民大學出版社，2004 年版，第 135 頁。
3　戈公振：《中國報學史》，生活・讀書・新知三聯書店，2011 年版，第 205 頁。

2、民國初年報紙廣告的類別與收費

　　廣告與新聞一樣，對社會產生較大的影響。歐美國家對於廣告的檢查極嚴，民國初期我國報紙因廣告數量較少，因而刊載較濫。戈公振在《中國報學史》一書中從內容上劃分為商務廣告（含商事、商品、金融、物價、機器、醫藥、奢侈品等）、社會廣告（含集會、聲辯、法律、招尋、慈善、遊戲、賭博等）、文化廣告（含教育、書籍等）、交通廣告（指航期、車班、郵電等）以及雜項（凡不能列入以上各門的廣告）。[1]當時中國報紙的廣告主要是藥品、香煙、書籍等廣告，戲院劇目廣告也是吸引讀者的賣點，還有各類告示也佔據了廣告版面的一席之地。

1912 年 7 月～1928 年 7 月《大公報》廣告分類抽樣統計表[2]

時　　間	商務廣告	比例（%）	社會廣告	比例（%）	文教廣告	比例（%）	交通廣告	比例（%）	總　量
1912 年 7 月	1351	84.5	145	9.1	83	5.1	20	1.2	1599
1913 年 7 月	1586	70.9	133	6.2	467	20.9	51	2.2	2237
1914 年 7 月	1358	78.9	121	7.1	161	9.3	82	4.8	1722
1915 年 7 月	1423	75	112	6.1	341	18	21	1.1	1897
1916 年 7 月	1642	76.1	175	8.1	310	14.4	31	1.4	2158
1917 年 7 月	1914	77.8	170	6.9	347	14.1	31	1.2	2462
1918 年 7 月	1931	75.6	200	7.8	409	16	10	0.3	2550
1919 年 7 月	1752	70	133	5.2	566	22.4	82	3.2	2523
1920 年 7 月	1827	73.3	263	10.1	372	15	31	1.2	2491
1921 年 7 月	1746	89.8	94	4.8	52	2.6	53	2.7	1945
1922 年 7 月	3573	94	153	4	44	1.2	31	0.8	3801
1923 年 7 月	1157	86	52	3.9	83	6.2	51	3.7	1343
1924 年 7 月	970	72.2	30	2.4	217	17.4	31	2.4	1248
1925 年 7 月	889	84.4	20	1.9	144	13.7	0	0	1053
1927 年 7 月	3196	84.3	62	1.6	531	14	0	0	3789
1928 年 7 月	2496	70.1	381	10.7	652	18.3	30	0.8	3559

1　戈公振：《中國報學史》，生活・讀書・新知三聯書店，2011 年版，第 198～199 頁。
2　孫會：《〈大公報〉廣告與近代社會（1902～1936）》，中國傳媒大學出版社，2011 年版，第 28 頁。其中 1926 年為《大公報》續刊調整時期，故未做統計。

　　報館一般將評前及封面、新聞前後或上下等版位視為廣告刊登的特別地位，因而刊費較貴。當時北方報界根據刊載位置將廣告分為評前廣告、封面廣告、中縫廣告、普通廣告、分類廣告。

　　評前廣告的費用是其他廣告的數倍。評前廣告因刊登在社論或評論之前，最易引人注目，故其地位最優，因而是社會團體或政界要人發表聲明和啟事的重要位置。封面廣告，位於報紙第一頁，其地位亦佳，尤其以接近報頭的位置更受人歡迎；中縫廣告，在報紙折疊之處而以新聞記事第二版間的中縫為佳；普通廣告，指以上所述之外的位置；分類廣告，則是另闢一定位置專載人事、營業、徵求、尋訪等分門別類的小廣告。因新聞是讀者關注度最高的內容，「若廣告插入於新聞欄中者，則以欲新聞記事之方面接觸多者為優」，[1]廣告效益最大。

　　民國初年報紙的廣告價格實際上很低。通常報紙廣告刊費依據三個因素，即報紙在每地平均的實際發行量，報館每月的費用和最低限度的利潤。民國時期，由於中國產業不發達，報紙銷路不大，廣告刊費的規定，主要視廣告刊登的位置優劣為標準。其規定的方法，有以字數計，有以方寸計。一般以字數計者以行為單位，即每行每日刊費多數。當時上海報紙確定的廣告刊費標準為：

　　　　一等，刊登於新聞中，高 3 英寸多，每日每行 4 角 5 分。

　　　　二等，刊登於封面、專電或評前廣告（即評論前的廣告），高 10 英寸，每日每行 1 元 4 角。

　　　　三等，刊登於分類欄，以 60 字起計算，如超過此數，以 15 字遞加，每日每字 1 分 2 釐；登於文藝欄下部。

　　　　四等，刊登於普通位置，高 10 英寸，每日每行 8 角；短行每日每字 1 分。

　　　　例外，以方寸計算者，每方寸 7 角；但以普通位置為限。[2]

　　報紙廣告刊費依據地區經濟發達程度有所不同，通常經濟較發達地區的報紙廣告刊費比欠發達地區的要高；報紙發行量不同，廣告費用的折扣也有差異。說到折扣，有高至 9 折的，也有低至一二折的。廣告介紹人比一般人還可享受一二折的優惠，算是介紹費。廣告刊費與刊登時間的長短

1　吳定九：《新聞事業經營法》，現代書局，1930 年版，第 89 頁。
2　戈公振：《中國報學史》，生活・讀書・新知三聯書店，2011 年版，第 197 頁。

也有很大關係。通常臨時或短期廣告的刊費高，而長期廣告則費用低廉些。長期廣告又分三個月期、半年期、一年期，其中三個月期廣告較貴，半年期次之，一年期再次之。各新聞社對於此種規定和算法，大都列成表以備登廣告者索閱。

3、民國初年報紙廣告的技術發展

民初報紙廣告技術的進步，主要得益於一次大戰後西方廣告業的發達和廣告技術的東漸。在文化出版界最早有意識地採用廣告技術的是商務印書館，當時該館所出版的報刊雜誌以大量篇幅刊登廣告，並委託一些外國畫家來培訓年青的中國藝術家，以提高他們的廣告策劃、設計水平。上海早期的廣告社便產生於這批藝術家之手，並在以後的幾年裏相繼帶動了滬杭等地美術院校的專業教育，這些未來的廣告商創造了上海類似裝飾藝術的廣告風格。[1]民初報紙廣告創意較前有所增強，表現手法更加多樣化，不再僅僅是之前停留在「陳述」層面的表現形式。表明這時期廣告發展逐漸進入較成熟的階段。

總體來說，民國初年報紙的廣告水平整體上還較低，表現出單一、幼稚、粗糙的特點，尚有待逐步改進。除此之外民初報紙廣告經營中還存在諸如廣告編排較為混亂等明顯不足，實際上直到民國中期，報紙廣告界還尚無編輯的概念，報館還未設置廣告版編輯一職。即便偶而對廣告進行一定編輯，也僅停留在粗糙的處理層面，尚未能每天有意識地進行完全、嚴格的編輯，因而呈現在報紙版面上的廣告編排極為隨意。這些方面均有待改善。

（四）在華外報通過「報權轉移」成為國人獨資報紙

創刊於 1872 年 4 月 30 日的上海《申報》，由英國商人安納斯脫‧美查（Ernest Major）創辦，但報紙的日常編輯則由中國舊式知識分子文人蔣芷湘、錢昕伯等具體經辦。為了提高競爭力，《申報》對報紙業務作了諸多改革，還利用其人力和物力資源的優勢，經營出版其他出版事業，取得了很大成功。1889 年美查將申報館等產業改組為美查兄弟有限公司，美查兄弟收回原股本返回英國，申報館由董事會主持工作。1909 年《申報》被華人經理席子佩買下，自此產權回歸國人之手。1912 年春，史量才、張謇等五人合資從席子佩

---

1 〔法〕白吉爾著，張富強等譯：《中國資產階級的黃金時代（1911～1937）》，上海人民出版社，1994 年版，第 236 頁。

手中購得《申報》，張謇任董事長，史量才任社長。後張謇等人退出，《申報》成爲史氏的獨資企業，由此進入一個新的發展階段。

創刊於 1893 年 2 月 17 日的《新聞報》，創刊時就爲中外合資性質。雖然後來股權全部歸英商丹福士所有，但丹福士曾長期聘任著名中國報人蔡爾康爲撰述。後丹福士經商失敗，又於 1899 年 11 月 4 日將《新聞報》賣給了美國人福開森。福開森大膽聘用「既無報館經驗，又乏新聞智識」的中國報人汪漢溪爲總經理，主持報館日常經營活動。由於汪漢溪經營有方，《新聞報》獲得長足的發展。

20 世紀一二十年代《申報》、《新聞報》通過股權回歸華人之手，由此變身爲中國自辦民報。可以說，作爲近代社會的產物，在華外報直接孕育了中國自辦民報，催生了中國本土近代新聞事業。從這個意義上看，有學者將外報視爲近代民報之始，亦不無道理。[1]在華外報對中國新聞事業發展的影響主要表現在將近代報刊理念與辦報思想傳入中國；率先採用西方近代辦報的新聞採編業務和包括鉛字、印刷機等在內的先進媒介技術；更重要的是引入西方大眾報紙的經營模式，按照市場原則滿足讀者需求，重視廣告經營，擴大發行渠道，爲中國本土報刊的企業化經營路徑提供了學習的範式。誠如戈公振所云「以第三者眼光觀之，外報於編輯、發行、印刷諸方面，均較中國報紙勝一籌，銷數不多而甚有勢力，著論記事，均有素養，且無論規模大小，能繼續經營，漸趨穩固。是則中國報紙所宜效法者也。」[2]同樣不可否認的是，在華外報的出現及其迅速發展是爲了使辦報者（外國報業資本家）獲得更多的經濟利益，同時也是與西方殖民勢力的入侵和擴張同步進行的。

三、民國初年民營報業企業化經營的嘗試

民國初期，袁世凱和各派北洋軍閥的新聞文化專制政策，促使民營報業把精力集中於企業化經營管理工作，同時一戰期間西方帝國主義列強無暇顧及對中國的侵略，給民營報業的企業化經營提供了有利條件。這一時期報紙的企業化是中國新聞事業職業化的重要現象之一。身處上海租界的特殊環境，作爲歷史悠久的資產階級商業性大報，《申報》、《新聞報》率先邁向現代企業化的道路。

---

1 吳廷俊主編：《中國新聞事業史》，武漢大學出版社，2009 年版，第 56 頁。
2 戈公振：《中國報學史》，北京・讀書・新知三聯書店，2011 年版，第 107 頁。

（一）《申報》的企業化經營嘗試

史量才主持《申報》的前期屬於本土民族資產階級商業報紙在艱難的起步階段。一方面由於政治環境險惡使得報紙言論處處受到羈絆，另一方面則由於社會統治階層關注「內鬥」而無暇顧及新聞報紙，使得商業性大報的企業化經營活動相對處於寬鬆的氛圍中。在經濟上大膽發展，政治上小心謹慎適度妥協，「先固基礎，徐圖擴充」[1]，不明確發表政治主張，不捲入黨派之爭，以不得罪租界當局和北洋當局為原則，成為史量才主持《申報》的基本經營方針，這一方針為《申報》的生存和發展爭取了相對安全的社會環境。史量才認識到報紙首先應是新聞紙，重視新聞傳播是現代報業發展的趨勢，「先生獨著眼社會事業，以為一國之興，文化實基礎，而策進文化以新聞為先鋒」，[2]因此他在新聞傳播方面很下工夫，極為注重新聞業務上的改革。

首先，《申報》高度重視報紙內容的新鮮全面。設立專職記者，聘請特派員，並開始派出駐國外記者。1911 年 7 月 1 日，《申報》發表《本報改革要言》：「本報之取信於社會也，曰真實无妄。……本報素以嚴重正當見稱者也。然而近時人心則趨活潑。夫嚴重正當則不能活潑，活潑又不能嚴重正當，二者又不可得兼者也。而本報改革之本意，又欲得二者而兼之。」[3]這表明了《申報》強調大眾化、貼近性的辦報思想，致力於為不同的讀者群提供不同的內容。《申報》素以官紳和知識階層作為主要傳播對象，內容偏重時政、教育、科學等方面，尤其以時政性新聞報導見長，這一時期又陸續創辦了教育、藝術、婦女、汽車等專刊和副刊，以適應不同類型讀者的多樣化閱讀需求。

其次，《申報》注重在國外建立並不斷完善新聞通訊網。在倫敦、巴黎、日內瓦、羅馬、柏林、東京、華盛頓等國際大都市設有特約記者或兼職通訊員。1912 年聘用黃遠生為《申報》駐北京特派員。1914 年潘公弼赴日本留學，入東京政法學校留學，同時又擔任上海《申報》駐日通訊員。報社還時常派出記者採訪，發回特約通訊。1916 年著名報人邵飄萍回國被先後聘為主筆、駐京特派員、駐京特派記者，為《申報》採寫了大量專電和新聞通訊，「飄萍北京特別通訊」內容豐富、膾炙人口，成為各報效法的榜樣。

---

1 秦理齊：《中國報紙進化小史》，摘自《最近之五十年》第三編《五十年來之新聞業》，第 24 頁。

2 黃炎培：《史量才先生之生平》，《新聞研究資料》，1990 年 11 月，總第 51 輯。

3 鄒依仁：《舊上海人口變遷的研究》，上海人民出版社，1980 年版，第 30 頁。

　　再則，注重報館（報人）參與國際新聞業界的交流，學習外國先進的經營之術。1915 年 6 月，中國派出中華實業考察團赴美考察，《申報》的記者抱一隨團採訪，在報紙上發表系列報導。此外，《申報》還不斷改進編輯業務和編排方法。開闢了通訊欄，及時回答讀者提出的問題，並開展熱烈的討論。

　　另外，《申報》還全力開展廣告業務，加強報紙發行。1912 年史量才接辦《申報》初期，該報只有 7000 多份銷量，到 1917 年增加到 2 萬份，到 1922 年創刊 50 週年時，已發展成爲平均日銷 5 萬份的大報。[1]

（二）《新聞報》的企業化經營探索

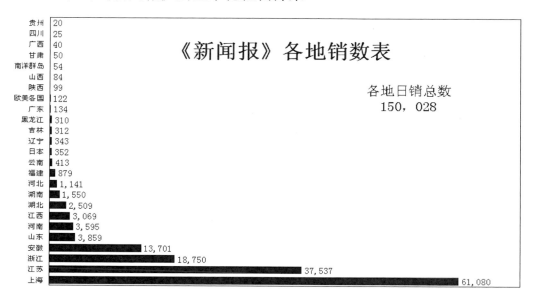

　　汪漢溪受福開森之聘主持《新聞報》初期，就非常注重對報紙的經營。他通過對上海報業市場的冷靜觀察和考察，審時度勢，制定了有效的經營方略。

　　首先，恪守信用，廣泛融資。《新聞報》發展初期，資金緊張時通常會向銀行借貸，依託資本運營，借款越來越多，事業發展越來越大，報紙由此擺脫了困頓局面。「汪從不延期償還債務，如果無力償還，他就移東補西，因此信用昭著。他的每一筆借款都用在生產資料上，主要用在購買新型印報機和收購白報紙方面。若干年來，汪氏運用銀行借款，可以總結出一條規律來，這就是：借款，還款，再借，再還；款子越借越多，直至全部還清而止。《新

1　黃瑚：《中國新聞事業發展史》，復旦大學出版社，2006 年版，第 116 頁。

聞報》的經濟從困難到不困難，基礎從不鞏固到鞏固，就是按照這條規律運行的。」[1]《新聞報》自 1914 年一戰發生以來，營業收入年年上升，其資金積累幾乎完全用於擴大再生產，至 1920 年才還清欠款並發放股息。

其次，改進報紙印刷技術手段，提高發行效率。汪漢溪頗有超前意識，於 1914 年首次購進二層輪轉機後，緊接著 1916 年又購進二層輪轉機和四層輪轉機各一部，使報紙日銷量從 4 萬份增至 12 萬份時印刷上也毫無困難。1927 年再購進高速輪轉機兩部，每小時可印四大張的報紙 3.6 萬份。當時《新聞報》的印刷設備在業內都是領先的，每天開機印報只要一個多小時便可完成，先進的印刷設備和技術使得《新聞報》在激烈的報業競爭中穩操勝券。

再則，著力打造經濟新聞特色，完善內部組織設置，釐清報業運作流程。這時期的《新聞報》，由於汪漢溪殫精竭慮，精於經營管理，使報紙銷量由 1914 年的 2 萬份增加到 1921 年 5 萬份，[2]成為與《申報》並駕齊驅於上海報業市場的實力雄厚的民營大報。

（三）社會新聞活動的職業化趨向

民國成立後，自由新聞體制的確立與扭曲以及袁世凱及其繼任者對新聞事業的迫害與摧殘，終結了中國新聞史上的政論時代，卻意外加快了中國新聞活動的職業化進程，推進了中國新聞事業的專業化。

1、新聞報導得到重視和加強

民國成立後，報業呈現出前所未有的繁榮景象，但政論報刊佔據主流。袁世凱上臺後，資產階級政黨和政客創辦的報刊受到大掃蕩，政黨報刊由此衰落。與此同時，嚴苛的言禁政策使得報紙、報人噤若寒蟬，深恐動輒因言獲罪，因此大部分報紙轉而集中精力在新聞報導上，中國報業的政論傳統由此出現明顯轉折，客觀上卻為報紙「新聞時代」的開啟提供了推動力。為此報紙上新聞消息的比重加大，新聞電訊大大增多。《申報》為避免政治風險，實行不偏不倚、輕言論重新聞的編輯方針，對重大社會或政治問題一般只報導少評論甚至不評論，代之以大量的新聞專電，還在英美等國首都聘任特約通訊員，以彌補之前國際新聞報導的不足，此舉既避「言論罪」之險，又大

---

1 陶菊隱：《記者生活三十年——親歷民國重大事件》，中華書局，2005 年版，第 64 頁。
2 黃瑚：《中國新聞事業發展史》，復旦大學出版社，2006 年版，第 117 頁。

大滿足了動亂時局中國人對信息的大量需求，收到了意想不到的效果。《新聞報》則進一步明確以工商界和普通市民爲讀者定位，著力加強對經濟新聞的報導。《時報》則以社會新聞、體育新聞和圖片新聞取勝。由此，上海的《申報》、《新聞報》和《時報》成爲既各具特色，又共同重視新聞報導的競爭發展局面，成爲開啓中國近代報紙「新聞時代」的重要標誌。

2、職業記者和報人的湧現

新聞競爭的加劇使得各大報紛紛不惜重金聘請優秀的記者常駐北京和國外，以新聞專電的形式獨家報導國內的政治新聞和國際新聞。從清末民初到「五四」運動期間，一批傑出的職業記者和報人登上了報業舞臺，他們的出現標誌著新聞專業主義在中國的興起，他們中頗負盛名的有黃遠生、邵飄萍、林白水、徐凌霄、劉少少等。其中最傑出的是黃遠生，被戈公振先生稱爲「報界之奇才」。黃遠生是中國新聞史上第一個以新聞採訪和新聞通訊寫作著稱於世的新聞記者，同時也是中國報紙從政論時代向新聞時代演變的開拓者。[1]他以自身的新聞實踐創造了新文體——新聞通訊，一直沿用至今，又稱爲「遠生通訊」。後人評價說：「我國報紙之有通訊，實以黃遠生爲始。」[2]可以說，黃遠生是中國新聞通訊的奠基人。

四、國人自辦通訊社的初期經營活動

直到 20 世紀初中國人才開始創辦通訊社。1904 年 1 月 17 日，廣東老報人駱俠挺在廣州創建了中興通訊社，這是中國人自辦的第一個新聞通訊社。

（一）民國初年新聞通訊社發展概況

民國初年，全國一下子湧現出多家地方性的通訊社，僅 1911～1913 年間就出現了：楊實公在廣州創辦的展民通訊社，李卓民在上海創辦的上海通訊社，冉劍虹在武漢創辦的湖北通訊社，李抱一、張平子在長沙創辦的湖南通訊社，張珍在北京創辦的北京通訊社，楊公民在廣州創辦的公民通訊社等。

作爲一種新興媒介，通訊社的出現改變了當時報業一統天下的局面。1913 年至 1918 年，新創辦的通訊社不下 20 家，主要有：北京的民生通訊社、華英亞細亞通訊社、新聞交通通訊社、北京通訊社和新聞編譯社，上海的國民

1　吳廷俊主編：《中國新聞事業史》，武漢大學出版社，2009 年版，第 94 頁。
2　黃流沙：《從進士到記者的黃遠生》，轉引自吳廷俊《中國新聞史新修》，復旦大學出版社，2008 年版，第 142 頁。

第一通訊社以及日本的東京通訊社等。[1]客觀地說，這時期的國人自辦通訊社由於普遍規模較小，有的只有一兩個訪員；設備簡陋，用複寫或油印方式發稿；資金缺乏，大多靠官僚政客和資本家津貼維持，所以還談不上規範或嚴格意義上的「經營」，業務運作上也很難見起色。其中較有影響的要數邵飄萍創辦的東京通訊社。

（二）邵飄萍東京通訊社的運作

1911 年 10 月武昌起義爆發。1911 年 11 月杭州《漢民日報》遵革命軍命令創刊，時年 25 歲的邵飄萍受杭辛齋器重出任主筆。[2]1913 年 8 月 10 日，浙江都督朱瑞秉承袁世凱旨意以「擾亂治安」和「二次革命嫌疑犯」罪名查封《漢民日報》。邵飄萍 1914 年春受友人之助來到東京，進入法政大學學習法律政治，和潘公弼同窗。1914 年 7 月一戰爆發，西方帝國主義國家因參加一戰既無暇自顧，更沒有精力在華拓展甚至鞏固原有利益，日本乘機發出了獨霸中國的強烈信號，並採取多種手段積極推進實現這一罪惡目標。為及時揭露日本軍國主義的侵華野心以警醒國人，邵飄萍與同鄉馬文車、同學潘公弼一起辦起了「東京通訊社」，為國內報紙提供新聞稿件，把他們在日本所見所聞的真實情況及時通告國人。日本炮製的《中日新議定書》一出，邵飄萍就立即通過東京通訊社傳回國內，以引起國人的警覺。1915 年 1 月，日本政府代表將五大項共二十一條要求（俗稱「二十一條」）面交袁世凱，作為支持他稱帝的交換條件。2 月上旬，外電報導了袁世凱和日本秘密進行「二十一條」談判的內容，邵飄萍獲知後，又迅速將這一消息傳回了國內，在一定程度上推動了國內的反袁鬥爭。

儘管東京通訊社在反對帝國主義侵略和國內封建專制的鬥爭中發揮了積極作用，但該通訊社的經營管理還屬於初級階段。一是該社的規模較小，參加新聞採訪和撰稿的人員也就是邵飄萍和他的幾位同學（鄉）；二是該社的業務比較單一，主要關注日本的政治、經濟及社會動態，把有新聞價值的事實撰成新聞稿件傳回國內，供國內新聞報紙刊載；三是東京通訊社存在的時間不長，運作時間僅在半年左右。邵飄萍於 1915 年 7 月成立通訊社後，是年底即回到了北京。1916 年 8 月他又在北京創辦了新聞編譯社，同樣也以消息靈通著稱，頗得各報好評。

---

1 黃瑚：《中國新聞事業發展史》，復旦大學出版社，2006 年版，第 118 頁。
2 林溪聲、張耐冬：《邵飄萍與〈京報〉》，中華書局，2008 年版，第 19 頁。

本卷引用文獻

一、檔案及資料性著作（以文獻標題首字漢語拼音爲序）

1. 《北洋軍閥·新建陸軍兵略錄存》（來新夏編），上海人民出版社，1988年8月版。

2. 《參議院議決案彙編：文電》，北京大學出版社，1989年10月複印本。

3. 《大清新法令》（第三卷、第四卷，上海商務印書館編譯所編纂），商務印書館，2011年版。

4. 《鄂州血史》（蔡寄鷗著），知識産權出版社，2013年版。

5. 《法令全書》（第2冊），1912年印行。

6. 《革命逸史》（第4集，馮自由著），中華書局，1981年版。

7. 《革命逸史》（上中下，馮自由著），金城出版社，2014年版。

8. 《廣東省志·新聞志》（廣東省地方史志編纂委員會編），廣東人民出版社，2000年版。

9. 《廣東辛亥革命史料》，廣東人民出版社，1981年版。

10. 《湖南省志：新聞出版志》（湖南省地方志編纂委員會編），湖南出版社，1993年版。

11. 《近現代出版新聞法規彙編》（劉哲民編），學林出版社，1992年版。

12. 《鏡海叢報》（影印本），澳門基金會和上海社會科學院出版社，2000年版。

13. 《歷代職官表》（清·永榕編），上海古籍出版社，1980年（重印）。

14. 《臨時公報》（第一、二輯，蔡鴻源、孫必有收集整理），江蘇人民出版社，1981年版。

15. 《民國叢書》第2編，上海書店，1989年版。

16. 《民國文獻資料叢編》（趙曉耕主編），國家圖書館出版社，2011年版。

17. 《民國職官年表》（劉壽林等編），中華書局，1995 年版。

18. 《清末法制變革史料》（懷效鋒主編，李俊等點校），中國政法大學出版社，2010 年版。

19. 《清末四十年申報史料》（徐載平、徐瑞芳），新華出版社，1988 年版。

20. 《全國中文期刊聯合目錄（1833～1949）》（增訂本），書目文獻出版社，1981 年版。

21. 《上海新聞志》（《上海新聞志》編纂委員會編），上海社會科學院出版社，2000 年版。

22. 《四川報刊五十年集成》（王綠萍編著），四川大學出版社，2011 年版。

23. 《四十年來聞見錄》（蔡寄鷗著），漢口震旦民報社，1932 年版。

24. 《宋會要輯稿》，刑法二之三二，中華書局，1957 年版縮印本。

25. 《孫中山答記者問》（陳夏紅編），中國大百科全書出版社，2012 年版。

26. 《戊戌變法》（中國史學會編），上海人民出版社，1953 年版。

27. 《辛亥革命目擊記》（〔美〕埃德溫·丁格爾），中國青年出版社，2002 年版。

28. 《辛亥革命時期期刊介紹》（第 3 集，丁守和主編），人民出版社，1983 年 11 月版。

29. 《辛亥革命時期期刊介紹》（第 5 集，丁守和主編），人民出版社，1987 年版。

30. 《辛亥革命史叢刊》第三輯，（《辛亥革命史叢刊》組編），中華書局，1981 年版。

31. 《辛亥革命資料選編》第四卷（劉萍、李學通主編），社會科學文獻出版社，2012 年版。

32. 《辛亥首義回憶錄》（第三輯）。

33. 《新聞報三十年紀念》（《新聞報》館編），新聞報館，1923 年版。

34. 《袁大總統公牘彙編》（徐友鵬編），上海廣益書局，1912 年版。

35. 《袁世凱奏議》，天津古籍出版社，1987 年版。

36. 《在華五十年》（〔美〕司徒雷登），譯林出版社，2015 年版。

37. 《政府公報》（合訂本，中國第二歷史檔案館編），上海書店，1988 年版。

38. 《中國報刊法制發展史：史料卷》（倪延年選編），南京師範大學出版社，2006 年版。

39. 《中國近代報刊發展概況》（楊光輝等編），新華出版社，1986 年版。

40. 《中國憲法文獻通編》（修訂版，王培英編），中國民主法制出版社，2007 年版。

41. 《中國新聞法制通史：第五卷 史料卷》（倪延年選編），南京師範大學出版社，2015年版。

42. 《中國新聞圖史》（丁淦林、黃瑚等），南方日報出版社，2002年版。

43. 《中國珍稀法律典籍集成》丙編（劉海年、楊一凡主編），科學出版社，1994年版。

44. 《中華民國史檔案資料彙編》第一、二輯（第二歷史檔案館編），鳳凰出版社，1991年版。

45. 《中外舊約章彙編》（王鐵崖編），三聯書店，1957年版。

46. 《重慶蜀軍政府資料選編》（重慶地方史資料組編），重慶地方史資料組，1981年版。

二、學術專著（以責任者首字漢語拼音爲序，漢字前有符號者在先）

1. （臺灣）教育部主編：《中華民國建國史・第一篇：革命開國》，國立編譯館，1985年版。

2. 〔法〕白吉爾著，張富強等譯：《中國資產階級的黃金時代（1911～1937）》，上海人民出版社，1994年版。

3. 〔美〕大衛・斯隆著，劉琛等譯：《美國傳媒史》，上海人民出版社，2010年版。

4. 〔美〕厄爾・艾伯特・澤勒著：《端納傳》，新華出版社，1993年版。

5. 〔美〕休曼著，史青譯：《實用新聞學》，上海學廣會，1913年。

6. 〔美〕徐中約著：《中國近代史：1600～2000中國的奮鬥》，世界圖書出版公司，2013年版。

7. 〔日〕實藤惠秀著：《中國人留學日本史》，三聯書店，1983年版。

8. 〔日〕田中克彥：《草原の革命家たち――モンゴルの独立への道》，中央公論社，1990版。

9. 〔英〕帕特南・威爾：《帝國的夢魘――亂世袁世凱》，中央編譯局，2006年版。

10. 白潤生主編：《中國少數民族新聞傳播史》，民族出版社，2008年版。

11. 白潤生主編：《中國少數民族新聞傳播通史》，中央民族大學出版社，2008年版。

12. 白壽彝著：《中國簡明通史》，江蘇文藝出版社，2008年版。

13. 柏楊著：《中國歷史年表》，海南出版社，2006年版。

14. 包天笑著：《釧影樓回憶錄》，中國大百科全書出版社，2009年版。

15. 蔡寄鷗著：《武漢新聞史》，中日文化協會，民國三十二年（1943年）印行。

16. 陳平原、夏曉紅編著：《晚清圖像》，百花文藝出版社，2001 年版。

17. 陳少白著：《興中會革命史要》，中國文化出版社，1936 年版。

18. 陳錫祺主編：《孫中山年譜》，中華書局，1991 年版。

19. 陳旭麓等主編：《中國近代史詞典》，上海辭書出版社，1982 年版。

20. 陳玉申著：《晚清報業史》，山東畫報出版社，2003 年版。

21. 程傑著：《中國梅花名勝考》，中華書局，2014 年版。

22. 程曼麗著：《〈蜜蜂華報〉研究》，澳門基金會，1998 年 11 月版。

23. 程曼麗著：《海外華文傳媒研究》，新華出版社，2001 年版。

24. 辭海編輯委員會編纂：《辭海》（第六版縮印本），上海辭書出版社，2010 年版。

25. 鄧毅、李祖勃編著：《嶺南近代報刊史》，廣東人民出版社，1998 年版。

26. 丁淦林、黃瑚等編著：《中國新聞圖史》，南方日報出版社，2002 年版。

27. 丁淦林主編：《中國新聞事業史》（修訂版），高等教育出版社，2007 年版。

28. 竇坤著：《〈泰晤士報〉駐華首席記者莫理循直擊辛亥革命》，福建教育出版社，2011 年版。

29. 竇坤著：《莫理循與清末民初的中國》，福建教育出版社，2005 年版。

30. 范慕韓著：《中國印刷近代史》，印刷工業出版社，1995 年版。

31. 范文瀾著：《中國近代史》，人民出版社，1955 年（1962 年 9 月第 1 次印刷）。

32. 方方著：《中國紀錄片發展史》，中國戲劇出版社，2003 年版。

33. 方漢奇、李矗主編：《中國新聞學之最》，新華出版社，2000 年版。

34. 方漢奇、張之華主編：《中國新聞事業簡史》（第 2 版），中國人民大學出版社，1995 年版。

35. 方漢奇等著：《〈大公報〉百年史（1912-06-17～2002-06-17）》，中國人民大學出版社，2004 年版。

36. 方漢奇等著：《中國新聞傳播史》，中國人民大學出版社，2009 年版。

37. 方漢奇主編：《中國新聞事業編年史》，福建人民出版社，2000 年版。

38. 方漢奇主編：《中國新聞事業通史》（第 1～3 卷），中國人民大學出版社，1996 年版。

39. 方漢奇著：《中國近代報刊史》（上下），山西人民出版社，1982 年版。

40. 方漢奇著：《中國近代報刊史》，山西教育出版社，1981 年版。

41. 方曉紅著：《中國新聞史》，南京師範大學出版社，2006 年版。

42. 傅林祥、鄭寶恒著：《中國行政區劃通史‧中華民國卷》，復旦大學出版

社，2007 年版。

43. 高維進著：《中國新聞紀錄電影史》，世界圖書出版公司，2013 年版。

44. 戈公振著：《新聞學撮要》，上海新聞記者聯歡會印行，1925 年版。

45. 戈公振著：《中國報學史》，三聯書店，2011 年版。

46. 戈公振著：《中國報學史》，上海書店出版社，2013 年版。

47. 戈公振著：《中國報學史》，中國文史出版社，2015 年版。

48. 戈公振著：《中國報學史》，中國新聞出版社，1985 年版。

49. 勝軍著：《〈滿洲日日新聞〉研究》，廈門大學出版社，2016 年版。

50. 郭傳芹著：《袁世凱與近代新聞事業》，花木蘭文化出版社，2013 年版。

51. 郭汾陽：《鐵肩辣手──邵飄萍傳》，浙江人民出版社，2006 年版。

52. 郭衛東主編：《近代外國在華文化機構綜錄》，上海人民出版社，1993 年版。

53. 韓信夫、姜克夫主編：《中華民國大事記》（5 冊 39 卷），中國文史出版社，1997 年版。

54. 韓信夫、姜克夫主編：《中華民國史大事記》，中華書局，2011 年版。

55. 郝平著：《無奈的結局：司徒雷登與中國》，北京大學出版社，2011 年版。

56. 何光渝著：《鐵血破曉：辛亥革命在貴州》，貴州人民出版社，2011 年版。

57. 胡道靜著：《新聞史上的新時代》，世界書局，1946 年版。

58. 胡石庵著：《湖北革命實見記》，大漢報社，1912 年印行。

59. 胡小平著：《民國新聞史》，青海人民出版社，2008 年版。

60. 胡正強著：《中國現代媒介批評研究》，中國傳媒大學出版社，2010 年版。

61. 懷效鋒著：《中國法制史》，中國政法大學出版社，2002 年版。

62. 黃國平、任雪芬著：《秀才軍閥吳佩孚》，河南人民出版社，1988 年版。

63. 黃瑚著：《中國近代新聞法制史論》，復旦大學出版社，1999 年版。

64. 黃瑚著：《中國新聞事業發展史》（第二版），復旦大學出版社，2009 年版。

65. 黃瑚著：《中國新聞事業發展史》，復旦大學出版社，2006 年版。

66. 黃林著：《近代湖南報刊史略》，湖南師範大學出版社，2013 年版。

67. 黃炎培編：《最近五十年：申報館五十週年紀念》，申報館，1923 年版。

68. 黃炎培主編：《最近之五十年》，上海書店，1987 年版影印本。

69. 黃遠生著：《遠生遺著》，商務印書館，1984 年版。

70. 黃鎮偉編著：《中國編輯出版史》，蘇州大學出版社，2003 年版。

71. 黃卓明著：《中國古代報紙探源》，人民日報出版社，1983 年版。

72. 姜義華著：《章炳麟評傳》，南京大學出版社，2002 年版。

73. 金沖及著：《二十世紀中國史綱》（簡本），社會科學出版社，2012 年版。

74. 李彬主編：《中國新聞社會史文選》，清華大學出版社，2008 年版。

75. 李宏生等：《齊魯烽火：辛亥革命在山東》，山東人民出版社，2011 年版。

76. 李金銓主編：《文人論政：知識分子與報刊》，廣西師範大學出版社，2008 年版。

77. 李楠著：《晚清民國時期的上海小報》，人民文學出版社，2006 年版。

78. 李新、李宗一主編：《中華民國史》（第 1 卷），中華書局，1987 年版。

79. 李新、李宗一主編：《中華民國史》（第 2 卷），中華書局，2011 年版。

80. 李長森著：《近代澳門外報史稿》，廣東人民出版社，2012 年版。

81. 梁啓超著：《戊戌政變記》，中華書局，1954 年版。

82. 廖大偉著：《海上風雲：辛亥革命在上海》，上海人民出版社，2011 年版。

83. 林百克撰：《孫逸仙傳記》，上海民智書局，1926 年版。

84. 林牧茵著：《移植與流變──密蘇里大學新聞教育模式在中國（1921～1952）》，復旦大學出版社，2012 年版。

85. 林溪聲、張耐冬著：《邵飄萍與〈京報〉》，中華書局，2008 年版。

86. 嶺南大學編印：《總理開始學醫與革命運動五十週年紀念史略》，嶺南大學，1935 年版。

87. 劉成禺著：《世載堂雜憶》，中華書局，1960 年版。

88. 劉存善著：《晉省風雷：辛亥革命在山西》，山西人民出版社，2011 年版。

89. 劉耿生編著：《光緒事典》，紫禁城出版社，2010 年版。

90. 劉廣安著：《晚清法制改革的規律性探索》，中國政法大學出版社，2013 年版。

91. 劉家林著：《中國新聞通史》（修訂版），武漢大學出版社，2005 年版。

92. 劉金福著：《〈遠東報〉研究（1910～1921）》，吉林大學出版社，2014 年版。

93. 劉望齡編著：《辛亥首義與時論思潮詳錄》，華中師範大學出版社，2011 年版。

94. 劉望齡著：《黑血·金鼓：辛亥前後湖北報刊史事長編》，湖北教育出版社，1991 年版。

95. 劉小寧著：《民國肇基：辛亥革命在江蘇》，江蘇人民出版社，2011 年版。

96. 劉志田著：《亂世潛流：民族主義與民國政治》，上海古籍出版社，2001 年版。

97. 駱惠敏編：《清末民初政情內幕》，知識出版社，1986 年版。

98. 馬光仁主編:《上海新聞史（1850～1949)》,復旦大學出版社,1996 年版。

99. 馬藝等著:《天津新聞史》,天津人民出版社,2015 年版。

100. 馬長虹著:《民國國父孫逸仙》,九州出版社,2012 年版。

101. 孟慶琦、董獻倉主編:《影響近代中國的不平等條約》,中國人事出版社,2012 年版。

102. 倪延年、吳強編著:《中國現代報刊發展史》,南京大學出版社,1993 年版。

103. 倪延年著:《中國古代報刊發展史》,東南大學出版社,2001 年版。

104. 倪延年著:《中國新聞法制史》,南京師範大學出版社,2013 年版。

105. 倪延年選編:《中國新聞法制通史:史料卷上》,南京師範大學出版社,2015 年版。

106. 彭永祥編著,季芬校勘:《中國畫報畫刊（1872～1949)》,中國攝影出版社,2015 年版。

107. 邱遠猷、張希坡著:《中華民國開國法制史》,首都師範大學出版社,1997 年版。

108. 容閎著:《容閎自傳:我在中國和美國的生活》,團結出版社,2005 年版。

109. 薩空了著:《科學的新聞學概論》,文化供應社,1947 版。

110. 桑兵著:《晚清學堂學生與社會變遷》,學林出版社,1995 年版。

111. 上海圖書館編:《近代中文第一報〈申報〉》,上海科學技術文獻出版社,2013 年版。

112. 上海圖書館編:《上海圖書館館藏近現代中文期刊總目》,上海科學技術文獻出版社,2004 年版。

113. 邵飄萍著:《實際應用新聞學》,京報館,1923 年版。

114. 邵飄萍著:《新聞學總論》,京報館,1924 年版。

115. 沈曉敏、倪俊明著:《喋血南國:辛亥革命在廣東》,廣東人民出版社,2011 年版。

116. 史和等編:《中國近代報刊名錄》,福建人民出版社,1991 年版。

117. 史媛媛著:《清代前中期新聞傳播史》,福建人民出版社,2008 年版。

118. 宋教仁著:《宋教仁集》,中華書局,1981 年版。

119. 宋軍著:《申報的興衰》,上海社會科學院出版社,1996 年版。

120. 宋慶齡著:《為新中國奮鬥》,人民出版社,1952 年版。

121. 孫會著:《〈大公報〉廣告與近代社會（1902～1936)》,中國傳媒大學出版社,2011 年版。

122. 孫黎著：《晚清電報及其傳播觀念（1861～1911）》，上海書店出版社，2007年版。

123. 孫中山著：《孫中山全集》（第1卷），中華書局，1981年版。

124. 孫中山著：《孫中山全集》（第2卷），中華書局，1982年版。

125. 孫中山著：《中山全書》，上海三民圖書公司，1935年版。

126. 湯傳福、黃大明著：《紙上的火焰——1815～1915的報界與國運》，廣西師範大學出版社，2013年版。

127. 唐德剛著：《從晚清到民國》，中國文史出版社，2015年版。

128. 唐惠虎、朱英主編：《武漢近代新聞史》，武漢出版社，2012年版。

129. 陶菊隱著：《記者生活三十年——親歷民國重大事件》，中華書局，2005年版。

130. 忒莫勒編：《建國前內蒙古地方報刊考錄》，內蒙古自治區圖書館，1987年版。

131. 汪林茂著：《錢江潮湧：辛亥革命在浙江》，浙江人民出版社，2011年版。

132. 王傳壽主編：《安徽新聞傳播史》，合肥工業大學出版社，2014年版。

133. 王繼先著：《中國新聞法制通史：近代卷》，南京師範大學出版社，2015年版。

134. 王綠萍：《四川報刊五十年集成（1897～1949）》，四川大學出版社，2011年版。

135. 王綠萍：《四川近代新聞史》，四川大學出版社，2007年版。

136. 王潤澤著：《北洋政府時期的新聞業及其現代化（1916～1928）》，中國人民大學出版社，2010年版。

137. 王守謙著：《血沃中原：辛亥革命在河南》，河南人民出版社，2011年版。

138. 王文科、張扣林主編：《浙江新聞史》，浙江大學出版社，2010年版。

139. 王芸生：《六十年來中國與日本》，三聯書店，1982年版。

140. 王芝琛、劉自立編：《1949年以前的大公報：大公報史略》，山東畫報出版社，2002年版。

141. 文明國編：《章太炎自述》，人民日報出版社，2012年版。

142. 吳定九著：《新聞事業經營法》，現代書局，1930年版。

143. 吳豐培主編：《聯豫駐藏奏稿》，西藏人民出版社，1979年版。

144. 吳劍傑著：《武昌首義：辛亥革命在湖北》，湖北人民出版社，2011年版。

145. 吳群著：《中國攝影發展歷程》，新華出版社，1986年版。

146. 吳廷俊主編：《中國新聞事業史》，武漢大學出版社，2009年版。

147. 吳廷俊著：《中國新聞史新修》，復旦大學出版社，2008年版。

148. 鮮于浩、張雪永著：《保路風潮：辛亥革命在四川》，四川人民出版社，2011 年版。

149. 蕭一山著：《清代通史》，華東師範大學出版社，2006 年版。

150. 謝彬撰：《民國政黨史》（與戴天仇等撰《政黨與民初政治》合刊），中華書局，2007 年版。

151. 謝六逸著：《謝六逸文集》，商務印書館，1995 年版。

152. 徐友春主編：《民國人物大詞典》，河北人民出版社，1991 年版。

153. 徐中約著：《中國近代史：1600～2000 中國的奮鬥》，世界圖書出版公司，2013 年版。

154. 許清茂、林念生主編：《閩南新聞事業》，福建人民出版社，2008 年版。

155. 楊天石著：《帝制的終結》，嶽麓書社，2013 年版。

156. 姚公鶴著：《上海閒話》，上海古籍出版社，1989 年版。

157. 葉再生著：《中國近代現代出版通史》（4 卷），華文出版社，2002 年版。

158. 佚名著：《中國革命運動二十六年組織史》，上海商務印書館，1948 年版。

159. 郵電史編輯室編：《中國近代郵電史》，人民郵電出版社，1984 年版。

160. 于右任著：《于右任辛亥文集》（傅德華主編），復旦大學出版社，1986 年版。

161. 張功臣著：《東方夢尋：舊中國的洋記者》，福建人民出版社，1999 年版。

162. 張功臣著：《外國記者與近代中國：1840～1949》，新華出版社，1999 年版。

163. 張宏卿、肖文燕著：《贛鄱壯舉：辛亥革命在江西》，江西人民出版社，2011 年版。

164. 張華騰等著：《陝西光復：辛亥革命在陝西》，陝西人民出版社，2011 年版。

165. 張麗萍著：《內蒙古民國報刊史研究》，內蒙古大學出版社，2014 年版。

166. 張夢新等著：《杭州新聞史》，中國社會科學出版社，2011 年版。

167. 張憲文等著：《中華民國史》（第 1～4 卷），南京大學出版社，2005 年版。

168. 張憲文等主編：《中華民國史大辭典》，江蘇古籍出版社，2002 年版。

169. 張玉法著：《民國初年的政黨》，嶽麓書社，2004 年版。

170. 章太炎著：《章太炎自述》，人民日報出版社，2011 年版。

171. 趙海峰著：《〈順天時報〉視野中的民初政局（1911～1916）》，華中師範大學出版社，2016 年版。

172. 趙建國著：《分解與重構：清季民初的報界團體》，三聯書店，2008 年版。

173. 趙敏恒著：《外人在華新聞事業》，暨南大學出版社，2011 年版。

174. 鄭逸梅著：《紙帳銅瓶》，江蘇文藝出版社，2006 年版。

175. 中共中央黨史研究室著：《中國共產黨歷史》（第一卷），中共黨史出版社，2011 年版。

176. 中國社科院文獻情報中心編：《俄蘇中國學手冊》，中國社會科學院出版社，1986 年版。

177. 中山大學孫中山研究所、香港中文大學聯合書院：《孫中山在港澳與海外活動史蹟》，1986 年版。

178. 仲芳氏著：《庚子紀事》，科學出版社，1959 年版。

179. 周德鈞著：《漢口租界——一項歷史社會學的考察》，天津教育出版社，2009 年版。

180. 周佳榮編著：《近代日人在華報業活動》，三聯書店，2007 年版。

181. 朱發建著：《慷慨三湘：辛亥革命在湖南》，湖南人民出版社，2011 年版。

182. 朱漢國、楊群主編：《中華民國史》（第 1～10 冊），四川人民出版社，2006 年版。

183. 朱錦翔、呂凌柯著；呂乃岩審定：《中國報業史話》，大象出版社，2000 年版。

184. 鄒依仁著：《舊上海人口變遷的研究》，上海人民出版社，1980 年版。

三、報刊資料（以報刊題名首字的漢語拼音為序，1949 年 10 月前的報刊表明出版地）

1. 《安徽公報》（安徽安慶）

2. 《百科知識》

3. 《保山日報》

4. 《不忍》雜誌（上海）

5. 《常州日報》

6. 《大風日報》（廣東汕頭）

7. 《大公報》（上海版）

8. 《大公報》（天津）

9. 《大共和日報》（上海）

10. 《大漢報》（漢口）

11. 《大漢民報》（湖南長沙）

12. 《帝州報》

13. 《東方雜誌》（上海）

14. 《福建論壇·人文社會科學版》

15. 《福州晚報》

16. 《復報》（日本東京）

17. 《國際新聞界》

18. 《國是》（北京）

19. 《漢口導報》（漢口）

20. 《漢幟》（日本東京）

21. 《回族研究》

22. 《吉林大學（校刊）》

23. 《吉首大學學報：社會科學版》

24. 《近代史研究》

25. 《近代史研究》

26. 《鏡海叢報》（澳門）

27. 《軍華》（北京）

28. 《軍事歷史》

29. 《軍事歷史研究》

30. 《軍事月報》（北京）

31. 《開智錄》（日本東京）

32. 《歷史檔案》

33. 《歷史與文物資料》

34. 《遼瀋晚報》

35. 《臨時公報》（北京）

36. 《臨時政府公報》（南京）

37. 《蒙古學信息》

38. 《民報》（日本東京）

39. 《民立報》（上海）

40. 《內蒙古師範大學學報》

41. 《寧波日報》

42. 《黔南民族師範學院學報》

43. 《趣報》（上海）

44.《山西文史資料》

45.《申報》（上海）

46.《時報》（上海）

47.《史林》

48.《史學集刊》

49.《史學月刊》

50.《世界兵學雜誌》（廣東韶關）

51.《司法公報》（北京）

52.《四川都督府政報》（四川成都）

53.《四川公報》（四川成都）

54.《四川軍政府官報》（四川成都）

55.《臺灣日日新報》（臺灣臺北）

56.《鐵道知識》

57.《武德》（北京）

58.《武漢大學學報》

59.《武漢文史資料》

60.《西藏日報》

61.《現代傳播：中國傳媒大學學報》

62.《辛亥革命史叢刊》

63.《新報》（新疆伊犁）

64.《新民叢報》（日本東京）

65.《新文學史料》

66.《新聞大學》

67.《新聞界》

68.《新聞學刊》

69.《新聞研究資料》

70.《新聞與傳播》

71.《宿遷晚報》

72.《庸言》（天津）

73.《鄖陽師範高等專科學校學報》

74. 《長江日報》

75. 《浙江兵事雜誌》（浙江杭州）

76. 《浙江檔案工作》

77. 《政府公報》（北京）

78. 《中國叢報》（上海）

79. 《中國電影》

80. 《中國公報》（上海）

81. 《中國經濟史研究》

82. 《中國女報》（上海）

83. 《中國旬報》（東京）

84. 《中華民報》（上海）

85. 《中華民國公報》（武昌）

86. 《中西教會報》（上海）

87. 《中州學刊》

88. 臺灣《中央研究院近代史研究所專刊》

四、學位論文（按照產生的時間先後爲序）

1. 張神根：《袁世凱統治時期北京政府的財政變革》，南京大學博士學位論文，1993 年。

2. 來豐：《中國通訊社發展史》，復旦大學博士學位論文，2002 年 5 月。

3. 汪幼海：《上海報業發展中的西方要素研究（1850～1937）》，復旦大學博士學位論文，2008 年。

五、網站

1. www.997788.com/pr/detail_4_27260192.html

2. http://blog.sina.com.cn/s/blog_51ec9abf0101pp48.html

3. wenku.baidu.com/view/c7abf77d0242aece40e.html

4. http://blog.sina.com.cn/s/blog_54e2903c01000ak2.html

5. http://www.sohu.com/a/158825870_620255

6. http://www.360doc.com/content/12/1119/2068001_248782412.shtml

7. 中國新聞網

本卷後記

　　2012 年 12 月，本人申請的「民國新聞史研究（1895～1949.9）」獲准立項江蘇省社會科學基金 2012 年度重點項目（編號 12TQ001）。按照慣例，本人於 2013 年上半年以「中華民國新聞史研究（1895～1949）」爲題申請國家社會科學基金重點項目，全國哲學社會科學規劃辦公室於 2013 年 6 月 17 日通知准予立項（編號 13AXW003）。因全國社科規劃辦公室在發布立項結果的通知中規定「存在與教育部及其他省部級在研項目內容相同或相近」的課題「不得以同一成果申請結項，否則一經發現並查實一律按撤項處理。」儘管認爲這一「事後」規定不盡合理，但本人還是按照國家社科規劃辦公室的規定申請撤銷了江蘇省社科基金重點項目，以集中精力和時間完成國家社科基金重點項目研究任務。2013 年 7 月，全國社會科學規劃辦公室發布當年「國家社會科學重大項目（第二批）招標指南」，我推薦的「中華民國新聞史」列入指南。在學校和學院的大力支持下，本人誠邀新聞史學界「民國時期新聞史」各方面專家組成競標團隊，並商請中國人民大學新聞學院、中國傳媒大學新聞傳播學部新聞學院和新華通訊社新聞研究所作爲項目合作單位一起參加競標，「中華民國新聞史」在 2013 年 11 月獲准立項（第二批）國家社會科學基金重大項目。2014 年 5 月通過江蘇省社科規劃辦公室組織在南京師範大學舉行的開題報告後，隨即按照計劃推進實施本項目研究。經過課題組同人 5 年的努力，克服了種種困難，終於完成了研究任務，向國家交出了答卷，2019 年 7 月 15 日獲得國家發給的結項證書。

　　本卷爲五卷本《中華民國新聞史》的第一卷。研究對象從時間角度涵蓋了民國新聞事業的起源、民國創建與民國新聞業的誕生以及民國袁世凱時期

的新聞業等不同階段；從空間範圍則涵蓋了中國大陸地區、自 1842 年鴉片戰爭失敗後被英國殖民者割讓和強行租借的香港地區、自 1887 年 12 月被葡萄牙殖民者通過「中葡和好通商條約」獲得「永居管理」權力的澳門地區，以及自 1895 年甲午戰爭失敗後被日本軍國主義通過《馬關條約》割占的臺灣地區；從新聞事業要素角度則涵蓋了當時已經存在的所有新聞業要素：如新聞報刊業、新聞通訊業、圖像新聞業、軍隊新聞業、少數民族新聞業、外國在華新聞業、新聞管理體制、新聞業經營及新聞業產生發展的社會環境等多個方面，後續各卷還涵蓋到新聞廣播業、新聞教育、新聞團體、新聞學研究等方面。《中華民國新聞史》（5 卷本）力求從多側面展現較爲完整的「中華民國新聞史」內容體系和較爲清晰的「中華民國時期新聞業」的大致模樣。

本卷書稿是新聞史學界尤其是本卷編撰者聰明智慧和辛勤勞動的集體成果。根據項目整體設計，本卷主要敘述自民國新聞業起源至民國袁世凱時期的新聞業。本卷正文前冠有一篇說明和介紹全書 5 卷有關內容的「緒論」（與此相對應，本書第 5 卷正文後則附有涵蓋全書內容時空的《中華民國新聞史·大事記》）。本卷主編負責這一階段的新聞業產生發展的社會環境和新聞報刊業這兩部分內容的撰寫，與新聞報刊業相對應的其他內容則由相關項目子課題或特約研究專題負責人撰寫特約專題稿納入本卷。撰稿任務的具體分工爲：緒論、第一、二、三、四章由南京師範大學民國新聞史研究所所長、新聞與傳播學院博士生導師倪延年教授撰稿；第五章　第一節（民國創建前後的新聞通訊業）由新華社新聞研究所新聞史論研究室主任萬京華研究員撰稿；第二節（民國創建前後的軍隊新聞業）由解放軍南京政治學院（現國防大學）軍事新聞系博士生導師劉亞教授撰稿；第三節（民國創建前後的外國在華新聞業）由中國人民大學新聞學院博士生導師鄧紹根教授撰稿；第六章第一節（民國創建前後的少數民族新聞業）由中央民族大學文學與傳播學院碩士研究生導師白潤生教授撰稿；第二節（民國創建前後的圖像新聞業）由南京大學新聞與傳播學院博士生導師韓叢耀教授撰稿；第七章　第一節（民國創建前後的新聞管理體制）由南京師範大學新聞與傳播學院博士生導師方曉紅教授負責撰稿；第七章　第二節（民國創建前後的新聞業經營）由華南師範大學新聞與傳播學院碩士研究生導師張立勤副教授撰稿；引用文獻目錄由倪延年編製。本卷主編根據項目組會議決議精神，依據「充分尊重原稿作者勞動成果和權利」、「立足提高書稿質量和文風統一」及「統稿結果經項目

組會議確認」的原則，對特約專題稿進行了整合、修改及補充等技術性處理。

在本子課題研究和書稿撰寫的五年間，我們得到了眾多同行專家學者的熱情鼓勵和幫助。中國新聞史學會創會會長、中國人民大學榮譽一級教授、博士生導師方漢奇先生；中國新聞史學會第二任會長、中國傳媒大學教授、博士生導師趙玉明先生；中國新聞史學會顧問、華中科技大學二級教授、博士生導師吳廷俊教授自始至終關心、支持和鼓勵項目研究並給予非常及時和重要的指導；承擔特約研究專題的專家學者認真研究並撰寫特約專題稿，為本卷整體水平的提高做出了重要的貢獻。而我國社會學、歷史學、文獻學及新聞史學各界前輩和同行眾多研究成果為課題研究成果提供了豐富的學術營養，課題組全體同人對此表示真誠的感謝！

由於諸多客觀條件的限制，尤其是本卷主編自身學術素養和知識積累的欠缺，本卷書稿尚有諸多不足和缺憾，我們衷心期待學術界同行和廣大讀者的批評和指正，以便在再版或修訂時予以修正，使之不斷完善提高。

倪延年

二〇一八年十二月十五日